Zu diesem Buch

Der alte Mann und das Meer. In der Geschichte vom alten Fischer, dem nach Monaten glückloser Ausfahrt endlich ein riesiger Fisch an die Angel geht und der diesen Fang seines Lebens in einem erschöpfenden Kampf wieder an das Meer und seine Haie verliert, durchdringen sich Wirklichkeit und Symbol.

Fiesta. Dieser Roman machte Hemingway weltberühmt. Unter der Sonne Frankreichs und Spaniens führen Außenseiter des bürgerlichen Lebens eine die Freuden des Daseins suchende Existenz.

Beide Werke wurden auch als Filme große Erfolge.

Ernest Hemingway, geboren am 21. Juli 1899 als Sohn eines Arztes in Oak Park / Illinois, verließ vorzeitig die High School und wurde Reporter an einer Lokalzeitung in Kansas City. 1954 erhielt er den Nobelpreis für Literatur. Hemingway schied nach schwerer Krankheit am 2. Juli 1961 freiwillig aus dem Leben.

Die im Rowohlt Verlag erschienenen und lieferbaren Werke von Ernest Hemingway sind auf Seite 327 verzeichnet.

Ernest Hemingway

Der alte Mann und das Meer

Fiesta

Roman

rororo

Rowohlt

Die amerikanische Originalausgabe
von «Der alte Mann und das Meer»
erschien unter dem Titel «The Old Man and the Sea»
im Verlag Charles Scribner's Sons, New York

Die amerikanische Originalausgabe von «Fiesta»
erschien unter dem Titel «The Sun Also Rises»
im Verlag Charles Scribner's Sons, New York

Einzig autorisierte Übersetzungen
von Annemarie Horschitz-Horst

Umschlaggestaltung Walter Hellmann
unter Verwendung einer Illustration von Thomas Kleine
Foto des Autors: Camera Press Ltd.

Einmalige Sonderausgabe Oktober 1993

«Der alte Mann und das Meer»
Veröffentlicht im Rowohlt Taschenbuch Verlag GmbH,
Hamburg, Juli 1959

«Fiesta»
Veröffentlicht im Rowohlt Taschenbuch Verlag GmbH,
Hamburg, Juli 1950

Gesamtherstellung Clausen & Bosse, Leck
Printed in Germany
1200-ISBN 3 499 12069 0

Der alte Mann und das Meer

Für Charlie Scribner
und für Max Perkins

Er war ein alter Mann, der allein in einem kleinen Boot im Golfstrom fischte, und er war jetzt vierundachtzig Tage hintereinander hinausgefahren, ohne einen Fisch zu fangen. In den ersten vierzig Tagen hatte er einen Jungen bei sich gehabt. Aber nach vierzig fischlosen Tagen hatten die Eltern des Jungen ihm gesagt, daß der alte Mann jetzt bestimmt für immer *salao* sei, was die schlimmste Form von Pechhaben ist, und der Junge war auf ihr Geheiß in einem anderen Boot mitgefahren, das in der ersten Woche drei gute Fische gefangen hatte. Es machte den Jungen traurig, wenn er den alten Mann jeden Tag mit seinem leeren Boot zurückkommen sah, und er ging immer hinunter, um ihm entweder die aufgeschossenen Leinen oder den Fischhaken und die Harpune oder das Segel, das um den Mast geschlagen war, hinauftragen zu helfen. Das Segel war mit Mehlsäcken geflickt, und zusammengerollt sah es wie die Fahne der endgültigen Niederlage aus.

Der alte Mann war dünn und hager, mit tiefen Falten im Nacken. Auf den Backenknochen hatte er die braunen Flecken von harmlosem Hautkrebs, den die Sonne durch die Spiegelung auf tropischen Meeren verursacht. Die Flecken bedeckten ein gut Teil seines Gesichts, und seine Hände zeigten die tief eingekerbten Spuren vom Handhaben schwerer Fische an den Leinen. Aber keine dieser Narben war frisch. Sie waren so alt wie Erosionen in einer fischlosen Wüste.

Alles an ihm war alt bis auf die Augen, und die hatten die gleiche Farbe wie das Meer und waren heiter und unbesiegt.

«Santiago», sagte der Junge zu ihm, als sie das Ufer emporklommen, von dem das kleine Boot heraufgezogen wurde. «Ich könnte wieder mit dir fahren. Wir haben groß verdient.»

Der alte Mann hatte dem Jungen das Fischen beigebracht, und der Junge liebte ihn.

«Nein», sagte der alte Mann. «Du bist in einem Glücksboot. Bleib bei denen.»

«Aber erinnere dich doch, wie du siebenundachtzig Tage lang keinen Fisch gefangen hast, und dann haben wir drei Wochen lang jeden Tag große gefangen.»

«Ich erinnere mich», sagte der alte Mann. «Ich weiß, du hast mich nicht verlassen, weil du Zweifel gehabt hast.»

«Papa wollte es durchaus. Ich bin noch ein Junge, und ich muß ihm gehorchen.»

«Ich weiß», sagte der alte Mann. «Das ist ganz natürlich.»

«Er hat nicht viel Vertrauen.»

«Nein», sagte der alte Mann. «Aber wir haben's, nicht wahr?»

«Ja», sagte der Junge. «Darf ich dich in die *Terrace* zu

einem Glas Bier einladen, und dann bringen wir das Zeug nach Hause?»

«Warum nicht?» sagte der alte Mann. «Unter Fischern . . .»

Sie saßen in der *Terrace*, und viele Fischer hänselten den alten Mann, aber er wurde nicht ärgerlich. Einige von den älteren Fischern blickten ihn an und waren traurig. Aber sie zeigten es nicht, und sie sprachen höflich über die Strömungen und die Tiefen, in denen sie ihre Leinen treiben ließen, und das stete gute Wetter und das, was sie gesehen hatten. Die Fischer, die an diesem Tag Erfolg gehabt hatten, waren schon zurück und hatten ihre Marlins ausgeschlachtet und trugen sie, in voller Länge über zwei Planken gelegt, an deren Enden je zwei Männer unter der Last wankten, zur Fischhalle, wo sie auf den Eiswagen warteten, der sie auf den Markt in Havanna bringen sollte. Alle, die Haie gefangen hatten, brachten sie in die Haifischfabrik auf der anderen Seite der Bucht, wo man sie mit einem Tafelblock hochzog, ihre Lebern entfernte, ihre Flossen abschnitt und sie enthäutete und ihr Fleisch zum Einsalzen in Streifen schnitt.

Wenn der Wind von Osten stand, kam ein Gestank von der Haifischfabrik her über den Hafen, aber heute spürte man nur eine leise Andeutung von einem Geruch, weil der Wind nördlich gedreht und dann nachgelassen hatte, und es war angenehm und sonnig in der *Terrace*.

«Santiago», sagte der Junge.

«Ja», sagte der alte Mann. Er hielt sein Glas in der Hand und dachte an lang vergangene Jahre.

«Kann ich rausfahren, um dir Sardinen für morgen zu holen?»

«Nein. Geh und spiel Baseball. Ich kann doch noch rudern, und Rogelio wird das Netz auswerfen.»

«Ich möchte aber gern. Wenn ich nicht mit dir fischen kann, möchte ich dir gern auf irgendeine andere Art helfen.»

«Du hast mir ein Bier bezahlt», sagte der alte Mann. «Du bist bereits ein Mann.»

«Wie alt war ich, als du mich zum erstenmal im Boot mitgenommen hast?»

«Fünf, und du bist beinahe ums Leben gekommen, als ich den Fisch zu früh reinholte und er fast das Boot in Stücke fetzte. Kannst du dich daran erinnern?»

«Ich kann mich erinnern, wie der Schwanz hin und her schlug und knallte und die Ducht zerbrach, und an das Geräusch von den Keulenschlägen. Ich kann mich erinnern, wie du mich in die Vorplicht warfst, wo die nassen, aufgeschossenen Leinen lagen, und an das Gefühl, wie das ganze Boot bebte, und das Geräusch, als du mit der Keule auf ihn losschlugst, wie um einen Baum zu fällen, und an den süßlichen Blutgeruch überall an mir.»

«Kannst du dich wirklich daran erinnern, oder habe ich es dir mal erzählt?»

«Ich erinnere mich an alles, seit wir zum erstenmal zusammen rausgefahren sind.»

Der alte Mann sah ihn mit seinen sonnenverbrannten, vertrauenden, liebevollen Augen an.

«Wenn du mein Sohn wärst, würde ich's riskieren und dich mitnehmen», sagte er. «Aber du bist der Sohn deines Vaters und deiner Mutter, und du bist in einem Glücksboot.»

«Darf ich die Sardinen fangen gehen? Ich weiß auch, wo ich vier Köder bekommen kann.»

«Ich habe meinen von heute übrig. Ich habe ihn eingesalzen in die Kiste getan.»

«Laß mich vier frische besorgen.»

«Einen», sagte der alte Mann. Er hatte seine Hoffnung und seine Zuversicht niemals verloren. Aber jetzt belebten sie sich, wie wenn der Wind aufkam.

«Zwei», sagte der Junge.

«Zwei», stimmte der alte Mann zu. «Du hast sie doch nicht gestohlen?»

«Würde ich tun», sagte der Junge. «Aber diese hab ich gekauft.»

«Danke», sagte der alte Mann. Er war zu einfältig, um sich zu fragen, wann er diesen Zustand der Demut erlangt hatte. Aber er wußte, er hatte ihn erlangt, und er wußte, es war nicht entehrend, und es brachte nicht den Verlust echten Stolzes mit sich.

«Morgen wird ein guter Tag sein, bei dieser Strömung», sagte er.

«Wo fährst du hin?» fragte der Junge.

«Weit hinaus, um reinzukommen, wenn der Wind dreht. Ich will, ehe es hell wird, draußen sein.»

«Ich werde sehen, daß ich ihn dazu kriege, daß er weit draußen fischt», sagte der Junge. «Dann können wir dir, wenn du was wirklich Großes anhakst, zu Hilfe kommen.»

«Er fischt nicht gern zu weit draußen.»

«Nein», sagte der Junge. «Aber ich werde etwas sehen, was er nicht sehen kann, so was wie einen fressenden Vogel, und ihn dazu kriegen, daß er rausfährt, hinter den Goldmakrelen her.»

«Sind seine Augen so schlecht?»

«Er ist beinahe blind.»

«Es ist merkwürdig», sagte der alte Mann, «wo er nie auf Schildkröten Jagd gemacht hat. Das ruiniert die Augen.»

«Aber du bist doch jahrelang vor der Moskitoküste auf Schildkrötenfang gegangen, und deine Augen sind gut.»

«Ich bin ein merkwürdiger alter Mann.»

«Aber bist du jetzt für einen wirklich großen Fisch stark genug?»

«Ich glaube ja. Und es gibt viele Kniffe.»

«Laß uns das Zeug nach Hause bringen», sagte der Junge, «damit ich den Käscher holen kann, um die Sardinen zu fangen.»

Sie hoben das Gerät aus dem Boot. Der alte Mann

trug den Mast auf der Schulter, und der Junge trug die hölzerne Kiste mit den aufgeschossenen, festgeflochtenen braunen Leinen, den Fischhaken und die Harpune mit dem Schaft. Die Kiste mit dem Köder stand im Heck des Bootes neben der Keule, die benutzt wurde, um die großen Fische, wenn man sie längsseits geholt hatte, zu bändigen. Niemand würde dem alten Mann etwas stehlen, aber es war besser, das Segel und die schweren Leinen mit nach Hause zu nehmen, weil der Tau ihnen schädlich war, und obwohl er ganz sicher war, daß ihm kein Einheimischer etwas stehlen würde, fand der alte Mann, daß es eine unnötige Versuchung sei, einen Fischhaken und eine Harpune im Boot zu lassen.

Sie gingen zusammen die Straße hinauf zu der Hütte des alten Mannes und gingen durch die offene Tür hinein. Der alte Mann lehnte den Mast mit dem zusammengewickelten Segel gegen die Wand, und der Junge stellte die Kiste und das übrige Gerät daneben. Der Mast war beinahe so lang wie das einzige Zimmer der Hütte. Die Hütte war aus den zähen Knospenscheiden der königlichen Palme, die *guano* genannt wird, gemacht, und in ihr war ein Bett, ein Tisch, ein Stuhl und eine Stelle auf dem erdenen Fußboden, wo man mit Holzkohle kochen konnte. An den braunen Wänden der hartfaserigen *guano* hing ein farbiges Bild des Heiligen Herzens Jesu und ein anderes von der Jungfrau von Cobre. Diese Reliquien hatten seiner Frau gehört.

Früher hing auch eine kolorierte Fotografie seiner Frau an der Wand, aber er hatte sie abgenommen, weil er sich bei ihrem Anblick zu verlassen fühlte, und sie lag auf dem Bord in der Ecke unter seinem sauberen Hemd.

«Was hast du zu essen?» fragte der Junge.

«Einen Topf mit gelbem Reis und Fisch. Möchtest du etwas?»

«Nein, ich eß zu Hause. Soll ich dir Feuer anmachen?»

«Nein, ich mache es später. Oder vielleicht esse ich den Reis kalt.»

«Darf ich den Käscher nehmen?»

«Natürlich.»

Es war kein Käscher da, und der Junge erinnerte sich daran, wie sie ihn verkauft hatten. Aber sie führten diese Komödie jeden Tag durch. Es gab keinen Topf mit gelbem Reis und Fisch, und der Junge wußte auch dies.

«Fünfundachtzig ist eine Glückszahl», sagte der alte Mann. «Wie würde dir das wohl gefallen, wenn ich einen reinbrächte, der sich ausgenommen auf über tausend Pfund stellt?»

«Ich nehme jetzt den Käscher und geh Sardinen fangen. Willst du in der Tür in der Sonne sitzen?»

«Ja. Ich hab die Zeitung von gestern und werde die Baseballnachrichten lesen.»

Der Junge wußte nicht, ob die gestrige Zeitung auch

eine Erfindung war, aber der alte Mann holte sie unter seinem Bett hervor.

«Pedrico hat sie mir in der *bodega* gegeben», erklärte er.

«Ich komm zurück, sobald ich die Sardinen habe. Ich werde deine und meine zusammen aufs Eis legen, und wir könnten sie morgen früh teilen. Wenn ich wieder da bin, kannst du mir vom Baseball erzählen.»

«Die ‹Yankees› können nicht verlieren.»

«Aber ich hab vor den ‹Indians› von Cleveland Angst.»

«Hab du nur Vertrauen zu den ‹Yankees›, mein Junge. Denk an den großen DiMaggio.»

«Ich habe vor beiden, den ‹Tigers› aus Detroit und den ‹Indians› aus Cleveland, Angst.»

«Paß auf, sonst kriegst du's auch noch mit der Angst vor den ‹Reds› aus Cincinnati und den ‹White Sox› aus Chicago.»

«Studier du's und erzähl mir, wenn ich zurück bin.»

«Glaubst du, wir sollten ein Los mit einer Fünfundachtzig für die letzte Ziehung kaufen? Morgen ist der fünfundachtzigste Tag.»

«Das können wir tun», sagte der Junge. «Aber was meinst du zu siebenundachtzig, von wegen deinem großen Rekord?»

«Das kann nicht zweimal passieren. Glaubst du, daß du eines mit der Fünfundachtzig kriegen kannst?»

«Ich kann eines bestellen.»

«Eines. Das macht zwei und einen halben Dollar. Von wem können wir uns das borgen?»

«Das ist einfach. Zwei und einen halben Dollar kann ich mir immer borgen.»

«Ich glaube, das kann ich vielleicht auch. Aber ich will mir lieber nichts borgen. Erst borgt man; dann bettelt man.»

«Halt dich warm, Alter», sagte der Junge. «Vergiß nicht, wir sind im September.»

«Das ist der Monat, in dem die großen Fische kommen», sagte der alte Mann. «Im Mai kann jeder fischen.»

«Ich geh jetzt die Sardinen fangen», sagte der Junge.

Als der Junge zurückkam, schlief der alte Mann auf seinem Stuhl, und die Sonne war untergegangen. Der Junge nahm die alte, wollene Armeedecke vom Bett und breitete sie über die Lehne des Stuhls und über die Schultern des alten Mannes. Es waren merkwürdige Schultern, noch kraftvoll, wenn auch sehr alt, und der Hals war auch noch stark, und die Falten waren nicht so sichtbar, wenn der alte Mann schlief und sein Kopf vornüber fiel. Sein Hemd war so oft geflickt, daß es dem Segel glich, und die Flikken waren durch die Sonne verschiedenartig verblaßt. Der Kopf des alten Mannes war jedoch sehr alt, und wenn er die Augen geschlossen hielt, war kein Leben in seinem Gesicht. Die Zeitung lag auf seinen Knien, und das Gewicht seines Armes hielt sie dort in der Abendbrise fest. Er war barfuß.

Der Junge ließ ihn dort, und als er wiederkam, schlief der alte Mann noch immer.

«Wach auf, Alter», sagte der Junge und legte seine Hand auf das eine Knie des alten Mannes.

Der alte Mann schlug die Augen auf, und einen Augenblick lang kam er aus weiter Ferne her zurück. Dann lächelte er.

«Nun, was hast du?» fragte er.

«Abendbrot», sagte der Junge. «Wir wollen Abendbrot essen.»

«Ich bin nicht sehr hungrig.»

«Los, komm nur essen. Du kannst nicht fischen und nichts essen.»

«Hab ich schon gemacht», sagte der alte Mann und stand auf und nahm die Zeitung und faltete sie zusammen. Dann fing er an, die Decke zusammenzulegen.

«Behalt die Decke um», sagte der Junge. «Solange ich am Leben bin, wirst du nicht fischen gehen, ohne was zu essen.»

«Dann leb du schön lange und sieh zu, daß dir nichts passiert», sagte der alte Mann. «Was gibt's zu essen?»

«Schwarze Bohnen und Reis, gebratene Bananen und etwas Zusammengekochtes.»

Der Junge hatte alles in einem metallenen zweistöckigen Behälter aus der *Terrace* geholt. Er hatte Messer, Gabeln und Löffel in der Tasche, jedes Besteck war in eine Papierserviette gewickelt.

«Wo hast du das her?»

«Von Martin, dem Besitzer.»

«Ich muß mich bei ihm bedanken.»

«Ich habe ihm bereits gedankt», sagte der Junge. «Du brauchst ihm nicht zu danken.»

«Ich werde ihm das Bauchfleisch von einem großen Fisch geben», sagte der alte Mann. «Hat er das mehr als einmal für uns getan?»

«Ich glaube ja.»

«Dann muß ich ihm mehr als das Bauchfleisch geben. Er ist sehr aufmerksam gegen uns.»

«Er hat auch Bier mitgeschickt.»

«Ich hab das Dosenbier am liebsten.»

«Ich weiß. Aber dies ist in Flaschen. Hatuey-Bier, und ich bring ihm die Flaschen zurück.»

«Das ist sehr freundlich von dir», sagte der alte Mann. «Wollen wir essen?»

«Ich hatte dich schon aufgefordert», sagte der Junge höflich zu ihm. «Ich wollte nur den Behälter nicht öffnen, bevor du soweit bist.»

«Jetzt bin ich soweit», sagte der alte Mann. «Ich brauchte nur Zeit, um mich zu waschen.»

Wo hast du dich gewaschen? dachte der Junge. Die Wasserversorgung des Dorfes befand sich zwei Querstraßen weiter unten. – Ich muß Wasser für ihn hier haben, dachte der Junge, und Seife und ein gutes Handtuch. Warum denke ich auch an nichts? Ich muß ihm noch ein zweites Hemd und eine Jacke für den Winter und irgendwelche Schuhe besorgen und noch eine Decke.

«Dein Zusammengekochtes ist ausgezeichnet», sagte der alte Mann.

«Erzähl mir vom Baseball», bat der Junge.

«In der American League machten es die ‹Yankees›, wie ich gesagt habe», sagte der alte Mann vergnügt.

«Sie haben heute verloren», erzählte ihm der Junge.

«Das hat nichts zu sagen. Der große DiMaggio ist wieder ganz der alte.»

«Die Mannschaft besteht noch aus anderen.»

«Natürlich. Aber er haut sie raus. In der anderen Liga, zwischen Brooklyn und Philadelphia, bin ich für Brooklyn. Aber da denke ich an Dick Sisler und seine weiten Schläge auf dem alten Gelände.»

«Hat nie was Ähnliches gegeben. Er schlägt den weitesten Ball, den ich je gesehen habe.»

«Erinnerst du dich an damals, als er immer in die *Terrace* kam? Ich wollte ihn zum Fischen mitnehmen, aber ich war zu schüchtern, um ihn aufzufordern. Dann bat ich dich, ihn aufzufordern, und du warst auch zu schüchtern.»

«Ich weiß. Das war ein großer Fehler. Vielleicht wäre er mitgekommen. Dann hätten wir die Erinnerung daran fürs ganze Leben.»

«Ich würde den großen DiMaggio gern zum Fischen mitnehmen», sagte der alte Mann. «Man sagt, daß sein Vater ein Fischer gewesen ist. Vielleicht war er so arm wie wir und würde es verstehen.»

«Der Vater vom großen Sisler war niemals arm, und er, der Vater, spielte, als er in meinem Alter war, in den großen Ligen mit.»

«Als ich in deinem Alter war, fuhr ich vor dem Mast auf einem rahgetakelten Schiff nach Afrika, und am Abend hab ich Löwen an den Ufern gesehen.»

«Ich weiß, das hast du mir erzählt.»

«Wollen wir über Afrika oder Baseball reden?»

«Ich glaube, Baseball», sagte der Junge. «Erzähl mir von dem großen John J. McGraw.» Er sagte *Jota* für J.

«Der kam früher auch manchmal in die *Terrace*. Aber er war ungehobelt und barsch und schwierig, wenn er trank. Er hatte außer Baseball auch Pferde im Kopf. Wenigstens trug er jederzeit Listen mit Pferdenamen in der Tasche und erwähnte häufig Pferdenamen am Telefon.»

«Er war ein großer Manager», sagte der Junge. «Mein Vater hielt ihn für den größten.»

«Weil er am häufigsten hier gewesen ist», sagte der alte Mann. «Wenn Durocher weiter jedes Jahr hierhergekommen wäre, würde dein Vater den für den größten Manager halten.»

«Wer ist denn wirklich der größte Manager, Luque oder Mike Gonzalez?»

«Ich glaube, die geben einander nichts nach.»

«Und der beste Fischer bist du.»

«Nein, ich kenne andere, bessere.»

«Qué va», sagte der Junge. «Es gibt viele gute Fischer und einige ganz große. Aber niemand wie dich.»

«Danke. Du machst mich glücklich. Hoffentlich wird mir kein Fisch begegnen, der so groß ist, daß er uns Lügen straft.»

«Solch einen Fisch gibt es nicht, wenn du noch so stark bist, wie du sagst.»

«Vielleicht bin ich nicht so stark, wie ich denke», sagte der alte Mann. «Aber ich kenne allerhand Schliche und habe *resolución.*»

«Du mußt jetzt schlafen gehen, damit du morgen früh frisch bist. Ich bring die Sachen in die *Terrace* zurück.»

«Also dann gute Nacht. Ich hol dich morgen früh.»

«Du bist meine Weckuhr», sagte der Junge.

«Das Alter ist meine Weckuhr», sagte der alte Mann. «Warum wachen alte Leute so früh auf? Ist es, um einen längeren Tag zu haben?»

«Ich weiß nicht», sagte der Junge. «Ich weiß nur, daß Jungens wie ich lange und fest schlafen.»

«Ich kann mich daran erinnern», sagte der alte Mann. «Ich werde dich zur Zeit wecken.»

«Ich mag nicht, wenn er mich wecken kommt. Es ist, als ob er mir überlegen ist.»

«Ich weiß.»

«Schlaf wohl, Alter.»

Der Junge ging hinaus. Sie hatten beim Essen kein Licht auf dem Tisch gehabt, und der alte Mann zog seine Hose aus und ging im Dunkeln zu Bett. Er rollte seine Hose zu einem Kissen zusammen und steckte die Zeitung hinein. Er rollte sich in die Decke und schlief auf den anderen alten Zeitungen, die die Sprungfedern des Bettes bedeckten.

Kurze Zeit darauf war er eingeschlafen, und er träumte von Afrika, als er ein Junge war, und den langen goldgelben Ufern und den weißen Ufern, die so weiß waren, daß einem die Augen weh taten, und den hohen Vorgebirgen und den großen braunen Bergen. Jede Nacht lebte er jetzt an dieser Küste, und in seinen Träumen hörte er das Brausen der Brandung und sah die Boote der Eingeborenen durch sie hindurchfahren. Während er schlief, roch er vom Deck Teer und Werg, und er roch den Geruch von Afrika, den der Landwind morgens brachte.

Gewöhnlich wachte er auf, wenn er den Landwind roch, und zog sich an, um hinaufzugehen und den Jungen zu wecken. Aber in dieser Nacht kam der Landwind sehr früh, und er wußte, daß es zu früh in seinem Traum war, und er fuhr fort zu träumen und sah, wie die weißen Höhen der Inseln sich aus dem Meer erhoben, und dann träumte er von den verschiedenen Häfen und Reeden der Kanarischen Inseln. Er träumte nicht mehr von Stürmen oder von Frauen, noch von großen Ereignissen, noch von großen Fischen, noch Kämpfen und Kraftproben, noch von seiner Frau. Er träumte jetzt nur noch von Orten und Gegenden und von den Löwen am Ufer. Sie spielten wie junge Katzen in der Dämmerung, und er liebte sie, wie er den Jungen liebte. Er träumte niemals von dem Jungen. Er wachte einfach auf, blickte durch die offene Tür nach dem Mond und rollte seine Hose auseinander und zog sie an. Er urinierte draußen vor der Hütte und ging dann die Landstraße hinauf, um den Jungen zu wecken. Er zitterte in der Morgenkälte. Aber er wußte, er würde sich warm zittern, und bald würde er rudern.

Die Tür des Hauses, in dem der Junge wohnte, war unverschlossen, und er öffnete sie und ging auf nackten Füßen leise hinein. Der Junge schlief auf einem Lager im ersten Zimmer, und der alte Mann konnte ihn in dem Licht, das von dem schwindenden Mond hineindrang, deutlich sehen. Er nahm behutsam seinen einen Fuß in die Hand und hielt ihn fest, bis der Junge aufwachte und sich umdrehte und ihn anblickte. Der alte Mann nickte, und der Junge nahm seine Hose vom Stuhl neben seinem Bett und zog sie, auf dem Bett sitzend, an.

Der alte Mann ging zur Tür hinaus, und der Junge folgte ihm. Er war verschlafen, und der alte Mann legte ihm den Arm um die Schultern und sagte: «Es tut mir leid.»

«Qué va», sagte der Junge. «Ein Mann muß das eben.»

Sie gingen die Landstraße hinunter bis zu der Hütte des alten Mannes, und die ganze Straße entlang im Dunkeln bewegten sich barfüßige Männer, die die Masten ihrer Boote trugen.

Als sie in der Hütte des alten Mannes angelangt waren, nahm der Junge den Korb mit den aufgeschossenen Angelleinen und die Harpune und den Fischhaken, und der alte Mann trug den Mast mit dem zusammengerollten Segel auf der Schulter.

«Möchtest du Kaffee trinken?» fragte der Junge.

«Wir wollen die Sachen ins Boot legen und dann welchen trinken.»

Sie tranken ihren Kaffee aus Kondensmilchdosen in einem Ausschank, den die Fischer frühmorgens benutzten.

«Wie hast du geschlafen, Alter?» fragte der Junge. Er wachte jetzt auf, obwohl es ihm immer noch schwerfiel, aus seinem Schlaf herauszufinden.

«Sehr gut, Manolin», sagte der alte Mann. «Ich hab heute ein zuversichtliches Gefühl.»

«Ich auch», sagte der Junge. «Jetzt muß ich deine und meine Sardinen holen und deinen frischen Köder. Er bringt unser Gerät selbst. Er will nie, daß irgend jemand irgendwas trägt.»

«Da bin ich anders», sagte der alte Mann. «Ich hab dich Sachen tragen lassen, als du fünf Jahre alt warst.»

«Ich weiß noch», sagte der Junge. «Ich bin sofort wieder da. Trink noch einen Kaffee. Wir haben hier Kredit.»

Er machte sich auf den Weg, barfüßig, über die Korallenfelsen zum Eiskeller, wo die Köder aufgehoben wurden.

Der alte Mann trank langsam seinen Kaffee. Das war alles, was er den ganzen Tag über zu sich nehmen würde, und er war sich klar darüber, daß er ihn trinken mußte. Seit langem schon hatte ihn die Esserei gelangweilt, und er nahm niemals etwas zu Mittag mit. Er hatte eine Flasche mit Wasser im Bug des kleinen Bootes, und das war alles, was er am Tag brauchte.

Der Junge war jetzt mit den Sardinen und den beiden in eine Zeitung gewickelten Ködern zurück, und sie gingen den Pfad zum Boot hinunter, spürten den steinigen Sand unter den Füßen und hoben das Boot an und schoben es ins Wasser.

«Mast- und Schotbruch, Alter.»

«Mast- und Schotbruch», sagte der alte Mann. Er paßte die Tauwerksverkleidung der Riemen in die Dollen ein, legte sich gegen den Druck der Riemenblätter im Wasser vornüber und begann im Dunkeln aus dem Hafen herauszurudern. Andere Boote liefen von anderen Uferstellen aus in See, und der alte Mann hörte das Eintauchen und Rucken ihrer Riemen, wenn er sie auch, da der Mond jetzt hinter den Hügeln stand, nicht sehen konnte.

Manchmal sprach wohl jemand in einem der Boote. Aber in den meisten Booten war es still bis auf das Eintauchen der Riemen. Nachdem sie aus der Hafeneinfahrt heraus waren, verteilten sie sich, und jeder steuerte auf das Stück Meer zu, wo er Fische zu finden hoffte. Der alte Mann war sich darüber klar, daß er weit hinaus wollte, und er ließ den Geruch des Festlandes hinter sich und ruderte in den sauberen, frühmorgendlichen Geruch des Meeres hinaus. Er sah das Leuchten des Golfkrauts im Wasser, als er über den Teil des Meeres ruderte, den die Fischer den großen Tank nannten, weil hier eine jähe Tiefe von siebenhundert Faden war, wo sich alle möglichen Fische einfanden, weil dort durch den Anprall der Strömung gegen die steilen Wände des Meeresgrundes ein Wirbel entstand. Hier sammelten sich Unmengen von Garnelen und Köderfischen an und manchmal an den tiefsten Stellen Schwärme von Tintenfischen, und diese stiegen nachts dicht an die Oberfläche, wo all die wandernden Fische sich von ihnen nährten.

Im Dunkeln konnte der alte Mann das Kommen des Morgens fühlen, und während er ruderte, hörte er einen surrenden Laut, als fliegende Fische das Wasser verließen, und das Zischen, das ihre starr gestellten Flügel machten, als sie in der Dunkelheit davonsegelten. Er hatte die fliegenden Fische besonders gern; sie waren seine besten Freunde auf dem Ozean. Ihm taten die Vögel leid, besonders die kleinen, zarten dunklen Meerschwalben, die immer flogen und suchten und fast niemals etwas fanden, und er dachte, die Vögel haben ein schwereres Leben als wir, bis auf die Raubvögel und die schweren großen. Warum machte man die Vögel so zart und fein wie jene Meerschwalben, wenn die See so grausam sein kann? Sie ist gütig und wunderbar schön. Aber sie kann so grausam sein, und es kommt so plötzlich, und diese fliegenden, dippenden und jagenden Vögel mit ihren kleinen, traurigen Stimmen sind zu zart für die See.

Er dachte an die See immer als an *la mar*, so nennt man sie auf spanisch, wenn man sie liebt. Manchmal sagt einer, der sie liebt, böse Dinge über sie, aber er sagt es immer, als ob es sich um eine Frau handle. Manche der jüngeren Fischer, die Bojen als Schwimmer für ihre Leinen benutzten und Motorboote besaßen, die sie gekauft hatten, als die Haifischlebern viel Geld einbrachten, sprachen von ihr als *el mar*, was das Maskulinum ist. Sie sprachen von ihr wie von einem Konkurrenten oder einer Ortsbezeichnung, ja selbst wie von einem Feind. Aber der alte Mann dachte immer an sie als an etwas Weibliches, als etwas, was große Gunst gewähren oder vorenthalten kann, und wenn sie wilde oder böse Dinge tat, geschah es, weil sie nicht anders konnte. – Der Mond beeinflußt sie, wie er eine Frau beeinflußt, dachte er.

Er ruderte jetzt gleichmäßig, und es war keine Anstrengung für ihn, da er sich gut innerhalb seines Tempos hielt und die Oberfläche des Meeres bis auf die gelegentlichen Wirbel der Strömung glatt war. Er ließ die Strömung ein Drittel der Arbeit tun, und als es hell zu werden begann, sah er, daß er bereits weiter draußen war, als er es zu dieser Stunde erwartet hatte.

Ich habe die tiefen Tanks eine Woche lang durchgekämmt und habe nichts geschafft, dachte er. Heute werde ich draußen arbeiten, wo die Bonito- und Albacore-Schwärme sind, und vielleicht wird ein Großer bei ihnen sein.

Ehe es richtig hell war, hatte er seine Köder ausgeworfen und trieb mit der Strömung. Ein Köder war in vierzig Faden Tiefe. Der zweite war in fünfundsiebzig, und der dritte und vierte waren unten in der blauen See in hundert und hundertfünfundzwanzig Faden Tiefe. Alle Köder hingen mit dem Kopf nach unten, mit dem Schenkel des Hakens im Köderfisch festgemacht und festgebunden, und der ganze hervorstehende Teil des Hakens, der Bogen und der Widerhaken, war mit frischen Sardinen bedeckt. Jede Sardine war durch beide Augen gehakt, so daß sie eine Halbgirlande an dem hervorstehenden Stahl bildeten. Es gab keinen Teil des Hakens, an den ein großer Fisch herankonnte, der nicht lieblich roch und gut schmeckte.

Der Junge hatte ihm zwei frische kleine Thunfische

oder Albacore gegeben, die an den beiden untersten Leinen wie Bleigewichte hingen, und an den anderen hatte er eine große blaue Schustermakrele und einen gelben Stöcker, die schon einmal benutzt worden waren, aber sie befanden sich noch in gutem Zustand und waren von den köstlichen Sardinen umgeben, die ihnen Duft und Reiz verliehen. Jede Leine war so stark wie ein dicker Bleistift und war an einem frischen, saftigen Stock angeschlungen, so daß der Stock bei jedem Zerren oder jeder Berührung des Köders eindippen mußte, und jede Leine hatte zwei Rollen von vierzig Faden, die an den anderen Reserverollen angeschlungen werden konnten, so daß ein Fisch, falls es notwendig werden sollte, über dreihundert Faden Leine herausziehen konnte.

Jetzt beobachtete der alte Mann querab von dem Boot das Eindippen der drei Stöcke und ruderte langsam, um die Leinen auf und nieder und in den richtigen Tiefen zu halten. Es war ganz hell, und jeden Augenblick mußte jetzt die Sonne aufgehen.

Die Sonne erhob sich bläßlich aus dem Meer, und der alte Mann konnte die anderen Boote tief auf dem Wasser über den Strom verteilt und ziemlich in Ufernähe sehen. Dann schien die Sonne heller, und ein Gleißen lag auf dem Wasser, und dann, als sie sich völlig löste, spiegelte sie die flache See, so daß seine Augen heftig schmerzten, und er ruderte, ohne in sie hineinzusehen. Er blickte ins Wasser hinab und beobachtete die Leinen, die gerade hinunter in das Dunkel des Wassers liefen. Er hielt sie gerader als irgendein anderer, so daß in jeder Tiefe in der Dunkelheit des Stroms genau an der von ihm beabsichtigten Stelle auf jeden Fisch, der dort schwimmen würde, ein Köder wartete. Andere ließen sie mit der Strömung treiben, und manchmal waren sie in sechzig Faden Tiefe, wenn die Fischer dachten, daß sie in hundert seien.

Aber, dachte er, ich halte sie mit peinlicher Genauigkeit. Ich habe nur kein Glück mehr. Aber, wer weiß? Vielleicht heute. Jeder Tag ist ein neuer Tag. Es ist besser, wenn man Glück hat. Aber lieber noch bin ich exakt. Wenn dann das Glück kommt, ist man parat.

Die Sonne stand jetzt zwei Stunden höher, und es tat seinen Augen nicht mehr so weh, ostwärts zu blicken. Es waren jetzt nur drei Boote in Sicht, und sie lagen sehr tief und dicht unter Land.

Mein ganzes Leben über hat die frühe Morgensonne meinen Augen weh getan, dachte er. Trotzdem sind sie noch gut. Am Abend kann ich direkt in sie hineinsehen, ohne daß mir schwummerig wird. Dabei hat sie am Abend mehr Kraft. Aber am Morgen tut sie weh.

In dem Augenblick sah er einen Fregattvogel mit langen schwarzen Flügeln vor sich am Himmel kreisen. Er ließ sich schnell fallen, ging schräg auf rückwärtsgerissenen Flügeln hinab und kreiste dann wieder.

«Der hat etwas», sagte der alte Mann laut. «Der sucht nicht nur.»

Er ruderte langsam und stetig der Stelle zu, wo der Vogel kreiste. Er beeilte sich nicht, und er hielt seine Leinen auf und nieder. Aber er beschleunigte die Fahrt ein wenig in der Strömung, so daß er zwar noch fehlerfrei fischte, jedoch schneller, als er gefischt hätte, wenn er nicht den Vogel hätte benutzen wollen.

Der Vogel stieg höher in die Luft und kreiste wieder mit bewegungslosen Schwingen. Dann tauchte er plötzlich, und der alte Mann sah fliegende Fische aus dem Wasser hervorspritzen und verzweifelt über die Oberfläche segeln.

«Makrelen», sagte der alte Mann laut, «große Goldmakrelen.»

Er zog die Riemen ein und holte eine kurze Schnur aus der Plicht hervor. Sie hatte eine Drahtöse und einen mittelgroßen Haken, und er beköderte sie mit einer der Sardinen. Er ließ sie über die Seite hinab und machte sie dann an einem Ringbolzen im Heck fest. Dann beköderte er eine zweite Schnur und ließ sie aufgewickelt im Schatten der Bootswand liegen. Er ging wieder ans Rudern und ans Beobachten des langflügeligen schwarzen Vogels, der jetzt dicht über dem Wasser an der Arbeit war.

Während er beobachtete, dippte der Vogel wieder mit zum Tauchen schräg gestellten Flügeln, und dann schlug er ungestüm und erfolglos mit den Flügeln, als er den fliegenden Fischen folgte. Der alte Mann konnte die leichte Schwellung im Wasser sehen, die die großen

Goldmakrelen hervorriefen, als sie den entkommenden Fischen folgten. Die Makrelen durchschnitten unterhalb von den flüchtenden Fischen das Wasser und würden in voller Fahrt im Wasser dahinjagen, wenn die Fische in die Tiefe gingen. – Es ist ein großer Schwarm Goldmakrelen, dachte er. Sie sind weit verteilt, und die fliegenden Fische haben wenig Chancen. Der Vogel hat gar keine Chance. Die fliegenden Fische sind zu groß für ihn und schwimmen zu schnell.

Er beobachtete die fliegenden Fische, die wieder und wieder hervorbrachen, und die unwirksamen Bewegungen des Vogels. – Dieser Schwarm ist mir entkommen, dachte er. Sie bewegen sich zu schnell und zu weit hinaus. Aber vielleicht werde ich einen Nachzügler auflesen, und vielleicht ist mein großer Fisch bei ihnen. Mein großer Fisch muß irgendwo sein.

Die Wolken über dem Festland erhoben sich jetzt wie Berge, und die Küste war nur noch ein langer grüner Strich mit den graublauen Hügeln dahinter. Das Wasser war jetzt dunkelblau, so dunkel, daß es beinahe violett aussah. Als er in es hinunterblickte, sah er die roten Algen des Planktons in dem dunklen Wasser und das merkwürdige Leuchten, das die Sonne jetzt hervorrief. Er beobachtete seine Angelschnüre und sah, wie sie gerade hinunter und außer Sicht ins Wasser liefen, und er freute sich, als er soviel Plankton sah, denn das deutete auf Fische hin. Das merkwürdige Leuchten, das die Sonne jetzt, da sie höher stand, im Wasser hervorrief, und auch die Form der Wolken über dem Festland bedeuteten gutes Wetter. Aber der Vogel war jetzt nahezu außer Sicht, und nichts zeigte sich auf der Oberfläche des Wassers außer einigen Stellen von gelbem, sonnengebleichtem Sargassotang und die violette, festgeformte, schillernde, gallertartige Blase einer Portugiesischen Galeere, die dicht neben dem Boot trieb. Sie legte sich auf die Seite und richtete sich dann auf. Sie trieb munter wie eine Luftblase dahin mit ihren langen, tödlichen violetten Nesselfäden, die beinahe einen Meter hinter ihr im Wasser nachschleppten.

«*Agua mala*», sagte der Mann, «du Hure.»

Von dort, wo er sich leicht in die Riemen legte, blickte er ins Wasser hinab und sah die winzigen Fische, die von der gleichen Farbe wie die schleppenden Nesselfäden waren und zwischen ihnen und unter dem kleinen Schatten, den die treibende Blase machte, umherschwammen. Sie waren immun gegen ihr Gift. Aber Menschen waren es nicht, und wenn sich Nesselfäden an einer Leine fingen und dort schleimig und violett hängenblieben, während der alte Mann einen Fisch drillte, würde er Striemen und Ätzungen an Armen und Händen bekommen von der Art, wie sie Giftefeu oder Gifteichen verursachen können. Aber dies Gift von der *Agua mala* wirkte schnell und schlug zu wie ein Peitschenhieb.

Die schillernden Blasen waren wunderschön. Aber sie waren das Hinterlistigste, was die See barg, und der alte Mann sah mit Vergnügen, wenn die großen Meerschildkröten sie fraßen. Die Schildkröten sahen sie, näherten sich ihnen von vorn, schlossen dann die Augen, so daß sie vollkommen gepanzert waren, und fraßen sie, Nesselfäden und alles inbegriffen. Der alte Mann sah mit Vergnügen, wenn die Schildkröten sie fraßen, und er zerstampfte sie gern am Strand nach einem Sturm und hörte sie gern zerplatzen, wenn er mit den hornigen Sohlen seiner Füße auf sie trat.

Er liebte grüne Schildkröten und Karettschildkröten in ihrer Eleganz und Geschwindigkeit und ihrem großen Wert, und er hegte eine freundschaftliche Verachtung für die riesigen, dummen, unechten in ihrer gelben Panzerung, die so merkwürdig in ihren Liebesäußerungen waren und vergnügt mit geschlossenen Augen die Portugiesischen Galeeren fraßen.

Schildkröten hatten für ihn nichts Mystisches, obwohl er viele Jahre lang in Schildkrötenbooten gefahren war. Sie taten ihm alle leid, selbst die großen Lederschildkröten, die so lang wie ein Boot waren und eine Tonne wogen. Die meisten Leute haben kein Gefühl für Schildkröten, weil das Herz einer Schildkröte noch stundenlang schlägt, nachdem man sie zerstückelt und ausgeschlachtet hat. – Aber, dachte der alte Mann, ich habe genau solch ein Herz, und meine Füße und Hände sind wie ihre. – Er aß ihre weißen Eier, um sich zu kräftigen. Er aß sie den ganzen Mai hindurch, um im September und Oktober den wirklich großen Fischen gewachsen zu sein.

Er trank auch jeden Tag eine Tasse Haifischlebertran aus dem großen Faß in der Hütte, in der viele Fischer ihre Geräte aufhoben. Er war da für alle Fischer, die welchen haben wollten. Die meisten Fischer verabscheuten den Geschmack. Aber es war nicht schlimmer, als zu der Zeit aufzustehen, zu der sie sich erhoben, und er war sehr gut gegen Erkältungen und Grippen, und er war gut für die Augen.

Jetzt blickte der alte Mann auf und sah, daß der Vogel wieder kreiste.

«Er hat Fische gefunden», sagte er laut. Kein fliegender Fisch durchbrach den Wasserspiegel, und man sah auch keine vereinzelten Köderfische. Aber während der alte Mann beobachtete, sprang ein kleiner Thunfisch in die Luft, drehte sich und fiel mit dem Kopf voran ins Wasser. Der Thunfisch schimmerte silbrig in der Sonne, und nachdem er ins Wasser zurückgefallen war, stieg einer und noch einer auf, und sie sprangen in alle Richtungen und peitschten das Wasser zu Schaum und setzten in langen Sprüngen dem Köder nach. Sie umkreisten ihn und stießen ihn vorwärts.

Wenn sie nicht zu schnell schwimmen, werde ich in sie hineingeraten, dachte der alte Mann, und er beobachtete, wie der Schwarm das Wasser weiß quirlte und wie sich der Vogel jetzt fallen ließ und zwischen die Köderfische tauchte, die in ihrer Panik an die Oberfläche hinaufgetrieben wurden.

«Der Vogel ist eine große Hilfe», sagte der alte Mann. In dem Augenblick straffte sich die Achterleine unter seinem Fuß, wo er eine Bucht in der Leine gelassen hatte, und er ließ die Riemen los und fühlte das Gewicht von dem zitternden Ruck des kleinen Thunfischs, während er die Leine festhielt und sie einzuholen begann. Das Zittern nahm zu, während er sie einholte, und er konnte den blauen Rücken des Fischs und das Gold seiner Flanken im Wasser sehen, ehe er ihn über die Seite ins Boot schwang. Er lag im Heck kompakt und kugelförmig in der Sonne, und seine großen, unintelligenten Augen stierten, während er durch die hurtigen, zitternden Schläge seines glatten, schnell sich bewegenden Schwanzes gegen die Bootsplanken sein Leben vernichtete. Der alte Mann schlug ihm aus Gutmütigkeit auf den Kopf und stieß ihn, während sein Körper noch zuckte, in den Schatten unterm Heck.

«Albacore», sagte er laut. «Der gibt einen wunderbaren Köder. Der wird zehn Pfund wiegen.»

Er erinnerte sich nicht, wann er zum erstenmal, als er allein mit sich war, laut gesprochen hatte. Früher hatte er, wenn er allein war, gesungen, und er hatte nachts, in einer der Schmacken oder in einem der Schildkrötenboote, wenn er auf Wache allein am Ruder stand, gesungen. Wahrscheinlich hatte er, nachdem der Junge gegangen war, begonnen, laut mit sich selbst zu reden, wenn er allein war. Aber er erinnerte sich nicht daran. Wenn er und der Junge zusammen fischten, sprachen sie gewöhnlich nur, wenn es notwendig war. Sie unterhielten sich nachts oder wenn sie bei schlechtem Wetter auf dem Meer festgehalten wurden. Es galt auf See als Tugend, nicht überflüssigerweise zu sprechen, und der alte Mann hatte es auch immer als solche angesehen und respektiert. Aber jetzt gab er häufig seinen Gedanken laut Ausdruck, da niemand da war, den sie behelligen konnten.

«Wenn die andern mich laut vor mich hin reden hören, würden sie mich für verrückt halten», sagte er laut. «Aber da ich nicht verrückt bin, ist es mir gleich. Und die Reichen haben Radios in ihren Booten, die ihnen was erzählen und ihnen die Baseballberichte bringen.»

Jetzt ist keine Zeit, um an Baseball zu denken, dachte er. Jetzt ist es Zeit, nur an eines zu denken. Das, wofür ich geboren bin. Vielleicht ist ein Großer in der Nähe des Schwarms, dachte er. Ich habe nur einen Nachzügler von den Albacore, die gerade fraßen, aufgelesen. Die anderen sind weit draußen an der Arbeit und schwimmen schnell. Alles, was sich heute an der Oberfläche zeigt, bewegt sich sehr schnell und nordostwärts. Kann das an der Tageszeit liegen? Oder ist es irgendein Wettersymptom, das ich nicht kenne?

Er konnte jetzt das Grün des Ufers nicht sehen, sondern nur die Kuppen der blauen Hügel, die weiß blinkten, als ob sie mit Schnee bedeckt wären, und die Wolken, die wie hohe Schneeberge über ihnen aussahen. Die See war sehr dunkel, und das Licht brach sich im Wasser. Die unzähligen Sprenkel von Plankton waren jetzt von der hochstehenden Sonne wie aufgezehrt, und der alte Mann sah jetzt nur die großen, tiefen Lichtbrechungen in dem blauen Wasser, das eine Meile tief war, in das seine Leinen gerade hinunterliefen.

Die Thunfische, die Fischer nannten alle Fische dieser Art Thunfische und unterschieden sie nur mit ihren besonderen Namen, wenn sie sie zum Verkauf brachten oder gegen Köder tauschen wollten, waren wieder in der Tiefe verschwunden. Die Sonne war jetzt heiß, und der alte Mann spürte sie auf seinem Nacken und spürte beim Rudern, wie der Schweiß seinen Rücken entlangrieselte.

Ich könnte einfach treiben, dachte er, und schlafen und eine Schlinge um meine Zehe winden, um mich aufzuwecken. Aber heute sind's fünfundachtzig Tage, und ich sollte den Tag gut fischen.

In dem Moment sah er, während er seine Leinen beobachtete, wie einer der ausgeworfenen frischen Stöcke ruckartig eindippte.

«Ja», sagte er, «ja», und holte die Riemen ein, ohne gegen das Boot zu stoßen. Er langte nach der Leine und hielt sie behutsam zwischen Daumen und Zeigefinger seiner rechten Hand. Er spürte weder Druck noch Gewicht, und er hielt die Leine locker. Dann kam es wieder. Diesmal war es wie ein versuchsweises Anrucken, weder stark noch kräftig, und er wußte genau, was es war. In hundert Faden Tiefe fraß ein Marlin die Sardinen ab, die die Spitze und den Schenkel des Hakens bedeckten, wo der handgeschmiedete Haken aus dem Kopf des kleinen Thunfischs hervorragte.

Der alte Mann hielt die Leine behutsam und machte sie mit der linken Hand vorsichtig von dem Stock los. Jetzt konnte er sie durch die Finger laufen lassen, ohne daß der Fisch irgendeine Spannung spürte. So weit draußen, da muß er riesengroß sein in diesem Monat, dachte er. Friß sie, Fisch! Friß sie! Bitte, friß sie! Wie frisch sie sind, und du da unten, sechshundert Fuß in dem kalten Wasser, dort in der Dunkelheit! Mach noch eine Wendung im Dunkeln und komm zurück und friß sie!

Er spürte das leichte, zarte Zupfen und dann einen stärkeren Ruck, als es wohl schwieriger war, den Kopf einer Sardine vom Haken abzukriegen. Dann geschah nichts.

«Los, komm», sagte der alte Mann laut. «Mach noch eine Wendung. Riech noch mal. Sind sie nicht prachtvoll? Friß sie nur ordentlich ab, und dann gibt's den Thunfisch. Fest und kalt und prachtvoll. Genier dich nicht, Fisch. Friß sie!»

Er wartete mit der Leine zwischen Daumen und Zeigefinger und beobachtete sie und die anderen Leinen gleichzeitig, denn der Fisch konnte hinab- oder hinaufgeschwommen sein. Dann kam wieder das gleiche zarte, zupfende Tasten.

«Er wird anbeißen», sagte der alte Mann vernehmlich. «Gott, hilf ihm, daß er anbeißt.»

Aber er biß nicht an. Er war weg, und der alte Mann fühlte nichts.

«Er kann nicht weg sein», sagte er, «um Christi willen, er kann nicht weg sein. Er macht eine Wendung. Vielleicht ist er früher schon mal festgehakt gewesen, und er erinnert sich dunkel daran.»

Dann spürte er das leise Tasten an der Leine, und er freute sich.

«Es war nur eine Wendung», sagte er. «Er wird anbeißen.»

Er freute sich, als er das sanfte Zupfen spürte, und dann fühlte er etwas Hartes und unglaublich Schweres. Es war das Gewicht des Fisches, und er ließ die Leine, die sich von der ersten der zwei Reserverollen abwickelte, auslaufen, hinunter, hinunter. Als sie hinunterlief und dabei leicht durch die Finger des alten Mannes glitt, konnte er immer noch das große Gewicht spüren, obwohl der Druck seines Daumens und Zeigefingers nahezu unmerklich war.

«Was für ein Fisch», sagte er, «jetzt hat er ihn seitlich im Maul, und er zieht damit fort.»

Dann wird er wenden und ihn schlucken, dachte er. Er sagte das nicht, weil er wußte, daß, wenn man etwas Gutes ausspricht, es vielleicht nicht eintrifft. Er wußte, was das für ein riesiger Fisch war, und er sah ihn im Geist, wie er sich im Dunkeln mit dem Thunfisch, den er quer im Maul hielt, entfernte. In dem Augenblick spürte er, wie er sich nicht mehr bewegte, aber das Gewicht war noch da. Dann nahm das Gewicht zu, und er gab mehr Leine. Er verstärkte einen Augenblick lang den Druck von Daumen und Zeigefinger, und das Gewicht nahm zu und zog steil hinunter.

«Er hat angebissen», sagte er. «Jetzt werde ich ihn ordentlich schlingen lassen.»

Er ließ die Leine durch die Finger gleiten, während er mit der linken Hand hinunterlangte und das freie Ende der beiden Reserverollen an der Öse der zwei Reserverollen der nächsten Leine festmachte. Jetzt war er bereit. Er hatte jetzt drei Leinen von vierzig Faden in Reserve außer der Rolle, die er benutzte.

«Schling es noch ein bißchen mehr hinein», sagte er. «Schling es ordentlich runter.»

Verschling es, so daß die Spitze des Hakens in dein Herz geht und dich tötet, dachte er. Komm leicht herauf und laß mich die Harpune in dich hineinstoßen. Gut. Bist du bereit? Warst du lange genug bei Tisch?

«Jetzt», sagte er laut und haute mit beiden Händen kräftig an, gewann ihm einen Meter Leine ab und haute dann wieder und wieder an und zog Hand über Hand mit aller Kraft seiner Arme und dem Gewicht seines sich mitdrehenden Körpers an der Schnur.

Nichts geschah. Der Fisch zog einfach langsam fort,

und der alte Mann konnte ihn auch nicht einen Zentimeter heben. Seine Leine war stark und für schwere Fische gemacht, und er stemmte seinen Rücken gegen sie, bis sie so straff war, daß Wasserperlen von ihr sprangen. Dann begann sie einen langsamen, zischenden Ton im Wasser zu machen, und er hielt sie noch immer, stemmte sich gegen die Ducht und lehnte sich zurück gegen den Zug. Das Boot begann sich langsam nach Nordwesten zu bewegen.

Der Fisch schwamm ruhig, und sie bewegten sich langsam durch das stille Wasser. Die anderen Köder waren noch im Wasser, aber es ließ sich nichts daran ändern.

«Ich wünschte, ich hätte den Jungen da», sagte der alte Mann laut. «Ich werde von einem Fisch in Schlepp genommen, und ich bin der schleppende Beting. Ich könnte die Leine festmachen. Aber dann könnte er sie zerreißen. Ich muß ihn halten, so gut ich kann, und ihm Leine geben, wenn er welche verlangt. Gottlob wandert er und zieht nicht hinunter.»

Was ich tun werde, wenn er sich entschließt, in die Tiefe zu gehen, weiß ich nicht. Was ich tun werde, wenn er taucht und stirbt, weiß ich nicht. Aber ich werde etwas tun. Es gibt eine Menge Dinge, die ich tun kann.

Er hielt die Leinen gegen seinen Rücken und beobachtete ihre Neigung im Wasser und das Boot, das sich stetig nordwestwärts bewegte.

Das wird ihn umbringen, dachte der alte Mann. Er

kann das nicht auf die Dauer aushalten. – Aber vier Stunden später schwamm der Fisch immer noch mit dem Boot im Schlepp stetig hinaus ins Meer, und der alte Mann hielt immer noch die Leine straff über den Rücken gespannt.

«Es war Mittag, als ich ihn angehauen habe», sagte er. «Und ich habe ihn noch nicht gesehen.»

Bevor er den Fisch anhaute, hatte er seinen Strohhut fest auf den Kopf gestülpt, und er schnitt in seine Stirn ein. Er war auch durstig, und er kniete hin und bewegte sich, vorsichtig, um nicht an der Leine zu rucken, so weit er konnte, in der Plicht nach vorn und bekam mit einer Hand die Wasserflasche zu fassen. Er öffnete sie und trank einen Schluck. Dann ruhte er sich im Bug aus. Er ruhte sich auf dem Segel und dem niedergelegten Mast sitzend aus und suchte nicht zu denken, sondern nur durchzuhalten.

Dann blickte er sich um und sah, daß kein Land zu sehen war. – Das macht keinen Unterschied, dachte er. Ich kann immer mit Hilfe des Lichtscheins über Havanna reinkommen. Es sind noch zwei Stunden, ehe die Sonne untergeht, und vielleicht kommt er vorher herauf. Wenn er es nicht tut, kommt er vielleicht mit dem Mond herauf. Wenn er das nicht tut, kommt er vielleicht bei Sonnenaufgang herauf. Ich habe keinen Krampf und fühle mich stark. Schließlich hat er den Haken im Maul, nicht ich. Aber was für ein Fisch, der so zieht! Er muß das Maul fest über dem Draht zugeklemmt haben. Ich wünschte, ich könnte ihn sehen, um zu wissen, was ich gegen mich habe.

Der Fisch änderte während der ganzen Nacht nicht einmal Kurs und Richtung, soweit es der Mann nach dem Stand der Sterne beurteilen konnte. Es war kalt, nachdem die Sonne untergegangen war, und der Schweiß des alten Mannes trocknete kalt auf seinem Rücken und seinen Armen und seinen alten Beinen. Während des Tages hatte er den Sack, der den Behälter mit dem Köder zudeckte, genommen und ihn in der Sonne zum Trocknen ausgebreitet. Nachdem die Sonne untergegangen war, band er ihn sich um den Hals, so daß er jetzt über seinen Rücken hinabhing, und er bugsierte ihn behutsam unter die Leine, die jetzt quer über seine Schultern lief. Der Sack nahm wie ein Kissen den Druck von der Leine, und er hatte eine Art ausprobiert, sich vornüber in den Bug zu lehnen, so daß er es beinahe bequem hatte. Die Lage war tatsächlich nur einigermaßen weniger unerträglich, aber er fand es beinahe bequem.

Ich kann nichts mit ihm anfangen, und er kann nichts mit mir anfangen, dachte er. Nicht, solange er so weitermacht.

Einmal stand er auf und urinierte über die Seite des Bootes und sah zu den Sternen auf und kontrollierte seinen Kurs. Die Leine lief über seine Schultern hinab ins Wasser, wo sie sich wie ein phosphoreszierender Strich abzeichnete. Sie bewegten sich jetzt langsamer, und der Lichtschein von Havanna war weniger stark, so daß er wußte, daß die Strömung sie ostwärts trug. – Wenn ich die Glut über Havanna nicht mehr sehe, müssen wir noch weiter ostwärts treiben, dachte er. Denn wenn der Kurs des Fisches derselbe geblieben ist, muß ich sie noch mehrere Stunden lang sehen. Wie wohl die Baseballresultate der großen Ligen heute waren, dachte er. Es wäre wunderbar, wenn man ein Radio dabei hätte. – Dann dachte er, denk die ganze Zeit daran. Denk an das, was du tust. Du darfst nichts Dummes tun.

Dann sagte er laut: «Ich wünschte, ich hätte den Jungen da. Um mir zu helfen und um dies zu sehen.»

Niemand sollte im Alter allein sein, dachte er. Aber es ist unvermeidlich. Ich muß daran denken, den Thunfisch zu essen, bevor er verdirbt, damit ich bei Kräften bleibe. Denk daran, ganz gleich, wie ungern du's tust; du mußt ihn morgen früh essen. Denk daran, sagte er zu sich selbst.

Während der Nacht kamen zwei Tümmler an das Boot heran, er konnte hören, wie sie sich wälzten und schnauften. Er konnte zwischen dem schnaufenden Geräusch des Männchens und dem seufzenden Schnaufen des Weibchens unterscheiden.

«Sie sind gut», sagte er. «Sie spielen und scherzen und lieben einander. Sie sind unsere Brüder wie die fliegenden Fische.»

Dann fing er an, den großen Fisch, den er angehakt

hatte, zu bemitleiden. Er ist wunderbar und merkwürdig, und wer weiß, wie alt er ist, dachte er. Noch nie habe ich einen so starken Fisch angehakt, auch keinen, der sich so merkwürdig benimmt. Vielleicht ist er zu klug, um zu springen. Er könnte mich durch seine Sprünge oder durch einen wilden Ausbruch vernichten. Aber vielleicht ist er bereits viele Male zuvor angehakt gewesen, und er weiß, daß er auf diese Art kämpfen muß. Er kann nicht wissen, daß er nur einen Mann gegen sich hat, auch nicht, daß es ein alter Mann ist. Aber was das für ein großer Fisch sein muß und was er auf dem Markt bringen wird, wenn sein Fleisch gut ist! Er hat den Köder wie ein männlicher Fisch genommen, und er zieht auch wie einer, und er setzt sich ohne Panik zur Wehr. Ob er wohl irgendeinen Plan hat oder ob er ebenso verzweifelt ist wie ich?

Er erinnerte sich an den Tag, als einer von einem Paar Marlins angebissen hatte. Der männliche Fisch ließ immer den weiblichen Fisch zuerst fressen, und der angehakte Fisch, der weibliche, setzte sich wild, von Panik erfaßt, verzweifelt zur Wehr und war bald erschöpft, und die ganze Zeit über war der männliche Fisch bei ihm geblieben, hatte die Leine gekreuzt und war mit ihm an der Oberfläche gekreist. Er war so dicht neben ihm geblieben, daß der alte Mann Angst gehabt hatte, daß er die Leine mit seinem Schwanz durchschneiden würde, der so scharf wie eine Sense war und beinah die gleiche Form und Größe hatte. Während der alte Mann das Weibchen mit einem Fischhaken und mit der Keule bearbeitete und den rapierartigen Schnabel mit seinem sandpapierrauhen Rand festhielt und ihr mit der Keule über den Schädel schlug, bis ihre Farbe beinahe der Farbe der rückwärtigen Schicht eines Spiegels glich, und sie dann mit Hilfe des Jungen an Bord hißte, war der männliche Fisch neben dem Boot geblieben. Dann, während der alte Mann die Leinen und die Harpune klarmachte, sprang der männliche Fisch neben dem Boot hoch in die Luft, um zu sehen, wo das Weibchen geblieben war, und zog dann in die Tiefe, und seine lavendelfarbenen, weit ausgespreizten Flügel, die seine Brustflossen waren, und alle seine breiten, lavendelfarbenen Streifen waren zu sehen. Er war prächtig, entsann sich der alte Mann, und er war dageblieben.

Das war das Traurigste, was ich je mit ihnen erlebt habe, dachte der alte Mann. Auch der Junge war traurig, und wir baten sie um Verzeihung und schlachteten sie umgehend.

«Ich wünschte, der Junge wäre hier», sagte er laut und lehnte sich gegen die gerundeten Planken im Bug und fühlte die Stärke des großen Fisches durch die Leine, die er quer über den Schultern hielt, und wie er stetig auf das zusteuerte, was immer er sich als Ziel gewählt hatte.

Da es nun mal durch meine Hinterlist für ihn notwendig geworden ist, eine Wahl zu treffen, dachte der alte Mann.

Nach seiner Wahl wäre er weit draußen, jenseits aller Schlingen und Fallen und Tücken, in dem tiefen dunklen Wasser geblieben. Meine Wahl war, dorthin zu fahren und ihn zu finden, ich und kein anderer Mensch. Ich und kein anderer Mensch auf der Welt. Jetzt sind wir aneinandergekettet, und sind es seit Mittag. Und niemand ist da, um einem von uns zu helfen.

Vielleicht hätte ich nicht Fischer werden sollen, dachte er. Aber dafür bin ich geboren. Sobald es hell wird, muß ich bestimmt daran denken und den Thunfisch essen.

Kurz bevor es hell wurde, schnappte irgend etwas nach einem der Köder, die hinter ihm waren. Er hörte, wie der Stock zerbrach und die Leine über Dollbord des Bootes davonsauste. In der Dunkelheit lockerte er sein in der Scheide steckendes Messer und nahm den ganzen Druck, der von dem Fisch ausging, auf seine linke Schulter, lehnte sich rückwärts und durchschnitt die Leine am Holz des Dollbords. Dann durchschnitt er die andere Leine, die ihm am nächsten war, und befestigte in der Dunkelheit die losen Enden der Reserveleinen. Er arbeitete geschickt mit einer Hand und setzte den Fuß auf die Buchten, um sie festzuhalten, während er die Knoten anzog. Jetzt hatte er sechs aufgeschossene Reserveleinen. Es waren zwei von jedem Köder, die er abgeschnitten hatte, und die zwei von dem Köder, den der Fisch genommen hatte, und sie waren alle miteinander verbunden.

Wenn es hell ist, dachte er, will ich zu dem Vierzig-Faden-Köder zurückrudern und auch den losschneiden und die Reserveleinen anschlingen. Ich werde zweihundert Faden von guter katalanischer *cordel* und die Haken und die Ösen einbüßen. Das kann ersetzt werden. Aber wer ersetzt mir diesen Fisch, falls ein Fisch anbeißt und ihn abschneidet? Ich weiß nicht, was das für ein Fisch war, der gerade eben den Köder genommen hat. Es kann ein Marlin oder ein breitmäuliger Schwertfisch oder ein Hai gewesen sein. Ich habe ihn nicht gefühlt. Ich mußte ihn zu schnell loswerden.

Laut sagte er: «Ich wünschte, ich hätte den Jungen da.»

Aber du hast den Jungen nicht da, dachte er. Du hast nur dich selbst, und du sollst dich jetzt lieber zu der letzten Leine zurückarbeiten, ob's dunkel ist oder nicht, und sie wegschneiden und die zwei Reserveleinen miteinander verbinden.

Also tat er das. Es war schwierig in der Dunkelheit, und einmal verursachte der Fisch eine riesige Welle, die ihn der Länge nach niederzwang und ihm eine Schnittwunde unter dem Auge beibrachte. Das Blut lief ein Stückchen über seine Backe herunter. Aber es gerann und trocknete, bevor es sein Kinn erreicht hatte, und er arbeitete sich zurück in die Vorplicht und lehnte sich gegen das Holz. Er rückte den Sack zurecht und manövrierte behutsam mit der Leine, so daß sie über eine andere Stelle seiner Schultern lief, und während er sie mit den Schultern verankert hielt, stellte er sorgfältig fest, wie stark der Fisch zog, und stellte dann mit der Hand fest, wieviel Fahrt das Boot im Wasser machte.

Warum er wohl plötzlich so einen Seitwärtsruck gemacht hat, dachte er. Der Draht muß auf seinem großen, hügeligen Rücken gerutscht sein. Bestimmt tut ihm sein Rücken nicht so weh wie mir meiner. Aber er kann das Boot nicht ewig ziehen, und wenn er noch so groß ist. Jetzt ist alles beseitigt, was Unheil anrichten könnte, und ich habe einen großen Vorrat an Leine; alles, was ein Mensch verlangen kann.

«Fisch», sagte er leise und vernehmlich, «ich bleibe bei dir, bis ich tot bin.»

Ich nehme an, daß er auch bei mir bleiben wird, dachte der alte Mann, und er wartete darauf, daß es hell wurde. Jetzt, vor Morgengrauen, war es kalt, und er drängte sich gegen das Holz, um warm zu bleiben. – Ich kann es so lange aushalten wie er, dachte er. Und im ersten Dämmerlicht lief die Leine hinaus und hinunter ins Wasser. Das Boot bewegte sich stetig, und als der äußerste Saum der Sonne auftauchte, stand er auf der rechten Schulter des alten Mannes.

«Er nimmt jetzt Kurs nach Norden», sagte der alte Mann. – Die Strömung wird uns weit ostwärts abgedrängt haben, dachte er. Ich wünschte, er würde mit der Strömung wenden. Das würde zeigen, daß er allmählich müde wird.

Als die Sonne höher stand, war es dem alten Mann klar, daß der Fisch nicht müde wurde. Es gab nur ein günstiges Anzeichen. Die Neigung der Leine zeigte, daß er in geringerer Tiefe schwamm. Das hieß nicht unbedingt, daß er springen würde. Aber möglich war's.

«Herrgott, laß ihn springen», sagte der alte Mann. «Ich hab genug Leine, um ihn zu drillen.»

Vielleicht, wenn ich die Spannung gerade ein bißchen verstärken kann, wird es ihm weh tun, und er wird springen, dachte er. Jetzt, wo es Tageslicht ist, soll er springen, so daß er die Luftsäcke unterhalb der Wirbelsäule mit Luft füllt, und dann kann er nicht tief hinabziehen, um zu sterben.

Er versuchte die Spannung zu verstärken, aber die Leine war bis zum Zerreißen straff gespannt, seit er den Fisch angehauen hatte, und er fühlte die Härte, als er sich zurücklehnte, um zu ziehen, und wußte, daß sie keinen weiteren Druck aushalten würde. – Ich darf nicht etwa an ihr reißen, dachte er. Jeder Ruck erweitert die Wunde, die der Haken gemacht hat, und wenn er dann wirklich springt, wirft er ihn vielleicht ab. Jedenfalls fühle ich mich jetzt in der Sonne wohler, und ausnahmsweise brauche ich nicht in sie hineinzusehen.

An der Leine hing gelber Seetang, aber der alte Mann wußte, daß dies ein zusätzliches Gewicht war, und er war froh darüber. Es war der gelbe Golftang, der nachts so stark phosphoresziert hatte.

«Fisch», sagte er, «ich liebe dich und achte dich sehr. Aber ich töte dich bestimmt, ehe dieser Tag zu Ende ist.»

Hoffentlich, dachte er.

Ein kleiner Vogel näherte sich dem Boot von Norden. Es war ein Baumschlüpfer, der sehr niedrig über dem Wasser flog. Der alte Mann konnte sehen, daß er sehr müde war.

Der Vogel setzte sich auf das Heck des Bootes und ruhte sich dort aus. Dann umflog er den Kopf des alten Mannes und ruhte sich auf der Leine aus, wo er bequemer saß.

«Wie alt bist du?» fragte der alte Mann den Vogel. «Ist dies deine erste Reise?»

Der Vogel blickte ihn an, als er sprach. Er war zu müde, um auch nur die Leine zu untersuchen, und er schwankte hin und her, als sich seine zarten Krallen an ihr festklammerten.

«Die ist straff», sagte der alte Mann zu ihm. «Die ist sogar zu straff. Nach einer windstillen Nacht solltest du nicht so müde sein. Was wird aus euch Vögeln?»

Die Falken, dachte er, die aufs Meer hinausfliegen, um euch zu treffen. Aber er sagte davon nichts zu dem Vogel, der ihn sowieso nicht verstehen konnte und der die Falken früh genug kennenlernen würde.

«Ruh dich gut aus, kleiner Vogel», sagte er. «Und dann flieg los und versuch dein Glück wie jeder Mann, wie jeder Vogel oder Fisch.»

Das Reden tat ihm gut, weil sein Rücken in der Nacht steif geworden war und ihm jetzt wirklich weh tat.

«Bleib in meiner Behausung, wenn du willst, Vogel», sagte er. «Es tut mir leid, daß ich das Segel nicht hissen kann, um dich mit der schwachen Brise, die aufkommt, an Land zu bringen. Aber ich bin mit einem Freund zusammen.»

In diesem Augenblick zog der Fisch plötzlich seitwärts, so daß es den alten Mann auf den Steven hinunterriß und er über Bord gerissen worden wäre, wenn er nicht das Gleichgewicht gehalten und ziemlich viel Leine gegeben hätte. Der Vogel war aufgeflogen, als die Leine anruckte, und der alte Mann hatte ihn noch nicht einmal wegfliegen sehen. Er tastete die Leine sorgfältig mit seiner rechten Hand ab und bemerkte, daß seine Hand blutete.

«Irgend etwas hat ihm also weh getan», sagte er laut und zog an der Leine, um festzustellen, ob er den Fisch zum Wenden bringen konnte. Aber als er ihre äußerste Spannungsgrenze erreicht hatte, fixierte er sie und lehnte sich gegen den Zug der Leine zurück.

«Jetzt fühlst du's, Fisch», sagte er. «Und ich auch, weiß Gott.»

Er blickte sich jetzt nach dem Vogel um, weil er ihn gern zur Gesellschaft gehabt hätte. Der Vogel war fort.

Du bist nicht lange geblieben, dachte der Mann. Und bis du ans Ufer kommst, ist es stürmischer dort, wo du hinfliegst, als hier. Wie konnte ich mich nur von dem heftigen Ruck, den der Fisch gemacht hat, verletzen lassen? Ich werde ja richtig dumm. Oder habe ich vielleicht den kleinen Vogel angesehen und an ihn gedacht? Jetzt werde ich mich um meine Arbeit kümmern, und dann muß ich den Thunfisch essen, damit mir die Kräfte nicht versagen.

«Ich wünschte, der Junge wäre hier, und ich hätte etwas Salz da», sagte er laut.

Er verlagerte das Gewicht der Leine auf die linke Schulter und kniete sich behutsam hin und wusch die Hand im Meer und hielt sie dort länger als eine Minute eingetaucht und beobachtete, wie das Blut leicht dahinzog und das Wasser stetig gegen seine Hand spülte, während das Boot sich bewegte.

«Er ist jetzt viel langsamer», sagte er.

Der alte Mann hätte seine Hand gern länger im Salzwasser gelassen, aber er befürchtete ein erneutes plötzliches Seitwärtsziehen des Fisches, und er stand auf und hielt das Gleichgewicht und hob die Hand in die Sonne. Die Leine hatte sein Fleisch nur leicht aufgerissen. Aber es war der Teil seiner Hand, den er dauernd benutzte. Er war sich klar darüber, daß er seine Hände brauchen würde, ehe dies vorbei war, und er mochte nicht verletzt sein, bevor es losging.

«Jetzt», sagte er, nachdem seine Hand getrocknet war, «muß ich den kleinen Thunfisch essen. Ich kann mit dem Fischhaken an ihn ran und ihn hier in aller Bequemlichkeit essen.»

Er kniete sich hin und fand mit dem Fischhaken den Thunfisch unter dem Heck, zog ihn zu sich heran und nahm sich in acht, daß er nicht mit ihm an die aufgeschossenen Leinen kam. Wieder hielt er die Leine mit der linken Schulter und hielt mit der linken Hand und dem linken Arm das Gleichgewicht, als er den Thunfisch vom Fischhaken losmachte und den Fischhaken zurück an seinen Platz legte. Er stemmte ein Knie auf den Fisch und schnitt Streifen von dem dunkelroten Fleisch vom Hinterkopf bis zum Schwanz der Länge nach ab. Es waren keilförmige Streifen, und er schnitt sie direkt am Rückgrat entlang bis hinunter an den Rand des Bauchs. Nachdem er sechs Streifen geschnitten hatte, breitete er sie auf dem Holz im Bug aus, wischte sein Messer an seiner Hose ab und ergriff das Gerippe des Bonito beim Schwanz und ließ es über Bord fallen.

«Ich glaube nicht, daß ich einen ganzen essen kann», sagte er und zog sein Messer quer über einen der Streifen.

Er konnte das stetige, harte Ziehen der Leine fühlen, und seine linke Hand verkrampfte sich. Sie krallte sich um die schwere Schnur, und er sah sie mit Widerwillen an.

«Was ist das für eine Hand?» sagte er. «Schön, verkrampf dich, wenn du willst. Schrumpf zu einer Klaue zusammen. Es wird dir nichts helfen.»

Los doch, dachte er und blickte hinab in das dunkle

Wasser auf die Neigung der Leine. Iß ihn jetzt, und es wird deine Hand kräftigen. Es ist nicht die Schuld deiner Hand, und du hast schon viele Stunden mit dem Fisch zugebracht. Aber du kannst es ewig mit ihm aushalten. Iß den Bonito jetzt.

Er hob ein Stück in die Höhe und steckte es in den Mund und kaute es langsam. Es schmeckte nicht schlecht.

Kau es gut, dachte er, und sieh zu, daß du den ganzen Saft kriegst. Mit ein bißchen Limone oder Zitrone oder mit Salz würde er sogar ganz gut schmecken.

«Wie geht's dir, Hand?» fragte er die verkrampfte Hand, die beinahe so steif wie in der Todesstarre war. «Ich eß noch was für dich.» Er aß die andere Hälfte von dem Stück, das er entzweigeschnitten hatte. Er kaute es sorgfältig und spuckte dann die Haut aus. «Wie geht's dir, Hand? Oder ist es zu früh, um es zu wissen?»

Er nahm noch ein ganzes Stück und kaute es.

Er ist ein vollblütiger Fisch, dachte er. Ich habe Glück gehabt, daß ich ihn an Stelle von einer Goldmakrele gefangen habe. Makrele schmeckt zu süßlich. Der hier ist überhaupt kaum süßlich, und die ganze Kraft ist noch darin.

Hat aber keinen Sinn, man muß praktisch sein, sonst nichts, dachte er. Ich wünschte, ich hätte etwas Salz da. Ich weiß nicht, ob das, was übrig ist, in der Sonne trocknen oder verfaulen wird, darum ist es besser, wenn ich jetzt alles esse, obwohl ich keinen Hunger habe. Der

Fisch ist ruhig und stetig. Ich werde alles essen, und dann bin ich bereit.

«Hab Geduld, Hand», sagte er. «Ich tu dies für dich.»

Ich wünschte, ich könnte dem Fisch was zu fressen geben, dachte er. Er ist mein Bruder. Aber ich muß ihn töten und bei Kräften bleiben, um es zu schaffen. – Langsam und gewissenhaft aß er all die keilförmigen Fischstreifen.

Er richtete sich auf und wischte seine Hand an der Hose ab.

«Jetzt», sagte er, «kannst du die Schnur loslassen, Hand, und ich werde ihn mit dem rechten Arm allein drillen, bis du mit dem Unsinn aufhörst.» Er trat mit dem linken Fuß auf die schwere Leine, die die linke Hand gehalten hatte, und lehnte sich rückwärts, gegen den Druck auf seinem Rücken.

«Gott, hilf mir, daß der Krampf aufhört», sagte er. «Weil ich nicht weiß, was der Fisch tun wird.»

Aber er scheint ruhig zu sein, dachte er, und seinen Plan zu verfolgen. – Aber was ist sein Plan? dachte er. Und was ist meiner? Ich muß mich mit meinem nach ihm richten, wegen seiner ungeheuren Größe. Falls er springt, kann ich ihn töten. Aber er bleibt ja ewig dort unten. Dann werde ich ewig mit ihm dort unten bleiben.

Er rieb die verkrampfte Hand gegen seine Hose und versuchte die Finger zu lockern. Aber sie wollte sich nicht öffnen. – Vielleicht wird sie sich durch die Sonne öffnen, dachte er. Vielleicht wird sie sich öffnen, wenn der kräftige rohe Thunfisch verdaut ist. Wenn ich sie haben muß, werde ich sie öffnen, koste es, was es wolle. Aber jetzt will ich sie nicht mit Gewalt öffnen. Sie soll sich von selbst öffnen und von selbst wieder in Ordnung kommen. Immerhin hab ich sie die Nacht durch stark mißbraucht, als ich die verschiedenen Leinen losmachen und anschlingen mußte.

Er blickte über das Meer und wußte, wie allein er jetzt war. Aber er konnte die Lichtbrechungen in dem tiefen dunklen Wasser sehen und die vorwärtsziehende Leine und das seltsame Wellenspiel der Windstille. Die Wolken türmten sich jetzt unter dem eindringenden Passatwind, und er blickte geradeaus und sah eine Schar von Wildenten, die sich über dem Wasser gegen den Himmel abzeichneten, und er wußte, daß man auf See niemals allein war.

Er dachte daran, wie sich manche Leute fürchteten, wenn sie in einem kleinen Boot das Land aus den Augen verloren, und wußte, daß sie in den Monaten, in denen plötzlich Schlechtwetter eintritt, recht hatten. Aber jetzt befand man sich in den Orkanmonaten, und wenn keine Orkane sind, ist das Wetter in den Orkanmonaten das beste des ganzen Jahres.

Wenn ein Orkan kommt, sieht man auf See die Anzeichen hierfür immer schon Tage vorher am Himmel. – An Land sehen sie sie nicht, weil sie nicht wissen, wonach sie Ausschau halten sollen, dachte er. Das Land macht sicher auch einen Unterschied in der Form der Wolken. Aber jetzt ist kein Orkan im Anzug.

Er blickte in den Himmel hinauf und sah die weißen Kumuluswolken, die wie anheimelnde Berge von Sahneeis aussahen, und hoch darüber waren die zarten Federn der Zirruswolken in dem hohen Septemberhimmel. «Leichte *brisa*», sagte er, «besseres Wetter für mich als für dich, Fisch.»

Seine linke Hand war noch verkrampft, aber er lokkerte sie langsam. Widerwärtig, so ein Krampf, dachte er. Es ist ein Verrat des eigenen Körpers. Es ist demütigend, wenn man durch eine Vergiftung vor anderen Leuten Durchfall bekommt oder sich übergeben muß. Aber ein Krampf, er dachte daran als *calambre*, ist demütigend für einen selber, besonders, wenn man allein ist.

Wenn der Junge hier wäre, könnte er sie mir massieren und es vom Unterarm her lockern, dachte er. Aber es wird sich schon lockern.

Dann spürte er mit der rechten Hand den Unterschied im Zerren der Leine, bevor er im Wasser den Wechsel der Neigung gesehen hatte. Dann, als er sich gegen die Leine lehnte und seine linke Hand hart und schnell gegen seinen Oberschenkel schlug, sah er, wie die Leine sich langsam aufwärts schrägte. «Er kommt rauf», sagte er.

«Komm, mach mit, Hand. Bitte mach mit.»

Die Leine hob sich langsam und stetig, und dann wölbte sich die Oberfläche des Ozeans vor dem Boot, und der Fisch kam heraus. Er kam heraus, ohne Ende, und das Wasser strömte ihm von den Seiten. Er leuchtete in der Sonne, Kopf und Rücken waren dunkelviolett, und in der Sonne sah man an seinen beiden Seiten breite lavendelfarbene Streifen. Sein Schwert war so lang wie ein Baseballschläger und spitz wie ein Rapier, und er hob sich in seiner ganzen Länge aus dem Wasser, und dann glitt er wie ein Taucher so geschmeidig wieder hinein, und der alte Mann sah das große Sensenblatt des Schwanzes verschwinden, und die Leine begann wegzusausen.

«Er ist zwei Fuß länger als das Boot», sagte der alte Mann. Die Leine lief schnell, aber stetig aus, und der Fisch zeigte keine Panik. Der alte Mann versuchte mit beiden Händen die Leine gerade noch innerhalb der Spannungsgrenze zu halten. Er wußte, daß, wenn er das Tempo des Fisches nicht durch anhaltenden Druck verringern konnte, der Fisch die gesamte Leine mit sich nehmen und sie zerreißen konnte.

Es ist ein herrlicher Fisch, und ich muß ihn kleinkriegen, dachte er. Er darf nie erfahren, wie stark er ist oder was er tun könnte, wenn er loszöge. Wenn ich er wäre, würde ich jetzt alles auf eine Karte setzen und losziehen, bis was reißt. Aber gottlob sind sie nicht so klug wie wir, die sie töten, obwohl sie edler und fähiger sind.

Der alte Mann hatte manch herrlichen Fisch gesehen. Er hatte viele gesehen, die mehr als tausend Pfund wogen, und er hatte in seinem Leben zwei von der Größe gefangen, aber niemals allein. Jetzt allein und außer Sicht des Landes war er an den größten Fisch, den er je gesehen hatte, gekettet, größer als irgendeiner, von dem er je gehört hatte, und seine linke Hand war immer noch so verkrampft wie die gekrallten Klauen eines Adlers.

Aber sie wird sich entkrampfen, dachte er. Sicher wird sie sich entkrampfen, um meiner rechten Hand zu helfen. Drei Dinge sind Geschwister: der Fisch und meine beiden Hände. Sie muß sich entkrampfen. Es ist ihrer unwürdig, verkrampft zu sein. – Der Fisch schwamm wieder langsamer und bewegte sich in seinem gewohnten Tempo.

Warum er wohl gesprungen ist, überlegte der alte Mann. Er sprang ja fast, als ob er mir zeigen wollte, wie groß er ist. Jedenfalls weiß ich es jetzt, dachte er. Ich wünschte, ich könnte ihm zeigen, was für ein Kerl ich bin. Aber dann würde er meine verkrampfte Hand sehen. Soll er denken, daß ich mehr Manns bin, als ich bin, und ich werde es sein. Ich wünschte, ich wäre der Fisch, dachte er, mit allem, was er hat, nur gegen meinen Willen und meine Intelligenz.

Er lehnte sich bequem gegen das Holz und ertrug seine Schmerzen, wie sie kamen, und der Fisch schwamm stetig, und das Boot bewegte sich langsam durch das dunkle Wasser. Es erhob sich eine leichte See, da der Wind von Osten auffrischte, und um Mittag war die linke Hand des alten Mannes entkrampft.

«Schlimme Nachricht für dich, Fisch», sagte er und verlagerte die Leine über dem Sack, der seine Schultern bedeckte.

Er fühlte sich ganz behaglich, obwohl er litt, aber er gestand sich's nicht ein, daß er litt.

«Ich bin nicht fromm», sagte er. «Aber ich will zehn Vaterunser und zehn Ave Maria beten, damit ich den Fisch fange, und ich verspreche, daß ich eine Wallfahrt zu der Jungfrau von Cobre machen werde, wenn ich ihn fange. Das verspreche ich.»

Er fing an, mechanisch seine Gebete herzusagen. Manchmal war er so müde, daß er sich nicht an das Gebet erinnern konnte, und dann sagte er es so schnell, daß es automatisch kam. – Ave Maria sind leichter zu sagen als Vaterunser, dachte er.

«Gegrüßt seist du, Maria, voller Gnaden. Der Herr ist mit dir. Du bist gebenedeit unter den Weibern, und gebenedeit ist die Frucht deines Leibes, Jesus. Heilige Maria, Mutter Gottes, bitte für uns Sünder jetzt und zu der Stunde unseres Todes. Amen.» Dann fügte er hinzu: «Heilige Jungfrau, bitte um den Tod dieses Fisches. So herrlich er auch ist.»

Nachdem er seine Gebete gesagt hatte, und da er sich viel besser fühlte, obwohl er genausoviel Schmerzen litt, ja vielleicht ein wenig mehr als zuvor, lehnte er sich gegen das Holz des Bugs und begann mechanisch die Finger seiner linken Hand zu bewegen.

Die Sonne war jetzt heiß, obwohl der Wind sich wieder auffrischte.

«Ich sollte lieber die kleine Schnur, die über das Heck läuft, neu beködern», sagte er. «Wenn der Fisch sich entschließt, noch eine Nacht durchzuhalten, muß ich noch einmal essen, und in der Flasche ist nicht mehr viel Wasser. Ich glaube nicht, daß ich hier etwas außer einer Goldmakrele kriegen kann. Aber wenn ich sie frisch genug esse, wird sie gar nicht so schlecht schmecken. Ich wünschte, ein fliegender Fisch würde heute nacht an Bord kommen, aber ich habe kein Licht da, um sie anzulocken. Ein fliegender Fisch ist ausgezeichnet zum Rohessen, und ich brauchte ihn nicht zu zerstückeln. Ich muß jetzt alle meine Kräfte zusammenhalten. Weiß Gott, ich wußte nicht, daß er so groß ist.

Aber ich werde ihn töten», sagte er. «In all seiner Größe und Herrlichkeit.»

Obwohl es nicht recht ist, dachte er. Aber ich werde ihm zeigen, was ein Mann tun kann und was ein Mann aushält.

«Ich hab dem Jungen gesagt, daß ich ein merkwürdiger alter Mann bin», sagte er. «Jetzt ist der Augenblick, wo ich's beweisen muß.» Die tausend Male, die er's bewiesen hatte, bedeuteten nichts. Jetzt bewies er's von neuem. Jedesmal war ein neues Mal, und er dachte niemals an die Vergangenheit, wenn er es tat.

Ich wünschte, er würde schlafen, und ich könnte schlafen und von den Löwen träumen, dachte er. Warum sind die Löwen das Wichtigste, was übrig ist? Denk jetzt nicht, alter Freund, sagte er zu sich selbst. Lehn dich jetzt friedlich gegen das Holz und denk an nichts. Er arbeitet. Tu so wenig wie möglich.

Es wurde Nachmittag und das Boot bewegte sich immer noch langsam und stetig. Aber jetzt wirkte die östliche Brise zusätzlich wie eine Bremse, und der alte Mann trieb gemächlich auf der schwachen Dünung, und der Schmerz von der Schnur über seinem Rücken war leicht und gleichförmig.

Einmal im Laufe des Nachmittags begann sich die Leine wieder zu heben, aber der Fisch schwamm nur in einer etwas geringeren Tiefe weiter. Die Sonne stand auf dem linken Arm und der linken Schulter des alten Mannes und auf seinem Rücken. Dadurch wußte er, daß der Fisch nach Nord zu Ost gedreht hatte.

Jetzt, nachdem er ihn einmal gesehen hatte, konnte er sich den Fisch mit den violetten Brustflossen, die sich wie Flügel spreizten, und dem großen, aufgerichteten Schwanz, der die Dunkelheit zerteilte, im Wasser schwimmend vorstellen. – Wieviel er wohl in jener Tiefe sehen kann, dachte der alte Mann. Sein Auge ist riesengroß, und ein Pferd mit viel kleineren Augen kann in der Dunkelheit sehen. Früher konnte ich ganz gut in der Dunkelheit sehen. Nicht in völliger Dunkelheit. Aber beinahe so, wie eine Katze sieht.

Die Sonne und die stetige Bewegung seiner Finger hatten seine linke Hand jetzt vollständig entkrampft, und er suchte mehr Druck auf sie abzuwälzen, und er bewegte die Rückenmuskeln, um den Schmerz von der Schnur ein wenig zu verlagern.

«Wenn du nicht müde bist, Fisch», sagte er laut, «mußt du ein sehr merkwürdiger Fisch sein.»

Er fühlte sich sehr müde, und er wußte, daß die Nacht bald kommen würde, und er suchte an andere Dinge zu denken. Er dachte an die großen Ligen – für ihn waren es die *Gran Ligas* –, und er wußte, daß die «Yankees» von New York gegen die «Tigers» von Detroit spielten.

Dies ist schon der zweite Tag, an dem ich nicht das Resultat der *juegos* weiß, dachte er. Aber ich muß zuversichtlich sein, und ich muß mich des großen DiMaggio würdig zeigen, der immer alle Dinge vollkommen tut, selbst mit dem Schmerz von Knochensporn im Hacken. Was ist ein Knochensporn? fragte er sich. *Un espuela de hueso.* So was haben wir nicht. Ob es wohl so weh tut, wie wenn man den Sporn eines Kampfhahns im eigenen Hacken hat? Ich glaube nicht, daß ich das ertragen könnte, ohne den Verlust eines Auges oder von beiden Augen, und dann weiterkämpfen, wie die Kampfhähne es tun. Der Mensch ist nicht viel neben den großen Raubvögeln und wilden Tieren. Trotzdem, am liebsten wäre ich das Tier dort unten in der Dunkelheit des Meeres.

«Außer wenn Haie kommen», sagte er laut, «wenn Haie kommen, dann gnade Gott ihm und mir.»

Ob wohl der große DiMaggio so lange mit einem solchen Fisch aushalten würde, wie ich mit diesem hier aushalten werde, dachte er. Sicherlich würde er's und noch länger, weil er jung und stark ist. Außerdem war sein Vater ein Fischer. Oder würde der Knochensporn ihm zu weh tun?

«Ich weiß es nicht», sagte er laut. «Ich habe nie einen Knochensporn gehabt.»

Als die Sonne unterging, dachte er, um sich mehr Selbstvertrauen zu geben, an die Zeit in der Taverne von Casablanca zurück, als er das Fingerspiel mit dem mächtigen Neger aus Cienfuegos, der der stärkste Mann in den Docks war, gespielt hatte. Es hatte einen Tag und eine Nacht gedauert, mit den Ellbogen auf einer Kreidelinie auf dem Tisch und steil aufgerichteten Unterarmen und fest ineinanderverkrampften Händen. Alle beide hatten versucht, die Hand des andern auf den Tisch herunterzuzwingen. Es wurden eine Menge Wetten abgeschlossen, und die Leute gingen unter den Kerosinlampen im Zimmer ein und aus, und er hatte sich den Arm und die Hand des Negers genau betrachtet und auch das Gesicht des Negers. Nach den ersten acht Stunden wurden alle vier Stunden die Schiedsrichter gewechselt, damit die Schiedsrichter schlafen konnten.

Das Blut trat in seinen Händen und an denen des Negers unter den Fingernägeln hervor, und sie blickten einander in die Augen und auf ihre Hände und Unterarme, und die Wettenden gingen im Zimmer ein und aus und saßen auf hohen Stühlen an der Wand entlang und sahen zu. Die Wände waren leuchtend blau gestrichen und waren aus Holz, und die Lampen warfen ihre Schatten auf sie. Der Schatten des Negers war riesengroß, und er bewegte sich auf der Wand, wenn der Wind die Lampen bewegte.

Die Wettchancen wechselten die ganze Nacht hindurch, und man flößte dem Neger Rum ein und steckte ihm Zigaretten an. Der Neger hatte dann nach dem Rum eine unerhörte Anstrengung gemacht und einmal den alten Mann, der damals kein alter Mann, sondern Santiago *El Campéon* war, beinah acht Zentimeter zur Seite gedrückt. Aber der alte Mann hatte seine Hand wieder völlig in die Ausgangsstellung zurückgebracht. Nun wußte er, daß er den Neger, der ein famoser Kerl und ein großartiger Athlet war, besiegt hatte. Und beim Morgengrauen, als die Wettenden verlangten, daß der Kampf unentschieden erklärt wurde, und der Schiedsrichter den Kopf schüttelte, hatte er alle seine Kräfte angespannt und die Hand des Negers tiefer und tiefer gedrückt, bis sie auf dem Holz auflag. Der Wettkampf hatte an einem Sonntagmorgen begonnen und an einem Montagmorgen geendet. Viele der Wettenden hatten ein Unentschieden gefordert, weil sie zur Arbeit in die

Docks, zum Zuckersäckeladen oder zu der Kohlegesellschaft von Havanna mußten. Sonst hätten alle auf einem Entscheidungskampf bestanden. Aber er hatte es sowieso beendet, und ehe noch jemand zur Arbeit gehen mußte.

Eine lange Zeit noch danach hatte ihn jeder den Champion genannt, und im Frühling hatte man einen Revanchekampf veranstaltet. Aber es wurde nicht viel gewettet, und er hatte ganz leicht gesiegt, da er damals im ersten Wettkampf das Selbstvertrauen des Negers aus Cienfuegos erschüttert hatte. Danach hatte er noch ein paar Wettkämpfe ausgefochten und dann keine mehr. Er hatte festgestellt, daß er jeden besiegen konnte, wenn er heftig genug wollte, und er hatte festgestellt, daß es für seine rechte Hand beim Fischen schlecht war. Er hatte ein paar Übungskämpfe mit seiner linken Hand probiert, aber seine linke Hand hatte ihn immer im Stich gelassen und tat nicht das, was er von ihr verlangte, und er traute ihr nicht.

Die Sonne wird sie jetzt ordentlich schmoren, dachte er. Sie wird sich wohl nicht noch einmal verkrampfen, falls es in der Nacht nicht zu kalt wird. Was wohl diese Nacht bringen wird?

Ein Flugzeug zog auf seinem Kurs nach Miami über ihn hinweg, und er beobachtete, wie sein Schatten die Schwärme von fliegenden Fischen aufschreckte.

«Wo so viele fliegenden Fische sind, sollte es Goldmakrelen geben», sagte er und lehnte sich gegen die Leine, um zu sehen, ob es möglich war, seinem Fisch etwas abzugewinnen. Aber er konnte es nicht, und sie blieb hart und sprühte Wassertropfen, was direkt dem Zerreißen vorangeht. Das Boot bewegte sich langsam vorwärts, und er beobachtete das Flugzeug, bis er es nicht mehr sehen konnte.

Es muß sehr merkwürdig in einem Flugzeug sein, dachte er. Wie wohl die See von der Höhe her aussieht? Man müßte die Fische gut sehen können, wenn man nicht zu hoch fliegt. Ich würde gern sehr langsam zweihundert Faden hoch fliegen und die Fische von oben sehen. Auf den Schildkrötenbooten war ich in der Saling vom Mars, und selbst von dieser Höhe aus habe ich viele gesehen. Die Goldmakrelen sehen von da grüner aus, und man kann ihre Streifen sehen und ihre violetten Flecken, und man kann den ganzen Schwarm sehen, wenn sie schwimmen. Woher kommt es, daß alle schnell sich bewegenden Fische in der dunklen Strömung violette Rücken und gewöhnlich violette Streifen oder Flecken haben? Die Goldmakrele sieht natürlich grün aus, weil sie tatsächlich goldgelb ist. Aber wenn sie fressen will und wirklich hungrig ist, zeigen sich an ihren Seiten violette Streifen wie bei einem Marlin. Kann es Wut sein oder die größere Geschwindigkeit, mit der sie schwimmt, die sie zum Vorschein bringen?

Gerade bevor es dunkel wurde, als sie an einer großen

Insel von Sargassotang vorbeikamen, die in der leicht bewegten See auf und ab wogte, als ob der Ozean unter jener gelben Decke mit etwas sein Liebesspiel triebe, biß eine Makrele an der kleinen Schnur an. Er sah sie zuerst, als sie, im letzten Sonnenlicht ganz golden, in die Luft sprang und sich in der Luft bog und heftig um sich schlug. Wieder und wieder machte der Fisch seine akrobatischen Angstsprünge, und der alte Mann arbeitete sich ans Heck zurück und kauerte sich hin und hielt die starke Leine mit der rechten Hand und dem rechten Arm und zog die Makrele mit der linken Hand heran. Jedesmal trat er mit dem nackten linken Fuß auf die eingeholte Schnur. Als der Fisch achtern war und aus Verzweiflung von einer Seite zur andern tauchte und kreuzte, beugte sich der alte Mann übers Heck und hob den goldglänzenden Fisch mit den violetten Flecken ins Boot. Seine Kiefer arbeiteten krampfhaft in schnellem Zubiß gegen den Haken, und er hämmerte mit seinem langen, flachen Körper, seinem Schwanz und seinem Kopf gegen den Boden des Bootes, bis der alte Mann ihn mit der Keule über den schimmernden goldenen Kopf schlug und er erzitterte und still war.

Der alte Mann hakte den Fisch los, beköderte die Schnur mit einer neuen Sardine und warf sie aus. Dann arbeitete er sich langsam wieder nach vorn zurück. Er wusch seine linke Hand und wischte sie sich an seiner Hose ab. Dann wechselte er die schwere Leine von der rechten Hand in die linke hinüber und wusch seine rechte Hand in der See, während er die Neigung der schweren Schnur und das Versinken der Sonne im Ozean beobachtete.

«Er ist noch ganz unverändert», sagte er. Aber während er die Bewegung des Wassers gegen seine Hand beobachtete, fiel ihm auf, daß sie jetzt merklich langsamer war.

«Ich werde die beiden Riemen über dem Heck zusammenbinden, und das wird seine Geschwindigkeit in der Nacht verringern», sagte er. «Der ist reif für die Nacht, und ich bin's auch.»

Es ist besser, wenn ich die Makrele etwas später ausweide, damit das Blut im Fleisch bleibt, dachte er. Ich kann das ein bißchen später tun und gleichzeitig die Riemen zusammenbinden, um eine Art Bremse herzustellen. Ich sollte den Fisch wohl jetzt lieber ruhig halten und ihn bei Sonnenuntergang nicht zu sehr stören. Sonnenuntergang ist für alle Fische eine schwierige Zeit.

Er ließ seine Hand an der Luft trocknen, dann ergriff er die Leine mit ihr und machte es sich, soweit er konnte, bequem und ließ sich gegen das Holz vorwärtsziehen, so daß das Boot ebensoviel oder mehr Druck als er bekam.

Ich lerne, wie man's machen muß, dachte er. Wenigstens diesen Teil von der Geschichte. Dann vergiß auch nicht, er hat, seit er den Köder genommen hat, nichts gefressen, und er ist riesengroß und braucht viel Nahrung. Ich habe den ganzen Bonito gegessen. Morgen werde ich die Goldmakrele essen. Er nannte sie *dorado*. Vielleicht sollte ich etwas von ihr essen, wenn ich sie ausnehme. Die wird schwieriger zu essen sein als der Bonito. Aber schließlich ist nichts leicht.

«Wie geht es dir, Fisch?» fragte er laut. «Mir geht's gut, und meiner linken Hand geht es besser, und ich habe genug Essen für eine Nacht und einen Tag. Zieh das Boot, Fisch.»

Es ging ihm nicht wirklich gut, weil der Schmerz von der Leine, die über seinen Rücken lief, beinah jenseits allen Schmerzes war und in eine Dumpfheit übergegangen war, der er mißtraute. – Aber ich hab schon Schlimmeres als das gehabt, dachte er. Meine Hand ist nur ein bißchen zerschnitten, und der Krampf ist aus der andern verschwunden. Meine Beine sind in Ordnung. Und jetzt bin ich ihm, auch was die Ernährung betrifft, über.

Es war jetzt dunkel, wie es im September, wenn die Sonne untergegangen ist, schnell dunkel wird. Er lag gegen das abgenutzte Holz des Bugs und ruhte sich aus, so gut er konnte. Die ersten Sterne waren da. Er kannte den Rigel nicht dem Namen nach, aber er sah ihn und wußte, daß sie bald alle da sein würden und er all seine fernen Freunde um sich haben würde.

«Der Fisch ist auch mein Freund», sagte er laut. «Ich hab noch nie solchen Fisch gesehen und auch nie von so einem gehört. Aber ich muß ihn töten. Ich bin froh, daß wir nicht versuchen müssen, die Sterne zu töten.»

Stell dir mal vor, wenn ein Mann jeden Tag versuchen müßte, den Mond zu töten, dachte er. Der Mond läuft davon. Aber stell dir mal vor, wenn ein Mann jeden Tag versuchen sollte, die Sonne zu töten. Wir sind noch glücklich dran, dachte er.

Dann tat ihm der große Fisch, der nichts zu fressen hatte, leid, aber sein Entschluß, ihn zu töten, wurde durch sein Mitgefühl für ihn nicht geschwächt. – Wie vielen Menschen wird er als Nahrung dienen, dachte er. Aber sind sie's wert, ihn zu essen? Nein, natürlich nicht. Es gibt niemand, der's wert ist, ihn zu essen, wenn man die Art seines Verhaltens und seine ungeheure Würde bedenkt.

Ich verstehe diese Dinge nicht, dachte er. Aber es ist gut, daß wir nicht versuchen müssen, die Sonne oder den Mond oder die Sterne zu töten. Es ist schlimm genug, von der See zu leben und unsere eigenen Brüder zu töten.

Jetzt, dachte er, muß ich über die Bremse nachdenken. Sie hat ihre Gefahren und ihre Vorzüge. Vielleicht verliere ich so viel Leine, daß ich *ihn* verliere, sobald er wirklich loszieht und die von den Riemen hergestellte Bremse in Aktion tritt und das Boot seine ganze Leichtigkeit verliert. Seine Leichtigkeit verlängert unser Leiden, seins und meins, aber es ist meine Sicherung, da er über eine ungeheure Geschwindigkeit verfügt, die er bisher noch nicht benutzt hat. Ganz gleich, was passiert, ich muß die Makrele ausweiden, damit sie nicht verdirbt, und etwas von ihr essen, damit ich bei Kräften bleibe.

Jetzt will ich mich noch eine Stunde ausruhen und mich überzeugen, daß er ruhig und stetig ist, bevor ich ins Heck zurückgehe, um das Notwendige zu tun und meinen Entschluß zu fassen. Inzwischen kann ich sehen, wie er sich benimmt und ob er irgendwelche Veränderungen zeigt. Das mit den Riemen ist ein guter Trick, aber die Zeit ist gekommen, wo man nichts riskieren darf. Er ist immer noch ein Kerl von einem Fisch, und ich hab gesehen, daß der Haken in einer Ecke seines Maules saß und er sein Maul fest zugeklemmt hielt. Der Haken setzt ihm gar nicht zu, aber der Hunger setzt ihm arg zu und daß er sich einer Sache gegenübersieht, die er nicht versteht. Ruh dich jetzt aus, alter Freund, und laß ihn arbeiten, bis deine nächste Aufgabe drankommt.

Er glaubte, daß er sich ungefähr zwei Stunden ausgeruht hatte. Der Mond ging jetzt erst spät auf, und er hatte nichts, um die Zeit festzustellen. Er ruhte sich auch nicht richtig aus, sondern nur vergleichsweise. Er ertrug immer noch das Ziehen des Fisches über den Schultern, aber er legte die linke Hand jetzt auf das Dollbord des Bugs und vertraute mehr und mehr von dem Widerstand gegen den Fisch dem Boot an.

Wie einfach es sein würde, wenn ich die Leine festmachen könnte, dachte er. Aber mit einem kleinen Ruck könnte er sie zerreißen. Ich muß das Ziehen der Leine mit meinem Körper wie mit einem Polster abfangen und jederzeit bereit sein, mit beiden Händen Leine zu geben.

«Aber du hast noch nicht geschlafen, alter Freund», sagte er laut. «Es ist ein halber Tag und eine Nacht und jetzt wieder ein Tag, und du hast nicht geschlafen. Du mußt dir etwas ausdenken, damit du ein bißchen schläfst, wenn er ruhig und stetig schwimmt. Wenn du nicht schläfst, kannst du wirr im Kopf werden.»

Mein Kopf ist ganz klar, dachte er. Zu klar. Er ist so klar wie die Sterne, die meine Brüder sind. Trotzdem muß ich schlafen. Sie schlafen, und der Mond und die Sonne schlafen, und selbst der Ozean schläft manchmal an gewissen Tagen, wenn keine Strömung steht und es windstill ist.

Aber vergiß nicht zu schlafen, dachte er. Tu es auch bestimmt und denk dir irgendeine sichere und einfache Geschichte mit den Leinen aus. Jetzt geh nach achtern und mach die Makrele zurecht. Es ist zu gefährlich, die Riemen als Bremse zu takeln, wenn du schlafen mußt.

Ich könnte ohne Schlaf auskommen, sagte er zu sich. Aber es wäre zu gefährlich.

Er begann, sich auf Händen und Knien nach achtern zurückzuarbeiten, vorsichtig, um nicht gegen den Fisch anzurucken. – Vielleicht schläft auch er halb, dachte er.

Aber ich will nicht, daß er sich ausruht. Er muß ziehen, bis er stirbt.

Als er wieder im Heck war, drehte er sich um, so daß seine linke Hand den Druck der Leine, die über seine Schultern lief, hielt, und zog mit der rechten Hand sein Messer aus der Scheide. Die Sterne glänzten jetzt hell, und er sah die Goldmakrele deutlich, und er stieß ihr die Klinge des Messers in den Kopf und zog sie unter dem Heck hervor. Er setzte den einen Fuß auf den Fisch und schlitzte ihn schnell vom After bis zum Unterkiefer auf. Dann legte er sein Messer hin und entweidete ihn mit der rechten Hand, nahm ihn sauber aus und riß ihm die Kiemen heraus. Der Magen lag schwer und schlüpfrig in seinen Händen, und er schlitzte ihn auf. Innendrin waren zwei fliegende Fische. Sie waren frisch und fest, und er legte sie nebeneinander und ließ die Eingeweide und die Kiemen übers Heck fallen. Sie sanken und hinterließen eine leuchtende Spur im Wasser. Die Makrele war kalt und jetzt bei Sternenlicht von einem aussatzartigen Grauweiß, und der alte Mann enthäutete die eine Seite, während er den rechten Fuß auf dem Kopf des Fisches hielt. Dann drehte er ihn um und enthäutete die andere Seite und schnitt beide Seiten vom Kopf bis zum Schwanz hinunter los.

Er ließ das Gerippe über Bord gleiten und blickte ihm nach, um zu sehen, ob sich irgendein Wirbel im Wasser zeigte. Aber er sah nur das Leuchten, als es langsam versank. Dann drehte er sich um und legte die beiden fliegenden Fische in die beiden Fischfilets und steckte sein Messer in die Scheide zurück und arbeitete sich langsam wieder zum Bug hin. Sein Rücken war durch das Gewicht der quer über ihn laufenden Leine gekrümmt, und er trug die Fische in der rechten Hand.

Als er wieder vorn war, breitete er die beiden Fischfilets auf dem Holz aus und legte die fliegenden Fische daneben. Danach rückte er die Leine über seinen Schultern an eine andere Stelle und hielt sie wieder mit der linken Hand, die auf dem Dollbord ruhte. Dann beugte er sich über die Seite und wusch die fliegenden Fische im Wasser und stellte die Geschwindigkeit des Wassers gegen seine Hand fest. Seine Hand phosphoreszierte vom Abhäuten der Fische, und er beobachtete, wie das Wasser gegen sie strömte. Die Strömung war weniger stark, und als er die Seite seiner Hand gegen die Planken des Bootes rieb, schwemmten Phosphorteilchen ab und trieben langsam achteraus.

«Er wird müde oder er ruht sich aus», sagte der alte Mann. «Jetzt laß mich erst mal die Makrele hinter mich bringen und mich etwas ausruhen und ein bißchen schlafen.»

Unter den Sternen und in der immer kälter werdenden Nacht aß er die Hälfte eines der Makrelenfilets und einen der fliegenden Fische, den er ausgenommen und dem er den Kopf abgeschnitten hatte.

«Was für ein ausgezeichneter Fisch eine gekochte

Makrele ist», sagte er. «Und was für ein jämmerlicher Fisch roh. Ich werde niemals wieder ohne Salz oder Limonen in einem Boot hinausfahren.»

Wenn ich Verstand hätte, würde ich den ganzen Tag lang Wasser über die Plicht gespritzt haben, und beim Trocknen hätte es Salz gegeben, dachte er. Aber ich habe die Makrele schließlich erst kurz vor Sonnenuntergang angehakt. Trotzdem war es ein Mangel an Vorsorge. Aber ich habe alles gut gekaut, und mir ist nicht übel.

Nach Osten zu bewölkte sich der Himmel, und ein Stern nach dem andern, den er kannte, verschwand. Es sah jetzt aus, als triebe er in eine ungeheure Wolkenschlucht hinein, und der Wind hatte sich gelegt.

«In drei oder vier Tagen gibt es schlechtes Wetter», sagte er. «Aber nicht heute nacht und nicht morgen. Takel sie jetzt auf, alter Freund, damit du zum Schlafen kommst, während der Fisch ruhig und stetig schwimmt.»

Er hielt die Leine fest in der rechten Hand und preßte dann den Oberschenkel gegen die rechte Hand, als er sein ganzes Gewicht gegen die Bordwand lehnte. Dann ließ er die Leine etwas tiefer über seine Schultern laufen und stützte sie mit der linken Hand.

Meine rechte Hand kann sie dort so lange halten, wie sie gestützt wird, dachte er. Wenn sie im Schlaf entspannt, wird mich meine linke Hand wecken, wenn die Leine ausläuft. Es ist schlimm für die rechte Hand. Aber sie ist allerlei gewohnt. Selbst wenn ich nur zwanzig Minuten oder eine halbe Stunde schlafe, ist es gut. Er lehnte sich vornüber und drückte seinen ganzen Körper hemmend gegen die Leine und legte sein ganzes Gewicht auf seine rechte Hand, und schon schlief er.

Er träumte nicht von den Löwen, sondern statt dessen von einem riesigen Schwarm von Tümmlern, der sich über acht oder zehn Meilen erstreckte, und es war die Zeit ihrer Paarung, und sie sprangen hoch in die Luft und kehrten in dasselbe Loch, das sie beim Springen im Wasser gemacht hatten, wieder zurück.

Dann träumte er, daß er im Dorf war, auf seinem Bett, und es wehte ein Nordwind, und er fror sehr, und sein rechter Arm war eingeschlafen, weil sein Kopf auf ihm statt auf einem Kissen gelegen hatte.

Danach begann er, von dem langen gelben Strand zu träumen, und er sah den ersten Löwen in der frühen Dunkelheit herunterkommen, und dann kamen die anderen Löwen, und er stützte sein Kinn auf die Planken der Back des in der abendlichen Landbrise vor Anker liegenden Schiffes und wartete darauf, ob noch mehr Löwen kommen würden, und er war glücklich.

Der Mond war bereits lange aufgegangen, aber er schlief weiter, und der Fisch zog stetig, und das Boot bewegte sich in den Wolkentunnel hinein.

Er wachte auf, als seine rechte Faust ihm mit einem Ruck ins Gesicht fuhr und die Leine glühheiß durch seine rechte Hand davonraste. Er fühlte seine linke

Hand nicht, aber er bremste, so stark er konnte, mit der rechten, und die Leine raste weg. Schließlich faßte seine linke Hand die Leine, und er lehnte sich gegen die Leine zurück, und jetzt brannte sie auf seinem Rücken und in seiner linken Hand, und seine linke Hand hatte den ganzen einschneidenden Druck zu ertragen. Er blickte auf die Reserveleine, die reibungslos ablief. In dem Augenblick sprang der Fisch und riß den Ozean gewaltig auf und fiel dann schwer zurück. Dann sprang er wieder und wieder, und das Boot fuhr schnell, obwohl immer noch Leine wegraste und der alte Mann den Druck bis zum Zerreißen steigerte und er ihn wieder und wieder bis zum Zerreißen steigerte. Er war in die Pflicht hinuntergerissen worden und lag mit dem Gesicht in dem abgeschnittenen Stück Makrele, und er konnte sich nicht rühren.

Darauf haben wir gewartet, dachte er. Jetzt heißt es durchhalten.

Für die Leine soll er aber zahlen, dachte er. Dafür soll er zahlen.

Er konnte die Sprünge des Fisches nicht sehen, sondern hörte nur das Aufbrechen des Ozeans und das schwere Klatschen, wenn er zurückfiel. Die wegsausende Leine schnitt furchtbar in seine Hände, aber er hatte immer gewußt, daß das passieren würde, und er bemühte sich, die Leine über die schwieligen Stellen laufen zu lassen und zu verhindern, daß sie in die Handflächen rutschte oder in seine Finger schnitt. – Wenn der Junge da wäre, würde er die Leine anfeuchten, dachte er. Ja, wenn der Junge da wäre. Wenn der Junge da wäre.

Die Leine zog hinaus und hinaus und hinaus, aber sie lief jetzt langsamer, und er zwang den Fisch, sich jeden Zentimeter zu erkämpfen. Jetzt kriegte er seinen Kopf vom Holz hoch, aus dem Stück Fisch heraus, das seine Backe gequetscht hatte. Dann war er auf den Knien, und dann stand er langsam auf. Er gab Leine ab, aber die ganze Zeit über langsamer. Er arbeitete sich dorthin zurück, wo er mit seinem Fuß die Reserveleine fühlen konnte, die er nicht sehen konnte. Er hatte noch reichlich Leine, und jetzt mußte der Fisch die Reibung von all der neuen Leine durch das Wasser ziehen.

Ja, dachte er. Und jetzt ist er häufiger als ein dutzendmal gesprungen und hat die Luftsäcke in seinem Rükken mit Luft gefüllt, und er kann nicht tief hinunterziehen, um zu sterben, von wo ich ihn nicht wieder heraufholen kann. Bald wird er zu kreisen anfangen, und dann muß ich ihn drillen. Was ihn wohl so plötzlich zum Losgehen gebracht hat? Kann ihn der Hunger zur Verzweiflung getrieben haben oder hat ihn irgend etwas in der Nacht geängstigt? Vielleicht hat er plötzlich Angst gehabt. Aber er war solch ein ruhiger, starker Fisch, und er schien so furchtlos zu sein und so zuversichtlich. Es ist merkwürdig.

«Sei du lieber selbst furchtlos und zuversichtlich, alter Freund», sagte er. «Du hältst ihn wieder, aber du kriegst keine Leine rein. Aber bald muß er kreisen.»

Der alte Mann hielt ihn jetzt mit seiner linken Hand und seinen Schultern und bückte sich hinunter und schöpfte mit der rechten Hand Wasser, um das zerquetschte Makrelenfleisch von seinem Gesicht abzuwischen. Er hatte Angst, daß ihm davon übel werden könne und er erbrechen und dadurch Kraft verlieren würde. Als sein Gesicht gesäubert war, wusch er seine Hand im Wasser über Bord und ließ sie dann im Salzwasser, während er das Kommen der Dämmerung beobachtete, ehe die Sonne aufging. – Er nimmt beinahe Kurs nach Osten, dachte er. Das bedeutet, daß er müde ist und mit der Strömung schwimmt. Bald wird er kreisen müssen. Dann beginnt die wirkliche Arbeit.

Als er fand, daß seine rechte Hand lange genug im Wasser gewesen war, nahm er sie heraus und besah sie sich.

«Es ist nicht schlimm», sagte er. «Und Schmerzen machen einem Mann nichts.»

Er ergriff behutsam die Leine, damit sie nicht in irgendeinen der frischen Schnitte rutschte, und verlagerte sein Gewicht so, daß er seine linke Hand auf der anderen Seite des Bootes in die See halten konnte.

«Für etwas Wertloses hast du dich gar nicht so schlecht gehalten», sagte er zu seiner linken Hand. «Aber es gab einen Augenblick, wo du nicht da warst.»

Warum bin ich nicht mit zwei guten Händen geboren? dachte er. Vielleicht war es meine Schuld, weil ich die da nicht ordentlich trainiert habe. Aber weiß Gott, sie hat genug Gelegenheit gehabt, was zu lernen. Heute nacht hat sie sich auch gar nicht so schlecht gehalten, und sie hat sich nur einmal verkrampft. Wenn sie sich noch einmal verkrampft, soll die Leine sie abschneiden.

Als er das dachte, wußte er, daß er nicht ganz klar im Kopf war, und er dachte, ich muß noch etwas von der Makrele essen. – Aber ich kann nicht, sagte er zu sich. Es ist besser, man ist nicht klar im Kopf, als daß man seine Kraft durch Übelkeit verliert. Und ich weiß, ich kann es nicht bei mir behalten, wenn ich es esse, weil ich mit dem Gesicht darin war. Ich heb es für den Notfall auf, bis es verdirbt. Aber jetzt ist es zu spät, sich durch Essen bei Kräften halten zu wollen. Du bist dumm, sagte er zu sich. Iß doch den zweiten fliegenden Fisch.

Er war da, ausgenommen und bereit, und er nahm ihn mit der linken Hand hoch und aß ihn und lutschte sorgfältig die Gräten ab und aß das Ganze bis auf den Schwanz.

Er hat mehr Nährwerte als irgendein anderer Fisch, dachte er. Jedenfalls die Art von Kraft, die ich brauche. Jetzt hab ich alles, was ich kann, getan, dachte er. Jetzt soll er anfangen zu kreisen, und der Kampf soll losgehen.

Die Sonne erhob sich zum drittenmal, seit er auf See war, als der Fisch zu kreisen begann.

An der Neigung der Leine konnte er nicht sehen, daß der Fisch kreiste. Dafür war es zu früh. Er fühlte nur ein schwaches Nachlassen von dem Druck der Leine, und er begann, behutsam mit der rechten Hand an ihr zu ziehen. Sie straffte sich wie immer, aber gerade als er den Punkt erreicht hatte, wo sie zu zerreißen drohte, begann Leine hereinzukommen. Er zog Kopf und Schultern unter der Leine hervor und fing an, behutsam und stetig Leine einzuholen. Er zog Hand über Hand und bemühte sich, soweit er konnte, mit Körper und Beinen zu ziehen. Seine alten Beine und Schultern drehten sich mit, als er Hand über Hand zog.

«Es ist ein sehr großer Kreis», sagte er. «Aber er kreist.» Dann kam keine Leine mehr herein, und er hielt sie, bis er in der Sonne die Tropfen von ihr springen sah. Dann lief sie aus, und der alte Mann kniete sich hin und ließ sie widerwillig in das dunkle Wasser zurücklaufen.

«Jetzt ist er am äußersten Ende des Kreises», sagte er. – Ich muß halten, was ich nur kann, dachte er. Die Anstrengung wird seinen Kreis jedesmal verkleinern. Vielleicht werde ich ihn in einer Stunde sehen. Jetzt muß ich ihn kleinkriegen, und dann muß ich ihn töten.

Aber der Fisch kreiste langsam immer weiter, und zwei Stunden später war der alte Mann naß von Schweiß und bis in die Knochen müde. Aber die Kreise waren jetzt viel kleiner, und an der Art, wie die Leine sich neigte, konnte er sehen, daß der Fisch, während er schwamm, stetig gestiegen war.

Seit einer Stunde hatte der alte Mann schwarze Punkte vor den Augen gesehen, und der Schweiß lief ihm salzig in die Augen und brannte in den Verletzungen über seinem Auge und auf der Stirn. Er hatte keine Angst vor den schwarzen Punkten. Das war normal bei der Anspannung, mit der er an der Leine zog. Zweimal jedoch hatte er sich schwach und schwindlig gefühlt, und das hatte ihn beunruhigt.

«Ich darf mich nicht selbst im Stich lassen und mit solch einem Fisch an der Leine sterben», sagte er. «Jetzt, wo er so wunderbar rankommt, hilf mir, lieber Gott, daß ich durchhalte. Ich will hundert Vaterunser und hundert Ave Maria beten, aber jetzt kann ich nicht.» Betrachte sie als gesagt, dachte er. Ich sage sie später.

Gerade in dem Augenblick spürte er ein plötzliches Schlagen und Rucken an der Leine, die er mit beiden Händen hielt. Es fühlte sich scharf und hart und schwer an.

Er schlägt mit seinem Schwert gegen die Drahtöse, dachte er. Das mußte kommen. Das mußte er tun. Vielleicht springt er aber daraufhin, und ich hätte lieber, daß er weiter kreist. Das Springen war notwendig für ihn, um Luft einzuziehen. Aber jetzt kann jeder Sprung die Öffnung der Hakenwunde erweitern, und er kann den Haken abwerfen.

«Spring nicht, Fisch», sagte er. «Spring nicht.»

Der Fisch traf den Draht noch verschiedene Male, und jedesmal, wenn er mit dem Kopf stieß, gab der alte Mann ein bißchen Leine raus. – Ich darf seine Schmerzen nicht größer werden lassen, dachte er. Meine sind ganz egal. Meine kann ich beherrschen. Aber seine Schmerzen können ihn zum Wahnsinn treiben.

Nach einer Weile hörte der Fisch auf, gegen den Draht zu schlagen, und fing wieder an, langsam zu kreisen. Der alte Mann holte jetzt stetig Leine ein. Aber er fühlte sich wieder schwindlig. Er schöpfte mit seiner linken Hand etwas Seewasser und goß es sich über den Kopf. Dann goß er noch mehr darauf und rieb sich den Nacken.

«Ich habe keine Krämpfe», sagte er. «Bald wird er oben sein, und ich kann es durchstehen. Du mußt es durchstehen. Darüber ist gar nicht zu reden.»

Er kniete in der Vorplicht, und einen Augenblick lang streifte er die Leine wieder über den Rücken. Ich werde mich jetzt ausruhen, während er den Kreis ausschwimmt, beschloß er, und dann aufstehen und ihn drillen, wenn er näher kommt.

Es war eine große Versuchung, sich in der Plicht auszuruhen und den Fisch einen Kreis allein machen zu lassen, ohne etwas Leine zurückzuerobern. Aber als der Druck andeutete, daß der Fisch gewendet hatte und sich dem Boot wieder näherte, stand der alte Mann auf und begann das Drehen und schwingende Ziehen, durch das er die Leine hereinbekam, die er dem Fisch abgewann.

Ich bin müder, als ich je gewesen bin, dachte er, und jetzt kommt der Passatwind auf. Aber das wird gut sein, um ihn nachher reinzuschleppen. Den brauche ich dringend.

«Ich werde mich bei der nächsten Wendung, wenn er rausschwimmt, ausruhen», sagte er. «Ich fühl mich viel besser. Noch zwei oder drei Wendungen, und ich werde ihn haben.»

Sein Strohhut saß ihm weit hinten auf dem Kopf, und die straff werdende Leine zog den alten Mann in die Plicht hinunter, als er fühlte, wie der Fisch wendete.

Arbeit du jetzt, Fisch, dachte er. Ich werde dich drillen, wenn du wendest.

Die See war wesentlich bewegter. Aber es war eine Schönwetterbrise, und die brauchte er, um nach Hause zu kommen.

«Ich werde einfach nach Süden und Westen steuern», sagte er. «Auf See ist ein Mann nie verloren, und die Insel ist groß.»

Bei der dritten Wendung sah er den Fisch zum erstenmal.

Er sah ihn zuerst als dunklen Schatten, der so lange brauchte, um unter dem Boot hindurchzukommen, daß er es kaum glauben konnte.

«Nein», sagte er. «So groß kann er nicht sein.»

Aber er war so groß, und nach Beendigung dieses Kreises kam er noch keine dreißig Meter weit entfernt an die Oberfläche, und der alte Mann sah seinen Schwanz aus dem Wasser ragen. Er war größer als ein großes Sensenblatt und ganz hell lavendelfarben über dem dunkelblauen Wasser. Er fiel zurück, und da der Fisch dicht unterhalb der Oberfläche schwamm, konnte der alte Mann seinen riesigen Umfang und die violetten Streifen, die ihn umgürteten, sehen. Seine Rückenflosse war angelegt, und seine riesigen Bauchflossen waren weit gespreizt.

Bei diesem Kreis konnte der alte Mann das Auge des Fisches sehen und die zwei grauen Saugfische, die um ihn herumschwammen. Manchmal schlossen sie sich ihm an. Manchmal schossen sie fort. Manchmal schwammen sie leicht in seinem Schatten. Sie waren jeder über drei Fuß lang, und wenn sie schnell schwammen, schnellten sie wie Aale ihren ganzen Körper vorwärts.

Der alte Mann schwitzte jetzt, aber noch von etwas anderem als von der Sonne. Bei jeder ruhigen, gelassenen Wendung, die der Fisch machte, gewann er Leine, und er war sicher, daß er nach zwei weiteren Wendungen eine Chance haben würde, seine Harpune in ihn hineinzustoßen.

Aber ich muß ihn ganz, ganz dicht dran haben, dachte er. Ich darf nicht auf den Kopf zielen, ich muß das Herz treffen.

«Sei ruhig und stark, alter Freund», sagte er.

Beim nächsten Kreis war der Rücken des Fisches draußen, aber er war ein wenig zu weit vom Boot entfernt. Beim nächsten Kreis war er noch zu weit entfernt, aber er war höher aus dem Wasser heraus, und der alte Mann war sicher, daß er nur noch etwas Leine hereinbekommen mußte, um ihn längsseits zu kriegen.

Er hatte seine Harpune lange vorher aufmontiert, und ihre Rolle von dünnem Tau war in einem runden Korb, und das Ende war im Beting in der Plicht befestigt.

Der Fisch kam jetzt, als er seinen Kreis beschrieb, ruhig und wunderschön aussehend heran, und nur sein großer Schwanz bewegte sich. Der alte Mann zog, so stark er konnte, um ihn näher heranzuholen. Einen Augenblick lang legte sich der Fisch ein wenig um auf die Seite. Dann richtete er sich auf und begann einen neuen Kreis.

«Ich hab ihn gedreht», sagte der alte Mann. «Eben hab ich ihn gedreht.»

Jetzt fühlte er sich wieder schwindlig, aber er hielt den großen Fisch, soweit er konnte, im Druck. – Ich hab ihn gedreht, dachte er. Vielleicht kann ich ihn diesmal herüberlotsen. Zieht, Hände, dachte er. Steht mir bei, Beine. Halt durch, Kopf. Halt durch. Du hast mich nie im Stich gelassen. Diesmal werde ich ihn herumkriegen.

Aber als er eine Riesenanstrengung machte – er begann damit, lange bevor der Fisch längsseits kam – und mit allen Kräften zog, legte sich der Fisch etwas seitwärts und richtete sich dann auf und schwamm davon.

«Fisch», sagte der alte Mann. «Fisch, du mußt sowieso sterben. Mußt du mich auch töten?»

Auf diese Art ist gar nichts gewonnen, dachte er. Sein Mund war zu trocken, um zu sprechen, aber er konnte jetzt nicht nach der Wasserflasche greifen. – Diesmal muß ich ihn längsseits kriegen, dachte er. Viele Wendungen kann ich nicht mehr aushalten. Doch, du kannst, sagte er zu sich. Du kannst ewig aushalten.

Bei der nächsten Wendung hatte er ihn beinahe. Aber wieder richtete sich der Fisch auf und schwamm langsam davon.

Du tötest mich, Fisch, dachte der alte Mann. Aber dazu bist du berechtigt. Niemals habe ich etwas Größeres und Schöneres oder Ruhigeres oder Edleres gesehen als dich, Bruder. Komm nur und töte mich. Mir ist es gleich, wer wen tötet.

Jetzt wirst du wirr im Kopf, dachte er. Du mußt einen klaren Kopf behalten. Behalt einen klaren Kopf und sieh zu, daß du es wie ein Mann erträgst. Oder wie ein Fisch, dachte er.

«Komm klar, Kopf», sagte er mit einer Stimme, die er kaum hören konnte. «Komm klar, Kopf.»

Noch zweimal geschah dasselbe bei den Wendungen. Ich versteh es nicht, dachte der alte Mann. Ihm war jedesmal beinahe schwarz vor den Augen geworden. – Ich versteh es nicht. Aber ich werde es noch einmal versuchen.

Er versuchte es noch einmal, und er fühlte, wie ihm schwarz vor Augen wurde, als er den Fisch herüberzwang. Der Fisch richtete sich auf und schwamm, den großen Schwanz durch die Luft schwenkend, langsam wieder davon.

Ich versuche es noch einmal, sprach sich der alte Mann Mut zu, obwohl seine Hände jetzt zerquetscht waren und er nur noch ab und zu richtig sehen konnte.

Er versuchte es noch einmal, und es war dasselbe. – Also, dachte er, und er fühlte, daß ihm schwindlig wurde, bevor er anfing, ich werde es noch einmal versuchen.

Er faßte all seinen Schmerz zusammen und was von seiner Kraft übrig war und seinem lang dahingeschwundenen Stolz, und er setzte es gegen den Todeskampf des Fisches, und der Fisch drehte sich auf die Seite und schwamm ruhig auf der Seite, und sein Schnabel berührte beinahe die Planken des Bootes, und er begann, langsam im Wasser an dem Boot vorbeizuziehen, lang, tief, breit, silbern und violett gestreift und ohne Ende.

Der alte Mann ließ die Leine fallen und setzte seinen Fuß darauf und hob die Harpune, so hoch wie er konnte, und stieß sie mit aller Kraft und frischer Kraft, die er gerade aufgebracht hatte, in die Seite des Fisches hinein, gerade hinter der großen Brustflosse, die hoch in die Luft bis zur Brusthöhe des Mannes stand. Er fühlte, wie das Eisen hineinging, und er lehnte sich drauf und trieb es weiter, und dann stieß er mit seinem ganzen Gewicht nach.

Nun wurde der Fisch lebendig, als er den Tod in sich spürte, und sprang hoch aus dem Wasser empor und zeigte seine ungeheure Länge und Breite und seine ganze Macht und Schönheit. Er schien über dem alten Mann in dem Boot in der Luft zu hängen. Dann fiel er krachend ins Wasser, so daß Schaum über den alten Mann und über das ganze Boot spritzte.

Dem alten Mann war schwindlig und übel, und er konnte nicht recht sehen, aber er entwirrte die Harpunenleine und ließ sie langsam durch seine wunden Hände laufen, und als er sehen konnte, sah er, daß der Fisch mit seinem silbernen Bauch nach oben, auf dem Rücken lag. Der Schaft der Harpune ragte in einem Winkel aus der Schulter des Fisches hervor, und die See verfärbte sich durch das Rot von dem Blut seines Herzens. Zuerst war es dunkel wie eine Untiefe in dem blauen Wasser, das mehr als eine Meile tief war. Dann breitete es sich wie eine Wolke aus. Der Fisch war silbrig und bewegungslos und trieb mit den Wellen.

Der alte Mann blickte in der flüchtigen Vision, die er hatte, aufmerksam um sich. Dann schlug er die Harpunenleine zweimal um die Beting unter der Plicht und legte den Kopf auf die Hände.

«Daß nur mein Kopf klar bleibt», sagte er gegen das Holz des Bugs. «Ich bin ein müder alter Mann. Aber ich habe diesen Fisch getötet, der mein Bruder ist, und jetzt kommt noch die ganze Plackerei.»

Jetzt muß ich die Schlingen vorbereiten und das Tau, um ihn längsseits zu vertäuen, dachte er. Selbst wenn wir zwei wären und das Boot beim Laden voll Wasser kriegten und es ausschöpften, würde es ihn niemals fassen. Ich muß alles vorbereiten, ihn dann ranholen und ihn gut vertäuen und den Mast aufrichten und das Segel für die Rückfahrt setzen.

Er begann den Fisch heranzuholen, um ihn längsseits zu haben, damit er ihm eine Leine durch Kiemen und Maul ziehen und seinen Kopf am Bug festmachen konnte. – Ich möchte ihn sehen, dachte er, und ihn anfassen und ihn befühlen. Er ist mein ganzer Reichtum, dachte er. Aber deswegen will ich ihn nicht befühlen. Ich glaube, ich habe sein Herz gefühlt, dachte er. Als ich das zweite Mal gegen den Harpunenschaft stieß. Hol ihn jetzt heran und mach ihn fest und laß die Schlinge um seinen Schwanz gehen und eine zweite um seinen Rumpf, um ihn an das Boot zu binden.

«An die Arbeit, alter Freund», sagte er. Er trank einen sehr kleinen Schluck Wasser. «Jetzt gibt es eine Menge Plackerei, wo der Kampf vorüber ist.»

Er blickte in den Himmel hinauf und dann hinaus auf seinen Fisch. Er blickte abschätzend nach der Sonne. – Es ist nicht viel später als Mittag, dachte er. Und der Passatwind frischt auf. Die Leinen sind mir jetzt alle ganz egal. Der Junge und ich werden sie spließen, wenn wir zu Hause sind.

«Los, komm, Fisch», sagte er. Aber der Fisch kam nicht. Statt dessen lag er da und wälzte sich in den Wellen, und der alte Mann ruderte das Boot zu ihm heran.

Als er mit ihm auf gleicher Höhe war und der Kopf des Fisches gegen den Bug lag, konnte er einfach nicht glauben, daß er so groß war. Aber er löste die Harpunenleine von der Beting, zog sie durch die Kiemen des Fisches und durch seinen Rachen hinaus, machte eine Schlinge um sein Schwert, zog dann die Leine durch die andere Kieme, machte eine zweite Schlinge um den Schnabel und befestigte die doppelte Leine an der Beting in der Plicht. Dann schnitt er die Leine durch und ging achtern, um den Schwanz anzuschlingen. Das ursprüngliche Violett und Silber des Fisches hatte sich in Silber verwandelt, und die Streifen zeigten dieselbe blaßviolette Farbe wie sein Schwanz. Sie waren breiter als eine Männerhand mit ausgespreizten Fingern, und das Auge des Fisches blickte so starr wie die Spiegel in einem Periskop oder wie ein Heiliger in einer Prozession.

«Es war die einzige Art, wie man ihn töten konnte», sagte der alte Mann. Seit dem Schluck Wasser fühlte er sich wohler, und er wußte, daß es nicht mit ihm zu Ende ging und daß sein Kopf klar war. – Er wiegt über fünfzehnhundert Pfund, so wie er ist, dachte er. Vielleicht viel mehr. Wenn er ausgenommen zwei Drittel davon wiegt, zu 30 Cents das Pfund?

«Dazu brauch ich einen Bleistift», sagte er. «So klar ist mein Kopf doch nicht. Aber ich glaube, der große DiMaggio würde heute stolz auf mich sein. Ich hatte keine Knochensporne. Aber der Rücken und die Hände taten furchtbar weh.» – Was wohl ein Knochensporn ist? dachte er. Vielleicht haben wir welche, ohne es zu wissen.

Er vertäute den Fisch am Bug, am Heck und an der mittleren Ducht. Er war so groß, als ob man ein viel größeres Boot längsseits festmachte. Er schnitt ein Stück Leine ab und schnürte den Unterkiefer des Fisches mit seinem Schnabel zusammen, damit sein Maul sich nicht öffnen konnte und sie mit möglichst geringem Widerstand segeln würden. Dann richtete er den Mast auf, und an dem Stock, der seine Gaffel war, und an seiner aufgetakelten Spiere füllte sich das geflickte Segel, und das Boot begann, sich zu bewegen, und er segelte, im Heck halb liegend, südwestwärts.

Er brauchte keinen Kompaß, um zu wissen, wo Südwesten war. Er brauchte nur den Passatwind und das Ziehen seines Segels zu beobachten. Ich stecke wohl lieber eine kleine Angelschnur mit einem Blinker daran aus und seh zu, daß ich was zu essen bekomme. Aber er konnte keinen Blinker finden, und seine Sardinen waren verfault. Deshalb hakte er im Vorbeikommen ein Stückchen gelben Seetangs mit dem Fischhaken und schüttelte es, so daß die kleinen Garnelen, die darin waren, auf die Planken des Bootes fielen. Es waren mehr als ein Dutzend, und sie sprangen und stießen um sich wie Sandflöhe. Der alte Mann knipste mit Daumen und Zeigefinger ihre Köpfe ab und aß sie und lutschte die Schalen und die Schwänze aus. Sie waren sehr winzig, aber er wußte, daß sie nahrhaft waren, und sie schmeckten gut.

Der alte Mann hatte noch zwei Schluck Wasser in der Flasche, und er nahm einen halben, nachdem er die Garnelen gegessen hatte. Das Boot segelte gut, wenn man die Handicaps in Betracht zog, und er steuerte mit der Ruderpinne unter dem Arm. Er konnte den Fisch sehen, und er brauchte nur seine Hände zu betrachten und seinen Rücken gegen das Heck zu lehnen, um zu wissen, daß dies wirklich passiert war und er nicht träumte. Einmal, als ihm ziemlich zum Schluß so schlecht gewesen war, hatte er gedacht, vielleicht ist es ein Traum. Dann, als er den Fisch aus dem Wasser herauskommen und bewegungslos im Himmel hatte hängen sehen, bevor er fiel, wußte er, daß hier etwas ganz Seltsames geschah, und er konnte es nicht fassen. Dann konnte er nicht recht sehen, obwohl er jetzt so gut wie je zuvor sah.

Jetzt wußte er: der Fisch war da, und seine Hände und sein Rücken waren kein Traum. – Die Hände heilen schnell, dachte er. Ich habe sie ordentlich ausbluten lassen, und das Salzwasser wird sie kurieren. Das dunkle Wasser dieses Golfs ist das beste Heilmittel, das es gibt. Alles, was ich tun muß, ist einen klaren Kopf behalten. Die Hände haben ihre Arbeit getan, und wir haben gute Fahrt. Mit seinem geschlossenen Maul und seinem senkrecht aufgestellten Schwanz segeln wir wie Brüder. Dann wurde ihm ein bißchen wirr im Kopf, und er dachte: Bringt er mich rein oder bringe ich ihn rein? Wenn ich ihn im Schlepp hätte, wäre es gar keine Frage. Auch wenn der Fisch im Boot wäre, aller Würde bar, wäre es gar keine Frage. Aber sie segelten zusammen, aneinandergeseilt, und der alte Mann dachte: Soll *er* mich ruhig reinschleppen, wenn er gern möchte. Ich bin ihm nur durch meine Schliche überlegen, und er hat nichts Böses gegen mich im Sinn.

Sie machten gute Fahrt, und der alte Mann hielt seine Hände im Salzwasser und suchte einen klaren Kopf zu behalten. Am Himmel standen hohe Kumulus- und über ihnen genügend Zirruswolken, so daß der alte Mann wußte, daß der Wind die ganze Nacht über anhalten würde. Der alte Mann blickte den Fisch unentwegt an, um sich zu vergewissern, daß es auch wahr sei. Es verging eine Stunde, ehe ihn der erste Hai anfiel.

Der Hai kam nicht zufällig. Er war von tief unten im Wasser heraufgekommen, als die dunkle Blutwolke sich gesetzt und in der meilentiefen See verteilt hatte. Er war so schnell heraufgekommen und so völlig ohne Vorsicht, daß er die Oberfläche des blauen Wassers durchbrach und in der Sonne war. Dann fiel er zurück in die See und nahm die Witterung auf und begann, auf dem Kurs zu schwimmen, den das Boot und der Fisch genommen hatten.

Manchmal verlor er die Witterung. Aber er nahm sie wieder auf oder auch nur eine Andeutung davon, und er folgte der Fährte schnell und ohne Zögern. Es war ein sehr großer Makohai, der so schnell schwimmen konnte wie der schnellste Fisch im Meer, und alles an ihm war prachtvoll bis auf seinen Rachen. Sein Rücken war so blau wie der eines Schwertfischs, und sein Bauch war silbern und seine Haut war glatt und schön. Er war wie ein Schwertfisch gebaut bis auf seinen riesigen Rachen, der jetzt fest geschlossen war, als er schnell, eben unter der Wasseroberfläche, schwamm und seine hohe Rükkenflosse ohne Schwanken das Wasser durchschnitt. Innerhalb der geschlossenen Lippen seines Rachens standen jede seiner acht Reihen Zähne schräg nach innen. Es waren nicht die gewöhnlichen, pyramidenartig geformten Zähne, wie sie fast alle Haie haben. Sie waren wie die Finger eines Mannes geformt, wenn sie sich wie Klauen zusammenkrallten. Sie waren beinahe so lang wie die Finger des alten Mannes und hatten an beiden Seiten rasiermesserscharfe, schneidende Kanten. Dies war ein Fisch, der sich von all den Fischen der See ernähren konnte, die so schnell und stark und gut bewaffnet waren, daß sie keinen anderen Feind hatten. Jetzt legte er Tempo zu, als er die frischere Spur bekam, und seine blaue Rückenflosse durchschnitt das Wasser.

Als der alte Mann ihn kommen sah, wußte er, daß dies ein Hai war, der überhaupt keine Furcht kannte und genau das tun würde, was ihm paßte. Er richtete die Harpune und befestigte die Leine, während er beobachtete, wie der Hai herankam. Die Leine war kurz, da das

Stück fehlte, das er abgeschnitten hatte, um den Fisch festzuschnüren.

Der Kopf des alten Mannes war jetzt klar und frisch, und er war voller Entschlußkraft, aber er hatte wenig Hoffnung. – Es ging zu gut, um so zu bleiben, dachte er. Er warf einen Blick auf den großen Fisch, während er beobachtete, wie der Hai näher kam. – Es hätte genausogut ein Traum sein können, dachte er. Ich kann ihn nicht daran hindern, mich anzufallen, aber vielleicht kann ich ihn kriegen. *Dentuso*, dachte er. Unheil deiner Mutter!

Der Hai näherte sich schnell von achtern, und als er den Fisch anfiel, nahm der alte Mann das Aufsperren seines Rachens wahr und seine seltsamen Augen und das knackende Zuschnappen der Zähne, als er gerade oberhalb des Schwanzes in das Fleisch vorstieß. Der Kopf des Hais war über Wasser, und sein Rücken kam heraus, und der alte Mann konnte das Geräusch hören, wie Haut und Fleisch des großen Fisches zerrissen, als er die Harpune in den Kopf des Hais an einer Stelle einrammte, wo die Linie zwischen den Augen mit der Linie, die senkrecht von seiner Nase zurücklief, sich kreuzte. Es gab keine solchen Linien. Es gab nur den schweren, keilförmigen blauen Kopf und die großen Augen und das Knacken des angreifenden, alles verschlingenden Rachens. Aber dies war die Stelle, wo das Gehirn war, und der alte Mann traf es. Er traf es, als er mit seinen blutig gequetschten Händen seine gute

Harpune mit aller Kraft hineinstieß. Er traf es, ohne Hoffnung, aber mit ganzer Feindseligkeit und Entschlußkraft.

Der Hai rollte herum, und der alte Mann sah, daß sein Auge leblos war, und dann rollte er noch einmal herum und verfing sich in zwei Schlingen der Leine. Der alte Mann wußte, daß er tot war, aber der Hai wollte es nicht wahrhaben. Da, auf dem Rücken mit schlagendem Schwanz und knackenden Kiefern, pflügte der Hai durch das Wasser wie ein Rennboot. Das Wasser war weiß, wo sein Schwanz es peitschte, und drei Viertel seines Körpers ragten klar aus dem Wasser heraus, als die Leine sich straffte, erbebte und dann riß. Der Hai lag kurze Zeit ruhig an der Oberfläche, und der alte Mann beobachtete ihn. Dann ging er sehr langsam unter.

«Er hat ungefähr vierzig Pfund abgefetzt», sagte der alte Mann laut. – Er hat auch meine Harpune genommen und die ganze Leine, dachte er, und jetzt blutet mein Fisch wieder, und es werden andere kommen.

Er mochte den Fisch nicht mehr ansehen, seit er verstümmelt war. Als der Hai den Fisch anfiel, war es, als ob er selbst angefallen würde.

Aber ich habe den Hai, der meinen Fisch angefallen hat, getötet, dachte er. Und er war der größte *dentuso*, den ich je gesehen habe. Und weiß Gott, ich habe große gesehen.

Es ging zu gut, um so zu bleiben, dachte er. Jetzt

wünschte ich, es wäre ein Traum gewesen, und daß ich den Fisch nie angehakt hätte und daß ich allein im Bett auf den Zeitungen läge.

«Aber der Mensch darf nicht aufgeben», sagte er. «Man kann vernichtet werden, aber man darf nicht aufgeben.» Es tut mir aber doch leid, daß ich den Fisch getötet habe, dachte er. Jetzt kommt das Schlimmste, und ich hab nicht einmal die Harpune. Der *dentuso* ist grausam und fähig und stark und klug. Aber ich war klüger als er. Vielleicht nicht, dachte er. Vielleicht war ich nur besser bewaffnet.

«Denk jetzt nicht, alter Freund», sagte er laut. «Segle auf deinem Kurs und nimm's auf dich, wenn's kommt.»

Aber ich muß denken, dachte er. Weil das alles ist, was mir bleibt. Das und Baseball. Wie es wohl dem großen DiMaggio gefallen hätte, wie ich ihn ins Gehirn traf? Es war keine große Sache, dachte er. Das könnte jeder. Aber ob wohl meine Hände ein ebenso großes Handicap waren wie sein Knochensporn? Das kann ich nicht wissen. Mein Hacken hat mir niemals zu schaffen gemacht, bis auf das eine Mal, als der Stechrochen beim Schwimmen, wie ich auf ihn trat, hineingestochen hat und das Wadenbein paralysiert war und es unerträglich weh tat.

«Denk an irgend etwas Erfreuliches, alter Freund», sagte er. «Jede Minute bist du jetzt näher an zu Hause. Du segelst um vierzig Pfund leichter.»

Er wußte recht wohl, was geschehen konnte, sobald

er den inneren Teil des Stromes erreichte. Aber jetzt ließ sich nichts dagegen tun.

«Doch, läßt sich», sagte er laut. «Ich kann mein Messer an den Griff von einem der Riemen festbinden.»

Also tat er das, mit der Ruderpinne unter dem Arm und der Schot des Segels unter dem Fuß.

«Jetzt», sagte er, «bin ich immer noch ein alter Mann. Aber ich bin nicht unbewaffnet.»

Die Brise war jetzt frisch, und er kam gut voran. Er beobachtete nur den vorderen Teil des Fisches, und ein gut Teil seiner Hoffnung kehrte zurück.

Es ist dumm, nicht zu hoffen, dachte er. Außerdem glaube ich, es ist eine Sünde. Denk nicht an Sünde, dachte er. Du hast jetzt genug Probleme ohne Sünde. Außerdem verstehe ich nichts davon.

Ich verstehe nichts davon, und ich weiß nicht genau, ob ich daran glaube oder nicht. Vielleicht war es eine Sünde, den Fisch zu töten. Wahrscheinlich war es das, obwohl ich es tat, um mein Leben zu fristen und viele Leute damit zu ernähren. Aber dann ist alles eine Sünde. Denk jetzt nicht an Sünde. Dafür ist es viel zu spät, und es gibt Leute, die bezahlt werden, um das zu tun. Die sollen darüber nachdenken. Du bist geboren worden, um ein Fischer zu sein, wie der Fisch geboren wurde, um ein Fisch zu sein. San Pedro war ein Fischer ebenso wie der Vater von dem großen DiMaggio.

Aber er dachte gern über all die Dinge nach, in die er

verwickelt war, und da es nichts zum Lesen gab und er kein Radio hatte, dachte er viel, und er dachte weiter über die Sünde nach. Du hast den Fisch nicht nur getötet, um dein Leben zu fristen und um ihn zum Essen zu verkaufen, dachte er. Du hast ihn aus Hochmut getötet, und weil du ein Fischer bist. Du hast ihn geliebt, als er am Leben war, und danach hast du ihn auch geliebt. Wenn du ihn liebst, ist es keine Sünde, ihn zu töten. Oder ist es dadurch schlimmer? «Du denkst zuviel, alter Freund», sagte er laut.

Aber den *dentuso* hast du gern getötet, dachte er. Er lebt von den lebenden Fischen wie du. Er ist kein Aasgeier oder einfach ein schwimmender Hunger wie mancher Hai. Er ist wunderschön und edel und hat vor nichts Angst.

«Ich habe ihn in Notwehr getötet», sagte der alte Mann laut. «Und ich habe ihn gut getötet.»

Außerdem, dachte er, tötet alles auf irgendeine Art alles andere. Fischen tötet mich und erhält mich auch am Leben. Der Junge erhält mich am Leben, dachte er. Ich darf mir nicht zuviel vormachen.

Er lehnte sich über Bord und riß ein Stück von dem Fischfleisch los, wo der Hai hineingestoßen hatte. Er kaute es und bemerkte die Qualität und den feinen Geschmack. Es war fest und saftig wie Fleisch, aber es war nicht rot. Es war nicht zähfaserig, und er wußte, daß es den höchsten Preis auf dem Markt erzielen würde. Aber es gab kein Mittel, seinen Geruch vom Wasser fernzuhalten, und der alte Mann wußte, daß eine sehr schlimme Zeit bevorstand.

Die Brise war stetig. Sie hatte ein wenig weiter nach Nordost gedreht, und er wußte, dies hieß, daß sie nicht abflauen würde. Der alte Mann blickte in die Weite vor sich, aber er konnte kein Segel sehen noch konnte er den Rumpf oder den Rauch irgendeines Dampfers erblikken. Es gab nichts als die fliegenden Fische, die vor seinem Bug aufstiegen und nach beiden Seiten davonsegelten, und die gelben Flecken vom Golftang. Er konnte nicht einmal einen Vogel sehen.

Er war zwei Stunden gesegelt. Er ruhte im Heck und kaute hin und wieder ein Stückchen von dem Fleisch des Marlin und versuchte, sich auszuruhen und bei Kräften zu bleiben, als er den ersten der beiden Haie sah.

«Ay», sagte er laut. Dieses Wort läßt sich nicht übersetzen, und wahrscheinlich ist es einfach ein Geräusch, wie ein Mann es vielleicht unwillkürlich macht, wenn er fühlt, wie der Nagel durch seine Hand hindurch und ins Holz geht.

«Galanos», sagte er laut. Er hatte jetzt die zweite Flosse hinter der ersten herankommen sehen und hatte sie durch die braunen, triangelförmigen Flossen und die fegende Bewegung ihres Schwanzes als schaufelnasige Haie identifiziert. Sie hatten die Witterung aufgenommen und waren aufgeregt, und dumm vor Hunger verloren und fanden sie die Spur in ihrer Aufregung.

Aber sie kamen die ganze Zeit über näher.

Der alte Mann machte die Schot fest und klemmte die Ruderpinne ein. Dann nahm er den Riemen hoch, an dem das Messer festgebunden war. Er hob ihn so leicht an, wie er konnte, weil seine Hände sich gegen die Schmerzen auflehnten. Er ließ ihn los und umschloß ihn leicht, um sie geschmeidig zu machen. Dann schloß er die Hände ganz fest um den Riemen, damit sie jetzt den Schmerz ertrugen und nicht nachher davor zurückzukken würden, und beobachtete, wie die Haie näher kamen. Jetzt konnte er ihre breiten, abgeflachten, schaufelförmigen Köpfe sehen und ihre breiten, weißendigen Brustflossen. Es waren widerliche Haifische, schlecht riechend, Aasgeier sowohl wie Killer, und wenn sie hungrig waren, würden sie nach einem Riemen oder nach dem Ruder eines Bootes schnappen. Dies war die Sorte Haie, die die Beine und Flossen der Schildkröten absäbelten, wenn die Schildkröten an der Oberfläche schliefen, und sie würden, wenn sie hungrig waren, einen Menschen im Wasser anfallen, selbst wenn er keinerlei Geruch von Fischblut oder Fischschleim an sich hatte.

«Ay», sagte der alte Mann. *«Galanos*, los, komm, *galanos.»*

Sie kamen. Aber sie kamen nicht, wie der Mako gekommen war. Der eine wendete und verschwand unter dem Boot, und der alte Mann konnte das Boot erbeben fühlen, während er an dem Fisch zerrte und riß.

Der andere beobachtete mit seinen geschlitzten gelben Augen den alten Mann und näherte sich dann schnell mit seinen halbkreisförmigen, weit aufgerissenen Kiefern, um den Fisch dort anzufallen, wo er bereits zerbissen war. Die Linie zeigte sich deutlich oben auf seinem braunen Kopf und Rücken, wo das Gehirn ins Rückenmark übergeht, und der alte Mann stieß das Messer an dem Riemen in die Stelle, zog es heraus und stieß es dann von neuem hinein in die gelben, katzenartigen Augen des Hais. Der Hai ließ den Fisch los und glitt hinunter und verschlang, während er starb, was er abgefetzt hatte.

Das Boot schütterte immer noch, da der andere Hai den Fisch weiter zerstörte, und der alte Mann machte die Schot los, damit das Boot quer schwang, um den Hai darunter hervorzubringen. Als er den Hai sah, lehnte er sich über Bord und stieß nach ihm. Er traf nur Fleisch, und die Haut war hart gespannt, und er kriegte kaum das Messer hinein. Der Stoß tat nicht nur seinen Händen weh, sondern auch seiner Schulter. Aber der Hai kam schnell heran mit dem Kopf über Wasser, und der alte Mann traf ihn direkt mitten auf seinen abgeflachten Schädel, als sein Maul aus dem Wasser kam und den Fisch berührte. Der alte Mann zog die Klinge zurück und stieß sie noch einmal genau in die gleiche Stelle. Der Hai hing noch immer mit festgebissenen Kiefern an dem Fisch, und der alte Mann durchbohrte sein linkes Auge. Der Hai hing immer noch da.

«Nein?» sagte der alte Mann, und er stieß die Klinge zwischen Wirbelsäule und Schädeldecke. Das war jetzt eine einfache Sache, und er spürte, wie die Knorpel sich spalteten. Der alte Mann drehte den Riemen um und steckte das Blatt zwischen die Kiefer des Hais, um sie aufzubrechen. Er drehte das Blatt hin und her, und als der Hai wegglitt, sagte er: «Los, *galano*, rutsch eine Meile tief runter. Geh, besuch deine Freundin, oder vielleicht ist es deine Mutter.»

Der alte Mann wischte die Klinge des Messers ab und legte den Riemen hin. Dann griff er nach dem Schot, und das Segel füllte sich, und er brachte das Boot auf Kurs.

«Die haben bestimmt ein Viertel von ihm genommen und vom besten Fleisch», sagte er laut. «Ich wünschte, es wäre ein Traum, und ich hätte ihn nie angehakt. Es tut mir leid, Fisch. Dadurch ist alles verdorben.» Er hielt inne und mochte den Fisch jetzt nicht ansehen. Ausgeblutet und gewässert hatte er die Farbe von der Silberschicht eines Spiegels, aber seine Streifen waren noch zu sehen.

«Ich hätte nicht so weit hinausfahren sollen, Fisch», sagte er. «Deinetwegen und meinetwegen. Es tut mir leid, Fisch.»

Jetzt, sagte er zu sich selbst, untersuch mal das Seil am Messer und sieh nach, ob es durchschnitten ist. Dann bring deine Hand in Ordnung, weil noch mehr kommen wird.

«Ich wünschte, ich hätte einen Stein für das Messer», sagte der alte Mann, nachdem er das Seil am Griffende des Riemens untersucht hatte. «Ich hätte einen Stein mitnehmen sollen.» Du hättest eine Menge Dinge mitnehmen sollen, dachte er. Aber du hast sie nicht mit, alter Freund. Jetzt ist keine Zeit, um daran zu denken, was du nicht hast. Denk nach, was du mit dem, was da ist, tun kannst.

«Du gibst mir viele gute Ratschläge», sagte er laut. «Das hab ich satt.»

Er hielt die Ruderpinne unter dem Arm und hielt seine beiden Hände ins Wasser, während das Boot vorwärts fuhr.

«Gott weiß, wieviel dieser letzte genommen hat», sagte er. «Aber das Boot ist jetzt viel leichter.» Er wollte nicht an die verstümmelte Unterseite des Fisches denken. Er wußte, jeder der ruckartigen Stöße des Haies hatte abgerissenes Fleisch bedeutet und daß der Fisch jetzt für alle Haie eine Fährte so breit wie eine Landstraße durch die See zog.

Er war ein Fisch, um einen Mann den ganzen Winter über zu ernähren, dachte er. Denk nicht daran. Ruh dich nur aus und sieh zu, daß du deine Hände wieder in die Reihe kriegst, um das, was von ihm übrig ist, zu verteidigen. Der Blutgeruch von meinen Händen macht jetzt nichts aus mit all der Witterung im Wasser. Außerdem bluten sie auch nicht stark. Es ist nichts Wichtiges zerschnitten. Das Bluten bewahrt die Linke vielleicht vor dem Verkrampfen.

Woran kann ich jetzt denken? dachte er. An nichts. Ich darf an nichts denken und muß auf die nächsten warten. Ich wünschte, es wäre wirklich ein Traum gewesen, dachte er. Aber wer weiß? Es hätte auch gutgehen können.

Der nächste Hai, der kam, war ein einzelner schaufelnasiger. Er kam wie ein Schwein zum Trog, wenn ein Schwein eine so weite Schnauze hätte, daß man seinen Kopf hineinstecken könnte. Der alte Mann ließ zu, daß er den Fisch anfiel, und stieß dann das Messer am Riemen tief in sein Gehirn. Aber der Hai schnellte rückwärts, als er herüberrollte, und die Messerklinge zerbrach.

Der alte Mann setzte sich zum Steuern zurecht. Er beobachtete nicht einmal, wie der große Hai langsam im Wasser versank, zuerst in Lebensgröße sichtbar war, dann klein und dann winzig wurde. Das faszinierte den alten Mann immer. Aber jetzt beobachtete er es nicht einmal.

«Ich habe noch den Fischhaken», sagte er. «Aber er wird mir nichts nützen. Ich hab die zwei Riemen und die Pinne und die kurze Keule.»

Jetzt haben sie mich untergekriegt, dachte er. Ich bin zu alt, um Haie mit der Keule totzuschlagen. Aber ich will es versuchen, solange ich die Riemen und die kurze Keule und die Pinne habe.

Er hielt die Hände wieder ins Wasser, um sie zu

kühlen. Es war Spätnachmittag geworden, und er sah nichts als die See und den Himmel. Der Wind wehte jetzt stärker als vorher, und er hoffte, daß er bald Land sehen würde.

«Du bist müde, alter Freund», sagte er. «Du bist innendrin müde.» Bis kurz vor Sonnenuntergang griffen ihn die Haie nicht wieder an.

Der alte Mann sah die braunen Flossen die weite Fährte, die der Fisch im Wasser machen mußte, entlangkommen. Sie stöberten nicht einmal nach der Spur. Sie nahmen geraden Kurs auf das Boot zu und schwammen Seite an Seite.

Er klemmte die Ruderpinne ein, machte die Schot fest und langte unter das Heck nach der Keule. Es war ein Riemengriff von einem abgebrochenen Riemen, den man ungefähr auf zweieinhalb Fuß Länge abgesägt hatte. Wegen des Halts am Griff konnte er ihn nur mit einer Hand wirkungsvoll benutzen, und er packte ihn fest mit der rechten Hand und faßte noch einmal nach, während er beobachtete, wie die Haie herankamen. Es waren beides *galanos.*

Ich muß den ersten gut zupacken lassen und ihn auf der Spitze seiner Nase oder direkt über den Schädel hauen, dachte er.

Die beiden Haie kamen zusammen heran, und als er sah, wie der, der ihm zunächst war, den Rachen aufsperrte und die Zähne in die silberne Seite des Fisches grub, hob er die Keule hoch und ließ sie schwer und krachend auf den breiten Kopf des Haies hinuntersausen. Er fühlte den elastischen Widerstand, als die Keule aufschlug. Aber er fühlte auch die Festigkeit des Knochens, und er traf den Hai noch einmal schwer auf die Spitze seiner Nase, als er von dem Fisch abglitt.

Der andere Hai war dagewesen und wieder fortgeschwommen und kam jetzt mit weitgeöffnetem Rachen von neuem heran. Der alte Mann konnte Fleischstücke von dem Fisch sehen, die weiß aus den Winkeln seines Rachens heraushingen, als er auf den Fisch losging und die Kiefer schloß. Der alte Mann schlug auf ihn los und traf nur den Kopf, und der Hai blickte ihn an und zerrte das Fleisch los. Der alte Mann schlug noch einmal mit der Keule auf ihn los, als er wegglitt, um es runterzuschlingen, und traf nur etwas Schweres, Festes, Gummiartiges.

«Los, komm, *galano*», sagte der alte Mann. «Los, komm noch mal.»

Der Hai jagte heran, und der alte Mann traf ihn, als er die Kiefer schloß. Er traf ihn mit aller Wucht und von so weit oben, wie er die Keule heben konnte. Diesmal fühlte er den Knochen an der Schädelbasis, und er schlug noch einmal auf dieselbe Stelle, während der Hai leicht betäubt das Fleisch losfetzte und von dem Fisch hinunterglitt.

Der alte Mann wartete darauf, daß er noch einmal kommen würde. Aber keiner der beiden Haie zeigte sich. Dann sah er einen an der Oberfläche kreisen. Die Flosse des anderen sah er nicht.

Ich konnte nicht damit rechnen, sie zu töten, dachte er. Früher hätte ich es gekonnt. Aber ich habe ihnen tüchtig weh getan, und keiner von beiden kann sich sehr wohl fühlen. Wenn ich meinen Schläger mit beiden Händen hätte benutzen können, hätte ich den ersten bestimmt totgeschlagen. Selbst jetzt, dachte er.

Er mochte den Fisch nicht ansehen. Er wußte, daß er zur Hälfte vernichtet war. Die Sonne war untergegangen, während er mit den Haien gekämpft hatte.

«Bald wird es dunkel sein», sagte er. «Dann müßte ich den Lichtschein von Havanna sehen. Wenn ich zu weit ostwärts bin, werde ich das Licht von dem einen oder anderen neuen Strand sehen.»

Ich kann jetzt nicht mehr allzu weit draußen sein, dachte er. Hoffentlich hat sich keiner zu sehr gesorgt. Natürlich ist nur der Junge da, der sich Sorgen machen kann. Aber ich weiß, daß er an mich glaubt. Viele von den älteren Fischern werden sich Sorgen machen. Viele andere auch, dachte er. Ich wohne in einer guten Stadt.

Er konnte nicht mehr mit dem Fisch sprechen, weil der Fisch zu arg verstümmelt war. Dann kam ihm eine Idee.

«Halber Fisch», sagte er, «Fisch, der du gewesen bist.

Es tut mir leid, daß ich zu weit hinausgefahren bin. Ich habe uns beide erledigt. Aber wir haben viele Haie getötet, du und ich, und viele andere erledigt. Wie viele hast du im ganzen getötet, Fisch? Du hast das Schwert da an deinem Kopf nicht umsonst.»

Er dachte gern an den Fisch und wie er einen Hai zurichten könnte, wenn er frei umherschwimmen würde. Ich hätte den Schnabel abhacken sollen, um sie damit zu bekämpfen, dachte er. Aber ich hatte keine Axt und kein richtiges Messer.

Aber wenn ich's getan hätte und den Schnabel an einen Riemengriff gebunden hätte, was für eine Waffe! Dann hätten wir sie zusammen bekämpfen können. Was wirst du jetzt tun, wenn sie in der Nacht kommen? Was kannst du tun?

«Sie bekämpfen», sagte er. «Ich werde sie bekämpfen, bis ich tot bin.»

Aber jetzt im Dunkeln und ohne Lichtschein und ohne Lichter und nur mit dem Wind und dem gleichmäßigen Ziehen des Segels hatte er das Gefühl, daß er vielleicht bereits tot sei. Er legte beide Hände aneinander und fühlte seine Handflächen. Sie waren nicht tot, und er konnte einfach, indem er sie öffnete und schloß, den Schmerz des Lebens hervorrufen. Er lehnte den Rücken ins Heck und wußte, daß er nicht tot war. Seine Schultern sagten es ihm.

Ich hab noch all die Gebete, die ich versprochen habe, wenn ich den Fisch fange, dachte er. Aber ich bin zu müde, um sie jetzt zu sagen. Ich hol lieber den Sack und leg ihn mir über die Schultern.

Er lag im Heck und steuerte und wartete darauf, daß sich der Lichtschein am Himmel zeigen würde. – Ich habe die Hälfte von ihm, dachte er. Vielleicht habe ich Glück und bringe die vordere Hälfte nach Hause. Etwas Glück sollte ich haben. Nein, dachte er. Du hast dein Glück verscherzt, als du zu weit hinausgefahren bist.

«Sei nicht albern», sagte er laut, «und bleib wach und steuere. Du kannst noch viel Glück haben.

Ich würde gern etwas kaufen, falls es irgendwo verkauft wird», sagte er.

Womit könnte ich es kaufen? fragte er sich selbst. Könnte ich es mit einer verlorenen Harpune und einem zerbrochenen Messer und zwei wunden Händen kaufen?

«Vielleicht», sagte er. «Du hast versucht, es mit vierundachtzig Tagen auf See zu kaufen. Man hat es dir auch beinahe dafür verkauft.»

Ich darf keinen Unsinn denken, dachte er. Glück ist etwas, das in vielen Formen kommt, und wer kann es erkennen? Ich würde jedoch etwas in jeder Form nehmen und bezahlen, was man verlangt. Ich wünschte, ich könnte den Schein der Lichter sehen, dachte er. Ich wünsche zu viele Sachen. Aber das ist die Sache, die ich mir jetzt wünsche. Er versuchte, es sich beim Steuern etwas bequemer zu machen, und durch seine Schmerzen wußte er, daß er nicht tot war.

Er sah den Widerschein von den Lichtern der Stadt, als es wohl so ungefähr zehn Uhr abends sein mußte. Zuerst waren sie nur wahrnehmbar wie die Helle am Himmel, ehe der Mond aufgeht. Dann sah man sie stetig jenseits des Ozeans, der jetzt durch den zunehmenden Wind stürmisch bewegt war. Er steuerte in den Lichtschein hinein und dachte, daß er jetzt bald den Rand des Stromes erreichen müßte. – Jetzt ist es vorbei, dachte er. Sie werden mich vielleicht noch einmal anfallen. Aber was kann ein Mann im Dunkeln ohne Waffe gegen sie tun?

Er war jetzt steif und wund, und seine Verletzungen und all die geschundenen Stellen an seinem Körper schmerzten in der Kälte der Nacht. – Hoffentlich brauche ich nicht noch mal zu kämpfen, dachte er. Ich hoffe so sehr, daß ich nicht noch mal zu kämpfen brauche.

Aber um Mitternacht kämpfte er, und diesmal wußte er, daß der Kampf zwecklos war. Sie kamen in einem Rudel, und er konnte nur die Linien sehen, die ihre Flossen im Wasser machten, und ihr Phosphoreszieren, als sie sich auf den Fisch stürzten. Er schlug mit seiner Keule auf Köpfe ein und hörte ihre Kiefer zuhacken und spürte das Beben des Bootes, als sie sich festbissen. Er schlug mit seiner Keule verzweifelt auf das los, was er nur hören und fühlen konnte, und er fühlte, wie etwas die Keule packte und sie weg war.

Er zerrte die Pinne vom Ruder und schlug und hackte mit ihr drauflos, hielt sie in beiden Händen und ließ sie wieder hinuntersausen. Aber sie kamen jetzt bis zum Bug, und einer nach dem andern und alle zusammen jagten heran und rissen die Fleischstücke los, die sich leuchtend in der See abhoben, als sie wendeten, um zurückzukommen.

Einer stieß schließlich gegen den Kopf selbst, und der alte Mann wußte, daß es nun vorbei war. Er schwang die Pinne über den Schädel des Hais, wo die Kiefer in der Zähigkeit des Fischkopfes, der nicht zerreißen wollte, verfangen waren. Er schwang sie einmal und zweimal und noch einmal. Er hörte, wie die Pinne zerbrach, und er schlug ungestüm mit dem zersplitterten Ende auf den Hai ein. Er fühlte, wie es eindrang, und da wußte er, daß es scharf war, stieß er es zum zweitenmal hinein. Der Hai ließ los und rollte fort. Das war der letzte Hai von dem Rudel, der kam. Es gab nichts mehr für sie zu fressen.

Der alte Mann konnte jetzt kaum atmen, und er hatte einen merkwürdigen Geschmack im Mund. Es war kupferartig und süßlich, und einen Augenblick hatte er Angst davor. Aber es war nicht viel davon.

Er spie in den Ozean und sagte: «Freßt das, *galanos*. Und träumt, daß ihr einen Mann getötet habt.»

Er wußte, daß er jetzt endgültig und unwiderruflich geschlagen war, und er ging ins Heck zurück und fand, daß das zersplitterte Ende der Pinne in die schmale Öffnung des Steuerruders gut genug hineinpaßte, um damit zu steuern. Er legte sich den Sack um die Schultern und brachte das Boot auf seinen Kurs. Er segelte jetzt unbeschwert, und er hatte weder Gedanken noch Gefühle irgendwelcher Art. Nichts ging ihn mehr an, und er segelte das Boot so gut und mit so viel Überlegung, wie er konnte, um seinen Heimathafen anzulaufen. In der Nacht fielen Haie das Gerippe an, wie jemand von einer Tafel Krumen auflesen mag. Der alte Mann kümmerte sich nicht um sie, und kümmerte sich um nichts als sein Steuern. Ihm fiel nur auf, wie leicht und gut das Boot dahinsegelte, jetzt, als kein großes Gewicht an seiner Seite hing. Ein gutes Boot, dachte er. Das ist in Ordnung und hat keinen Schaden erlitten bis auf die Pinne. Die läßt sich leicht ersetzen.

Er konnte spüren, daß er jetzt innerhalb des Stroms war, und er konnte die Lichter der Strandkolonien längs des Ufers sehen. Er wußte jetzt, wo er war, und es war ein leichtes, nach Hause zu kommen.

Wenigstens der Wind ist unser Freund, dachte er. Dann fügte er hinzu, manchmal. Und die große See mit unseren Freunden und unseren Feinden. Und mein Bett, dachte er. Mein Bett ist mein Freund. Ja, mein Bett, dachte er. Das Bett wird wunderbar sein. Es ist einfach, wenn man geschlagen ist, dachte er. Ich wußte niemals, wie einfach es ist. Und was hat dich geschlagen? dachte er. «Nichts», sagte er laut. «Ich bin zu weit hinausgefahren.»

Als er in den kleinen Hafen hineinsegelte, waren die Lichter der *Terrace* aus, und er wußte, daß alle schliefen. Der Wind hatte ständig aufgefrischt und blies jetzt stark. Im Hafen jedoch war es ruhig, und er segelte auf das kleine Stückchen steinigen Strands unter den Felsen hinauf. Es war niemand da, um ihm zu helfen, deshalb stakte er das Boot so weit hinauf, wie er konnte. Dann stieg er aus und machte es an einem Felsblock fest.

Er nahm den Mast heraus und schlug das Segel rum und band es fest. Dann schulterte er den Mast und begann hinaufzuklettern. Da erst wurde ihm die Tiefe seiner Müdigkeit bewußt. Er blieb einen Augenblick stehen und blickte zurück und sah in der Spiegelung der Straßenlaterne den großen Schwanz des Fisches hoch über das Heck des Bootes ragen. Er sah die nackte weiße Linie seines Rückgrats und die dunkle Masse des Kopfes mit dem hervorstehenden Schnabel und all die Nacktheit dazwischen.

Er begann wieder zu klettern, und oben fiel er hin und lag eine Weile da mit dem Mast über der Schulter. Er versuchte aufzustehen. Aber es war zu schwierig, und er saß da mit dem Mast auf der Schulter und blickte auf die Straße.

Eine Katze kam auf der anderen Seite vorbei und ging ihren Geschäften nach, und der alte Mann beobachtete sie. Dann beobachtete er nur noch die Straße.

Schließlich legte er den Mast hin und stand auf. Er hob den Mast auf und legte ihn sich über die Schulter und machte sich auf den Weg. Er mußte sich fünfmal hinsetzen, ehe er seine Hütte erreichte.

In der Hütte lehnte er den Mast gegen die Wand. Im Dunkeln fand er eine Flasche mit Wasser und trank einen Schluck. Dann legte er sich auf sein Bett. Er zog die Decke über seine Schultern und dann über seinen Rücken und seine Beine, und er schlief mit dem Gesicht auf den Zeitungen, mit ausgestreckten Armen und den Handflächen nach oben.

Er schlief, als der Junge am Morgen zur Tür hereinblickte. Es stürmte so heftig, daß die Treibnetzfischer nicht hinausfahren würden, und der Junge hatte lange geschlafen, und dann war er zur Hütte des alten Mannes gekommen, wie er jeden Morgen gekommen war. Der Junge sah, daß der alte Mann atmete, und dann sah er die Hände des alten Mannes, und er fing an zu weinen. Er ging sehr leise hinaus, um etwas Kaffee zu holen, und auf seinem Weg die ganze Straße hinunter weinte er.

Viele Fischer standen um das Boot herum und besahen sich, was an seiner Seite vertäut war, und einer stand mit aufgerollten Hosen im Wasser und maß das Skelett mit einem Stück Leine.

Der Junge ging nicht hinunter. Er war schon vorher dort gewesen, und einer der Fischer kümmerte sich für ihn um das Boot.

«Wie geht's ihm?» rief einer der Fischer.

«Schläft», antwortete der Junge. Es war ihm gleich,

daß sie ihn weinen sahen. «Daß keiner ihn stört.»

«Er war achtzehn Fuß vom Maul bis zum Schwanz», rief der Fischer, der ihn ausmaß.

«Das glaub ich», sagte der Junge. Er ging in die *Terrace* und ließ sich eine Kanne voll Kaffee geben.

«Heiß und mit ordentlich viel Milch und Zucker darin.»

«Noch irgendwas?»

«Nein. Nachher werde ich sehen, was er essen kann.»

«Was das für ein Fisch war», sagte der Besitzer. «Solch einen Fisch hat es überhaupt noch nie gegeben. Das waren auch zwei schöne Fische, die du gestern gefangen hast.»

«Zum Teufel mit meinen Fischen», sagte der Junge. Und er fing wieder an zu weinen.

«Möchtest du irgend etwas trinken?» fragte der Besitzer.

«Nein», sagte der Junge. «Sag ihnen, sie sollen Santiago nicht stören. Ich komm nachher noch mal.»

«Sag ihm, wie leid es mir tut.»

«Danke», sagte der Junge.

Der Junge trug die heiße Kaffeekanne zu der Hütte des alten Mannes hinauf und saß neben ihm, bis er aufwachte. Einmal sah es aus, als ob er aufwachen würde. Aber er fiel wieder in tiefen Schlaf, und der Junge ging quer über die Straße, um sich etwas Holz zu borgen, um den Kaffee aufzuwärmen.

Schließlich wachte der alte Mann auf.

«Setz dich nicht auf», sagte der Junge. «Trink das.» Er goß etwas Kaffee in ein Glas.

Der alte Mann nahm es und trank es.

«Sie haben mich geschlagen, Manolin», sagte er. «Sie haben mich wahrhaftig geschlagen.»

«*Er* hat dich nicht geschlagen. Der Fisch nicht.»

«Nein, wahrhaftig. Es war nachher.»

«Pedrico kümmert sich um das Boot und das Gerät. Was willst du, was soll mit dem Kopf geschehen?»

«Pedrico kann ihn zerhacken und ihn für Fischreusen benutzen.»

«Und das Schwert?»

«Behalt du das, wenn du es haben möchtest.»

«Ich möchte es haben», sagte der Junge. «Jetzt müssen wir unsere Pläne machen wegen der anderen Sache.»

«Hat man nach mir gesucht?»

«Natürlich. Mit Küstenschutz und Flugzeugen.»

«Der Ozean ist sehr groß, und ein Boot ist klein und schwer zu sehen», sagte der alte Mann. Er bemerkte, wie angenehm es war, jemand zum Unterhalten zu haben, anstatt nur mit sich selbst und der See zu reden. «Du hast mir gefehlt», sagte er. «Was hast du gefangen?»

«Am ersten Tag einen, am zweiten Tag einen und am dritten Tag zwei.»

«Sehr gut.»

«Jetzt gehen wir wieder zusammen fischen.»

«Nein. Ich hab kein Glück. Ich habe kein Glück mehr.»

«Zum Teufel mit dem Glück», sagte der Junge. «Ich werde das Glück mitbringen.»

«Was wird deine Familie sagen?»

«Das ist mir gleich. Gestern hab ich zwei gefangen. Aber jetzt fischen wir wieder zusammen, weil ich noch eine Menge zu lernen habe.»

«Wir müssen uns einen guten Speer zum Töten besorgen und ihn immer an Bord haben. Du kannst die Klinge aus einer Blattfeder von einem alten Ford machen. Wir können sie in Guanabacoa schleifen. Sie muß scharf sein und nicht geglüht, damit sie nicht bricht. Mein Messer ist zerbrochen.»

«Ich werde ein neues Messer besorgen und die Feder schleifen lassen. Wie viele Tage wird die schwere *brisa* dauern?»

«Vielleicht drei, vielleicht mehr.»

«Ich werde alles fertig haben», sagte der Junge. «Krieg du deine Hände wieder in Ordnung, Alter.»

«Ich weiß, wie man sie kuriert. In der Nacht hab ich etwas Merkwürdiges ausgespien und hab gefühlt, daß etwas in meiner Brust zerbrochen ist.»

«Krieg das auch wieder in Ordnung», sagte der Junge. «Leg dich hin, Alter, und ich werde dir dein sauberes Hemd holen. Und etwas zu essen.»

«Bring Zeitungen mit von den Tagen, in denen ich weg war», sagte der alte Mann.

«Du mußt schnell gesund werden, denn es gibt viel, was ich lernen muß, und du kannst mir alles beibringen. Hast du viel ausgestanden?»

«Genug», sagte der alte Mann.

«Ich werde das Essen und die Zeitungen holen», sagte der Junge. «Ruh dich gut aus, Alter. Ich bring dir Zeugs aus dem Drugstore für deine Hände mit.»

«Vergiß nicht, Pedrico zu sagen, daß ihm der Kopf gehört.»

«Nein. Ich werde daran denken.»

Als der Junge zur Tür hinausging und den ausgetretenen Korallenfelsweg hinunter, weinte er wieder.

An jenem Nachmittag war eine Touristengesellschaft in der *Terrace*, und als sie zwischen den leeren Bierdosen und toten Barracudas ins Wasser blickte, sah eine Frau eine große lange weiße Wirbelsäule mit einem riesigen Schwanz am Ende, die sich mit der Flut hob und hin und her schwang, während der Ostwind außerhalb des Hafeneingangs eine hochgehende See aufwühlte.

«Was ist denn das?» fragte sie einen Kellner und zeigte auf das lange Rückgrat des großen Fisches, das jetzt einfach Abfall war und darauf wartete, mit der Ebbe hinausgeschwemmt zu werden.

«Tiburón», sagte der Kellner. «Ein Hai.» Er beabsichtigte hiermit zu erklären, was geschehen war.

«Ich wußte gar nicht, daß Haifische so schöne, wohlgeformte Schwänze haben.»

«Ich auch nicht», sagte ihr männlicher Begleiter.

Der alte Mann in seiner Hütte oben an der Straße schlief wieder. Er schlief immer noch mit dem Gesicht nach unten, und der Junge saß neben ihm und gab auf ihn acht. Der alte Mann schlief und träumte von dem Löwen.

Fiesta

Roman

Hadley und John Hadley Nicanor
zugeeignet

«Ihr gehört alle einer hoffnungslosen Generation an.»
Gertrude Stein in einer Unterhaltung

«Es ist alles ganz eitel», sprach der Prediger. «Es ist alles ganz eitel . . . Ein Geschlecht vergehet, das andere kommt. Die Erde bleibet aber ewiglich. Die Sonne gehet auf und gehet unter und läuft an ihren Ort, daß sie wieder daselbst aufgehe . . . Der Wind gehet gen Mittag und kommt herum zur Mitternacht und wieder herum an den Ort, wo er anfing . . . Alle Wasser laufen ins Meer, doch wird das Meer nicht voller; an den Ort, wo sie herfließen, fließen sie wieder hin.»
Ecclesiastes

Erstes Buch

I

Robert Cohn war in Princeton Mittelgewichtsmeister im Boxen gewesen. Glauben Sie nicht etwa, daß mir so ein Boxtitel imponiert, aber für Cohn bedeutete er viel. Er machte sich aus Boxen an und für sich gar nichts; tatsächlich fand er es gräßlich, aber er hatte es mit viel Ausdauer und Mühe erlernt, um seine Minderwertigkeitsgefühle und seine Schüchternheit auszugleichen, denn man hatte ihn in Princeton als Juden behandelt. Die Überzeugung, daß er jeden, der frech gegen ihn war, niederschlagen konnte, gab ihm eine gewisse innere Beruhigung. Aber aus Schüchternheit, und weil er wirklich ein riesig netter Kerl war, boxte er nur im Ring. Er war der Renommierschüler von Spider Kelly. Spider Kelly lehrte alle seine jungen Leute als Federgewichtler boxen, ganz gleich, ob sie einhundertfünf oder zweihundertfünf Pfund wogen. Aber für Cohn schien dies das Richtige zu sein. Er war wirklich sehr fix. Er machte seine Sache auch so gut, daß Spider ihn unverzüglich überschätzte und sein Gegner ihm die Nase für alle Zeit plattschlug. Dies vergrößerte Cohns Widerwillen gegen das Boxen, aber es gab ihm eine seltsame Art von Befriedigung und verbesserte jedenfalls seine Nase. Im letzten Jahr, das er in Princeton zubrachte, las er zu viel und gewöhnte sich an, eine Brille zu tragen. Ich habe nie jemanden aus seiner Klasse getroffen, der sich seiner erinnert hätte. Sie erinnerten sich nicht einmal daran, daß er Boxchampion der Mittelgewichtler gewesen war.

Ich mißtraue allen offenen und einfachen Leuten, hauptsächlich wenn ihre Lebensgeschichte keinerlei Lücken aufweist, und ich hatte immer den Verdacht, daß Robert Cohn vielleicht niemals Boxchampion der Mittelgewichtler gewesen war und daß vielleicht ein Pferd ihn ins Gesicht getreten hatte oder daß möglicherweise seine Mutter sich vor irgend etwas erschreckt oder irgend etwas gesehen oder daß er sich als kleines Kind gestoßen hatte; aber schließlich bestätigte mir jemand die Geschichte mit Spider Kelly. Spider Kelly erinnerte sich nicht nur an Cohn: er hatte sich sogar oft gefragt, was wohl aus ihm geworden sein mochte.

Robert Cohn gehörte durch seinen Vater einer der reichsten und durch seine Mutter einer der ältesten jüdischen Familien New Yorks an. Auf der Militärschule, die ihn auf Princeton vorbereitete, und in seinem Footballteam, in dem er sich außerordentlich hervortat, hatte ihn nie jemand rassebewußt gemacht. Niemand hatte ihn je fühlen lassen, daß er ein Jude und dadurch anders als irgend jemand anderes sei, bis er nach Princeton kam. Er war ein netter Junge, ein guter Kamerad und sehr schüchtern, und es verbitterte ihn. Er revanchierte sich durchs Boxen und verließ Princeton mit schmerzendem Selbstgefühl und einer plattgequetschten Nase. Er ließ sich von dem ersten Mädchen, das ein bißchen nett zu ihm war, heiraten. Er war fünf Jahre verheiratet, hatte drei Kinder und verlor fast alles von den 50000 Dollar, die ihm sein Vater hinterlassen hatte; das meiste der Erbmasse war seiner Mutter zugefallen. Seine häusliche Misere mit einer reichen Frau machte ihn klein und häßlich, und gerade als er sich zu dem Entschluß durchgerungen hatte, sie zu verlassen, verließ sie ihn und lief mit einem Miniaturmaler auf und davon. Da er seit Monaten mit dem Gedanken gespielt hatte, seine Frau zu verlassen, und es nur nicht getan hatte, weil er es zu grausam fand, sie seiner Gegenwart zu berauben, bedeutete ihr Weggehen für ihn eine äußerst heilsame Lehre.

Die Scheidung wurde arrangiert, und Robert Cohn ging an die Küste. In Kalifornien fiel er einigen Literaten in die Hände, und da er noch etwas von seinen 50000 Dollar übrig hatte, unterstützte er sehr bald eine Kunstzeitschrift. Die Zeitschrift erschien zuerst in Carmel, Kalifornien, und endete in Provincetown, Massachusetts. Zu der Zeit war Cohn, den man als Engel in der Not angesehen hatte und dessen Name auf der redaktionellen Seite nur als Mitglied des beratenden Vorstandes erschienen war, alleiniger Herausgeber geworden. Es war sein Geld, und seine Autorität als Herausgeber machte ihm Spaß. Es tat ihm sehr leid, als die Zeitschrift zu viel verschlang und er sie deshalb aufgeben mußte.

Aber da hatte er auch schon andere Dinge im Kopf. Eine Dame, die mit der Zeitschrift gleichzeitig Karriere zu machen hoffte, hatte ihn in die Hand genommen. Sie war äußerst tatkräftig, und eigentlich hatte Cohn auch gar keine Chance, nicht in die Hand genommen zu werden. Außerdem war er überzeugt davon, daß er sie liebte. Als diese Dame bemerkte, daß die Zeitschrift nicht so recht gehen wollte, war sie von Cohn ein bißchen enttäuscht, und sie beschloß, jetzt zu handeln, wo noch etwas zu holen war; so drang sie darauf, nach Europa zu fahren, wo Cohn sich schriftstellerisch betätigen konnte. Sie kamen nach Europa, wo die Dame erzogen worden war, und blieben drei Jahre dort. Während dieser drei Jahre, von denen sie das erste auf Reisen, die beiden letzten in Paris verbrachten, hatte Cohn zwei Freunde, Braddocks und mich. Braddocks war sein literarischer Freund, und ich war sein Tennisfreund.

Die Dame, die ihn fest in der Hand hatte, hieß Frances und fand am Ende des zweiten Jahres, daß sich ihr Äußeres verschlechterte, darum wandelte sich ihre Haltung gegen Robert von gleichgültigem Besitzerrecht und einfacher Ausbeuterei in die feste Forderung um, von ihm geheiratet zu werden. Um diese Zeit hatte Roberts Mutter ihm eine Rente von ungefähr dreihundert Dollar monatlich ausgesetzt. Ich glaube, daß Robert Cohn in diesen zweieinhalb Jahren überhaupt keine andere Frau angesehen hatte. Er fühlte sich relativ glücklich, nur daß er, wie viele Leute, die in Europa leben, lieber in Amerika gewesen wäre; außerdem hatte er seine schriftstellerische Begabung entdeckt. Er schrieb einen Roman, und er war gar nicht so schlecht, wie die Kritiker nachher behaupteten, obschon es ein schwacher Roman war. Er las viel, spielte Bridge, spielte Tennis und boxte.

Mir wurde die Haltung seiner Freundin gegen ihn zum erstenmal eines Abends klar, als wir drei zusammen gegessen hatten. Wir hatten im *Restaurant de l'Avenue* gegessen und gingen nachher zum Mokka ins *Café de Versailles.* Nach dem Kaffee tranken wir mehrere *fines*, und ich sagte schließlich, daß ich gehen müßte. Cohn hatte davon gesprochen, daß wir beide irgendwohin einen Wochenendausflug machen wollten. Er wollte aus der Stadt raus und sich ordentlich auslaufen. Ich schlug vor, nach Straßburg zu fliegen und bis nach St. Odile oder irgendwohin sonst im Elsaß zu laufen. «In Straßburg kenne ich ein Mädchen, das kann uns die Stadt zeigen», sagte ich.

Jemand stieß mich unterm Tisch an. Ich hielt es für Zufall und fuhr fort: «Sie ist schon zwei Jahre dort und kennt die Stadt in- und auswendig. Sie ist eine famose Person.»

Nochmals stieß mich jemand unterm Tisch an, und als ich aufsah, bemerkte ich, wie Frances, Roberts Freundin, ihr Kinn mißbilligend reckte und ihr Gesicht verzog.

«Teufel noch mal», sagte ich, «warum gerade nach Straßburg? Wir könnten zum Beispiel nach Brügge oder in die Ardennen.»

Cohn sah erleichtert aus. Es trat mich auch niemand mehr. Ich sagte gute Nacht und ging. Cohn sagte, er wolle sich noch eine Zeitung kaufen und mit mir bis zur Ecke gehen.

«Warum um alles in der Welt», sagte er, «mußtest du ausgerechnet von dem Mädchen in Straßburg anfangen? Hast du denn Frances' Gesicht nicht gesehen?»

«Nein, woher sollte ich denn? Wenn ich in Straßburg eine Amerikanerin kenne, was zum Teufel geht das Frances an?»

«Das ist ganz egal. So ist es mit jedem Mädchen. Ich kann dann einfach nicht mit.»

«Sei doch nicht so dumm.»

«Du kennst Frances nicht. Ganz gleich, was für ein Mädchen es ist. Hast du nicht gesehen, was für ein Gesicht sie zog?»

«Na schön», sagte ich, «wir können auch nach Senlis gehen.»

«Sei doch nicht so.»

«Ich bin gar nicht so. Senlis ist ein sehr hübscher Ort, und wir können im *Grand Cerf* übernachten, einen Marsch durch die Wälder machen und dann zurückfahren.»

«Gut, das ist fein.»

«Schön, wir sehen uns morgen beim Tennis.»

«Gute Nacht, Jake», sagte er und wollte zum Café zurück.

«Du hast deine Zeitung vergessen», sagte ich.

«Richtig.» Er ging mit mir bis zum Kiosk an der Ecke. «Jake, nicht wahr, du bist nicht böse?» Er drehte mit der Zeitung in der Hand um.

«Nein, warum denn?»

«Also morgen beim Tennis», sagte er. Ich beobachtete, wie er mit seiner Zeitung ins Café zurückging. Ich hatte ihn gern, und sie schien ihm die Hölle heiß zu machen.

2

In demselben Winter fuhr Robert Cohn mit seinem Roman, für den er einen ganz guten Verleger fand, nach Amerika. Bei seiner Abreise gab es einen Riesenkrach, und ich glaube, Frances verlor ihn dadurch; außerdem waren in New York ein paar Frauen nett zu ihm, und als er dann zurückkam, war er ganz verändert. Von Amerika war er mehr denn je begeistert, und er war lange nicht mehr so nett und einfach wie früher. Seine Verleger hatten seinen Roman sehr gelobt, und das war ihm zu Kopf gestiegen. Dann hatten verschiedene Frauen es darauf angelegt, ihm den Hof zu machen, und sein Horizont hatte sich vollkommen gewandelt. Vier Jahre hatte es für ihn nur seine Frau gegeben. Drei Jahre oder beinahe so lange hatte er nur Augen für Frances gehabt. Sicherlich war er in seinem ganzen Leben nie verliebt gewesen.

Er hatte aus Reaktion gegen die gräßlichen Universitätsjahre geheiratet und war dann Frances nach seiner Entdeckung, daß er seiner ersten Frau gar nicht alles bedeutet hatte, auch aus Reaktion in die Hände gefallen. Er war noch nicht verliebt, aber es war ihm klargeworden, daß Frauen ihn anziehend fanden und daß die Tatsache, daß eine Frau ihn nett fand und mit ihm zusammen leben wollte, gar nicht einzig und allein ein göttliches Wunder war. Das alles hatte ihn so verändert, daß seine Gesellschaft lange nicht mehr so angenehm war wie früher. Außerdem hatte er mit einigen Bekannten in ein paar riesig feschen Bridgepartien zu viel höheren Einsätzen gespielt, als er es sich eigentlich leisten konnte, hatte fabelhafte Karten gehabt und mehrere hundert Dollar gewonnen. Das hatte ihn auf seine Bridgebegabung eitel gemacht, und er sagte mehrere Male, daß es doch ein leichtes sei, wenn es sein müsse, seinen Unterhalt durch Bridgespielen zu bestreiten.

Dann kam noch etwas hinzu. Er hatte W. E. Hudson gelesen. Das hört sich eigentlich ganz harmlos an, aber Cohn hatte *Das purpurne Land* wieder und wieder gelesen. *Das purpurne Land* ist ein verderbenbringendes Buch, wenn man es zu spät im Leben in die Hände bekommt. Es berichtet von herrlich eingebildeten Liebesabenteuern eines vollkommenen englischen Gentleman in einem völlig romantischen Land, dessen Natur ausgezeichnet geschildert ist. Aber als Lebensführer für einen Vierunddreißigjährigen ist es ebenso wenig geeignet wie die gesammelten Schriften des Horatio Alger es für einen Mann des gleichen Alters wären, der damit aus einer französischen Klosterschule direkt nach Wall Street versetzt wird. Ich glaube, Cohn nahm jedes Wort in *Das Purpurne Land* für bare Münze, wie einen Bericht aus einem offiziellen Informationsbüro. Sie verstehen mich, natürlich machte er ein paar Vorbehalte, aber im ganzen nahm er das Buch ernst. Das hatte ihm gerade noch gefehlt. Ich hatte gar nicht kapiert, wie stark es ihn gepackt hatte, bis er eines Tages bei mir im Büro erschien.

«Tag, Robert», sagte ich, «na, kommst du, um mich ein bißchen in Stimmung zu bringen?»

«Hast du Lust, nach Südamerika zu fahren, Jake?» fragte er.

«Nein.»

«Warum nicht?»

«Ich weiß nicht. Wollte nie. Zu teuer. Außerdem kannst du hier in Paris so viele Südamerikaner sehen wie dein Herz begehrt.»

«Das sind keine echten Südamerikaner.»

«Mir sehen sie furchtbar echt aus.»

Meine kleinen Geschichten, die ich jede Woche mit der Post schickte, sollten den Schiffszug erreichen, und ich hatte erst die Hälfte geschrieben.

«Weißt du irgendwelchen Klatsch?» fragte ich.

«Nein.»

«Keiner deiner vornehmen Bekannten, der sich scheiden läßt?»

«Nein, hör mal zu, Jake. Wenn ich für uns beide bezahle, kommst du dann mit nach Südamerika?»

«Warum denn ich?»

«Du sprichst Spanisch. Und zu zweit ist es viel netter.»

«Nein», sagte ich, «ich bin gern in Paris, und im Sommer fahre ich nach Spanien.»

«Mein ganzes Leben lang wollte ich so eine Reise machen», sagte Cohn und setzte sich. «Ich werde zu alt, bevor was daraus wird.»

«Sei nicht so dumm», sagte ich. «Du kannst doch reisen, wohin du willst, du hast doch genug Geld.»

«Stimmt schon, aber ich komme nicht weg.»

«Na, nur Mut», sagte ich. «Weißt du, alle Länder sehen genauso aus wie im Kino.» Aber er tat mir leid. Es hatte ihn schlimm gepackt.

«Es macht mich verrückt, wenn ich daran denke, wie schnell das Leben vorbei ist und daß ich eigentlich gar nicht richtig lebe.»

«Außer Stierkämpfern lebt kein Mensch immer in Ekstase.»

«Stierkämpfer gehen mich nichts an. Das ist ein unnormales Leben. Ich will aufs Land in Südamerika. Wir könnten eine herrliche Reise machen.»

«Hast du je daran gedacht, nach Britisch-Ostafrika auf Jagd zu gehen?»

«Nein, das würde mir keinen Spaß machen.»

«Dahin würde ich mitkommen.»

«Nein, das interessiert mich nicht.»

«Weil du nie ein Buch darüber gelesen hast. Los, lies mal ein Buch mit lauter Liebesgeschichten von wunderschönen schwarzstrahlenden Prinzessinnen.»

«Ich will nach Südamerika.»

Er hatte die zähe jüdische Hartnäckigkeit.

«Komm runter, wir trinken was.»

«Mußt du nicht arbeiten?»

«Nein», sagte ich. Wir gingen die Treppe hinunter bis zum Café im Erdgeschoß.

Ich hatte es ausprobiert, das war die beste Art, seine Freunde loszuwerden. Nachdem man erst mal was getrunken hatte, brauchte man nur zu sagen: «Gott, ich muß rauf, ich muß noch ein paar Depeschen abschicken», und die Sache war erledigt. Es ist sehr wichtig im Zeitungsgewerbe, sich so elegante Abgänge zu verschaffen, da ein wesentlicher Teil unserer Berufsmoral darin besteht, daß man nie zu arbeiten scheint. Wie dem auch sei, wir gingen hinunter in die Bar und tranken Whiskey-Soda. Cohn besah sich die Flaschen, die in Kisten an den Wänden entlang standen.

«Nett ist es hier», meinte er.

«'ne ganze Menge Alkohol», stimmte ich zu.

«Hör mal, Jake.» Er lehnte sich über die Bar. «Hast du denn nie das Gefühl, daß dein ganzes Leben so vorübergeht und daß du nicht genügend davon hast? Weißt du, daß du dein halbes Leben beinahe schon hinter dir hast?»

«Ja, hin und wieder.»

«Weißt du, daß wir in ungefähr 35 Jahren tot sind?»

«Und wenn schon, verdammt noch mal, Robert, und wenn schon.»

«Ich mein's ganz ernst.»

«Darüber mache ich mir keine Gedanken.»

«Du müßtest aber.»

«Ich habe mir schon Gedanken genug um alles mögliche gemacht. Jetzt bin ich darüber weg.»

«Auf jeden Fall will ich nach Südamerika.»

«Hör mal, Robert, das macht doch nicht den geringsten Unterschied, ob du in ein anderes Land reist oder nicht. Hab ich alles versucht. Ortswechsel hilft dir noch lange nicht aus deiner Haut. Hat gar keinen Zweck.»

«Aber du warst noch nie in Südamerika.»

«Zum Teufel mit Südamerika. Wenn du in deiner heutigen Gemütsverfassung hinreist, würde es genauso sein wie hier. Dies Paris ist schon sehr nett. Warum fängst du nicht an, dein Leben hier zu leben?»

«Mir hängt Paris und das ganze Quartier zum Halse raus.»

«Komm doch nicht mehr ins Quartier. Bummle doch mal allein rum und sieh zu, was dir passiert.»

«Mir passiert nichts. Gestern nacht bin ich ganz allein rumgelaufen, und nichts ist passiert, als daß eine Radfahrpatrouille mich angehalten hat, um meine Papiere zu kontrollieren.»

«War die Stadt nicht schön bei Nacht?»

«Ich mache mir nichts aus Paris.»

Also da waren wir wieder. Er tat mir leid, aber ihm war nicht zu helfen, weil man immer wieder gegen die gleichen Wände anrannte. Südamerika konnte alles ins richtige Gleis bringen, und Paris konnte er nicht ausstehen. Die erste Idee hatte er aus einem Buch und die zweite sicherlich auch.

«Na», sagte ich, «ich muß wieder rauf, ich hab noch ein paar Depeschen abzuschicken.»

«Mußt du wirklich gehen?»

«Ja, ich muß die Depeschen abschicken.»

«Stört's dich, wenn ich mit raufkomme und ein bißchen im Büro rumsitze?»

«Nein, komm nur.»

Er saß im Vorzimmer und las die Zeitung. Der Chefredakteur, der Herausgeber und ich arbeiteten angestrengt zwei Stunden lang.

Dann sortierte ich die Durchschläge aus, legte ein Begleitschreiben hinzu, steckte das Zeug in ein paar große Umschläge und klingelte nach einem Jungen, der es nach der Gare Saint-Lazare bringen sollte. Ich ging ins andere Zimmer und fand Robert Cohn eingeschlafen in einem Sessel. Sein Kopf lag auf seinen Armen. Ich weckte ihn ungern, aber ich wollte das Büro zuschließen und weggehen. Ich legte meine Hand auf seine Schulter. Er schüttelte den Kopf. «Ich kann es nicht», sagte er und steckte den Kopf noch tiefer zwischen die Arme. «Ich kann es nicht; niemand und nichts wird mich dazu bringen.»

«Robert», sagte ich und schüttelte ihn an der Schulter. Er sah auf. Er lächelte und blinzelte.

«Ich hab wohl im Schlaf gesprochen?»

«Etwas, war aber unverständlich.»

«Gott, was für ein verrückter Traum.»

«Die Schreibmaschine hat dich wohl richtig schläfrig gemacht?»

«Wahrlich, ich hab gestern die ganze Nacht kein Auge zugetan.»

«Was war denn los?»

«Unterhalten», sagte er.

Ich konnte es mir lebhaft vorstellen. Ich habe eine niederträchtige Manier, mir die Schlafzimmerszenen meiner Freunde auszumalen. Wir gingen ins *Café Napolitain*, um einen Apéritif zu trinken und dem abendlichen Treiben auf dem Boulevard zuzusehen.

3

Es war eine warme Frühlingsnacht, und ich saß, nachdem Robert fortgegangen war, an einem Tisch auf der Terrasse des *Napolitain*, sah zu, wie es dunkel wurde und die Lichtreklamen und das rote und grüne Verkehrssignal aufflammten und wie die Menge vorbeiflanierte und die Pferdedroschken neben dem starken Autoverkehr am Rande entlangjockelten, und wie die *poules* einzeln und zu zweit vorbeigingen und nach ihrer Abendmahlzeit Umschau hielten. Ich sah ein gutaussehendes Mädchen, das an meinem Tisch vorbeiging, beobachtete, wie sie die Straße hinaufging, und verlor sie dann aus den Augen; dann beobachtete ich eine andere, und dann sah ich die erste wieder zurückkommen. Sie ging noch einmal vorbei, und ich fing ihren Blick auf, und sie kam heran und setzte sich an meinen Tisch. Der Kellner kam.

«Was willst du trinken?» fragte ich.

«Pernod.»

«Das ist nicht gesund für kleine Mädchen.»

«Bist wohl selber ein kleines Mädchen? *Dites, garçon, un pernod.*»

«Für mich auch einen Pernod.»

«Was ist los? Hast du nachher was vor?» fragte sie.

«Natürlich. Du nicht?»

«Ich weiß nicht.»

«In dieser Stadt soll man wissen.»

«Hast du Paris nicht gern?»

«Nein.»

«Warum gehst du nicht irgendwo anders hin?»

«Gibt nichts anderes.»

«Bist schon ganz gut dran.»

«Gut dran. Ich danke.»

Pernod ist ein grünlicher Absinthersatz. Wenn man Wasser zugießt, wird er milchig. Er schmeckt wie Lakritzensaft, pulvert einen kolossal auf, aber man fällt auch genauso schnell wieder ab. Wir saßen und tranken. Das Mädchen sah mürrisch aus.

«Na», sagte ich, «willst du mir mein Essen bezahlen?»

Sie grinste, und ich sah, daß sie mit Absicht nicht lachte. Wenn sie den Mund geschlossen hielt, sah sie sehr nett aus. Ich bezahlte, und wir gingen auf die Straße. Ich rief eine Droschke an, und der Kutscher bremste an der Bordschwelle. Zurückgelehnt in der langsam sanft rollenden Droschke fuhren wir die Avenue de l'Opéra hinauf, fuhren an geschlossenen Ladentüren vorbei, an erleuchteten Fenstern; die Avenue lag breit und glänzend und beinah ausgestorben da. Die Droschke fuhr am Büro des *New York Herald* vorbei, mit seinem Fenster voller Uhren.

«Wozu sind all die Uhren gut?» fragte sie.

«Sie zeigen an, wieviel Uhr es in den verschiedenen Städten Amerikas ist.»

«Nimm mich nicht auf den Arm.»

Wir bogen von der Avenue in die Rue des Pyramides, durch den Verkehr der Rue de Rivoli und durch ein dunkles Gitter in die Tuilerien ein. Sie kuschelte sich an mich, und ich legte meinen Arm um sie. Sie hob den Kopf, um geküßt zu werden. Sie berührte mich mit der Hand. Ich schob sie zur Seite.

«Laß das.»

«Was ist los? Krank?»

«Ja.»

«Alle sind krank. Ich bin auch krank.»

Wir kamen aus den Tuilerien ins Licht und überquerten die Seine und fuhren dann die Rue des Saints-Pères hinauf.

«Wenn du krank bist, solltest du keinen Pernod trinken.»
«Du auch nicht.»
«Bei mir ist es egal. Bei 'ner Frau ist es egal.»
«Wie heißt du?»
«Georgette. Und du?»
«Jacob.»
«Das ist ein flämischer Name.»
«Auch amerikanisch.»
«Bist du Flame?»
«Nein, Amerikaner.»
«Um so besser, Flamen kann ich nicht ausstehen.»

Inzwischen waren wir beim Restaurant angekommen. Ich ließ den Kutscher halten. Wir stiegen aus, Georgette mißfiel das Äußere des Restaurants. «Kein sehr fabelhaftes Lokal.»

«Nein», sagte ich, «vielleicht würdest du lieber zu *Foyot* gehen? Warum behältst du die Droschke nicht und fährst weiter?»

Ich hatte sie in dem vagen sentimentalen Gefühl aufgelesen, daß es vielleicht netter wäre, nicht allein zu essen. Es war lange her, daß ich mit einer *poule* gegessen hatte, und ich hatte vergessen, wie öde es sein konnte. Wir gingen ins Lokal, an Madame Lavigne, die hinter der Kasse saß, vorbei in ein kleines Zimmer. Georgette blühte beim Essen ein wenig auf.

«Gar nicht schlecht hier», sagte sie. «Schick ist es nicht, aber das Essen ist nicht schlecht.»

«Besser, als du in Lüttich ißt.»

«Du meinst Brüssel.»

Wir tranken die zweite Flasche Wein, und Georgette machte einen Witz. Sie lachte und zeigte alle ihre schlechten Zähne, und wir stießen an.

«Du bist kein schlechter Kerl», sagte sie. «Eine Schande, daß du krank bist. Wir verstehen uns gut. Was fehlt dir eigentlich?»

«Kriegsverletzt», sagte ich.

«O dieser Saukrieg.»

Vielleicht hätten wir uns noch weiter in dieser Art unterhalten und über den Krieg diskutiert und darin übereingestimmt, daß er für die Kultur wirklich eine Schande und darum besser vermieden worden wäre. Es ödete mich an. Gerade da rief jemand aus dem anderen Zimmer: «Barnes! Hallo, Barnes! Jacob Barnes!»

«Ein Freund von mir», erklärte ich und ging hinaus.

Drinnen saß Braddocks in großer Gesellschaft am Tisch. Cohn, Frances Clyne, Mrs. Braddocks und ein paar Leute, die ich nicht kannte.

«Du kommst doch mit zum Tanzen, nicht?» fragte Braddocks.

«Wohin?»

«Wissen Sie nicht, daß wir die Tanzabende wieder eingeführt haben?» warf Mrs. Braddocks ein.

«Sie müssen mit, Jake. Wir gehen alle», sagte Frances vom anderen Ende des Tischs. Sie war groß und lächelte.

«Natürlich kommt er mit», sagte Braddocks. «Komm doch rein, Barnes, und trink deinen Kaffee bei uns.»

«Schön.»

«Und bringen Sie nur Ihre Freundin mit», sagte Mrs. Braddocks lachend. Sie war Kanadierin und besaß all deren liebenswürdige, gesellige Leichtigkeit.

«Danke, dann kommen wir gleich», sagte ich und ging in das kleine Zimmer zurück.

«Wer sind deine Freunde?» fragte Georgette.

«Schriftsteller und Künstler.»

«Davon gibt es massenhaft auf dieser Seite der Seine.»

«Zu viele.»

«Finde ich auch. Aber manche machen immerhin Geld.»

«O ja.»

Wir beendeten unsere Mahlzeit und unseren Wein. «Komm», sagte ich, «wir wollen unseren Kaffee mit den anderen trinken.»

Georgette öffnete ihre Handtasche, guckte in ihren kleinen Spiegel, fuhr ein paarmal mit der Puderquaste über ihr Gesicht, zog ihre Lippen mit dem Lippenstift nach und rückte ihren Hut zurecht.

«Gut», sagte sie.

Wir gingen ins Nebenzimmer, das voller Leute war, und Braddocks und die anderen Männer am Tisch standen auf.

«Darf ich Ihnen meine Braut, Mademoiselle Georgette Leblanc, vorstellen?» sagte ich. Georgette lächelte ein bezauberndes Lächeln; wir schüttelten allen die Hand.

«Sind Sie mit Georgette Leblanc, der Sängerin, verwandt?» fragte Mrs. Braddocks.

«Kenne ich nicht», sagte Georgette.

«Aber Sie haben doch denselben Namen.» Mrs. Braddocks bestand freundschaftlich darauf.

«Nein», sagte Georgette. «Gar nicht. Ich heiße Hobin.»

«Aber Mr. Barnes hat Sie doch als Mademoiselle Leblanc vorgestellt. Aber ganz gewiß», Mrs. Braddocks bestand darauf; wahrscheinlich hatte sie in der Aufregung, Französisch zu sprechen, gar keine Ahnung von dem, was sie sagte.

«Er ist ein Clown», sagte Georgette.

«Ach, es war also ein Spaß», sagte Mrs. Braddocks.

«Ja», sagte Georgette. «Zum Lachen.»

«Henry, hast du das gehört?» rief Mrs. Braddocks ihrem Mann über den Tisch zu. «Mr. Barnes hat seine Braut als Mademoiselle Leblanc vorgestellt, aber in Wirklichkeit heißt sie Hobin.»

«Natürlich, Liebling. Ich kenne Mademoiselle Hobin schon lange.»

«Oh, Mademoiselle Hobin», rief Frances Clyne. Sie sprach sehr schnell Französisch und schien gar nicht so stolz und erstaunt wie Mrs. Braddocks über die Tatsache, daß wirklich Französisch rauskam. «Sie sind schon lange in Paris? Sind Sie gern hier? Nicht wahr, Sie lieben Paris?»

«Wer ist das?» wandte sich Georgette an mich. «Muß ich ihr antworten?»

Sie wandte sich an Frances, die lächelnd, mit gefalteten Händen, den Kopf abwägend auf ihrem langen Hals wiegend, mit gespitzten Lippen dasaß und bereit war, von neuem loszulegen.

«Nein, ich mag Paris gar nicht. Es ist teuer und schmutzig.»

«Wirklich? Ich finde es so außerordentlich sauber. Eine der saubersten Städte in Europa.»

«Ich finde es schmutzig.»

«Wie merkwürdig! Aber vielleicht sind Sie noch nicht lange genug hier?»

«Lange genug.»

«Aber es gibt doch furchtbar nette Leute hier. Das müssen Sie zugeben.»

Georgette wandte sich schnell an mich. «Du hast nette Freunde.»

Frances war ein wenig betrunken und hätte die Unterhaltung gern fortgesetzt, aber der Kaffee kam und Lavigne mit den Likören, und dann brachen wir alle nach Braddocks' Tanzclub auf.

Das Tanzlokal war ein *bal musette* in der Rue de la Montagne Sainte-Geneviève. Fünf Abende in der Woche tanzten dort die Arbeiter aus dem Panthéon-Viertel. Einen Abend war es Tanzclub. Montags war geschlossen. Als wir hinkamen war kein Mensch da, außer einem Polizisten, der an der Tür saß, der Frau des Besitzers hinter der Theke und dem Besitzer selbst. Die Tochter des Hauses kam herunter, als wir hereinkamen. Lange Tische und Bänke standen quer durchs ganze Zimmer und am anderen Ende war der Tanzboden.

«Die Leute könnten auch wirklich früher kommen», sagte Braddocks. Die Tochter kam heran und fragte, was wir trinken wollten. Der Besitzer setzte sich auf einen hohen Hocker in der Nähe des Tanzbodens und fing an, auf einer Ziehharmonika zu spielen. Um eines seiner Fußgelenke hatte er eine Kette mit Glocken gebunden und schlug, während er spielte, mit dem Fuß den Takt. Alle tanzten.

Es war heiß, und wir schwitzten, als wir aufhörten.
«Mein Gott», sagte Georgette, «was für ein Dampfbad.»
«Es ist sehr heiß.»
«Heiß, mein Gott.»
«Nimm doch deinen Hut ab.»
«Das ist ’ne gute Idee.»
Jemand forderte Georgette zum Tanzen auf, und ich ging hinüber an die Bar. Es war wirklich heiß, und die Harmonikamusik war angenehm in der heißen Nacht. Ich trank ein Glas Bier an der Tür und spürte den kühlen Windhauch von der Straße. Zwei Taxis kamen die steile Straße herunter. Sie hielten beide vor dem *bal.* Ein Haufen junger Leute, einige in Jerseys, andere in Hemdsärmeln, sprang heraus. Ich konnte ihre Hände und ihr frischgewaschenes, welliges Haar im Licht der Tür sehen. Der Polizist an der Tür sah mich an und lächelte. Sie gingen hinein. Und bei ihnen war Brett. Sie sah wunderschön aus und war ganz bei der Sache.
Einer von ihnen sah Georgette und sagte: «Wahrhaftigen Gottes, eine richtige Nutte. Mit der werd ich tanzen. Lett, sieh mal her.»
Der große Dunkle, der Lett hieß, sagte: «Sei man nur nicht voreilig.»
Der blonde Wellige antwortete: «Mach dir keine Sorgen, mein Lieber.» Und bei ihnen war Brett.
Ich war wütend. Irgendwie ärgerte ich mich immer über diese Bengels. Ich weiß, daß man sie amüsant findet und daß man tolerant sein soll, aber ich hatte Lust, mich auf einen von ihnen zu stürzen, irgendeinen, nur um diesem überlegenen, gezierten Posieren ein Ende zu machen. Statt dessen ging ich die Straße entlang und trank in der nächsten Bar ein Glas Bier. Das Bier war nicht gut, und ich trank einen noch schlechteren Cognac, um den Geschmack loszuwerden. Als ich zum *bal* zurückkam, war der Tanzboden überfüllt, und Georgette tanzte mit dem großen blonden Jüngling, der breithüftig tanzte, den Kopf auf eine Seite legte und seine Augen beim Tanzen zur Decke erhob. Sobald die Musik aus war, forderte ein anderer sie auf. Nun wußte ich, daß sie alle mit ihr tanzen würden. So sind sie.
Ich setzte mich an einen Tisch. Cohn saß da, Frances tanzte. Mrs. Braddocks schleppte jemand an und stellte ihn als Robert Prentiss vor. Er kam aus New York mit dem kleinen Umweg über Chicago und war ein hoffnungsvoller junger Schriftsteller. Er sprach mit einem etwas englischen Akzent. Ich bot ihm was zu trinken an.
«Danke tausendmal», sagte er. «Ich hab gerade einen Drink gehabt.»
«Nehmen Sie noch einen.»

«Danke, also gern.»

Wir riefen die Tochter des Hauses und tranken beide einen *fine à l'eau.*

«Man sagt mir, daß Sie aus Kansas City sind», begann er.

«Ja.»

«Finden Sie Paris amüsant?»

«Ja.»

«Wirklich?»

Ich war ein klein bißchen betrunken. Nicht in irgendeinem positiven Sinn betrunken, gerade nur genug, um leichtfertig zu sein.

«Um Gottes willen, ja», sagte ich also. «Sie nicht?»

«Ach, wie reizend Sie sich ärgern», sagte er. «Ich wünschte, ich hätte diese Gabe.»

Ich stand auf und ging über den Tanzboden. Mrs. Braddocks kam mir nach. «Seien Sie doch mit Robert nicht so streng», sagte sie. «Er ist eigentlich noch das reine Kind.»

«War ich ja gar nicht», sagte ich. «Ich dachte nur, ich würde kotzen.»

«Ihre Braut hat großen Erfolg.» Mrs. Braddocks' Augen folgten Georgette, wie sie in den Armen des großen Dunklen, der Lett hieß, vorbeitanzte.

«Nicht wahr?» sagte ich.

«Und wie», sagte Mrs. Braddocks.

Cohn kam auf uns zu. «Na komm, Jake, trink was.» Wir gingen hinüber an die Bar. «Was ist denn mit dir los? Du scheinst dich über irgendwas zu ärgern.»

«Nein, aber das ganze Theater hier ist zum Kotzen.»

Brett kam an die Bar. «Hallo, ihr Knaben.»

«Guten Abend, Brett», sagte ich, «wieso bist du nicht beschwipst?»

«Werde nie wieder einen Schwips haben. Los, gib 'nem anständigen Kerl einen Whiskey-Soda.»

Sie stand da und hielt ihr Glas, und ich beobachtete, wie Robert Cohn sie ansah. So mußte sein Landsmann ausgesehen haben, als er das Heilige Land erblickte. Natürlich war Cohn viel jünger. Aber auch er hatte diese brennende, heischende Erwartung im Blick.

Brett sah verdammt gut aus. Sie trug einen Jerseypullover und einen wollenen Rock. Ihr Haar war wie das eines Jungen glatt zurückgebürstet. Sie hatte all dies hier erst in Mode gebracht. Sie hatte Wölbungen wie eine Rennyacht, und es entging einem nichts unter dem wollenen Jersey.

«Brett, du bist ja in feiner Gesellschaft», sagte ich.

«Sind sie nicht nett? Und du, mein Lieber, wo hast du deine

aufgegabelt?»

«Im *Napolitain.*»

«Hast wohl einen fabelhaften Abend gehabt?»

«Unbezahlbar», sagte ich.

Brett lachte. «Du hast unrecht, Jake. Es ist eine Beleidigung gegen uns alle. Sieh mal Frances und Jo an.»

Dies aus Liebenswürdigkeit gegen Cohn.

«Es ist außerdem Gewerbeverhinderung», sagte Brett. Sie lachte wieder.

«Du bist fabelhaft nüchtern», sagte ich.

«Ja, nicht wahr? Und weißt du, in der Clique heute abend kann man so in aller Ruhe trinken.»

Die Musik begann, und Robert Cohn sagte: «Lady Brett, darf ich Sie um diesen Tanz bitten?»

Brett lächelte ihm zu. «Diesen hab ich schon Jacob versprochen», lachte sie. «Donnerwetter, hast du einen biblischen Namen, Jake.»

«Und der nächste?»

«Wir müssen weg», sagte Brett. «Wir haben eine Verabredung auf dem Montmartre.»

Beim Tanzen sah ich über Bretts Schulter und sah Cohn an der Bar stehen, wie er ihr nachblickte.

«Da hast du wieder einen geangelt», sagte ich zu ihr.

«Sei still. Der arme Kerl. Ich hab's gar nicht vorher gewußt.»

«Na», sagte ich, «wahrscheinlich macht es dir Spaß.»

«Red nicht so idiotisch.»

«Und wie redest du?»

«Na und wenn schon?»

«Bitte», sagte ich. Wir tanzten nach der Harmonika, und irgendwer spielte Banjo. Es war heiß, und ich war glücklich. Wir kamen dicht an Georgette vorbei, die gerade wieder mit einem anderen tanzte.

«Du warst wohl nicht recht bei Trost, daß du die mitgebracht hast?»

«Ich weiß nicht. Ich hab sie einfach mitgebracht.»

«Du bist wahnsinnig romantisch.»

«Nein, nichts wie Langeweile.»

«Jetzt?»

«Nein, jetzt nicht.»

«Komm, wollen wir weggehen? Sie ist ja so gut aufgehoben.»

«Willst du?»

«Ich würde doch nicht fragen, wenn ich nicht wollte.»

Wir verließen den Tanzboden. Ich nahm meinen Mantel von einem Haken an der Wand und zog ihn an. Brett stand an der Bar.

Cohn redete auf sie ein. Ich blieb an der Bar stehen und bat um einen Briefumschlag. Die Patronne fand einen. Ich nahm eine Fünfzig-Francs-Note aus der Tasche, legte sie in den Umschlag, klebte ihn zu und gab ihn der Patronne.

«Wenn das Mädchen, mit dem ich kam, nach mir fragt, geben Sie ihr dies bitte», sagte ich. «Wenn sie mit einem dieser Herren weggeht, dann heben Sie es für mich auf, ja?»

«C'est entendu, monsieur», sagte die Patronne. «Sie gehen schon? So früh?»

«Ja», sagte ich.

Wir gingen zur Tür. Cohn sprach immer noch auf Brett ein. Sie sagte gute Nacht und nahm meinen Arm.

«Gute Nacht, Cohn», sagte ich. Draußen auf der Straße suchten wir ein Taxi.

«Du wirst deine 50 Francs verlieren», sagte Brett.

«O ja.»

«Nirgends 'n Auto zu sehen.»

«Wir könnten bis zum Panthéon gehen; da kriegen wir sicher eines.»

«Komm, wir trinken lieber was in der nächsten Kneipe und lassen eines holen.»

«Du würdest unter keiner Bedingung auch nur übern Damm gehen, was?»

«Nicht, wenn es zu vermeiden ist.»

Wir gingen in die nächste Bar, und ich schickte den Kellner nach einem Taxi.

«Nun», sagte ich, «die anderen wären wir los.»

Wir lehnten gegen die hohe Theke und sprachen nicht und sahen einander an. Der Kellner kam zurück und sagte, das Taxi sei draußen. Brett drückte mir heftig die Hand. Ich gab dem Kellner einen Franc, und wir gingen. «Wohin soll ich ihm sagen?» fragte ich.

«Ach, sag ihm, er soll irgendwo rumfahren.»

«Nach dem Park Montsouris», sagte ich dem Chauffeur, stieg ein und schlug die Tür hinter mir zu. Brett lehnte mit geschlossenen Augen in einer Ecke. Ich stieg ein und saß neben ihr. Das Taxi fuhr mit einem Ruck an.

«Ach, Liebling, ich war so unglücklich», sagte Brett.

4

Das Taxi fuhr den Berg hinan, über den erleuchteten Platz, dann wieder in die Dunkelheit, immer noch bergan und dann eben in einer dunklen Straße hinter Saint-Étienne du Mont, fuhr geräuschlos den Asphalt hinunter an den Bäumen und dem wartenden Omnibus auf der Place de la Contrescarpe vorbei und dann auf die Pflastersteine der Rue Mouffetard. Zu beiden Seiten der Straße sah man erleuchtete Bars und noch zu so später Stunde geöffnete Läden. Wir saßen jeder ganz für sich und wurden auf der alten, holprigen Straße aneinandergeworfen. Bretts Hut war heruntergerutscht. Ihr Kopf lag zurück. Ich sah ihr Gesicht im Licht der offenen Läden, dann war es wieder dunkel, und dann sah ich ihr Gesicht ganz deutlich, als wir auf die Avenue des Gobelins kamen.

Die Straße war aufgerissen, und Männer arbeiteten beim flackernden Schein des Acetylenlichts auf den Straßenbahngleisen. Bretts Gesicht war weiß, und die lange Linie ihres Halses glänzte in dem hellen Licht. Die Straße lag wieder in Dunkelheit, und ich küßte sie. Unsere Lippen lagen fest aufeinander, und dann wandte sie sich weg und preßte sich in die Ecke ihres Sitzes, so weit weg, wie sie nur konnte. Sie hielt den Kopf gesenkt.

«Faß mich nicht an», sagte sie, «bitte, faß mich nicht an.»

«Was ist denn?»

«Ich kann es nicht aushalten.»

«O Brett.»

«Du darfst nicht. Du mußt es verstehen. Ich kann's nicht aushalten, das ist alles. Bitte, versteh's doch, Liebster.»

«Liebst du mich denn nicht?»

«Lieben? Wenn du mich anfaßt, komm ich einfach um.»

«Kann man denn da nichts machen?»

Sie saß jetzt aufrecht. Ich hatte den Arm um sie gelegt, und sie lehnte sich an mich, und wir waren beide ganz ruhig. Sie sah mir in die Augen mit ihrer Art einen anzublicken, daß man sich fragte, ob sie einen wirklich mit ihren leibhaftigen Augen ansah. Sie sahen und sahen, wenn alle anderen Augen in der Welt längst aufgehört haben würden, einen anzusehen. Sie sah einen an, als ob es auf der ganzen Erde nichts gibt, das sie nicht ebenso ansehen würde, und in Wirklichkeit hatte sie doch vor so vielen Dingen Angst.

«Gott, und daß man da nichts machen kann!» sagte ich.

«Ich weiß nicht», sagte sie. «Ich will diese ganze Hölle nicht noch einmal durchmachen.»

«Wir sehen uns besser nicht.»

«Aber Liebster, ich muß dich sehen. Weißt du, es ist ja nicht nur *das.*»

«Aber es endet doch immer damit.»

«Das ist meine Schuld. Wir müssen eben für alles, was wir tun, bezahlen.»

Sie hatte mir die ganze Zeit über in die Augen gesehen. Ihre Augen hatten verschiedene Tiefen, manchmal schienen sie vollkommen flach. Jetzt konnte man tief in sie hineinsehen.

«Wenn ich so daran denke, wie ich Leuten die Hölle heiß gemacht habe. Jetzt rächt es sich an mir.»

«Red nicht so dumm», sagte ich. «Außerdem soll das, was mir passiert ist, komisch sein. Ich denke doch kaum daran.»

«O nein.»

«Komm, wir wollen nicht mehr davon reden.»

«Ich hab auch mal darüber gelacht.» Sie sah mich jetzt nicht an. «Ein Freund meines Bruders kam so von Mons zurück. Es schien wahnsinnig komisch. Man hat eben keine Ahnung, nicht?»

«Nein, kein Mensch hat je die geringste Ahnung.»

Die Angelegenheit war für mich beinahe erledigt. Zu irgendeiner Zeit hatte ich sie natürlich von allen erdenklichen Gesichtspunkten aus betrachtet, auch die inbegriffen, daß gewisse Verletzungen und Verstümmelungen für andere Leute eine Quelle des Amüsements sind, während sie für den Menschen, der sie hat, einen durchaus ernsthaften Charakter tragen.

«Es ist spaßig. Es ist sehr spaßig», sagte ich. «Außerdem macht das Verliebtsein auch Spaß.»

«Findest du?» Ihre Augen sahen wieder ganz flach aus.

«Ich meine nicht richtig Spaß. In einer Hinsicht ist es ein erfreuliches Gefühl.»

«Nein», sagte sie. «Ich finde, es ist die Hölle auf Erden.»

«Aber es ist doch gut, sich zu sehen.»

«Nein, ich find's nicht.»

«Willst du nicht?»

«Ich muß ja.»

Wir saßen jetzt wie zwei Fremde da. Zur Rechten lag der Park Montsouris. Das Restaurant mit dem Teich mit den lebenden Forellen, wo man draußen sitzen kann und über den Park hinwegsieht, war geschlossen und dunkel. Der Chauffeur drehte sich nach uns um.

«Wo willst du hin?» fragte ich. Brett wandte ihren Kopf weg.

«Ach, nach dem *Sélect.*»

«*Café Sélect*», sagte ich dem Chauffeur. «Boulevard Montparnasse.»

Wir fuhren gerade hinunter, um den Lion de Belfort herum, der die vorbeifahrenden Montrouge-Elektrischen bewacht. Brett sah starr vor sich hin. Auf dem Boulevard Raspail, als die Lichter von Montparnasse in Sicht kamen, sagte Brett: «Nimmst du's mir sehr übel, wenn ich dich um etwas bitte?»

«Sei doch nicht komisch.»

«Küß mich noch mal, bevor wir da sind.»

Als das Taxi hielt, stieg ich aus und bezahlte. Brett stieg aus und setzte sich ihren Hut auf. Sie gab mir beim Aussteigen die Hand. Ihre Hand zitterte. «Sag mal, seh ich sehr wüst aus?» Sie zog ihren Männerfilzhut ins Gesicht und ging zur Tür hinein. Drinnen an der Bar und an den verschiedenen Tischen war beinahe die ganze Gesellschaft vom Tanz von vorhin wieder zusammen.

«'n Abend, Kinder», sagte Brett. «Ich möchte was trinken.»

«O Brett, Brett!» Der kleine griechische Porträtmaler, der sich Durchlaucht nennen ließ, zu dem aber alle Zizi sagten, kam eilig auf sie zu. «Ich hab Ihnen was Großartiges zu erzählen.»

«'n Abend, Zizi», sagte Brett.

«Sie müssen meinen Freund kennenlernen», sagte Zizi. Ein dicker Mann kam näher.

«Graf Mippipopolous, darf ich Sie Lady Ashley vorstellen?»

«Guten Abend», sagte Brett.

«Sie verleben wohl eine sehr angenehme Zeit in Paris, meine Gnädigste?» fragte Graf Mippipopolous, der an seiner Uhrkette einen Elchzahn trug.

«Ja, sehr», sagte Brett.

«Paris ist schon eine fabelhafte Stadt», sagte der Graf. «Aber ich glaube, daß sich bei Ihnen in London auch allerhand tut.»

«O ja. Enorm», sagte Brett.

Braddocks rief von einem Tisch: «Barnes, komm, trink was. Dein Mädchen kam in einen furchtbaren Skandal.»

«Wieso?»

«Über irgendwas, was die Tochter der Patronne sagte. Gab einen Heidenkrach. Weißt du, sie war einfach fabelhaft. Zeigte ihre gelbe Karte und wollte die von der Tochter der Patronne sehen. Ich kann dir sagen, das war ein Skandal!»

«Was passierte denn zum Schluß?»

«Oh, irgend jemand hat sie nach Hause gebracht. Sah nicht schlecht aus, die Person. Beherrschte ihr Vokabular fabelhaft. Bleib doch hier und trink was.»

«Nein», sagte ich. «Ich muß abhauen. Cohn gesehen?»

«Er ist mit Frances nach Hause gegangen», warf Mrs. Braddocks ein.

«Armer Kerl, sieht furchtbar niedergedrückt aus», sagte Braddocks.

«Wird's wohl auch sein», sagte Mrs. Braddocks.

«Ich muß abhauen», sagte ich. «Gute Nacht.»

Ich sagte Brett an der Bar gute Nacht. Der Graf ließ Champagner fließen.

«Wollen Sie ein Glas mit uns trinken Sir?» fragte er.

«Nein, danke tausendmal. Ich muß gehen.»

«Wirklich weg?» fragte Brett.

«Ja», sagte ich. «Hab verfluchte Kopfschmerzen.»

«Ich sehe dich morgen.»

«Komm ins Büro.»

«Kaum.»

«Also, wo sieht man dich?»

«Irgendwo, so um fünf.»

«Wollen wir sagen auf der anderen Seite?»

«Gut, ich bin um fünf Uhr im *Crillon.*»

«Versuch da zu sein.»

«Keine Sorge», sagte Brett. «Ich hab dich doch noch nie versetzt, nicht wahr?»

«Was von Mike gehört?»

«Heute 'nen Brief gehabt.»

«Gute Nacht, mein Herr», sagte der Graf.

Ich ging hinaus auf den Bürgersteig und in der Richtung des Boulevards St. Michel hinunter, an den Tischen der *Rotonde* vorbei, die noch voll besetzt waren, und sah über die Straße nach dem *Dôme* hinüber, dessen Tische bis dicht an die Fahrbahn standen. Jemand winkte mir von einem der Tische zu; ich sah nicht, wer es war, und ging weiter. Ich wollte nach Hause. Der Boulevard Montparnasse war verlassen. Bei *Lavigne* war alles fest zu, und in der *Closerie des Lilas* stapelte man die Tische auf. Ich kam am Denkmal von Ney vorbei, das zwischen frisch grünenden Kastanien im Bogenlicht stand. Am Sockel lehnte ein verblaßter purpurner Kranz. Ich blieb stehen, um die Inschrift zu lesen: Von den bonapartischen Vereinen und irgendein Datum, das ich vergessen habe. Er sah in seinen großen Reitstiefeln, wie er da mit seinem Säbel in den frisch grünenden Kastanien stand, phantastisch aus. Meine Wohnung lag gerade gegenüber, ein paar Häuser den Boulevard St. Michel hinauf.

Bei der Concierge war noch Licht. Ich klopfte an ihre Tür, und sie gab mir meine Post. Ich wünschte ihr gute Nacht und ging die Treppe hinauf. Es waren zwei Briefe und Zeitungen. Ich sah sie mir im Eßzimmer unter dem Gaslicht an. Die Briefe waren aus den Staaten. Einer war eine Kontoaufstellung der Bank. Sie zeigte eine

Bilanz von 2432,60 Dollar. Ich nahm mein Scheckbuch heraus, subtrahierte vier Schecks, die ich seit dem Ersten gezogen hatte, und entdeckte, daß ich einen Überschuß von 1832,60 Dollar hatte. Das schrieb ich auf die Rückseite der Aufstellung. Der andere Brief war eine Hochzeitsanzeige. Mr. und Mrs. Aloysius Kirby zeigten die Vermählung ihrer Tochter Katherine an – ich kannte weder das Mädchen noch den Mann, den sie heiratete. Vielleicht schickten sie Rundschreiben an alle Welt. Es war ein komischer Name, und ich war eigentlich ganz sicher, daß ich jemand mit dem Namen Aloysius nicht vergessen hätte. Es war ein guter katholischer Name. Auf der Anzeige war eine Krone. Wie bei Zizi, dem griechischen Herzog. Und diesem Grafen. Der Graf war komisch. Brett war auch adlig. Zum Teufel mit Brett. Zum Teufel mit dir, Lady Ashley.

Ich zündete die Lampe am Bett an, drehte das Gas aus und öffnete die Fenster. Das Bett war weit von den Fenstern entfernt, und ich saß bei offenen Fenstern auf dem Bett und zog mich aus. Draußen fuhr ein Nachtzug auf den Straßenbahngleisen vorbei, mit Gemüse für den Markt beladen. Sie machten nachts einen Heidenlärm, wenn man nicht schlafen konnte. Beim Ausziehen besah ich mich im Spiegel in dem großen Schrank neben meinem Bett. Dies war die typisch französische Art, ein Zimmer zu möblieren. Ich nehme an, daß es auch praktisch ist. Von all den Verwundungen gerade diese. Wahrscheinlich war es komisch. Ich zog meinen Pyjama an und ging zu Bett. Da lagen die beiden Stierkampfzeitungen, und ich riß die Umschläge ab. Eine war orange und die andere gelb. In beiden stand sicher dasselbe darin, also würde die, die ich zuerst las, bestimmt den Genuß der zweiten verderben. *Le Toril* war die bessere Zeitung, darum fing ich mit ihr an. Ich las sie ganz durch einschließlich der kleinen Anzeigen und der Cornigramme. Ich blies die Lampe aus; vielleicht konnte ich schlafen.

Mein Kopf begann zu arbeiten. Das alte Lied. Ja, es war eine gemeine Art von Verwundung; ausgerechnet mußte ich an einer so lächerlichen Front wie der italienischen als Flieger tätig sein. In dem italienischen Lazarett wollten wir einen Verein gründen. Auf italienisch hat es einen sehr komischen Namen. Was wohl aus den anderen, den Italienern, geworden war? Das war im Ospedale Maggiore in Mailand, Padiglione Ponte gewesen. Das nächste Gebäude war die Padiglione Zonda. Dort stand ein Denkmal von Ponte, es kann aber auch von Zonda gewesen sein. Der Verbindungsoffizier besuchte mich dort. Das war komisch. Das war wohl das erste Komische. Ich war ganz verbunden, aber sie hatten ihm alles erzählt. Und dann hielt er mir diese wunderbare Rede: «Sie, ein Ausländer, ein Engländer» (jeder Ausländer war ein Engländer), «haben mehr als Ihr Leben gegeben.» Was für eine Ansprache! Ich hätte sie gern schriftlich, um sie in meinem Büro aufzuhängen. Er lachte nicht, nein. Er dachte sich, glaube ich, in meine Lage. *«Che mala fortuna! Che mala fortuna!»*

Mir ist es damals, glaube ich, gar nicht so recht klargeworden. Ich versuchte mich durchzuwursteln, ohne anderen Leuten Schwierigkeiten zu machen. Vielleicht hätte ich das nie durchgemacht, wenn ich nicht Brett damals in die Arme gelaufen wäre, als sie mich nach England brachten. Ich glaube, sie wollte nur das haben, was sie nicht haben konnte. Nun, die Menschen waren eben so. Zum Teufel mit den Menschen. Die katholische Kirche hatte eine wunderbare Art, mit allem fertig zu werden. Sicher ein guter Ratschlag. Nicht daran denken. Oh, ein fabelhafter Rat. Versuch's doch mal.

Ich lag wach, und meine Gedanken sprangen von einer Sache zur andern. Dann konnte ich nicht anders, und meine Gedanken drehten sich um Brett, und meine Gedanken sprangen nicht mehr umher, sondern bewegten sich in glatten Wellen . . . Dann plötzlich fing ich an zu weinen. Dann, nach einer Weile, wurde es besser, und ich lag im Bett und lauschte auf die schweren Wagen, die die Straße hinauf- und hinunterfuhren, und dann schlief ich ein.

Ich wachte auf. Draußen war Krach. Ich horchte und glaubte eine Stimme zu erkennen . . . Ich zog meinen Schlafrock an und ging an die Tür. Die Concierge sprach unten. Sie war wütend. Ich hörte meinen Namen und rief die Treppe hinunter.

«Sind Sie da, Mr. Barnes?» rief die Concierge.

«Ja, was ist los?»

«Hier ist eine Frauensperson, die die ganze Straße aufgeweckt hat. Schöne Art und Weise mitten in der Nacht. Sie sagt, sie muß Sie sprechen. Ich hab ihr gesagt, daß Sie schlafen.»

Dann hörte ich Bretts Stimme. Im Halbschlaf, wie ich war, hatte ich steif und fest geglaubt, es sei Georgette. Ich weiß nicht warum. Sie kannte ja meine Adresse gar nicht.

«Wollen Sie sie bitte rauflassen?»

Brett kam die Treppe herauf. Ich sah, sie war vollkommen betrunken. «Zu dumm von mir», sagte sie. «Mach da einen furchtbaren Krach. Du hast doch noch nicht geschlafen?»

«Was dachtest du denn, was ich mache?»

«Weiß nicht. Wie spät ist es denn?»

Ich sah nach der Uhr. Es war halb fünf. «Hatte keine Ahnung, wie spät es ist», sagte Brett. «Hör mal, kann man sich hinsetzen? Sei nicht böse, Liebling. Hab gerade den Grafen verlassen. Hat mich hergebracht.»

«Wie ist er denn?» Ich brachte Cognac, Selterswasser und Gläser.

«Nur ein bißchen», sagte Brett. «Versuch nicht etwa, mich betrunken zu machen. Der Graf! Fabelhaft, sag ich dir. Der gehört zu uns.»

«Ist er denn ein Graf?»

«Ich glaube ja. Weißt du, auf jeden Fall verdient er einer zu sein. Weiß enorm viel Klatsch über alle Leute. Weiß nicht, wo er das alles her hat. Ihm gehört eine Kette von Konditoreien in den Staaten.»

Sie nippte an ihrem Glas.

«Denk dir, er hat es eine Kette oder so ähnlich genannt. Zählte sie alle auf. Hat mir ein bißchen davon erzählt. Verdammt interessant. Aber er gehört trotzdem zu uns. Vollkommen. Kein Zweifel. Das merkt man sofort.»

Sie trank weiter.

«Gott, wie geschwätzig ich bin. Du bist nicht böse, nicht wahr? Weißt du, er bezahlt für Zizi.»

«Ist Zizi wirklich ein Herzog?»

«Sollte mich nicht wundern. Ein griechischer, weißt du. Schlechter Maler. Der Graf gefällt mir.»

«Wo warst du mit ihm?»

«Ach, überall. Er hat mich jetzt gerade hergebracht. Bot mir 10000 Dollar, wenn ich mit ihm nach Biarritz reisen würde. Wieviel Pfund sind das?»

«Ungefähr zweitausend.»

«Masse Geld. Ich sagte ihm, ich könnte nicht. Er nahm es riesig nett auf. Sagte ihm, daß ich zuviel Bekannte in Biarritz habe.»

Brett lachte.

«Gott, bist du im Konsum bescheiden», sagte sie. Ich hatte nur an meinem Cognac genippt. Ich nahm einen langen Zug.

«So ist's besser. Sehr komisch», sagte Brett. «Dann wollte er, daß ich mit ihm nach Cannes führe. Sagte ihm, daß ich in Cannes zuviel Leute kenne. Monte Carlo. Sagte ihm, daß ich zuviel Bekannte in Monte Carlo hätte. Sagte ihm, daß ich überall zuviel Bekannte hätte. Stimmt auch wirklich. Darum bat ich ihn auch, mich hierherzubringen.» Sie sah mich an, ihre eine Hand auf dem Tisch; sie hob ihr Glas. «Mach nicht solch 'n Gesicht», sagte sie. «Sagte ihm, daß ich dich liebe. Stimmt auch. Guck doch nicht so. Er hat es riesig nett aufgenommen. Will uns morgen abend zum Essen ausfahren. Willst du?»

«Warum nicht?»

«Ich werd wohl jetzt besser gehen.»

«Warum?»

«Wollte dich nur sehen. Eine zu dämliche Idee. Willst du dich anziehen und mitkommen? Der Wagen hält gleich hier.»

«Und der Graf?»

«Will mich spazierenfahren, er selbst und sein Chauffeur in Livree. Wollen im Bois frühstücken. Körbe voll Proviant. Alles bei Zelli gekauft. Dutzend Flaschen Mumm. Lockt dich das nicht?»

«Muß morgen früh arbeiten», sagte ich. «Ich bin auch zu weit im Hintertreffen, um euch noch einzuholen und kein Spielverderber zu sein.»

«Sei kein Esel.»

«Nein, ist nicht zu machen.»

«Schön. Schickst ihm zärtliche Grüße?»

«Alles, was du willst.»

«Gute Nacht, Liebling.»

«Werd nicht sentimental.»

«Du machst mich krank.»

Wir gaben uns einen Gutenachtkuß, und Brett zitterte. «Ich werd lieber gehen, gute Nacht, Liebling.»

«Du mußt doch nicht gehen.»

«Doch.»

Wir küßten uns noch einmal auf der Treppe, und als ich nach dem *cordon* rief, brummelte die Concierge etwas hinter ihrer Tür. Ich ging wieder hinauf und beobachtete Brett von meinem offenen Fenster aus, wie sie die Straße rauf ging zu der großen Limousine, die unterm Bogenlicht an der Ecke hielt. Sie stieg ein, und das Auto fuhr los. Ich drehte mich um. Auf dem Tisch stand ein leeres und ein halbvolles Glas mit Cognac. Ich nahm beide raus in die Küche und goß das halbvolle Glas in den Ausguß. Ich drehte im Eßzimmer das Gas aus, setzte mich auf mein Bett, schleuderte meine Morgenschuhe von den Füßen und ging ins Bett. Dies war also Brett, um die mir zum Heulen zumute gewesen war. Dann dachte ich an sie, wie sie die Straße hinuntergegangen und in den Wagen gestiegen war, so wie ich sie zuletzt gesehen hatte, und natürlich war mir in kurzer Zeit wieder jammervoll zumute. Es ist furchtbar leicht, am Tag über alles erhaben zu sein, aber nachts, mein Gott, ist es was ganz anderes.

5

Am anderen Morgen ging ich den Boulevard hinunter in die Rue Soufflot, um Kaffee und Brioches zu frühstücken. Es war ein Prachttag. Die Kastanienbäume im Luxembourg-Garten waren in Blüte. Man hatte das angenehme Frühmorgensgefühl eines heißen

Tages. Ich las beim Kaffeetrinken die Zeitung und rauchte dann eine Zigarette. Die Blumenfrauen kamen vom Markt und begannen ihre Stände aufzubauen. Studenten kamen auf ihrem Weg zum juristischen Seminar oder zur Sorbonne vorbei. Der Boulevard war voller Leben, mit Straßenbahnen und Leuten, die zur Arbeit wollten. Ich bestieg einen S-Bus, stand auf der hinteren Plattform, fuhr hinunter bis zur Madeleine. Von der Madeleine ging ich den Boulevard des Capucines hinunter bis zur Oper und hinauf in mein Büro. Ich kam bei dem Mann mit den springenden Fröschen und dem Mann mit dem Boxerspielzeug vorbei. Ich machte einen Schritt zur Seite, um nicht in den Faden zu treten, durch den seine Gehilfin die Boxer in Bewegung setzte. Sie stand abgewendet da und hielt den Faden in den gefalteten Händen. Der Mann drang in zwei Touristen, sie sollten doch kaufen. Drei andere Touristen standen dabei und sahen zu. Ich ging hinter einem Mann mit einer Walze her, der auf das Trottoir mit feuchten Buchstaben das Wort CINZANO druckte. Überall gingen die Leute an die Arbeit. Es war vergnüglich, an die Arbeit zu gehen. Ich überquerte die Avenue und ging in mein Büro.

Oben im Büro las ich die französischen Morgenzeitungen, rauchte und saß dann an der Schreibmaschine und schaffte ein ganz schönes Stück Arbeit. Um elf Uhr fuhr ich mit einem Taxi hinüber nach dem Quai d'Orsay, ging hinein und saß mit vielleicht einem Dutzend anderen Korrespondenten zusammen, während der Sprecher des Auswärtigen Amtes, ein junger *Nouvelle Revue Française*-Diplomat mit hornumränderter Brille, eine halbe Stunde lang sprach und Fragen beantwortete. Der Ministerpräsident war in Lyon, um eine Rede zu halten, oder vielmehr er war auf dem Rückweg. Verschiedene Leute stellten Fragen, um sich selbst reden zu hören; außerdem wurde aber noch eine Reihe von Fragen von Leuten des Nachrichtendienstes gestellt, die die Antworten wissen wollten. Neuigkeiten gab es nicht. Ich nahm mit Woolsey und Krum ein Taxi vom Quai d'Orsay zurück.

«Was machst du eigentlich abends, Jake? Man sieht dich doch nirgends.»

«Oh, ich bin drüben im Quartier.»

«Ich komme irgendeinen Abend mal rüber. Das *Dingo* ist wohl das wahre?»

«Ja, oder diese neue Kneipe, das *Sélect.*»

«Ich wollte schon immer mal kommen», sagte Krum. «Aber ihr wißt ja, wie das so ist, mit Frau und Kindern.»

«Spielen Sie viel Tennis?» fragte Woolsey.

«Eigentlich nicht», sagte Krum. «Dieses Jahr bin ich eigentlich gar nicht dazu gekommen. Ich wollte immer, aber sonntags hat's meistens geregnet, und die Plätze sind immer so schrecklich überfüllt.»

«Die Engländer haben alle schon sonnabends frei», sagte Woolsey.

«Die haben halt Schwein», sagte Krum. «Na, ich sage euch, ich werde auch nicht mein ganzes Leben lang für solch ein Nachrichtenbüro schuften. Ich werde später reichlich Zeit haben, um aufs Land zu fahren.»

«Ja, das ist das wahre. Draußen auf dem Land wohnen und einen kleinen Wagen haben.»

«Ich überlege, ob ich nächstes Jahr nicht einen Wagen kaufen soll.»

Ich klopfte an die Scheibe. Der Chauffeur hielt. «So, da bin ich», sagte ich, «kommt rein und trinkt was.»

«Danke, mein Junge», sagte Krum. Woolsey schüttelte den Kopf. «Muß telegrafieren, was der da heute morgen von sich gegeben hat.»

Ich gab Krum ein Zwei-Franc-Stück.

«Du bist verrückt, Jake», sagte er. «Das ist meine Sache.»

«Bezahlt's Büro auf jeden Fall.»

«Unter keiner Bedingung.»

Ich winkte auf Wiedersehen. Krum streckte seinen Kopf raus. «Seh ich dich am Mittwoch zum Lunch?»

«Todsicher.»

Ich fuhr mit dem Fahrstuhl hinauf ins Büro. Robert Cohn wartete auf mich. «Tag, Jake», sagte er. «Gehst du essen?»

«Ja, laß mich nur sehen, ob was los war.»

«Wo willst du essen?»

«Ganz egal.»

Ich sah über meinen Schreibtisch. «Wo willst du essen?»

«Was meinst du zu *Wetzel*? Man kriegt dort gute Horsd'œuvres.»

Im Restaurant bestellten wir Horsd'œuvres und Bier. Der Sommelier brachte es uns in großen, außen beschlagenen Steinkrügen, eiskalt. Es gab vielleicht zwölf verschiedene Horsd'œuvres.

«Na, war's schön gestern abend?» fragte ich.

«Nein, eigentlich nicht.»

«Wie geht's mit der Schriftstellerei?»

«Verdammt schlecht, ich komm mit diesem zweiten Buch nicht von der Stelle.»

«Das geht allen so.»

«Das glaub ich schon. Aber es macht mich trotzdem nervös.»

«Denkst du noch an Südamerika?»

«Damit ist es mir absolut Ernst.»

«Na, warum geht's denn nicht los?»
«Frances.»
«Na», sagte ich, «nimm sie doch mit.»
«Würde ihr ja nicht gefallen. So was ist nichts für sie. Sie hat gern viele Leute um sich.»
«Sag ihr, sie soll sich zum Teufel scheren.»
«Kann ich nicht, ich habe doch gewisse Verpflichtungen gegen sie.»
Er schob die in Scheiben geschnittenen Gurken fort und nahm sich einen gesalzenen Hering.
«Was weißt du über Lady Brett Ashley, Jake?»
«Sie heißt Lady Ashley. Brett nennt *sie* sich. Sie ist eine nette Person», sagte ich. «Sie läßt sich scheiden und wird dann Mike Campbell heiraten. Er ist jetzt in Schottland. Wozu fragst du?»
«Sie ist eine außergewöhnlich reizvolle Frau.»
«Nicht wahr?»
«Sie hat so irgend etwas an sich, eine gewisse Vornehmheit. Sie ist sicher, absolut vornehm und anständig.»
«Sie ist sehr nett.»
«Ich weiß nicht, wie ich diese Eigenschaft beschreiben soll», sagte Cohn. «Wahrscheinlich die Kinderstube.»
«Kommt mir so vor, als ob du sie recht gern hast.»
«Hab ich auch. Sollte mich gar nicht wundern, wenn ich mich in sie verliebt hätte.»
«Sie ist eine Säuferin», sagte ich. «Sie ist in Mike Campbell verliebt und wird ihn heiraten. Eines Tages wird er maßlos reich sein.»
«Ich glaube nicht, daß sie ihn je heiraten wird.»
«Warum nicht?»
«Weiß nicht. Aber ich glaube nicht daran. Kennst du sie schon lange?»
«Ja», sagte ich, «sie war Hilfsschwester in dem Kriegslazarett, in dem ich lag.»
«Da muß sie ja noch der reine Backfisch gewesen sein.»
«Sie ist jetzt vierunddreißig.»
«Wann hat sie Ashley geheiratet?»
«Während des Krieges. Ihr Schatz war gerade mit der Ruhr abgekratzt.»
«Du sprichst ja so verbittert.»
«Tut mir leid, war ganz unbeabsichtigt. Ich wollte dir nur die Tatsachen geben.»
«Ich glaube nicht, daß sie jemanden heiratet, den sie nicht liebt.»
«Na», sagte ich, «bisher hat sie's zweimal getan.»
«Ich glaub's nicht.»

«Na», sagte ich. «Frag mich doch nicht erst lauter Quatsch, wenn dir dann meine Antworten nicht passen.»

«Das hatte ich dich nicht gefragt.»

«Du hast mich gefragt, was ich über Brett Ashley weiß.»

«Ich habe dich aber nicht ersucht, sie zu beleidigen.»

«Ach, geh zum Teufel.»

Er stand vom Tisch auf mit weißem Gesicht und stand blaß und aufgebracht hinter den kleinen Horsd'œuvre-Schüsseln.

«Na, setz dich schon, sei nicht so dumm.»

«Du mußt das zurücknehmen.»

«Gott, laß doch dies kindische Zeug.»

«Nimm's zurück.»

«Aber natürlich. Alles, was du willst. Ich habe nie von Brett Ashley gehört. Na, ist jetzt alles in Ordnung?»

«Nein. Nicht das. Daß ich mich zum Teufel scheren soll.»

«Also scher dich nicht zum Teufel», sagte ich. «Bleib nur hier, wo wir gerade mit unserem Essen anfangen.»

Cohn lächelte wieder und setzte sich. Er schien froh zu sein, sich setzen zu können. Was um alles in der Welt hätte er nur gemacht, wenn er sich nicht hingesetzt hätte?

«Du sagst so verflucht beleidigende Sachen, Jake.»

«Tut mir leid. Hab eine böse Zunge. Mein es aber nicht so, wenn ich was Ekelhaftes sage.»

«Ich weiß», sagte Cohn. «Jake, du bist eigentlich mein bester Freund.»

Gott steh dir bei, dachte ich. «Na, denk nicht mehr an das, was ich gesagt habe», sagte ich laut. «Es tut mir leid.»

«Alles wieder in bester Ordnung. Ich war nur im Moment gekränkt.»

«Also gut, was essen wir noch?»

Nachdem wir zu Ende gegessen hatten, gingen wir ins *Café de la Paix* und tranken Kaffee. Ich fühlte, wie Cohn Brett wieder aufs Tapet bringen wollte, aber ich hinderte ihn daran. Wir sprachen über dies und jenes, und dann verließ ich ihn, um ins Büro zu gehen.

6

Um fünf Uhr wartete ich im *Hôtel Crillon* auf Brett. Sie war noch nicht da, also setzte ich mich hin und schrieb ein paar Briefe. Es waren keine sehr geistvollen Briefe, aber ich hoffte, daß das *Crillon*-Briefpapier alles wettmachen würde. Brett erschien nicht; ungefähr um Viertel vor sechs ging ich in die Bar und trank einen Jack Rose mit Georges, dem Mixer. Brett war auch nicht in der Bar gewesen. Als ich hinausging, sah ich mich noch oben nach ihr um und nahm dann ein Taxi nach dem *Café Sélect*. Als ich über die Seine fuhr, sah ich eine ganze Reihe Lastkähne auf dem Wasser schwimmen, die leer den Fluß hinuntergeschleppt wurden. Die Schiffer standen an den Steuerrudern, als sie sich der Brücke näherten. Der Fluß sah schön aus. Es ist immer erfreulich, in Paris über eine Brücke zu fahren.

Das Taxi fuhr um das Denkmal des Erfinders der optischen Telegrafie herum, dann ging es den Boulevard Raspail entlang, und ich setzte mich zurück, um diesen Teil der Fahrt vorübergehen zu lassen. Der Boulevard Raspail war immer ein ödes Fahren. Es erinnerte mich an eine gewisse Strecke der P. L. M. zwischen Fontainebleau und Montereau, auf der ich mich auch jedesmal so langweilte, elend und tot fühlte, bis sie vorbei war. Ich nehme an, diese toten Punkte auf einer Reise entstehen durch gewisse Gedankenassoziationen. Er gibt andere Straßen in Paris, die genauso häßlich sind wie der Boulevard Raspail. Es ist eine Straße, die ich zu Fuß gar nicht so ungern entlanggehe. Aber entlangfahren – nein. Vielleicht hatte ich mal so etwas gelesen. Robert Cohn ging es ja mit ganz Paris so ähnlich. Ich überlegte, wo Cohn nur die Unfähigkeit, Paris zu genießen, her haben mochte. Vielleicht von Mencken. Ich glaube, Mencken haßt Paris. So viele junge Leute bekommen ihre Vorlieben und Abneigungen im Leben durch Mencken.

Das Auto hielt genau vor der *Rotonde*. Ganz gleich, welches Café auf Montparnasse man dem Taxichauffeur auch immer nennt, er fährt einen zur *Rotonde*. Vielleicht wird es in zehn Jahren das *Café du Dôme* sein. Auf jeden Fall war es nah genug. Ich ging von den traurigen Tischen der *Rotonde* hinüber ins *Sélect*. Drinnen an der Bar waren ein paar Leute, und draußen ganz allein saß Harvey Stone. Er hatte einen Haufen Untersätze vor sich aufgetürmt und war unrasiert.

«Setz dich», sagte Harvey, «hab dich schon lange gesucht.»

«Was ist denn los?»

«Nichts. Nur so gesucht.»

«Warst du beim Rennen?»

«Nein, nicht seit Sonntag.»

«Was hörst du aus den Staaten?»

«Nichts, absolut nichts.»

«Was ist denn los?»

«Ich weiß nicht, ich bin mit ihnen fertig. Vollkommen fertig.»

Er beugte sich vornüber und sah mir ins Gesicht.

«Soll ich dir was erzählen, Jake?»

«Ja.»
«Ich habe seit fünf Tagen nichts gegessen.»
Ich rechnete schnell im Geist zurück. Vor drei Tagen hatte mir Harvey 200 Francs beim Pokern in der *New York Bar* abgenommen.
«Was ist denn los?»
«Kein Geld. Kein Geld.» Er machte eine Pause. «Weißt du, Jake, es ist merkwürdig. Wenn's mir dreckig geht, dann will ich nichts als meine Ruhe haben. Bleibe am liebsten in meiner eigenen Bude. Bin wie eine Katze.»
Ich griff in die Tasche.
«Würden dir hundert helfen, Harvey?»
«Ja.»
«Komm, wir wollen essen gehen.»
«Gar keine Eile. Komm, trink was.»
«Lieber essen.»
«Nein, wenn es mir so dreckig geht, ist es mir ganz egal, ob ich esse oder nicht.»
Wir tranken. Harvey stellte meinen Untersatz auf seine.
«Harvey, kennst du Mencken?»
«Ja, warum?»
«Wie ist er eigentlich?»
«Nett. Er sagt höchst amüsante Dinge. Letztes Mal, als wir zusammen aßen, sprachen wir über Hoffenheimer. Sein großer Fehler ist, daß er jeder Schürze nachläuft», sagte er.
«Nicht schlecht.»
«Jetzt ist er durch», fuhr Harvey fort. «Er hat über alles, was er weiß, geschrieben, und jetzt schreibt er über alles, was er nicht weiß.»
«Wahrscheinlich ist er ein guter Schriftsteller», sagte ich. «Ich kann ihn nur einfach nicht lesen.»
«Ach, jetzt liest ihn doch überhaupt niemand mehr», sagte Harvey, «außer Leuten, die früher das Alexander Hamilton Institute gelesen haben.»
«Nun», sagte ich, «hatte auch seinen Reiz.»
«Gewiß», sagte Harvey, und dann saßen wir beide eine Weile in tiefes Nachdenken verloren da.
«Noch einen Portwein?»
«Schön», sagte Harvey.
«Da kommt Cohn», sagte ich. Robert Cohn überquerte die Straße.
«Der Trottel», sagte Harvey. Cohn kam an unseren Tisch.
«Tag, Kinder», sagte er.

«Tag, Robert», sagte Harvey. «Ich sagte Jake eben, daß du ein Trottel bist.»

«Was meinst du denn damit?»

«Sag mal schnell, ohne nachzudenken, was würdest du machen, wenn du machen könntest, was du wolltest?»

Cohn fing an zu überlegen.

«Nicht nachdenken. Sag's schnell.»

«Ich weiß nicht», sagte Cohn. «Worum dreht es sich denn überhaupt?»

«Ich meine, was du am liebsten tun möchtest. Was dir zuerst in den Kopf kommt. Ganz gleich, wie dumm es ist.»

«Ich weiß nicht», sagte Cohn. «Ich glaube, ich würde am liebsten Football spielen; aber mit dem Wissen, das ich jetzt habe.»

«Ich habe dich falsch beurteilt», sagte Harvey. «Du bist kein Trottel. Du bist nur ein Fall von zurückgebliebener Entwicklung.»

«Du bist wahnsinnig komisch, Harvey», sagte Cohn. «Eines Tages wird dir jemand deine Fresse einschlagen.»

Harvey Stone lachte. «Glaubst du? Ach bewahre. Ist mir auch ganz egal. Ich bin ja kein Boxer.»

«Es wäre dir sicher nicht ganz egal, wenn's dir passierte.»

«Aber doch. Da irrst du dich sehr. Du bist eben nicht sehr helle.»

«Nu hör schon auf.»

«Gewiß», sagte Harvey, «mir ist das ganz schnuppe. Du bist mir ja so egal.»

«Na, na, Harvey», sagte ich. «Trink noch 'n Portwein.»

«Nein», sagte er. «Ich geh die Straße rauf, essen. Seh dich nachher, Jake.»

Er ging hinaus und die Straße entlang. Ich sah, wie er die Straße überquerte mitten durch die Taxis hindurch, klein, schwer, langsam, seiner selbst sicher im Gedränge.

«Er bringt mich immer in Wut», sagte Cohn. «Ich kann ihn nicht ausstehen.»

«Ich hab ihn gern», sagte ich. «Ich mag ihn leiden. Man darf ihm nicht böse sein.»

«Ich weiß schon», sagte Cohn, «aber er geht mir auf die Nerven.»

«Nachmittags geschrieben?»

«Nein, wollte nicht in Gang kommen. Viel schwerer als mein erstes Buch. Hab schrecklich viel Mühe damit.»

Die gesunde Einbildung, die er im Frühling, als er aus Amerika gekommen war, besessen hatte, war verschwunden. Damals war er seines Werkes sicher gewesen und nur mit dieser persönlichen Sehnsucht nach Abenteuern behaftet. Jetzt war die Sicherheit fort. Irgendwie hab ich die Idee, als ob ich von Robert Cohn kein klares

Bild gegeben habe. Der Grund ist, daß er bis zu dem Moment, wo er sich in Brett verliebte, auch nicht eine einzige Bemerkung gemacht hatte, die ihn von anderen Leuten unterschied. Man sah ihm gern auf dem Tennisplatz zu; er hatte eine gute Figur und erhielt sie sich; sein Bridgespiel war durchdacht und gut, und er hatte eine komische Art an sich, so etwas Studentenhaftes. Wenn er mit Menschen zusammen war, fiel nichts, was er auch sagte, aus dem Rahmen. Er trug was wir früher in der Schule Polohemden nannten und was man vielleicht heute noch so nennt, aber er war nicht professionell jugendlich. Ich glaube nicht, daß er viel über seine Kleidung nachdachte. Seinen äußeren Schliff hatte er in Princeton bekommen. Innerlich war er von den zwei Frauen, die ihn erzogen hatten, geformt. Er hatte eine nette, jungenhafte Art von Frohsinn, die man ihm nie ausgetrieben hatte, und ich habe sie bei ihm wahrscheinlich nicht zum Vorschein gebracht. Er war glücklich, wenn er im Tennis gewann. Vielleicht gewann er ebenso gern wie die Lenglen zum Beispiel. Andererseits war er aber nicht verärgert, wenn man ihn besiegte. Als er sich in Brett verliebte, ging sein ganzer Tennisstil flöten. Er wurde von Leuten, die früher auch nicht die geringste Chance gegen ihn gehabt hatten, geschlagen. Er nahm es aber nett auf.

Na, wir saßen also auf der Terrasse des *Café Sélect*, Harvey Stone war gerade über die Straße gegangen.

«Komm rauf zu den *Lilas*», sagte ich.

«Ich bin verabredet.»

«Wann?»

«Frances kommt um Viertel acht hierher.»

«Da ist sie.»

Frances Clyne kam über die Straße auf uns zu. Sie war sehr groß und ging mit viel Schwung. Sie winkte und lächelte. Wir sahen zu, wie sie über die Straße ging.

«Tag», sagte sie. «Fein, Jake, daß du da bist. Ich wollte dich so gern sprechen.»

«Tag, Frances», sagte Cohn. Er lächelte.

«Tag, Robert. Ach, du bist hier?» Sie sprach rasch weiter. «Ich hab 'n netten Tag hinter mir. Der da –» indem sie mit dem Kopf Cohn zunickte – «ist mittags nicht zum Essen nach Hause gekommen.»

«Ich wurde ja nicht erwartet.»

«Oh, ich weiß, aber du hast es der Köchin nicht gesagt. Dann hatte ich eine Verabredung, und Paula war nicht in ihrem Büro. Ich ging ins *Ritz* und wartete auf sie, und sie kam überhaupt nicht, und natürlich hatte ich nicht genug Geld, um im *Ritz* zu frühstücken –»

«Und was hast du gemacht?»

«Bin natürlich rausgegangen.» Sie sprach so gemacht vergnügt. «Ich halte immer meine Verabredungen. Aber außer mir niemand heutzutage. Sollte es eben wissen. Na, wie geht es dir denn, Jake?»

«Glänzend.»

«Du hattest ja eine fabelhafte Person zum Tanzen mitgebracht und bist nachher mit dieser Brett losgezogen.»

«Magst du sie nicht?» fragte Cohn.

«Ich finde, sie ist ganz entzückend. Du nicht auch?»

Cohn sagte nichts.

«Hör mal, Jake, ich möchte dir gern was sagen. Würdest du rüber mit mir ins *Dôme* gehen? Du bleibst hier, nicht wahr, Robert? Komm, Jake.»

Wir überschritten den Boulevard Montparnasse und setzten uns an einen Tisch. Ein Junge kam mit der Pariser *Times* vorbei; ich kaufte eine und entfaltete sie.

«Na, was ist los, Frances?»

«Ach, gar nichts», sagte sie, «außer daß er mich sitzenlassen will.»

«Wie meinst du das?»

«Na, er hat allen erzählt, daß wir heiraten würden, und ich hab's meiner Mutter und allen gesagt, und jetzt will er nicht.»

«Was ist denn los?»

«Er redet sich ein, er hätte noch nicht genug gelebt. Ich wußte, daß es so kommen würde, als er nach New York ging.»

Sie sah auf, mit hellen Augen, und versuchte leicht darüber hinwegzureden.

«Natürlich würde ich ihn nie heiraten, wenn er nicht wollte. Natürlich nicht. Ich würde ihn jetzt für nichts in der Welt heiraten. Aber es scheint mir, daß es jetzt ein bißchen spät dafür ist, nachdem wir drei Jahre gewartet haben und ich gerade meine Scheidung durchgesetzt habe.»

Ich sagte nichts.

«Wir wollten das so feiern, und statt dessen haben wir unentwegt Szenen. Er ist so albern. Wir haben schreckliche Szenen, und er weint und bittet mich, vernünftig zu sein, aber er sagt, er könne es einfach nicht.»

«Wahnsinniges Pech.»

«Und ob's wahnsinniges Pech ist. Ich hab zwei und ein halbes Jahr mit ihm vergeudet. Und heute weiß ich nicht, ob mich noch irgendwer heiraten wird. Vor zwei Jahren in Cannes hätte ich noch jeden heiraten können. Alle die Alten, die jemand Schickes heiraten und Schluß machen wollen, waren einfach verrückt nach mir. Ich glaube, jetzt kriege ich keinen mehr.»

«Aber du kannst heiraten, wen du willst.»

«Nein, das glaub ich nicht. Und außerdem hab ich ihn gern. Und ich möchte gern Kinder haben. Ich dachte immer, daß wir Kinder haben würden.»

Sie sah mich strahlend an. «Ich hab mir nie viel aus Kindern gemacht, aber ich mag den Gedanken nicht, daß ich nie welche haben soll. Ich dachte immer, ich würde welche kriegen und sie dann auch gern haben.»

«Er hat ja Kinder.»

«O ja. Er hat Kinder, er hat Geld, und er hat eine reiche Mutter, und er hat ein Buch geschrieben, und keiner will mein Zeug drukken, keiner, und es ist gar nicht so schlecht. Und ich hab überhaupt kein Geld. Ich hätte eine Rente bekommen können, aber ich hab die Scheidung auf die schnellste Art und Weise gewollt.»

Sie sah mich wieder strahlend an.

«Es ist nicht richtig. Es ist mein eigener Fehler und dann auch wieder nicht. Ich hätte es besser wissen sollen. Und wenn ich ihm das sage, fängt er an zu weinen und sagt, er könne nicht heiraten. Warum kann er nicht heiraten? Ich würde eine gute Frau abgeben. Mit mir läßt sich's leicht leben. Ich laß ihn zufrieden. Aber es hat gar keinen Sinn.»

«Es ist eine wahre Schande.»

«Ja, eine wahre Schande. Aber es hat keinen Zweck, darüber zu reden, nicht wahr? Komm, wir gehen wieder ins Café zurück.»

«Und ich kann euch natürlich auch nicht helfen, nicht wahr?»

«Nein, aber du brauchst ihm ja nicht zu zeigen, daß ich mit dir darüber gesprochen habe. Ich weiß, was er will.» Jetzt, zum erstenmal ließ sie ihr strahlendes, schrecklich aufgekratztes Benehmen sein. «Er will allein nach New York zurück und da sein, wenn sein Buch rauskommt und eine Menge kleiner Gänse es großartig finden. Das will er.»

«Vielleicht gefällt es ihnen gar nicht. Ich glaube nicht, daß er so ist. Wirklich nicht.»

«Du kennst ihn nicht so wie ich, Jake. Das hat er vor. Ich weiß es, ich weiß es. Darum will er nicht heiraten. Er will im Herbst seinen großen Triumph ganz allein genießen.»

«Willst du ins Café zurück?»

«Ja, komm.»

Wir standen auf – man hatte uns nichts zu trinken gebracht – und gingen wieder zum *Sélect* hinüber, wo Cohn hinter einem Tisch mit Marmorplatte uns entgegenlächelte.

«Na, was lächelst du?» fragte ihn Frances. «Fühlst du dich so wohl?»

«Ich lächle über euch mit euern Geheimnissen.»

«Na, was ich Jake erzählt habe, ist weiter kein Geheimnis. Die ganze Welt wird es nur zu bald wissen. Ich wollte nur Jake eine passende Lesart mitteilen.»

«Worüber? Über deine Reise nach England?»

«Ja, über meine Reise nach England. Ach, Jake, ich vergaß dir zu erzählen, daß ich nach England fahre.»

«Na, großartig.»

«Ja, so wird's in den besten Familien gemacht. Robert schickt mich. Er gibt mir 200 Pfund, und dann fahre ich zu Freunden auf Besuch. Wird es nicht herrlich werden? Die Freunde wissen noch nichts von ihrem Glück.»

Sie wandte sich zu Cohn und lächelte. Er lächelte jetzt nicht.

«Nicht wahr, du wolltest mir eigentlich nur hundert Pfund geben, Robert? Aber ich hab durchgesetzt, daß er mir zweihundert gibt. Er ist wirklich sehr nobel, nicht wahr, Robert?»

Ich verstehe nicht, wie Leute so entsetzliche Sachen zu Robert Cohn sagen können. Es gibt Leute, zu denen man einfach nicht solche beleidigenden Dinge sagen *kann*. Man hat das Gefühl, daß die Welt einfallen müsse, tatsächlich einfallen, wenn man gewisse Dinge sagt. Aber Cohn steckte alles ein. Das alles ging hier direkt unter meinen eigenen Augen vor sich, und ich fühlte nicht einmal die leiseste Regung, es zu verhindern. Und dies war freundschaftlicher Ulk gegen das, was dann kam.

«Wie kannst du so etwas sagen, Frances?» unterbrach sie Cohn.

«Hör nur mal zu. Ich fahre nach England. Ich besuche Freunde. Hast du schon mal Freunde besucht, die dich gar nicht wollen? Stimmt, sie müssen mich aufnehmen. ‹Wie geht's, meine Liebe? Haben uns lange nicht gesehen. Und wie geht es deiner lieben Mutter?› Ja, wie geht es meiner lieben Mutter? Sie legte ihr ganzes Geld in französischer Kriegsanleihe an. Ja, hat sie. Vielleicht der einzige Mensch auf der ganzen Welt. ‹Und was macht Robert?› Oder sonst ein sehr vorsichtiges Herumgehen um Robert. ‹Du mußt dich sehr in acht nehmen, meine Liebe, und ihn nicht erwähnen. Die arme Frances hat eine sehr unglückliche Erfahrung hinter sich.› Wird es nicht nett sein, Robert? Glaubst du nicht auch, Jake?»

Sie wandte sich mit ihrem entsetzlich strahlenden Lächeln mir zu. Es beglückte sie, für all dies ein Publikum zu haben.

«Und was wird aus dir, Robert? Meine Schuld, schön. Ganz meine Schuld. Als ich dich damals dazu brachte, die kleine Sekretärin, die du bei der Zeitschrift hattest, zu entlassen, hätte ich wissen müssen, daß du mich ebenso loswerden würdest. Davon weiß Jake gar nichts. Soll ich's ihm erzählen?»

«Um Himmels willen, Frances, hör schon auf.»

«Ja, ich erzähl's ihm. Robert hatte eine kleine Sekretärin bei der Zeitschrift. Einfach eine süße kleine Person, und er fand sie fabelhaft, und dann erschien ich auf der Bildfläche, und er fand mich auch einfach fabelhaft. Und dann sorgte ich dafür, daß er sie entließ, und er hatte sie aus Carmel nach Provincetown gebracht, als die Zeitschrift übersiedelte, und er bezahlte ihr nicht einmal die Reisekosten an die Küste zurück. Alles mir zu Gefallen. Damals war schon was an mir dran. Nicht wahr, Robert?

Du mußt es nicht mißverstehen, Jake, mit der Sekretärin, das war absolut platonisch. Nicht mal platonisch. Eigentlich überhaupt nichts. Einfach nur, daß sie nett war. Und er hat es nur mir zu Gefallen getan. Nun, ich nehme an, daß wir, die das Schwert führen, auch durch das Schwert umkommen. Ist das nicht hohe Literatur? Vielleicht merkst du's dir für dein nächstes Buch, Robert!

Weißt du schon, daß Robert Material für ein neues Buch sammelt? Nicht wahr, Robert? Darum verläßt er mich. Er findet, daß ich mich nicht gut verfilmen lasse. Weißt du, er war mit seinem Buch, als wir zusammen lebten, so beschäftigt, daß er sich auf gar nichts mehr besinnt. Also zieht er jetzt aus, um Material zu sammeln. Na, ich hoffe, er findet etwas furchtbar Aufregendes.

Hör mal zu, Robert, Liebling, ja? Eines will ich dir sagen, du wirst mir's ja nicht weiter verübeln. Mach nur keine Szenen mit deinen Freundinnen. Wenigstens versuch es! Weil du keine Szenen haben kannst, ohne zu weinen, und dann tust du dir selbst so wahnsinnig leid, daß du dich nachher nicht mehr auf das, was der andere sagte, besinnen kannst. Du wirst auf diese Art nie irgendwelche Gespräche behalten. Versuch doch ruhig zu bleiben; ich weiß, wie schwer es ist . . . Aber bedenke, es handelt sich um die Literatur. Wir müssen alle der Literatur zuliebe Opfer bringen. Sieh mich an. Ich fahre ohne Protest nach England. Alles für die Literatur. Findest du nicht, Jake? Aber du bist eigentlich kein junger Schriftsteller mehr, nicht wahr, Robert? Du bist vierunddreißig. Aber ich glaube doch, für einen großen Schriftsteller ist das jung. Sieh mal Hardy an. Sieh mal Anatole France an. Er starb vor gar nicht so langer Zeit. Trotzdem findet Robert ihn nicht bedeutend. Ein paar seiner französischen Freunde haben es ihm gesagt. Er selbst liest nicht sehr gut Französisch. Nicht wahr, Robert, er kann als Schriftsteller gar nicht an dich tippen? Glaubst du, daß er sich je nach Material umsehen mußte? Was meinst du wohl, was er zu seinen Mätressen gesagt hat, wenn er nicht heiraten wollte? Ob er wohl auch geweint hat? Ach, eben fällt mir was ein.» Sie hob ihre behandschuhte Hand an den Mund. «Ich weiß jetzt den wahren Grund, warum Robert mich nicht heiraten will. Jake, eben ist es mir eingefallen. Im *Café Sélect* hatte ich die Erleuchtung. Ist es nicht mystisch? Eines Tages wird man hier eine Tafel aufstellen wie in Lourdes. Willst du's wissen, Robert? Ich werd's dir sagen. Es ist so einfach. Komisch, daß ich vorher nie daran gedacht habe. Weißt du, Robert wollte immer eine Mätresse haben, und wenn er mich nicht heiratet, dann hat er eben eine gehabt. ‹Sie war länger als zwei Jahre seine Mätresse.› Hörst du's? Und wenn er mich heiraten würde, wie er immer versprochen hat, wäre das das Ende aller Romantik. Na, bin ich nicht helle, daß ich daran gedacht habe? Außerdem stimmt's. Sieh ihn an und sag, ob ich nicht recht habe. Wo willst du hin, Jake?»

«Ich muß gehen, muß Harvey Stone noch eine Sekunde sprechen.»

Cohn sah auf, als ich hineinging. Sein Gesicht war weiß. Warum saß er da? Warum steckte er das alles ein?

Als ich an der Bar stand und hinaussah, konnte ich die beiden durch das Fenster sehen. Frances redete weiter auf ihn ein und sah ihn jedesmal, wenn sie «Nicht wahr, Robert?» fragte, mit einem strahlenden Lächeln an. Aber vielleicht sagte sie das jetzt auch nicht mehr. Vielleicht sagte sie jetzt etwas anderes. Ich sagte dem Mixer, daß ich nichts trinken wolle, und ging zum Seitenausgang hinaus. Als ich hinausging, sah ich zurück und sah sie durch die beiden dicken Glasscheiben dasitzen. Sie redete noch immer. Ich ging eine Seitenstraße hinunter bis zum Boulevard Raspail. Ein Taxi kam; ich stieg ein und gab dem Chauffeur die Adresse meiner Wohnung.

7

Als ich die Treppe hinaufging, klopfte die Concierge an die Türscheibe ihrer Loge, und als ich wartete, kam sie heraus. Sie hatte ein paar Briefe und ein Telegramm für mich.

«Hier ist Ihre Post. Außerdem war eine Dame hier, die Sie besuchen wollte.»

«Hat sie eine Karte dagelassen?»

«Nein. Sie war mit einem Herrn. Dieselbe, die gestern nacht hier gewesen ist. Ich finde sie doch sehr nett.»

«War sie mit einem meiner Freunde?»

«Ich weiß nicht. Er war noch nie hier. Er war sehr groß. Sehr, sehr groß. Sie war sehr nett. Sehr, sehr nett. Gestern nacht, na, da war sie vielleicht –» Sie legte ihren Kopf in eine Hand und wiegte ihn hin und her. «Ich rede absolut offen mit Ihnen, Monsieur Barnes. Gestern nacht fand ich sie nicht so *gentille*. Gestern nacht hab ich anders über sie gedacht. Aber hören Sie nur auf mich und was ich Ihnen sage. Sie ist *très, très gentille*. Sie ist aus sehr guter Familie. Das sieht man gleich.»

«Haben sie irgendwas hinterlassen?»

«Ja, sie wollten in einer Stunde wiederkommen.»

«Schicken Sie sie bitte rauf, wenn sie da sind.»

«Ja, Monsieur Barnes. Und die Dame, die Dame, die ist was Feines. Vielleicht verschroben, aber *quelqu'une, quelqu'une*.»

Bevor die Concierge Concierge geworden war, hatte sie eine Konzession gehabt, auf einem Pariser Rennplatz Getränke zu verkaufen. Ihre Lebensarbeit lag in der *pelouse*, aber sie hatte immer ein Auge auf die Leute der *pesage* gehabt, und sie war wahnsinnig stolz darauf, mir zu sagen, welche meiner Gäste gut erzogen, welche aus feiner Familie und welche *sportsmen* waren, ein französisches Wort, mit der Betonung auf *men*. Das einzig Schlimme war, daß sie den Leuten, die nicht in eine dieser drei Kategorien fielen, beinahe sicher sagte, daß *chez Barnes* niemand zu Hause sei. Einer meiner Freunde, ein außergewöhnlich unterernährt aussehender Maler, den Madame Duzinell offenbar weder für wohlerzogen noch aus guter Familie, noch für einen *sportsman* hielt, schrieb mir einen Brief, in dem er mich bat, ihm einen Paß auszustellen, damit er bei der Concierge vorbeikommen und mich manchmal abends besuchen könnte.

Ich ging in meine Wohnung hinauf und überlegte, was Brett wohl mit der Concierge angestellt haben mochte. Das Telegramm war von Bill Gorton mit der Nachricht, daß er auf der ‹France› ankommen würde. Ich legte die Post auf den Tisch, ging in mein Schlafzimmer, zog mich aus und duschte. Ich trocknete mich gerade ab, als ich die Glocke im Entree klingeln hörte. Ich zog meinen Schlafrock und meine Morgenschuhe an und ging zur Tür. Es war Brett. Hinter ihr stand der Graf. Er hielt einen großen Rosenstrauß.

«Tag, Liebling», sagte Brett. «Willst du uns nicht reinlassen?»

«Aber bitte, ich badete gerade.»

«Du bist ein Glückspilz: baden!»

«Nur eine Dusche. Setzen Sie sich, bitte, Graf. Was wollen Sie trinken?»

«Ich weiß nicht, mein Herr, ob Sie Blumen gern haben», sagte der Graf, «aber ich nahm mir die Freiheit, Ihnen diese Rosen mitzubringen.»

«Gib sie mir.» Brett nahm sie. «Hol mir ein bißchen Wasser, Jake.» Ich füllte den großen, irdenen Krug in der Küche mit Wasser, und Brett stellte die Rosen hinein und stellte ihn in die Mitte des Eßzimmertischs.

«Donnerwetter, hatten wir einen Tag.»

«Du besinnst dich nicht, daß du mit mir im *Crillon* eine Verabredung hattest?»

«Wirklich? Da muß ich einfach blau gewesen sein.»

«Sie waren vollkommen betrunken, meine Liebe», sagte der Graf.

«Wahrhaftig? Und der Graf hat sich wie ein Fels bewährt.»

«Du hast ja bei der Concierge einen phantastischen Stein im Brett.»

«Na und ob. Hab ihr 200 Francs gegeben.»

«Sei nicht so blödsinnig.»

«Sein Geld», sagte sie und nickte zu dem Grafen hinüber.

«Ich fand, man mußte ihr für die letzte Nacht doch eine Kleinigkeit geben. Es war sehr spät.»

«Er ist fabelhaft», sagte Brett. «Er besinnt sich auf alles, was passiert ist.»

«Sie ja auch, meine Liebe.»

«Komisch», sagte Brett, «wer möchte denn das eigentlich? Aber, Jake, kriegen wir nun was zu trinken oder nicht?»

«Hol du's doch, ja? In der Zeit zieh ich mich an. Du weißt ja, wo's steht.»

Während ich mich anzog, hörte ich, wie Brett Gläser und ein Siphon hinstellte und wie sie sich unterhielten. Ich zog mich langsam, auf dem Bett sitzend, an. Ich fühlte mich müde und zerschlagen. Brett kam ins Zimmer, mit einem Glas in der Hand, und setzte sich auf mein Bett.

«Was ist los, Liebling? Fühlst du dich elend?»

Sie küßte mich kühl auf die Stirn.

«O Brett, ich liebe dich so.»

«Lieber», sagte sie, und dann: «Soll ich ihn wegschicken?»

«Nein, er ist nett.»

«Ich schicke ihn weg.»

«Nein, nicht.»

«Doch, ich schick ihn weg.»

«Das kannst du doch nicht einfach.»

«Werden wir ja sehen. Bleib hier. Ich sag dir, er ist verrückt nach mir.»

Sie hatte das Zimmer verlassen. Ich lag mit dem Gesicht nach unten auf dem Bett. Mir war hundeelend. Ich hörte sie sprechen, aber ich hörte nicht zu. Brett kam herein und setzte sich auf mein Bett.

«Armes, Liebes.» Sie streichelte meinen Kopf.

«Was hast du ihm gesagt?» Ich lag mit abgewandtem Gesicht da. Ich wollte sie nicht sehen.

«Hab ihn nach Champagner geschickt. Macht ihm Riesenspaß, Champagner zu kaufen.»

Dann später: «Geht's dir jetzt besser, Liebling? Ist der Kopf besser?»

«Ja, besser.»

«Lieg nur ruhig. Er ist ans andere Ende der Stadt gefahren.»

«Brett, könnten wir nicht zusammen leben? Könnten wir nicht einfach zusammen leben?»

«Ich glaube nicht. Ich würde dich mit jedem betrügen. Das könntest du nicht aushalten.»

«Ich halt's doch jetzt aus.»

«Das wäre doch anders. Es ist meine Schuld, Jake. Ich bin nun mal so.»

«Könnten wir nicht für kurze Zeit aufs Land gehen?»

«Hätte nicht viel Sinn. Wenn du willst, ja. Aber ich kann nicht friedlich auf dem Land leben. Selbst nicht mit einem Liebhaber.»

«Ich weiß.»

«Zu gemein, nicht? Hat auch gar keinen Sinn, daß ich dir sage, daß ich dich liebhabe.»

«Du weißt, daß ich dich liebe.»

«Komm, sprich nicht mehr. Reden ist ja nur Quatsch. Ich fahr weg von hier, und dann kommt Michael zurück.»

«Warum willst du wegfahren?»

«Besser für dich, besser für mich.»

«Wann fährst du?»

«Sobald ich kann.»

«Wohin?»

«San Sebastián.»

«Können wir nicht zusammen fahren?»

«Nein, das wäre wahnsinnig, nachdem wir gerade all das besprochen haben.»

«Wir waren uns doch nicht einig.»

«Ach, du weißt's genausogut wie ich. Sei nicht eigensinnig, Liebling.»

«Ja, gewiß doch», sagte ich, «natürlich hast du recht. Mir ist nur so scheußlich zumute, und wenn mir so scheußlich ist, rede ich immer wie ein Idiot.»

Ich setzte mich auf, legte mich vornüber, fand meine Schuhe neben dem Bett und zog sie an. Ich stand auf.

«Mach nicht solch ein Gesicht, Liebling.»

«Was soll ich denn für ein Gesicht machen?»

«Ach, sei nicht so dumm. Ich reise morgen.»

«Morgen?»

«Ja, hab ich's nicht gesagt? Ja.»

Komm also, laß uns was trinken. Der Graf wird gleich zurück sein.»

«Ja, müßte er eigentlich. Weißt du, er ist ganz hervorragend im Champagnerkaufen. Das bedeutet wer weiß was für ihn.»

Wir gingen ins Eßzimmer. Ich nahm die Cognacflasche und goß Brett einen ein und dann auch mir. Es klingelte. Ich ging zur Tür, und da stand der Graf und hinter ihm stand der Chauffeur mit einem Korb voll Champagner.

«Bitte, wo soll er ihn hinstellen?» fragte mich der Graf.

«In die Küche», sagte Brett.

«Stellen Sie es da hinein», sagte der Graf. «Und dann gehn Sie runter und holen das Eis.» Er stand auf und kümmerte sich um den Korb in der Küchentür. «Ich glaube, der Wein wird Ihnen schmekken», sagte er. «Ich weiß, wir haben jetzt bei uns in den Staaten keine große Chance, gute Weinkenner zu werden, aber ich bekam diesen hier von einem Freund, der in der Branche ist.»

«Ach, Sie haben immer jemand in der Branche», sagte Brett.

«Der Kerl hat Weinberge. Tausende von Morgen.»

«Wie heißt er?» fragte Brett. «Veuve Cliquot?»

«Nein», sagte der Graf. «Mumm. Er ist Baron.»

«Ist es nicht einfach herrlich», sagte Brett, «daß wir alle adlig sind? Wieso hast du keinen Adel, Jake?»

«Ich versichere Ihnen, mein Herr», sagte der Graf und legte seine Hand auf meinen Arm, «es hilft einem überhaupt nichts. Meistens kostet es einen Geld.»

«Das weiß ich nicht. Manchmal ist es auch verdammt nützlich», sagte Brett.

«Na, mir hat's noch keinerlei Annehmlichkeiten eingebracht.»

«Weil Sie es nicht richtig benutzen . . . Ich hab schon verdammt viel Kredit darauf gehabt.»

«Setzen Sie sich doch, bitte, Graf», sagte ich. «Geben Sie mir Ihren Stock.»

Der Graf sah über den Tisch unter dem Gaslicht zu Brett hinüber. Sie rauchte eine Zigarette und schnellte die Asche auf den Teppich. Sie sah, daß ich es bemerkte.

«Hör mal, Jake, ich will dir nicht deine Teppiche ruinieren. Kann man hier vielleicht einen Aschbecher bekommen?»

Ich fand ein paar Aschbecher und verteilte sie. Der Chauffeur erschien mit einem Eimer voll gesalzenen Eises. «Stellen Sie zwei Flaschen kalt, Henry», rief der Graf.

«Sonst etwas, Herr Graf?»

«Nein. Warten Sie unten mit dem Wagen.» Er wandte sich an

Brett und mich. «Nicht wahr, wir fahren nachher zum Essen ins Bois?»

«Wenn Sie wollen», sagte Brett. «Ich kann nichts essen.»

«Ich bin immer für gutes Essen zu haben», sagte der Graf.

«Soll ich den Wein reinbringen, Herr Graf?» fragte der Chauffeur.

«Ja. Bringen Sie ihn rein, Henry», sagte der Graf. Er zog eine schwere, schweinslederne Zigarrentasche heraus und bot mir an. «Wollen Sie mal eine richtige amerikanische Zigarre probieren?»

«Danke», sagte ich. «Ich will meine Zigarette aufrauchen.»

Er schnitt die Spitze seiner Zigarre mit einem goldenen Abschneider ab, den er an einem Ende seiner Uhrkette trug.

«Ich hab's gern, wenn eine Zigarre wirklich zieht», sagte der Graf. «Die Hälfte aller Zigarren, die man raucht, zieht nicht richtig.»

Er steckte die Zigarre an, paffte und sah über den Tisch hinüber auf Brett.

«Und wenn Sie erst geschieden sind, Lady Ashley, dann werden Sie keinen Titel mehr haben.»

«Nein, wie schade!»

«Nein», sagte der Graf. «Sie brauchen keinen Titel. Sie sind große Klasse durch und durch.»

«Danke, furchtbar liebenswürdig von Ihnen.»

«Ich ziehe Sie nicht auf.» Der Graf blies eine Dampfwolke ins Zimmer. «Sie haben mehr Klasse, als ich je an irgend jemand gesehen habe. Sie haben sie ganz einfach.»

«Danke», sagte Brett. «Mama wäre glücklich. Könnten Sie es nicht, bitte, aufschreiben? Dann kann ich es ihr per Post einschicken.»

«Ich würde es ihr auch sagen», antwortete der Graf. «Ich ziehe Sie nicht auf. Ich ziehe nie jemand auf. Ziehen Sie die Leute auf, und Sie machen sie sich zu Feinden. Das habe ich immer bestätigt gefunden.»

«Das stimmt», sagte Brett. «Sie haben furchtbar recht. Ich ziehe alle Leute auf und hab in der ganzen Welt nicht einen einzigen Freund außer Jake.»

«Weil Sie ihn nicht aufziehen.»

«Stimmt.»

«Tun Sie's jetzt?» fragte der Graf. «Ziehen Sie ihn jetzt auf?»

Brett sah mich an und hatte lauter kleine Fältchen um die Augen.

«Nein», sagte sie, «ich würde ihn nie aufziehen.»

«Sehen Sie», meinte der Graf, «Sie ziehen ihn nicht auf.»

«Das ist aber eine verflucht langweilige Unterhaltung», sagte Brett. «Wie ist es mit dem Champagner?»

Der Graf langte hinunter und drehte die Flaschen in dem blanken Kübel.

«Noch nicht kalt genug. Sie trinken immer, meine Liebe. Warum reden Sie nicht mal?»

«Ich hab schon verdammt viel geschwatzt. Ich hab mich gegen Jake einfach vollkommen ausgesprochen.»

«Ich würde Sie so gern mal wirklich reden hören, meine Liebe. Wenn Sie sich mit mir unterhalten, beenden Sie Ihre Sätze nie.»

«Das überlaß ich Ihnen. Lasse sie jeden nach eigenem Gutdünken beenden.»

«Ein sehr interessantes System», sagte der Graf und gab den Flaschen einen Dreh. «Und doch würde ich Sie gern mal reden hören.»

«Ist er nicht verrückt?» lächelte Brett.

«Jetzt», sagte der Graf und hob eine Flasche heraus, «so, ich glaube, sie ist kalt genug.»

Ich brachte ein Tuch, und er trocknete die Flasche ab und hielt sie hoch. «Ich trinke Champagner gern aus Doppelflaschen. Der Wein ist besser, aber es wäre mit dem Kühlen hier jetzt zu schwierig gewesen.» Er hielt die Flasche in der Hand und sah sie an.

Ich stellte die Gläser hin.

«Wissen Sie, Sie könnten sie aufmachen», schlug Brett vor.

«Ja, meine Liebe. Jetzt werde ich sie öffnen.»

Der Champagner war erstaunlich.

«Na, das ist ein Weinchen.» Brett hielt ihr Glas in die Höhe. «Wir müßten eigentlich auf irgendwas trinken. Prost das angestammte Herrscherhaus.»

«Dieser Wein ist zu gut, um damit Toaste auszubringen, meine Liebe. Mit einem solchen Wein sollte man nicht Gefühle vermischen wollen. Man bringt sich um den Geschmack.»

Bretts Glas war leer.

«Sie sollten ein Buch über Wein schreiben, Graf», sagte ich.

«Mr. Barnes», antwortete der Graf, «alles, was ich von einem Wein will, ist Genuß.»

«Also genießen wir noch ein bißchen.» Brett rückte ihr Glas vor. Der Graf schenkte ihr vorsichtig ein. «So, meine Liebe, jetzt genießen Sie das langsam, und dann können Sie sich betrinken.»

«Betrinken? Betrinken?»

«Aber meine Liebe, Sie sind reizend, wenn Sie betrunken sind.»

«Na, hör dir den Mann an.»

«Mr. Barnes», der Graf schenkte mein Glas voll. «Sie ist die einzige Dame meiner Bekanntschaft, die genauso reizend betrunken wie nüchtern ist.»

«Da sind Sie wohl nicht viel herumgekommen?»

«Doch, meine Liebe. Ich bin viel herumgekommen, sogar furchtbar viel.»

«Trink deinen Wein», sagte Brett. «Wir sind alle herumgekommen. Ich glaube schon, daß Jake mindestens so viel gesehen hat wie Sie.»

«Meine Liebe, ich glaube, daß Mr. Barnes eine Menge gesehen hat. Glauben Sie nicht, Sir, daß ich das etwa nicht glaube, auch ich habe eine Masse gesehen.»

«Natürlich haben Sie, mein Lieber», sagte Brett, «ich machte doch nur Unsinn.»

«Ich habe sieben Kriege und vier Revolutionen mitgemacht», sagte der Graf.

«Als Soldat?» fragte Brett.

«Manchmal, meine Liebe. Und ich habe sogar Pfeilwunden. Haben Sie schon mal Pfeilwunden gesehen?»

«Lassen Sie mal sehen.»

Der Graf stand auf, knöpfte die Weste auf und öffnete sein Hemd. Er zog sein Unterhemd bis zur Brust hinauf und stand mit schwarzer Brust und herausstehenden großen Bauchmuskeln unter dem Licht.

«Sehen Sie sie?»

Unter der Linie, wo seine Rippen aufhörten, sah man zwei erhöhte weiße Ränder.

«Sehen Sie auf dem Rücken, wo sie rauskommen.» Über dem Kreuz sah man genau solche Narben, die so dick wie ein Finger hervortraten.

«Donnerwetter, das ist was.»

«Gerade durch.»

Der Graf steckte sein Hemd wieder ein.

«Wo haben Sie die her?» fragte ich.

«Aus Abessinien. Als ich einundzwanzig war.»

«Was machten Sie da?» fragte Brett. «Waren Sie Soldat?»

«Ich war auf einer Geschäftsreise, meine Liebe.»

«Hab ich's dir nicht gesagt, daß er zu uns gehört?» Brett guckte mich an. «Graf, ich liebe Sie, Sie sind süß.»

«Sie machen mich sehr glücklich, meine Liebe. Aber es ist nicht wahr.»

«Seien Sie nicht so dumm.»

«Sehen Sie, Mr. Barnes, weil ich so viel hinter mir habe, deshalb kann ich jetzt alles so genießen. Finden Sie nicht, daß das stimmt?»

«Jawohl, völlig.»

«Ich weiß», sagte der Graf. «Das ist das Geheimnis. Man muß den

Wert der Dinge kennenlernen.»

«Und passiert Ihren Werten denn nie was?»

«Nein, nicht mehr.»

«Verlieben Sie sich niemals?»

«Immer», sagte der Graf. «Ich bin immer verliebt.»

«Wie beeinflußt das Ihre Werte?»

«Auch das hat seinen Platz in meiner Wertordnung.»

«Sie kennen ja keine Werte. Sie sind einfach tot.»

«Nein, meine Liebe. Sie haben unrecht. Ich bin gar nicht tot.»

Wir tranken drei Flaschen Champagner, und der Graf ließ den Korb in meiner Küche. Dann aßen wir in einem Restaurant im Bois. Das Essen war ausgezeichnet. Essen hatte eine fabelhafte Nummer in der Wertordnung des Grafen. Ebenso trinken. Der Graf war während des Essens in großer Form. Brett auch. Es war ein nettes Beisammensein.

«Wo wollen Sie jetzt hin?» fragte der Graf nach Tisch.

Wir waren jetzt im Restaurant die einzigen Leute. Die beiden Kellner standen drüben an der Tür; sie wollten nach Hause gehen.

«Wir könnten auf den Berg», sagte Brett. «Wir amüsieren uns doch großartig.»

Der Graf strahlte. Er war sehr glücklich.

«Ihr seid beide riesig nett», sagte er. Er rauchte wieder eine Zigarre. «Warum heiratet ihr beide denn nicht?»

«Wir wollen beide jeder sein eigenes Leben für sich leben», sagte ich.

«Wir müssen Karriere machen», sagte Brett. «Los. Raus hier.»

«Noch einen Cognac?» fragte der Graf.

«Oben auf dem Berg.»

«Nein, kommen Sie, hier, wo man seine Ruhe hat.»

«Sie und Ihre Ruhe», sagte Brett. «Was fühlen die Leute nur bei Ruhe?»

«Wir mögen sie», sagte der Graf. «Genauso wie Sie, meine Liebe, gern Lärm haben.»

«Schön», sagte Brett, «also trinken wir.»

«Sommelier!» rief der Graf.

«Ja, mein Herr.»

«Was ist Ihr ältester Cognac?»

«Achtzehnhundertelfer, mein Herr.»

«Bringen Sie eine Flasche.»

«Aber seien Sie doch nicht so protzig. Laß das nicht zu, Jake.»

«Hören Sie zu, meine Liebe. Ich bekomme in altem Cognac für mein Geld mehr als in irgendwelchen anderen Antiquitäten.»

«Haben Sie viele Antiquitäten?»

«Ein ganzes Haus voll.»

Endlich ging es hinauf nach Montmartre. Bei *Zelli* drinnen war es überfüllt, rauchig und lärmend. Die Musik war beim Eintreten wie eine Ohrfeige. Brett und ich tanzten. Es war so voll, daß man sich kaum bewegen konnte. Der Neger an der Trommel winkte Brett zu. Wir waren in dem Gewühl gefangen und tanzten immer vor ihm auf derselben Stelle.

«Wie geht's?»

«Glänzend.»

«Das freut mich.»

Man sah nur Zähne und Lippen.

«Er ist ein guter Freund von mir», sagte Brett. «Verdammt guter Trommler.»

Die Musik hörte auf, und wir gingen auf den Tisch zu, wo der Graf saß. Im selben Augenblick begann die Musik von neuem, und wir tanzten. Ich sah den Grafen an. Er saß an seinem Tisch und rauchte eine Zigarre. Die Musik hörte wieder auf.

«Komm, wir gehen rüber.»

Brett ging auf den Tisch zu. Wieder begann die Musik, und wir tanzten, mitten im Gewühl.

«Du tanzt zu schlecht, Jake. Michael ist der beste Tänzer, den ich kenne.»

«Er ist überhaupt ein Prachtkerl.»

«Er hat auch seine Seiten.»

«Ich mag ihn», sagte ich. «Ich hab ihn wahnsinnig gern.»

«Ich werde ihn heiraten», sagte Brett. «Komisch, seit einer Woche habe ich nicht an ihn gedacht.»

«Schreibst du ihm nicht?»

«Ich? Nein, ich schreibe niemals Briefe.»

«Er schreibt dir doch sicher.»

«Natürlich, sogar fabelhafte Briefe.»

«Wann wollt ihr heiraten?»

«Was weiß ich? Sobald wir die Scheidung haben. Michael hofft, daß seine Mutter die Sache regelt.»

«Könnte ich dir vielleicht helfen?»

«Sei nicht so dumm. Michaels Familie hat doch massenhaft Geld.»

Die Musik war aus. Wir gingen hinüber an den Tisch. Der Graf stand auf.

«Sehr hübsch», sagte der Graf. «Sie sahen sehr hübsch zusammen aus.»

«Tanzen Sie nicht, Graf?» fragte ich.

«Nein, ich bin zu alt.»

«Was Sie so reden!» sagte Brett.

«Meine Liebe, wenn ich es genießen würde, täte ich es. Mir macht es Spaß, zuzusehen, wie Sie tanzen.»

«Großartig», sagte Brett. «Irgendwann werde ich mal wieder für Sie tanzen. Aber sagen Sie mal, was macht eigentlich Ihr kleiner Freund Zizi?»

«Wissen Sie, ich halte den Jungen aus, aber ich will ihn nicht immer um mich haben.»

«Er geht einem ziemlich auf die Nerven.»

«Ich glaube, der Junge hat eine Zukunft. Aber ich mach mir nichts aus seiner Gegenwart.»

«Jake sagt genau dasselbe.»

«Er ist zum Auswachsen.»

«Na», der Graf zuckte die Achseln. «Über seine Zukunft läßt sich nichts sagen. Auf jeden Fall war sein Vater ein intimer Freund meines Vaters.»

«Los, komm tanzen», sagte Brett.

Wir tanzten, es war voll und drückend.

«Lieber», sagte Brett, «mir ist so elend zumute.»

Ich hatte das Gefühl, daß ich all das schon einmal erlebt hatte.

«Vor einer Minute warst du doch noch ganz glücklich.»

Der Trommler sang laut: «Du kannst nicht zweimal –»

«Alles aus.»

«Was ist denn los?»

«Ich weiß nicht. Fühl mich nur so maßlos.»

... sang der Trommler, und wandte sich dann wieder seinen Schlegeln zu.

«Willst du gehen?»

Ich hatte ein Gefühl wie in einem Alpdruck, daß ich all das schon einmal durchgemacht hatte und daß alles noch mal von vorne anfing.

... sang der Trommler leise.

«Komm, laß uns gehen», sagte Brett. «Dir ist es doch egal.»

... schrie der Trommler und grinste Brett an.

«Schön», sagte ich. Wir wanden uns aus dem Gewühl, und Brett ging in die Garderobe.

«Brett will gehen», sagte ich zu dem Grafen. Er nickte. «So? Recht so. Nehmen Sie den Wagen. Ich bleib noch ein bißchen, Mr. Barnes.»

Wir schüttelten einander die Hand.

«Es war furchtbar nett», sagte ich. «Erlauben Sie mir doch bitte, dies zu begleichen.» Ich zog einen Schein aus der Brieftasche.

«Mr. Barnes, seien Sie nicht so komisch», sagte der Graf.

Brett kam in ihrem Abendcape an den Tisch. Sie küßte den Grafen und hielt ihre Hand auf seine Schulter, um ihn am Aufstehen zu hindern. Als wir gingen, sah ich zurück; bei ihm saßen drei Mädchen am Tisch. Wir stiegen in den großen Wagen. Brett gab dem Chauffeur die Adresse ihres Hotels.

«Nein, komm nicht mit herauf», sagte sie, als wir an ihrem Hotel hielten. Sie hatte geklingelt, und die Tür wurde aufgeschlossen.

«Wirklich nicht?»

«Nein, bitte.»

«Gute Nacht, Brett», sagte ich. «Es tut mir leid, daß du dich so elend fühlst.»

«Gute Nacht, Jake. Gute Nacht, Liebling, ich will dich nicht wiedersehen.» Wir küßten uns in der Tür. Sie stieß mich weg. Wir küßten uns noch einmal. «Nicht», sagte Brett.

Sie drehte sich schnell um und ging ins Hotel. Der Chauffeur fuhr mich in meine Wohnung. Ich gab ihm 20 Francs, worauf er an seine Mütze griff, «Gute Nacht, Sir» sagte und wegfuhr. Ich klingelte. Die Tür wurde geöffnet, ich ging hinauf und ins Bett.

Zweites Buch

I

Ich sah Brett erst wieder nach ihrer Rückkehr aus San Sebastián.

Sie hatte eine Karte mit einem Bild der Concha geschrieben, folgenden Inhalts: «Lieber. Sehr ruhig und erholend. Tausend Grüße für alle. Brett.»

Auch Robert Cohn sah ich nicht. Ich hörte, daß Frances nach England abgereist war, und hatte einen Brief von Cohn mit der Nachricht, daß er für ein paar Wochen aufs Land ginge; er wüßte selbst noch nicht wohin, aber daß er mich an die Angeltour in Spanien, über die wir im letzten Winter gesprochen hatten, erinnern wolle. Ich könne ihn immer – wie er mir schrieb – über seine Bank erreichen.

Brett war weg. Cohns Sorgen belästigten mich nicht mehr. Ich war ganz froh, daß ich nicht Tennis spielen mußte, es gab reichlich viel zu arbeiten. Ich ging oft zum Rennen, aß mit Freunden und schob auch mal Überstunden im Büro ein, arbeitete ein bißchen vor, so daß ich alles in der Obhut meiner Sekretärin zurücklassen konnte, wenn Bill Gorton und ich Ende Juni nach Spanien reisen würden. Bill Gorton kam an, nahm ein paar Tage mit meiner Wohnung vorlieb und fuhr dann nach Wien. Er war quietschvergnügt und sagte, die Staaten seien herrlich. New York sei herrlich. Eine fabelhafte Theatersaison und eine ganze Blütenlese neuer junger, leichter Schwergewichtler. Jeder einzelne von ihnen hatte eine Zukunft vor sich, brauchte nur Gewicht zuzulegen und Dempsey in die Tasche zu stecken. Bill war sehr glücklich. Sein letztes Buch hatte ihm eine Masse Geld eingebracht, und er würde noch viel mehr machen. Wir amüsierten uns glänzend, während er in Paris war, und dann fuhr er nach Wien. Er plante, in drei Wochen zurückzukommen, und dann wollten wir nach Spanien aufbrechen, um vor der Fiesta in Pamplona noch ordentlich zum Angeln zu kommen. Er schrieb, Wien sei herrlich. Dann eine Karte aus Budapest: «Jake, Budapest ist herrlich.» Dann bekam ich ein Telegramm: «Montag zurück.»

Montag abend tauchte er in der Wohnung auf. Ich hörte das Taxi unten anhalten, ging ans Fenster und rief hinunter. Er winkte und kam mit seinem Gepäck die Treppe herauf. Ich begegnete ihm mitten auf der Treppe und nahm ihm eine seiner Reisetaschen ab.

«Na», sagte ich, «das muß ja eine fabelhafte Reise gewesen sein.»

«Fabelhaft», sagte er. «Budapest ist einfach fabelhaft.»

«Na, und Wien?»

«Nicht so, Jake, nicht ganz so gut. Es schien besser, als es war.»

«Wie meinst du das?» Ich holte Gläser und ein Siphon.

«Besoffen, Jake, war besoffen.»

«Seltsam. Na, trink lieber was.»

Bill rieb seine Stirn. «Etwas ganz Merkwürdiges», sagte er. «Weiß gar nicht mehr, wie es passiert ist. Ist plötzlich passiert.»

«Lange angehalten?»

«Vier Tage, Jake, vier Tage angehalten.»

«Wo warst du?»

«Keine Ahnung. Schrieb dir eine Postkarte. Erinnere mich absolut deutlich daran.»

«Und sonst noch was getan?»

«Nicht ganz sicher. Schon möglich.»

«Also los. Erzähl mal.»

«Besinn mich auf nichts. Hab dir alles erzählt, was ich noch weiß.»

«Also los. Trink das und erinnere dich.»

«Erinnere mich ganz dunkel», sagte Bill, «erinnere mich an einen Boxkampf. Riesiger Wiener Boxkampf. Mit einem Neger. Erinnere mich ganz deutlich an den Neger.»

«Nur weiter.»

«Fabelhafter Neger. Sah wie Tiger Flowers aus, nur viermal so groß. Plötzlich fingen alle Leute an, Sachen zu schmeißen. Ich nicht. Neger hatte den Einheimischen k. o. geschlagen. Neger hielt seinen Handschuh hoch. Wollte reden. Riesig edel aussehender Neger. Fing an zu reden. Dann gab ihm der weiße Einheimische einen. Dann erledigte er den Weißen. Dann fingen alle an, mit Stühlen zu schmeißen. Neger haben wir in unserem Auto mit nach Hause genommen. Konnte seine Sachen nicht kriegen. Trug meinen Mantel. Erinnere mich jetzt an die ganze Sache. Großes Sportereignis.»

«Was passierte dann?»

«Borgte dem Neger Kleidung und ging mit ihm, wollte ihm zu seinem Geld verhelfen. Behauptungen, der Neger schulde ihnen Geld wegen Beschädigung der Halle. Wer das wohl alles verdolmetscht hat? Ich vielleicht?»

«Du bestimmt nicht.»

«Du hast recht. War ich gar nicht. War ein anderer Kerl. Glaube, wir nannten ihn den einheimischen Harvard-Vertreter. Erinnere mich jetzt an ihn. Studierte Musik.»

«Und wie bist du da rausgekommen?»

«Nicht so einfach, Jake. Ungerechtigkeit überall. Der Veranstalter behauptete, der Neger hätte versprochen, den Einheimischen nicht anzufassen. Behauptete, der Neger habe den Kontrakt verletzt. Kann in Wien keinen Wiener k. o. schlagen. ‹Mein Gott, Mr. Gorton›, sagte der Neger. ‹Ich habe wahrhaftig vierzig Minuten nichts getan, als mir Mühe gegeben, ihn nicht anzufassen. Der Weiße muß sich selbst verletzt haben, als er mir einen gab. Ich hab ihn überhaupt nicht angerührt.›»

«Hast du Geld bekommen?»

«Kein Geld, Jake. Alles, was wir bekommen konnten, waren die Sachen vom Neger. Außerdem hatte ihm jemand seine Uhr geklaut. Fabelhafter Neger. Riesenfehler, nach Wien zu gehen. Nicht so ganz erfreulich, Jake, nicht so ganz erfreulich.»

«Was wurde aus dem Neger?»

«Fuhr nach Köln zurück. Lebt da. Verheiratet. Hat Familie. Wird mir schreiben und das Geld, das ich ihm gepumpt habe, zurückschicken. Fabelhafter Neger. Hoffe, ich gab ihm die richtige Adresse.»

«Hast du wahrscheinlich getan.»

«Na, auf jeden Fall wollen wir essen», sagte Bill. «Außer wenn du noch mehr Reiseberichte hören willst.»

«Nur los.»

«Komm essen.»

Wir gingen die Treppe hinunter und hinaus auf den Boulevard St. Michel. Es war ein warmer Juniabend.

«Wohin wollen wir?»

«Willst du auf der Insel essen?»

«Gern.»

Wir gingen den Boulevard hinunter. Wo die Rue Denfert-Rochereau den Boulevard kreuzt, steht ein Denkmal von zwei Männern in fliegenden Gewändern.

«Ich weiß, wer sie sind.» Bill beäugte das Denkmal. «Herren, die die Heilkunde erfunden haben. Versuch nicht, mich in Paris zu veräppeln.»

Wir gingen weiter.

«Hier ist der Laden von einem Tierausstopfer», sagte Bill. «Willst du was kaufen? Vielleicht ein hübscher, ausgestopfter Hund gefällig?»

«Komm man», sagte ich, «du bist blau.»

«Reizende, hübsch ausgestopfte Hunde», sagte Bill. «Würden deine Wohnung unbedingt verschönern.»

«Los, komm.»

«Nur einen ausgestopften Hund», sagte Bill. «Man kann sie stehenlassen oder auch mitnehmen. Hör mal, Jake. Nur einen ausgestopften Hund, ja?»

«Los, komm.»

«Bedeutet dir alles in der Welt, sobald du ihn einmal gekauft hast. Einfacher Austausch der Werte. Du gibst ihnen Geld. Sie geben dir einen ausgestopften Hund.»

«Wir kaufen einen auf dem Rückweg.»

«Schön. Also, wie du willst. Weg zur Hölle mit ungekauften ausgestopften Hunden gepflastert. Nicht meine Schuld.»

Wir gingen weiter.

«Woher hast du plötzlich diese Vorliebe für Hunde?»

«Immer gehabt. War immer ein großer Liebhaber von ausgestopften Tieren.»

Wir hielten an und tranken was.

«Trinke gern», sagte Bill. «Mußt mal versuchen, Jake.»

«Du bist mir ungefähr um hundertvierundvierzig voraus.»

«Sollte dich nicht entmutigen. Nie entmutigt sein. Geheimnis meines Erfolgs. Noch nie entmutigt gewesen. Noch nie in der Öffentlichkeit entmutigt gewesen.»

«Wo hast du eigentlich getrunken?»

«Hab im *Crillon* Station gemacht. Georges hat mir ein paar Jack Roses gemixt. Georges ist ein großer Mann. Weißt du das Geheimnis seines Erfolgs? Nie den Kopf hängenlassen.»

«Noch drei Pernod, und du bist todsicher entmutigt.»

«Nicht in der Öffentlichkeit. Wenn ich fühle, daß ich meine Sicherheit verliere, zieh ich mich einfach zurück. Weißt du, wie eine Katze.»

«Wann hast du Harvey Stone gesehen?»

«Im *Crillon*. Harvey war gerade ein bißchen entmutigt. Hatte seit drei Tagen nichts gegessen. Ißt nichts mehr. Zieht sich einfach wie eine Katze zurück. Wirklich traurig.»

«Der ist quietschvergnügt.»

«Fein, wenn er sich nur nicht wie eine Katze zurückziehen würde. Macht mich nervös.»

«Was wollen wir heute abend machen?»

«Ganz gleich. Nur nicht den Kopf hängenlassen. Glaubst du, daß sie hier hartgekochte Eier haben? Wenn sie hier hartgekochte Eier haben, brauchten wir ja nicht den ganzen Weg bis zur Insel zu gehen, um was zu essen.»

«Nix», sagte ich. «Wir werden ordentlich essen.»

«War ja nur ein Vorschlag», sagte Bill. «Wollen wir aufbrechen?»

«Los.»

Wir gingen weiter den Boulevard entlang. Eine Pferdedroschke fuhr an uns vorbei. Bill sah ihr nach.

«Hast du die Pferdedroschke gesehen? Laß ich dir zu Weihnachten ausstopfen. Werde allen meinen Freunden ausgestopfte Tiere schenken. Ich bin ein Tierschriftsteller.»

Ein Auto fuhr vorbei, jemand winkte und klopfte, damit der Chauffeur anhielt. Das Taxi fuhr an die Bordschwelle. Brett saß darin.

«Schöne Dame», sagte Bill, «wird uns entführen.»

«Hallo», sagte Brett, «hallo.»

«Dies ist Bill Gorton, Lady Ashley.»

Brett lächelte Bill zu. «Ich bin gerade zurück. Noch nicht einmal gebadet. Michael trudelt heute abend ein.»

«Schön, komm mit uns essen; wir holen ihn dann alle zusammen ab.»

«Muß mich säubern.»

«Ach Unsinn. Komm mit.»

«Muß baden. Er kommt um neun an.»

«Komm und trink wenigstens was vorm Baden.»

«Das kann man machen. Jetzt sprichst du ein vernünftiges Wort.»

Wir stiegen in das Taxi. Der Chauffeur sah sich um.

«Halten Sie beim nächsten Bistro», sagte ich.

«Wir könnten genausogut in die *Closerie* gehen», sagte Brett. «Ich kann diesen verdammten Cognac nicht vertragen.»

«*Closerie des Lilas.*»

Brett wandte sich zu Bill.

«Sind Sie schon lange in dieser verpesteten Stadt?»

«Gerade heute aus Budapest gekommen.»

«Wie war Budapest?»

«Herrlich. Budapest war herrlich.»

«Frag ihn mal nach Wien.»

«Wien», sagte Bill, «ist eine merkwürdige Stadt.»

«Sehr ähnlich wie Paris.» Brett lächelte ihn an, und Fältchen standen um ihre Augen.

«Getroffen», sagte Bill. «Sehr ähnlich wie Paris in diesem Moment.»

«Du fängst ja gut an.»

Auf der Terrasse des *Lilas* bestellte Brett einen Whiskey-Soda. Ich trank auch einen, und Bill trank noch einen Pernod.

«Wie geht's dir, Jake?»

«Glänzend», sagte ich. «Hab mich glänzend amüsiert.»

Brett sah mich an. «Es war idiotisch von mir, daß ich weggereist bin», sagte sie. «Man ist verrückt, wenn man aus Paris weggeht.»

«Hast du dich gut amüsiert?»

«O ja. War interessant, nicht wahnsinnig amüsant.»

«Irgendwen gesehen?»

«Nein, fast niemand. Bin nie ausgegangen.»

«Hast du nicht gebadet?»

«Nein, hab gar nichts gemacht.»

«Klingt wie Wien», sagte Bill.

Um Bretts Augen entstanden viele kleine Fältchen, als sie ihn ansah.

«Also so war es in Wien?»

«Genau so.»

Brett lächelte ihm noch mal zu.

«Hast einen netten Freund, Jake.»

«Nichts gegen ihn zu sagen», sagte ich. «Er ist Tierausstopfer.»

«Das war in einem anderen Land», sagte Bill. «Und außerdem waren alle Tiere tot.»

«Noch einen», sagte Brett, «und ich muß laufen. Bitte, schick doch den Kellner nach einem Taxi.»

«Da stehen ja eine Menge genau vor der Tür.»

«Schön.»

Wir tranken noch einen und setzten Brett in ein Taxi.

«Vergiß nicht, gegen zehn im *Sélect*. Bring ihn mit. Michael kommt auch.»

«Wir sind da», versicherte Bill. Das Auto fuhr an, und Brett winkte.

«Ein Tausendsassa», sagte Bill. «Verdammt nett. Wer ist Michael?»

«Der Mann, den sie heiraten wird.»

«Na», sagte Bill. «In dem Stadium treffe ich die Leute immer. Was soll ich ihnen schicken? Glaubst du, daß sie sich über ein paar ausgestopfte Rennpferde freuen würden?»

«Wir wollen lieber essen gehen.»

«Ist sie wirklich Lady Sowieso?» fragte Bill auf dem Weg im Taxi nach der Île St. Louis.

«O ja, im Ahnenverzeichnis und sonstwo.»

«Na, na.»

Wir aßen bei Madame Lecomte auf der entgegengesetzten Seite der Insel. Es war mit Amerikanern überfüllt, und wir mußten stehen und auf einen Platz warten. Irgendwer hatte es auf der Liste des amerikanischen Frauenclubs als ein merkwürdiges, von Amerikanern noch unberührtes Restaurant auf den Pariser Quais geschildert, deshalb mußten wir 45 Minuten auf einen Tisch warten. Bill hatte 1918 in diesem Restaurant gegessen, gleich nach dem Waffenstillstand, und Madame Lecomte machte ein großes Theater mit ihm.

«Verhilft uns aber nicht zu einem Tisch», sagte Bill. «Aber ’ne fabelhafte Frau.»

Wir aßen gut, ein gebratenes Huhn, frische grüne Bohnen, Kartoffelbrei, Salat, Apfelkuchen und Käse.

«Na, hier bei Ihnen geht’s gut zu», sagte Bill zu Madame Lecomte. Sie hob die Hand.

«Ach du meine Güte!»

«Sie werden reich werden.»

«Hoffentlich.»

Nach dem Kaffee und einem *fine* forderten wir die Rechnung. Es wurde noch wie früher auf einer Schiefertafel angekreidet, was zweifellos eine der «merkwürdigen Eigenheiten» war. Wir bezahlten, schüttelten ihr die Hand und gingen hinaus.

«Sie kommen ja überhaupt nicht mehr her, Monsieur Barnes», sagte Madame Lecomte.

«Zuviel Landsleute.»

«Kommen Sie mittags, dann ist es nicht voll.»

«Gut, ich komme bald mal.»

Wir gingen unter den Bäumen entlang, die über den Fluß auf der Quai d’Orléans-Seite der Insel hinüberhingen. Jenseits des Flusses standen die zerbrochenen Mauern alter Häuser, die man gerade abriß.

«Da wollen sie eine Straße durchbrechen.»

«Sieht ihnen ähnlich», sagte Bill.

Wir gingen weiter um die Insel herum. Der Fluß war dunkel, und ein *bateau-mouche* kam vorbei, ganz hell erleuchtet, und fuhr schnell und lautlos und außer Sicht unter die Brücke. Den Fluß weiter hinab hockte Notre-Dame gegen den schwarzen Himmel. Wir gingen auf das linke Ufer der Seine über die hölzerne Fußgängerbrücke des Quai de Béthune und blieben auf der Brücke stehen und sahen den Fluß hinunter auf Notre-Dame.

Wie wir so auf der Brücke standen, sah die Insel dunkel aus, die Häuser ragten hoch gegen den Himmel, und die Bäume waren Schatten.

«Ist schon wunderbar», sagte Bill. «Gott, ich möchte schon wieder her.»

Wir lehnten auf dem hölzernen Geländer der Brücke und sahen den Fluß hinauf nach den Lichtern auf den großen Brücken. Unter uns war das Wasser glatt und schwarz. Es machte kein Geräusch gegen die Pfeiler der Brücke. Ein Mann und ein Mädchen kamen an uns vorbei. Sie hielten sich im Gehen umschlungen.

Wir überquerten die Brücke und gingen die Rue du Cardinal Lemoine hinauf. Es war steil, und wir gingen den ganzen Weg bis zur Place Contrescarpe. Das Bogenlicht schien durch die Blätter der Bäume auf den Platz, und unter den Bäumen stand ein Omnibus fertig zur Abfahrt.

Aus der Tür des *Nègre Joyeux* erklang Musik. Durch das Fenster des *Café Aux Amateurs* sah ich die lange Theke. Draußen auf der Terrasse tranken einige Arbeiter. In der offenen Küche des *Amateurs* sott ein Mädchen Kartoffelchips in Öl. Daneben stand ein eiserner Topf mit Rindfleisch. Das Mädchen schöpfte etwas davon einem alten Mann auf einen Teller, der in einer Hand eine Flasche Rotwein hielt.

«Willst du was trinken?»

«Nein», sagte Bill. «Brauch nichts.»

Wir wandten uns nach rechts von der Place Contrescarpe und gingen durch glatte, enge Straßen mit hohen alten Häusern zu beiden Seiten. Einige Häuser sprangen gegen die Straße vor. Andere lagen zurück. Wir kamen auf die Rue du Pot de Fer und folgten ihr bis zur Rue St. Jacques, die gerade von Süden nach Norden verläuft; dann gingen wir südlich am Val de Grâce vorbei hinter dem Hof und dem eisernen Gitter bis zum Boulevard du Port Royal.

«Was willst du machen?» fragte ich. «Ins Café gehen, Brett und Mike treffen?»

«Warum nicht?»

Wir gingen den Port Royal hinunter, bis er in den Montparnasse überging, und dann an des *Lilas, Lavigne* und all den kleinen Cafés vorbei, überquerten die Straße an der *Rotonde* und an ihren Lichtern und Tischen vorüber, zum *Sélect.*

Michael kam uns zwischen den Tischen entgegen. Er war braungebrannt und sah gesund aus.

«Hal-lo, Jake», sagte er, «Hal-lo, Hal-lo! Wie geht's, alter Junge?»

«Du siehst ja blendend aus, Mike.»

«Fühl mich auch blendend. Wahnsinnig blendend. Bin ständig zu Fuß gelaufen. Den ganzen Tag gelaufen. Einen Drink nur am Tag, mit Mutter beim Tee.»

Bill war in die Bar hineingegangen. Er stand und sprach mit Brett, die auf einem hohen Schemel mit übergeschlagenen Beinen saß. Sie hatte keine Strümpfe an.

«Ich freue mich, dich zu sehen, Jake», sagte Michael. «Ich bin ein bißchen betrunken, weißt du. Erstaunlich, nicht wahr? Hast du meine Nase gesehen?»

Auf dem Nasenbein war ein Fleck getrockneten Blutes.

«Von der Reise. Die Reisetasche einer alten Dame», sagte Mike. «Ich wollte ihr behilflich sein, stand auf, und dann fiel das Ding auf mich rauf.»

Brett machte ihm mit ihrer Zigarettenspitze Zeichen von der Bar her. Ihre Augen lachten.

«Eine alte Dame», sagte Mike. «Ihr Gepäck fiel auf mich rauf.»

«Komm rein zu Brett. Weißt du, sie ist schon eine Nummer. Brett, du bist eine schöne Frau. Wo hast du den Hut her?»

«Freund gekauft. Gefällt er dir nicht?»

«Es ist ein schrecklicher Hut. Kauf doch einen anständigen Hut.»

«Ach, jetzt haben wir ja so viel Geld», sagte Brett. «Sag mal, hast du Bill denn noch nicht kennengelernt? Du bist ein fabelhafter Gastgeber, Jake.»

Sie wandte sich an Mike. «Dies ist Bill Gorton. Dieser Trunkenbold ist Mike Campbell. Mr. Campbell ist ein Bankrotteur, der seine Verbindlichkeiten nicht erfüllt hat.»

«Schöner Kerl, was? Weißt du, daß ich meinen Expartner gestern in London getroffen habe, den Kerl, der mich reingelegt hat.»

«Was sagte er denn?»

«Bezahlte mir einen Drink. Dachte, könnte es ebensogut auch annehmen. Hör mal, Brett, du bist eine fabelhafte Nummer. Findet ihr nicht auch, daß sie schön ist?»

«Schön? Mit der Nase?»

«Es ist eine herrliche Nase. Los, streck sie mir nur entgegen. Ist sie nicht ein Prachtstück?»

«Hätten wir den Mann nicht in Schottland lassen können?»

«Hör mal, Brett, wollen früh nach Hause gehen, was?»

«Sei nicht unanständig, Michael. Vergiß nicht, daß in dieser Bar auch Damen sind.»

«Ist sie nicht eine Prachtnummer. Findest du nicht auch, Jake?»

«Heute abend ist ein Boxkampf», sagte Bill. «Habt ihr Lust hinzugehen?»

«Kampf», sagte Mike, «wer boxt denn?»

«Ledoux und irgendwer.»

«Ledoux ist ausgezeichnet», sagte Mike. «Ich würde ja wahnsinnig gern –» er machte eine Anstrengung und riß sich zusammen – «aber ich kann leider nicht gehen. Ich bin mit der da verabredet. – Wirklich, Brett, kauf dir einen neuen Hut.»

Brett zog den Filzhut weit über ein Auge und lächelte darunter hervor. «Ihr zwei geht zum Boxen. Ich werde Mr. Campbell auf dem nächsten Weg nach Hause bringen müssen.»

«Ich bin nicht besoffen», sagte Mike. «Vielleicht gerade ein bißchen. Hör mal, Brett, du bist ein Prachtstück.»

«Also los, zum Boxen», sagte Brett. «Mr. Campbell wird schwierig. Was sollen diese Zärtlichkeitsergüsse, Michael?»

«Und du bist und bleibst ein Prachtstück.»

Wir sagten gute Nacht. «Tut mir leid, daß ich nicht mit kann», sagte Mike. Brett lachte. Ich sah noch mal von der Tür aus zurück. Mike hielt eine Hand auf der Bar und lehnte sich hinüber und sprach auf Brett ein. Brett sah ihn ganz kühl an, aber sie hatte ein Lächeln in den Augenwinkeln.

Draußen auf dem Trottoir sagte ich: «Willst du zum Boxen gehen?»

«Natürlich», sagte Bill. «Wenn wir nicht zu Fuß zu gehen brauchen.»

«Mike hat sich ja mächtig für seine Freundin erhitzt», sagte ich im Taxi.

«Nun», sagte Bill. «Kann man ihm eigentlich nicht verübeln.»

2

Der Boxkampf zwischen Ledoux und Kid Francis war am 20. Juni abends. Es war ein guter Kampf. Den Morgen darauf erhielt ich einen Brief von Robert Cohn aus Hendaye. Er schrieb, er verlebe eine sehr stille Zeit: Schwimmen, ein bißchen Golf und viel Bridge. Hendaye hätte einen herrlichen Strand, aber er warte schon voller Ungeduld auf den Beginn unserer Angeltour. Wann ich käme? Wenn ich ihm eine doppelt gezwirnte Schnur mitbrächte, würde er mir die Unkosten dann unten ersetzen.

An demselben Morgen schrieb ich Cohn vom Büro aus, daß Bill und ich, falls ich ihm nichts anderes depeschierte, am fünfundzwanzigsten Paris verlassen würden und ihn in Bayonne treffen könnten, um von da aus dann gemeinsam einen Omnibus über die Berge nach Pamplona zu nehmen. Am selben Abend, ungefähr um sieben Uhr, ging ich einen Augenblick im *Sélect* vorbei, um Michael und Brett zu sprechen. Sie waren nicht da, und ich ging hinüber ins *Dingo*. Sie saßen drinnen an der Bar.

«'n Abend, Lieber.» Brett streckte mir ihre Hand entgegen.

«'n Abend, Jake», sagte Mike. «Gestern abend soll ich besoffen gewesen sein.»

«Wahrhaftig», sagte Brett. «Widerwärtig geradezu.»

«Hör mal», sagte Mike, «wann willst du eigentlich nach Spanien? Wär's dir recht, wenn wir auch mitkämen?»

«Das wär fein.»

«Wirklich, es wär dir recht? Du weißt, ich war schon mal in Pamplona, und Brett brennt einfach darauf, hinzufahren. Du bist wirklich sicher, daß wir nicht wahnsinnig stören?»

«Red doch nicht solch Blech.»

«Weißt du, ich bin ein bißchen angesäuselt. Sonst hätte ich dich nicht so gefragt. Ist es dir wirklich Ernst, daß es dir recht ist?»

«Hör schon auf, Michael», sagte Brett. «Wie kann der Mann jetzt sagen, daß es ihm nicht paßt? Ich werd ihn lieber später fragen.»

«Aber nicht wahr, es ist dir doch recht?»

«Also frag nicht noch mal, wenn ich nicht wütend werden soll. Bill und ich fahren am fünfundzwanzigsten morgens.»

«Nebenbei, wo ist eigentlich Bill?» fragte Brett.

«Er ist in Chantilly und ißt mit Bekannten.»

«Ein netter Kerl.»

«Großartiger Kerl», sagte Mike. «Wahrhaftig.»

«Du kannst dich ja überhaupt nicht auf ihn besinnen», sagte Brett.

«Doch. Ich besinne mich ganz genau auf ihn. Hör mal, Jake. Wir kommen also am fünfundzwanzigsten abends. Brett kann morgens doch nicht aufstehen.»

«Das stimmt allerdings.»

«Also, wenn unser Geld kommt und du genau weißt, daß es dir recht ist.»

«Wird schon kommen. Dafür werde ich schon sorgen.»

«Sag mal, was soll ich für Angelzeug besorgen lassen?»

«Kauf zwei oder drei Ruten mit Rollen und Schnur und ein paar Fliegen.»

«Ich angle nicht», warf Brett ein.

«Dann also zwei Ruten, dann braucht Bill keine zu kaufen.»

«Schön», sagte Mike. «Ich werde dem Verwalter telegrafieren.»

«Es wird fabelhaft werden», sagte Brett. «Spanien! Wir werden uns herrlich amüsieren.»

«Der fünfundzwanzigste. Wann ist das eigentlich?»

«Sonnabend.»

«Da müssen wir uns ja fertig machen.»

«Hör mal», sagte Mike, «ich muß noch zum Friseur.»

«Ich muß baden», sagte Brett. «Bring mich ins Hotel, Jake. Sei nett.»

«Wir wohnen in einem herrlichen Hotel», sagte Mike. «Ich glaube, es ist ein Bordell.»

«Wir hatten unser Gepäck hier im *Dingo* gelassen, als wir reingingen, und da fragten sie uns in diesem Hotel, ob wir das Zimmer nur für den Nachmittag haben wollten. Schienen äußerst glücklich zu sein, daß wir die ganze Nacht bleiben würden.»

«Ich glaube, es ist ein Bordell», sagte Mike. «Und ich denke, ich sollte es wissen.»

«Hör schon auf und geh und laß dir die Haare schneiden.»

Mike ging hinaus. Brett und ich saßen an der Bar.

«Nimmst du noch einen?»

«Könnte ich.»

«Das war direkt eine Wohltat», sagte Brett.

Wir gingen die Rue Delambre hinauf.

«Ich hab dich noch gar nicht gesehen, seit ich zurück bin», sagte Brett.

«Nein.»

«Wie geht's dir, Jake?»

«Glänzend.»

Brett sah mich an. «Hör mal», sagte sie, «macht Robert Cohn eigentlich auch mit?»

«Ja. Wieso?»

«Glaubst du nicht, daß es ein bißchen hart für ihn sein wird?»

«Warum denn?»

«Mit wem glaubst du, daß ich in San Sebastián war?»

«Gratuliere», sagte ich.

Wir gingen weiter.

«Warum hast du das gesagt?»

«Ich weiß nicht. Was möchtest du denn, daß ich dazu sage?»

Wir gingen weiter und bogen um eine Ecke.

«Er hat sich sehr gut benommen. Er ist ein bißchen langweilig auf die Dauer.»

«So?»

«Ich dachte, es würde ihm guttun.»

«Vielleicht solltest du dich als Sozialhelferin betätigen.»

«Sei nicht so ekelhaft.»

«Ich werd mir Mühe geben.»

«Wußtest du's wirklich nicht?»

«Nein», sagte ich. «Ich glaube, ich habe gar nicht darüber nachgedacht.»

«Glaubst du, daß es ihn hart ankommen wird?»

«Das muß er beurteilen», sagte ich. «Sag ihm, daß du kommst. Dann kann er immer noch verzichten.»

«Ich werd ihm schreiben, dann hat er die Möglichkeit wegzubleiben.»

Ich sah Brett erst wieder am vierundzwanzigsten abends.

«Hast du von Cohn gehört?»

«Und ob. Er ist wild darauf.»

«Mein Gott.»

«Ich fand es auch merkwürdig.»

«Schreibt, er könne es kaum abwarten, mich zu sehen.»

«Denkt er denn, daß du allein kommst?»

«Nein. Ich hab ihm geschrieben, daß wir alle kämen. Michael und alle.»

«Er ist großartig.»

«Nicht wahr?»

Sie erwarteten ihr Geld am nächsten Tag. Wir verabredeten, uns in Pamplona zu treffen. Sie wollten direkt nach San Sebastián fahren und da den Zug nehmen. Wir wollten uns alle im *Montoya* in Pamplona treffen. Wenn sie nicht bis spätestens Montag da sein würden, wollten wir nach Burguete in die Berge vorfahren, um mit dem Angeln schon zu beginnen. Nach Burguete fuhr ein Omnibus. Ich schrieb ihnen den Reiseplan auf, so daß sie uns folgen konnten.

Bill und ich nahmen den Morgenzug von der Gare d'Orsay. Es war ein herrlicher Tag, nicht zu heiß, und das Land war gleich von Anfang an schön. Wir gingen hinten in den Speisewagen und frühstückten. Als wir den Speisewagen verließen, bat ich den Kellner um Platzkarten zum ersten Mittagessen.

«Nichts bis zum fünften.»

«Was heißt das?»

In dem Zug gab es immer nur zwei Serien Mittagessen und immer reichlich Platz bei beiden.

«Alles reserviert», sagte der Speisewagenschaffner. «Um 15 Uhr 30 ist das fünfte Service.»

«Das ist bitter», sagte ich zu Bill.

«Gib ihm 10 Francs.»

«Hier», sagte ich. «Wir möchten gern zwei Plätze zum ersten Essen.»

Der Schaffner steckte die 10 Francs in die Tasche.

«Danke», sagte er. «Ich würde den Herren raten, sich Sandwiches zu bestellen. Alle Plätze für die ersten vier Serien sind im Büro der Gesellschaft schon im voraus reserviert worden.»

«Du wirst es weit bringen, Bruder», sagte Bill zu ihm auf englisch. «Wahrscheinlich hättest du uns geraten, vom Zug abzuspringen, wenn ich dir 5 Francs gegeben hätte.»

«Comment?»

«Geh zum Teufel», sagte Bill. «Lassen Sie Sandwiches machen und bringen Sie uns eine Flasche Wein. Sag's ihm, Jake.»

«Und schicken Sie es in den nächsten Wagen.» Ich beschrieb ihm, wo wir saßen.

In unserem Abteil saßen außer uns noch ein Mann, seine Frau und ihr Sohn.

«Ich nehme an, Sie sind doch wohl Amerikaner, nicht wahr?» fragte der Mann. «Machen Sie eine schöne Reise?»

«Herrlich», sagte Bill.

«So muß man's machen. Reisen, wenn man jung ist. Mutter und ich wollten immer herüberkommen, mußten aber 'ne ganze Weile warten.»

«Wir hätten's schon vor zehn Jahren gekonnt, wenn du nur gewollt hättest», sagte seine Frau. «Du hast nur immer gesagt: ‹Erst wollen wir Amerika sehen!› Na, ich muß gestehen, wir haben schon eine Menge gesehen, da kann man sagen, was man will.»

«Hören Sie, ich glaube, es sind reichlich viel Amerikaner im Zug», sagte der Mann. «Sieben Wagen voll aus Dayton, Ohio. Sie haben eine Pilgerfahrt nach Rom gemacht und sind jetzt auf dem Weg nach Biarritz und Lourdes.»

«So, also das ist es, Pilger. Verdammte Puritaner», sagte Bill.

«Aus welchem Teil der Staaten seid ihr denn, Jungens?»

«Kansas City», sagte ich. «Er ist aus Chicago.»

«Fahren Sie beide nach Biarritz?»

«Nein, wir fahren zum Angeln nach Spanien.»

«Na, ich für mein Teil hab mir nie viel daraus gemacht. Aber viele aus meiner Gegend sind wild darauf. Im Staate Montana gibt es mit die besten Angelmöglichkeiten. Ich bin mit den anderen manchmal mitgewesen, aber ich mach mir nichts daraus.»

«Schön wenig gefischt hast du auf all diesen Touren», sagte seine Frau.

Er zwinkerte uns zu.

«Na, Sie wissen ja, wie die Damen sind. Wenn man ein paar Flaschen oder einen Kasten Bier mitnimmt, ist bei ihnen gleich die Hölle los.»

«Ja, so sind die Männer», sagte seine Frau zu uns. Sie glättete ihren ausladenden Schoß. «Wo ich gegen die Prohibition gestimmt habe, um ihm einen Gefallen zu tun und um ein bißchen Bier im Haus zu haben, und dann redet er so. Es ist ein wahres Wunder, daß sie überhaupt jemand finden, der sie heiratet.»

«Sagen Sie», unterbrach Bill, «wissen Sie, daß diese Bande von Pilgern den Speisewagen bis halb vier mit Beschlag belegt hat?»

«Wie meinen Sie das? Das ist doch unmöglich.»

«Versuchen Sie nur, Plätze zu bekommen.»

«Na, Mutter, das sieht mir ganz so aus, als ob wir lieber wieder zurückgehen und noch einmal frühstücken sollten.»

Sie stand auf und glättete ihr Kleid.

«Wollen Sie, bitte, auf unsere Sachen aufpassen? Komm, Hubert.»

Sie gingen alle drei in den Speisewagen. Kaum waren sie weg, lief ein Steward durch den Zug und rief zum ersten Mittagessen, und die

Pilger mit ihren Priestern kamen den Korridor entlangmarschiert. Unser Freund und seine Familie kamen nicht zurück. Ein Kellner kam mit unseren Sandwiches und der Flasche Chablis vorbei, und wir riefen ihn herein.

«Na, heute gibt's Arbeit», sagte ich.

Er nickte mit dem Kopf. «Sie fangen jetzt um halb elf schon an.»

«Wann essen wir?»

«Huh! Wann esse ich?»

Er ließ zwei Gläser mit der Flasche da, und wir bezahlten die Sandwiches und gaben ihm ein Trinkgeld.

«Ich hole die Teller nachher», sagte er, «oder vielleicht bringen Sie sie mit.»

Wir aßen die Sandwiches, tranken den Chablis und sahen die Landschaft am Fenster vorbeiziehen. Das Getreide begann gerade zu reifen, und die Felder standen voller Mohn. Die Weiden waren grün, und man sah schöne Bäume und manchmal große Flüsse und Schlösser zwischen den Bäumen.

In Tours stiegen wir aus und kauften noch eine Flasche Wein, und als wir in unser Abteil zurückkamen, saßen der Mann aus Montana, seine Frau und ihr Sohn schon sehr gemütlich darin.

«Gibt es in Biarritz gute Badegelegenheiten?» fragte Hubert.

«Der Junge ist absolut verrückt, bis er im Wasser ist», sagte seine Mutter. «Für so junge Leute ist eine Reise eine harte Nuß.»

«Es ist gut zum Schwimmen», sagte ich. «Aber es ist gefährlich, wenn es bewegt ist.»

«Haben Sie was zu essen bekommen?» fragte Bill.

«Natürlich. Wir saßen darin, als sie reinkamen, und da haben sie wahrscheinlich geglaubt, wir gehörten dazu. Einer der Kellner sagte irgendwas zu uns auf französisch, und dann schickten sie drei Pilger wieder weg.»

«Sie hielten uns für echt», sagte der Mann. «Es zeigt Ihnen aber die Macht der katholischen Kirche. Schade, daß ihr Jungens nicht katholisch seid. Dann könntet ihr schon was zu essen bekommen.»

«Ich bin», sagte ich, «das kränkt mich ja gerade so.»

Um Viertel nach vier bekamen wir endlich unseren Lunch. Bill war zum Schluß recht ungemütlich geworden. Er hielt einen Priester, der mit einer zurückkommenden Pilgergruppe in sein Abteil wollte, am Rock fest.

«Na, wann haben wir Protestanten eine Chance, was zu essen zu bekommen, Vater?»

«Ich weiß nichts davon. Haben Sie keine Karten?»

«Es genügt, um einen zum Eintritt in eure Gesellschaft zu bewegen», sagte Bill.

Der Priester drehte sich nach ihm um.

Im Speisewagen servierten die Kellner das fünfte Table d'hôte-Essen. Der Kellner, der uns bediente, war völlig durchgeschwitzt. Seine weiße Jacke war lila unter den Armen.

«Muß 'ne Menge Wein trinken.»

«Oder lila Unterhemden tragen.»

«Wollen wir ihn fragen?»

«Nein, er ist zu müde.»

Der Zug hielt eine halbe Stunde in Bordeaux, und wir gingen aus dem Bahnhof hinaus, um einen kleinen Spaziergang zu machen. Es war nicht genug Zeit, um bis in die Stadt zu gehen. Nachher kamen wir durch die Landes und sahen, wie die Sonne unterging. Man hatte weite Öffnungen in den Wald geschlagen, die man wie Avenuen hinuntersehen konnte, und ganz weit weg sah man bewaldete Hügel. Wir aßen ungefähr um halb acht zu Abend und sahen durch die offenen Fenster im Speisewagen ins Land hinaus. Nichts als sandiger Boden voll mit Fichten und Heidekraut. Man sah kleine Lichtungen mit Häusern, und hin und wieder kamen wir an einer Sägemühle vorbei. Es wurde dunkel, und man spürte draußen das heiße, sandige und dunkle Land, und ungefähr um neun Uhr waren wir in Bayonne. Der Mann und seine Frau und Hubert schüttelten uns die Hand. Sie fuhren bis La Négresse, um da nach Biarritz umzusteigen.

«Na, ich hoffe, Sie werden massig viel Dusel haben», sagte der Mann.

«Nehmen Sie sich mit den Stierkämpfen in acht.»

«Vielleicht sehen wir Sie in Biarritz», sagte Hubert.

Wir stiegen mit unseren Handtaschen und unseren Angelkästen aus und gingen durch die dunkle Station in das Licht der Hotelwagen und Omnibusse. Da, bei den Hotelportiers, stand Robert Cohn. Er sah uns zuerst nicht. Dann kam er auf uns zu.

«Hallo, Jake, gute Reise gehabt?»

«Ausgezeichnet», sagte ich. «Dies hier ist Bill Gorton.»

«Guten Abend.»

«Kommt», sagte Robert. «Ich hab einen Wagen.» Er war ein bißchen kurzsichtig. Ich hatte es vorher nie bemerkt. Er sah Bill an, um festzustellen, mit wem er es zu tun hatte. Außerdem war er schüchtern.

«Wir fahren in mein Hotel, ja? Es ist ganz ordentlich. Ganz nett.»

Wir stiegen in die Droschke, der Kutscher stellte unsere Taschen auf den Platz neben sich, knallte mit seiner Peitsche, und wir fuhren über die dunkle Brücke in die Stadt hinein.

«Es freut mich sehr, Sie kennenzulernen», sagte Robert zu Bill. «Jake hat mir so viel von Ihnen erzählt, und ich habe Ihre Bücher gelesen. Hast du meinen Brief bekommen, Jake?»

Die Droschke hielt vor dem Hotel, und wir stiegen alle aus und gingen hinein. Es war ein nettes Hotel, und die Leute am Empfang waren sehr vergnügt, und jeder von uns bekam ein gutes kleines Einzelzimmer.

3

Am nächsten Morgen schien die Sonne, und die Straßen der Stadt wurden besprengt, und wir frühstückten alle in einem Café. Bayonne ist eine hübsche Stadt. Wie eine sehr saubere spanische Stadt, und liegt an einem großen Fluß. Selbst so früh am Morgen war es auf der Brücke, die über den Fluß führt, sehr heiß. Wir gingen auf die Brücke und machten dann einen Spaziergang durch die Stadt.

Es war nicht so ganz sicher, daß Mikes Angelruten rechtzeitig aus Schottland ankommen würden, darum suchten wir nach einem Laden, wo man Angelgerät kaufen konnte, und kauften schließlich über einer Schnittwarenhandlung für Bill eine Angelrute. Der Mann, der das Angelzeug verkaufte, war aus, und wir mußten warten, bis er wieder zurück war. Endlich kam er, und wir kauften eine ganz gute billige Rute und zwei Käscher.

Wir gingen wieder auf die Straße und besahen die Kathedrale. Cohn machte die Bemerkung, daß dies ein sehr gutes Beispiel von irgendwas sei, ich habe vergessen, wovon. Es schien eine hübsche Kathedrale zu sein, hübsch und düster, so wie spanische Kirchen. Dann gingen wir an der alten Befestigung vorbei und bis zum Büro des örtlichen Syndicat d'Initiative, wo der Omnibus abgehen sollte. Da sagte man uns, daß der Omnibusdienst erst vom 1. Juli an funktioniere. Im Reisebüro erkundigten wir uns, wieviel ein Auto nach Pamplona kosten dürfe, und mieteten eines in einer großen Garage gleich um die Ecke vom Théâtre Municipal für 400 Francs. Der Wagen sollte uns in 40 Minuten vom Hotel abholen, und wir tranken noch ein Glas Bier in dem Café auf dem Platz, wo wir morgens gefrühstückt hatten. Es war heiß, aber die Stadt hatte einen kühlen, frischen frühmorgendlichen Duft, und es war ein Vergnügen, im Café zu sitzen. Ein Wind erhob sich, und man fühlte, daß die Luft vom Meer her kam. Auf dem Platz waren Tauben; die Häuser hatten eine gelbe, ausgeblichene Farbe, und ich wollte nicht aus dem Café weg. Aber wir mußten ins Hotel zurück, unsere Taschen packen und unsere Rechnung bezahlen. Wir bezahlten das Bier, wir knobelten, und ich glaube, Cohn bezahlte, und dann gingen wir ins Hotel. Bill und ich brauchten nur jeder 16 Francs plus zehn Prozent

Bedienung zu zahlen, und wir ließen die Taschen herunterbringen und warteten auf Robert Cohn. Als wir so warteten, sah ich eine Schabe auf dem Parkett, die mindestens fünf Zentimeter lang war. Ich zeigte sie Bill und trat dann darauf. Wir waren uns einig, daß sie eben aus dem Garten hereingekommen sein mußte. Es war wirklich ein riesig sauberes Hotel.

Cohn kam endlich herunter, und wir gingen alle hinaus zum Auto. Es war ein großer, geschlossener Wagen, der Chauffeur trug einen weißen Staubmantel mit blauen Manschetten und Kragen, und wir ließen ihn das Verdeck heruntermachen. Er türmte die Handtaschen hinein, und wir fuhren los, die Straße hinauf, aus der Stadt hinaus. Wir kamen an prachtvollen Gärten vorbei und hatten einen schönen Rückblick auf die Stadt, und dann waren wir draußen im grünen, welligen Land und die Straße stieg die ganze Zeit. Wir kamen an Scharen von Basken vorbei, mit Ochsen oder anderem Vieh, das Zugkarren den Weg entlangzog, und an hübschen, weiß getünchten Landhäusern mit niedrigen Dächern. Das ganze Baskenland sieht reich und grün aus, und die Häuser und Dörfer machen einen wohlhabenden und sauberen Eindruck. Jedes Dorf besaß einen Pelotahof, und auf einigen spielten Jungens in der heißen Sonne. An den Kirchen waren Anschläge angebracht, die besagten, daß es verboten sei, hier Pelota zu spielen, und die Häuser in den Dörfern hatten rote Ziegeldächer. Der Weg bog ab und begann zu steigen, und wir fuhren ein ganzes Stück an einer Felswand entlang, unter uns ein Tal und Berge, die sich bis ans Meer erstreckten. Man konnte das Meer nicht sehen. Es war zu weit weg. Man sah nur Berge und noch mehr Berge, und man wußte, wo das Meer war.

Wir kamen über die spanische Grenze. Ein kleiner Fluß und eine Brücke und spanische Karabinieri mit Lacklederhüten à la Bonaparte und kurzen Flinten auf dem Rücken auf der einen Seite und auf der andern dicke Franzosen mit Képis und Schnurrbärten. Sie machten nur eine Handtasche auf, nahmen die Pässe und besahen sie sich. Auf jeder Grenzseite gab es einen Kaufladen und ein Wirtshaus. Der Chauffeur mußte hineinsehen und irgendein Papier wegen des Wagens ausfüllen, und wir stiegen aus und gingen an den Fluß hinunter, um zu sehen, ob er forellenhaltig sei. Bill versuchte mit einem der Karabinieri Spanisch zu reden, aber es ging nicht so sehr gut. Robert Cohn fragte und zeigte dabei mit dem Finger, ob es hier Forellen gäbe, und der Karabinieri sagte ja, aber nicht viele.

Ich fragte ihn, ob er je angle, und er sagte nein, er mache sich nichts daraus.

Gerade in dem Augenblick kam ein alter Mann mit langem, in der Sonne gebleichtem Haar und Bart über die Brücke. Seine Kleidung war aus Drillich. Er trug einen großen Stock, und ein Reh baumelte ihm, an allen vieren zusammengebunden, mit dem Kopf nach unten, den Rücken herunter.

Der Karabinieri winkte ihm mit seinem Säbel zu, er solle dableiben. Der Mann wandte sich, ohne ein Wort zu sagen, um und ging den weißen Weg, der nach Spanien führte, wieder zurück.

«Was ist denn mit dem Alten?» fragte ich.

«Er hat keinen Paß.»

Ich bot dem Grenzposten eine Zigarette an. Er nahm sie und bedankte sich.

«Was wird er machen?» fragte ich.

Der Posten spuckte in den Staub.

«Na, er wird einfach durch den Fluß waten.»

«Wird viel geschmuggelt?»

«Oh», sagte er, «eine ganze Menge.»

Der Chauffeur kam heraus, faltete die Papiere zusammen und steckte sie in die Innentasche seines Mantels. Wir stiegen alle wieder ein, und es ging los, auf der weißen, staubigen Straße nach Spanien. Noch eine Weile sah das Land aus wie vorher; wir stiegen die ganze Zeit, dann passierten wir die Spitze eines Col, die Straße wand sich immer hin und her in Spiralen um sich selbst, und dann war es wirklich Spanien. Lange braune Berge und ein paar Fichten und weit weg Buchenwälder auf einigen Berghängen. Der Weg führte um den Gipfel des Col, und dann ging es hinunter, und der Fahrer mußte hupen und langsamer fahren und zur Seite ausbiegen, um nicht zwei auf dem Weg liegende schlafende Esel zu überfahren. Wir kamen den Berg hinunter und durch einen Eichenwald, und im Wald graste weißes Vieh. Weiter unten waren grasreiche Ebenen und klare Flüsse, dann kamen wir über einen Fluß und durch ein kleines, düsteres Dorf, und dann stiegen wir wieder bergan. Wir stiegen und stiegen und kamen über einen anderen hohen Col und wendeten dann, und der Weg führte rechts hinunter, und wir sahen eine ganze Kette neuer Berge im Süden, die alle braun und wie geröstet aussahen und seltsam geformt und durchfurcht waren.

Nach einer Weile ließen wir die Berge hinter uns und kamen auf eine Straße, die zu beiden Seiten mit Bäumen bestanden war. Wir kamen an einem Fluß und an reifen Getreidefeldern vorbei, und die Straße führte weiter, sehr gerade, sehr weiß, und hob sich dann zu einer kleinen Anhöhe, und links davon war ein Berg mit einem alten Schloß, das viele Gebäude umgaben, und einem Getreidefeld, das bis zu den Mauern ging und im Wind hin und her schwankte. Ich saß vorn beim Chauffeur und drehte mich um. Robert Cohn schlief, aber Bill sah und nickte mit dem Kopf. Dann fuhren wir über eine weite Ebene, und auf der rechten Seite floß ein großer Strom, der in der Sonne zwischen den Baumreihen glänzte, und weit in der Ferne erhob sich das Plateau von Pamplona aus der Ebene und die Mauern der Stadt und die große braune Kathedrale und die durch die anderen Kirchen gebrochene Linie des Horizonts. Hinter dem Plateau lagen die Berge, und wohin man auch sah, überall waren Berge, und vor uns dehnte sich die Straße weiß quer durch die Ebene Pamplona entgegen.

Wir kamen auf der anderen Seite des Plateaus in die Stadt; die Straße war uneben, steil und staubig, mit Bäumen, die etwas Schatten gaben, zu beiden Seiten, und lief dann ebenmäßig in dem neuen Teil der Stadt, den sie jetzt vor den alten Mauern aufbauen. Wir kamen bei der Stierkampfarena vorbei, die hoch und weiß, ein Betonbau, in der Sonne lag, und kamen dann durch eine Seitenstraße auf den großen Platz und hielten vor dem Hotel *Montoya*.

Der Chauffeur half uns die Taschen abladen. Eine Menge Kinder standen herum und starrten den Wagen an, und der Platz war heiß, und die Bäume waren grün, und die Fahnen hingen an ihren Stangen, und es war angenehm, aus der Sonne in den Schatten der Arkaden zu gelangen, die um den ganzen Platz herumführten. Montoya freute sich, uns zu sehen, schüttelte uns die Hände und gab uns gute Zimmer mit der Aussicht auf den Platz, und dann wuschen und säuberten wir uns und gingen hinunter ins Eßzimmer zum Lunch. Der Chauffeur blieb zum Essen, und dann bezahlten wir ihn, und er fuhr wieder nach Bayonne zurück.

Im *Montoya* gibt es zwei Eßzimmer. Eines ist oben im zweiten Stock mit der Aussicht auf den Platz. Das andere liegt eine Treppe tiefer als der Platz und hat eine Tür, die nach einer Seitenstraße geht, auf der die Stiere morgens früh, wenn sie in den Toril traben, vorbeikommen. In dem tiefgelegenen Eßzimmer ist es immer kühl, und wir aßen ausgezeichnet zu Mittag. Die erste spanische Mahlzeit ist immer eine Angelegenheit mit Horsd'œuvres, einer Eierspeise, zwei Fleischgängen, Gemüsen, Salat, süßer Speise und Obst. Man muß ein gutes Quantum Wein trinken, um alles hinunterzuspülen. Robert Cohn versuchte zu sagen, daß er nichts von dem zweiten Fleischgericht essen wolle, aber wir hatten keine Lust, es zu verdolmetschen, und deshalb brachte ihm die Kellnerin etwas anderes als Ersatz, ich glaube, eine Platte mit kaltem Fleisch. Cohn war, seit wir uns in Bayonne getroffen hatten, ziemlich nervös. Er wußte nicht, ob wir wußten, daß Brett mit ihm in San Sebastián gewesen war, und er fühlte sich deshalb ein bißchen geniert.

«Na», sagte ich, «Brett und Mike sollten heute abend eintreffen.»

«Ich bin nicht sicher, ob sie kommen», sagte Cohn.

«Warum nicht?» sagte Bill. «Natürlich kommen sie.»

«Sie kommen immer zu spät», sagte ich.

«Ich glaube allerdings, daß sie nicht kommen», sagte Robert Cohn.

Er sagte es mit einem so überlegenen Gesichtsausdruck, daß es uns beide ärgerte.

«Ich wette 50 Peseten, daß sie heute abend ankommen», sagte Bill.

Er wettet immer, wenn er sich ärgert, und wettet aus diesem Grunde immer blödsinnig.

«Akzeptiert», sagte Cohn. «Schön, du bist Zeuge, Jake. 50 Peseten.»

«Ich bin selbst Zeuge», sagte Bill.

Ich sah, wie ärgerlich er war, und wollte ihn besänftigen.

«Todsichere Sache, daß sie kommen», sagte ich. «Aber vielleicht nicht gerade heute abend.»

«Soll ich Sie rauslassen?» fragte Cohn.

«Nein. Warum? Wenn Sie wollen, auch hundert.»

«Schön, angenommen.»

«So, genug», sagte ich, «oder ihr müßt ein Buch machen und mir was davon abgeben.»

«Mir soll's recht sein», sagte Cohn. Er lächelte. «Sie werden es wahrscheinlich beim Bridge zurückgewinnen.»

«Sie haben es noch nicht», sagte Bill.

Wir gingen hinaus und unter den Arkaden bis zum *Café Iruña*, um Kaffee zu trinken.

Cohn sagte, er wolle hinüber, um sich rasieren zu lassen.

«Hör mal», sagte Bill, «hab ich die geringste Chance bei dieser Wette?»

«Verdammt schlechte Chance. Bisher waren sie noch nie pünktlich. Wenn ihr Geld nicht gekommen ist, ist es klar, daß sie heute abend nicht ankommen.»

«Es tat mir leid in dem Moment, als ich den Mund aufgemacht hatte. Aber ich mußte. Ich nehme an, er ist sehr nett, aber woher kann er hellsehen? Mike und Brett hatten doch mit uns verabredet, hierherzukommen.»

Ich sah Cohn über den Platz kommen.

«Da kommt er.»

«Schön, aber daß er nicht wieder überlegen und jüdisch wird.»

«Der Friseur hat zu», sagte Cohn. «Macht erst um vier auf.»

Wir tranken im *Iruña* unseren Kaffee, saßen in bequemen Korbstühlen und sahen aus der Kühle unter den Arkaden auf den großen Platz. Nach einer Weile stand Bill auf, um einige Briefe zu schreiben, und Cohn ging hinüber zum Friseur. Es war immer noch zu; so entschloß er sich, ins Hotel zu gehen und ein Bad zu nehmen, und ich blieb vor dem Café sitzen. Ich saß vor dem Café und machte dann einen Spaziergang durch die Stadt. Es war sehr heiß, aber ich blieb auf der schattigen Seite der Straße und ging über den Markt, und ich freute mich, die Stadt wiederzusehen. Ich ging zum Ayuntamiento und fand den alten Herrn, der immer für mich im voraus für die Stierkämpfe reserviert, und er hatte das Geld aus Paris richtig bekommen und meine Reservierung wieder erneuert, so daß alles in bester Ordnung war. Er war der Archivar, und alle Urkunden der Stadt befanden sich in seinem Büro. Das hat nichts mit der Geschichte zu tun. Wie dem auch sei, sein Büro hatte eine grüne Friestür und eine große Holztür, und als ich hinausging, ließ ich ihn inmitten all der Urkunden, die alle Wände bedeckten, sitzen und machte beide Türen zu, und als ich aus dem Haus auf die Straße wollte, hielt mich der Pförtner an, um mir meinen Rock abzubürsten.

«Sie sind Auto gefahren», sagte er.

Der Kragen und der obere Teil der Schultern waren grau von Staub.

«Von Bayonne hierher.»

«Ja, ja», sagte er. «Ich sah, daß Sie Auto gefahren sind, an der Art, wie der Staub verteilt ist.» Ich gab ihm zwei Kupfermünzen.

Am Ende der Straße sah ich die Kathedrale und ging auf sie zu. Das erste Mal, als ich sie sah, fand ich die Fassade häßlich, aber jetzt mochte ich sie gern. Ich ging hinein. Es war düster und dunkel, und die Säulen gingen hoch hinauf, und es beteten Leute, und es roch nach Weihrauch, und sie hatte ein paar wunderbare große Fenster. Ich kniete nieder und begann zu beten und betete für alle, an die ich denken konnte: Brett und Mike und Bill und Robert Cohn und mich und die Stierkämpfer, für die, die ich besonders gern hatte, jeden einzeln, für die anderen im ganzen; und dann betete ich wieder für mich, und während ich so für mich betete, fühlte ich, wie ich schläfrig wurde, und dann betete ich noch, daß die Stierkämpfe gut sein möchten und daß es eine schöne Fiesta werden würde und daß wir eine gute Angelpartie haben würden. Ich überlegte, ob ich noch um irgend etwas anderes beten könnte, und ich dachte, daß ich gern etwas Geld haben würde, also betete ich, daß ich eine Menge Geld verdienen würde, und dann überlegte ich, wie ich es wohl verdienen könnte, und Geldverdienen erinnerte mich an den Grafen, und ich fing an, nachzudenken, wo er wohl sein mochte, und bedauerte, daß ich ihn seit der Nacht auf Montmartre nicht mehr gesehen hatte, und dann mußte ich an etwas Komisches denken, was mir Brett von ihm erzählt hatte, und die ganze Zeit kniete ich und hatte meinen Kopf

auf das Holz vor mir gelegt und dachte eigentlich, ...
und dann schämte ich mich ein bißchen, daß ich ein ...
Katholik war, aber ich war mir klar darüber, daß sich da...
ändern ließe, wenigstens jetzt nicht, und vielleicht nie, abe...
auf jeden Fall eine große Religion war, und ich wünschte nu...
ich religiös hätte fühlen können, aber vielleicht ging es das nächste Mal, und dann war ich draußen in der heißen Sonne auf den Stufen der Kathedrale, und die Finger und der Daumen meiner rechten Hand waren feucht, und ich fühlte, wie sie in der Sonne trockneten. Das Sonnenlicht war heiß und grell, und ich ging hinüber in den Schatten einiger Gebäude und durch Seitenstraßen zum Hotel zurück.

Abends beim Essen sah man, daß Robert Cohn ein Bad genommen hatte, rasiert worden war, sich die Haare hatte schneiden und schamponieren lassen und nachher etwas auf die Haare getan hatte, damit sie flach anlagen. Er war nervös, und ich gab mir nicht die geringste Mühe, ihm darüber hinwegzuhelfen. Der Zug aus San Sebastián war um 21 Uhr fällig, und wenn Brett und Mike kamen, mußten sie darin sein. Zwanzig Minuten vor neun waren wir mit unserem Essen noch nicht halb fertig. Robert Cohn stand vom Tisch auf und sagte, er ginge jetzt zum Bahnhof. Ich sagte, ich würde ihn begleiten, nur um ihn zu ärgern. Bill grunzte, er würde schön dumm sein, wenn er sein Essen im Stich ließe.

«Wir kommen umgehend zurück», sagte ich.

Wir gingen zum Bahnhof. Ich genoß Cohns Nervosität. Ich hoffte, Brett würde im Zug sein. Der Zug hatte Verspätung, und wir saßen auf einem Gepäckkarren und warteten draußen in der Dunkelheit. Ich habe niemals jemanden im Zivilleben so nervös gesehen wie Robert Cohn – und auch nicht so erwartungsvoll. Ich genoß es. Es war niederträchtig, es zu genießen, aber ich fühlte mich niederträchtig. Cohn hatte die fabelhafte Gabe, in jedem die schlechtesten Eigenschaften zu entfesseln.

Nach einer Weile hörten wir den Zug weit weg unten auf der anderen Seite des Plateaus, und dann sahen wir die Scheinwerfer den Berg heraufkommen. Wir gingen in den Bahnhof hinein und standen mit einem Haufen Leute gleich hinter der Schranke, und der Zug fuhr ein und hielt, und alle kamen durch die Sperre.

Sie waren nicht dabei. Wir warteten, bis alle durch waren und aus dem Bahnhof hinaus und in die Omnibusse gestiegen waren oder Droschken genommen hatten oder mit ihren Freunden oder Verwandten durch die Dunkelheit der Stadt zustrebten.

«Ich wußte, daß sie nicht kommen würden», sagte Robert. Wir gingen zum Hotel zurück.

«Ich dachte, sie kämen vielleicht», sagte ich.

Bill aß Obst, als wir kamen, und beendete gerade eine Flasche Wein.

«Nicht gekommen, wie?»

«Nein.»

«Ist es Ihnen recht, wenn ich Ihnen die 100 Peseten morgen gebe, Cohn?» fragte Bill. «Ich habe hier noch kein Geld gewechselt.»

«Ach, lassen Sie es doch», sagte Cohn. «Wetten wir um was anderes. Kann man auf Stiere setzen?»

«Man könnte», sagte Bill, «aber man braucht nicht.»

«Es ist wie auf den Krieg setzen», sagte ich. «Ökonomisches Interesse ist dabei gar nicht nötig.»

«Ich freue mich schon riesig auf die Stierkämpfe», sagte Robert.

Montoya kam an unseren Tisch. Er hatte ein Telegramm in der Hand. «Für Sie.» Er reichte es mir.

Darin stand: «Bleiben Nacht in San Sebastián.»

«Von ihnen», sagte ich. Ich steckte es in die Tasche. Eigentlich hätte ich es den anderen geben müssen.

«Sie sind in San Sebastián geblieben», sagte ich. «Lassen euch grüßen.»

Warum ich den Antrieb fühlte, ihn zu ärgern, weiß ich nicht. Natürlich weiß ich's. Ich war wahnsinnig eifersüchtig auf das, was er erlebt hatte. Die Tatsache, daß ich es als gegeben hinnahm, änderte daran nichts. Ich haßte ihn. Ich glaube, daß ich ihn zum erstenmal wirklich haßte, als er beim Essen so ein bißchen überlegen gewesen war, und dann, als er stundenlang sich beim Friseur verschönern ließ. Darum steckte ich das Telegramm in die Tasche. Das Telegramm war ja auch an mich adressiert.

«Na», sagte ich, «wir sollten mittags mit dem Omnibus nach Burguete fahren. Sie können ja nachkommen, wenn sie morgen abend eintreffen.»

Es gab nur zwei Züge, die aus San Sebastián kamen, einer frühmorgens und der, den wir eben gesehen hatten.

«Gar keine schlechte Idee», sagte Cohn.

«Je eher wir an den Fluß kommen, um so besser.»

«Mir ist es ganz einerlei, wann wir aufbrechen», sagte Bill. «Je eher, um so besser.»

Wir saßen eine Weile im *Iruña* und tranken unseren Kaffee, dann machten wir einen kleinen Spaziergang hinaus zu dem Stiertoril und über die Felder und unter dem Bäumen am Ende des Kliffs und sahen auf den Fluß in der Dunkelheit, und ich ging früh ins Bett. Bill und Cohn blieben, glaube ich, noch lange im Café sitzen, denn ich schlief schon, als sie kamen.

Am Morgen kaufte ich drei Billetts für den Omnibus nach Burguete. Er sollte fahrplanmäßig um zwei abfahren. Ich saß im *Iruña* und las die Zeitung, als ich Robert Cohn über den Platz kommen sah. Er kam an den Tisch und setzte sich auf einen der Korbstühle.

«Dies ist ein nettes Café», sagte er. «Hast du gut geschlafen, Jake?»

«Wie ein Sack.»

«Ich hab schlecht geschlafen. Bill und ich kamen auch erst spät nach Hause.»

«Wo wart ihr?»

«Hier. Und als man hier zumachte, gingen wir rüber in das andere Café. Der Alte drüben kann Deutsch und Englisch.»

«Ins *Café Suizo*?»

«Ja, er scheint ein netter Kerl zu sein. Ich finde, es ist angenehmer als hier.»

«Aber nicht am Tag», sagte ich. «Zu heiß. Übrigens habe ich die Billetts für den Omnibus genommen.»

«Ich bleibe noch hier, du und Bill, ihr könnt ja vorfahren.»

«Ich habe dein Billett.»

«Gib mir's, bitte. Ich laß mir das Geld wiedergeben.»

«Kostet 5 Peseten.»

Robert Cohn nahm ein silbernes Fünf-Peseten-Stück heraus und gab es mir.

«Ich muß bleiben», sagte er. «Weißt du, ich glaube, da ist irgendein Mißverständnis.»

«Wieso?» sagte ich. «Sie können genausogut noch drei oder vier Tage länger in San Sebastián bleiben, wenn sie sich da erst einmal amüsieren.»

«Das ist es ja gerade», sagte Robert. «Ich fürchte, sie haben erwartet, mich in San Sebastián zu treffen und sind deshalb dort geblieben.»

«Wieso glaubst du das?»

«Nun, ich schlug es Brett vor, als ich ihr schrieb.»

«Warum, zum Teufel, bist du denn nicht dageblieben, um sie dort zu treffen?» fing ich an, aber dann schwieg ich. Ich dachte, diese Idee würde er ja wohl selbst haben, aber ich glaube nicht, daß sie ihm kam.

Er wurde vertraulich und genoß es, daß er mit der Gewißheit sprechen konnte, daß ich wußte, daß zwischen ihm und Brett etwas gewesen war.

«Na, Bill und ich fahren sofort nach dem Lunch», sagte ich.

«Ich wünschte, ich könnte. Den ganzen Winter haben wir uns

aufs Angeln gefreut.» Er wurde sentimental. «Aber ich muß bleiben. Ich muß wirklich. Sobald sie da sind, bringe ich sie rauf.»

«Wir wollen Bill suchen.»

«Ich will zum Friseur.»

«Dann sehen wir uns zum Lunch.»

Ich fand Bill in seinem Zimmer. Er rasierte sich.

«O ja, er hat mir die ganze Geschichte gestern abend erzählt», sagte Bill. «Er ist ein großes kleines Beichtkind. Sagte, er wäre mit Brett in San Sebastián verabredet.»

«Dieses Schwein von einem Lügner.»

«Ach nein», sagte Bill, «nur nicht böse werden. Nur nicht jetzt zu Beginn unserer Tour böse werden. Wie hast du denn diesen Kerl überhaupt kennengelernt?»

«Laß schon gut sein.»

Bill sah sich um, halbrasiert, und dann sprach er weiter in den Spiegel, während er sein Gesicht einseifte:

«Hast du ihn mir nicht vorigen Winter mit einem Brief nach New York geschickt? Gott sei Dank bin ich ein Reisefanatiker. Hast du nicht noch mehr jüdische Freunde, die du mitnehmen könntest?» Er rieb sein Kinn mit dem Daumen, besah es sich und schabte dann wieder daran herum.

«Du hast ja selbst ganz reizende.»

«O ja. Ich habe auch ausgesuchte, aber doch nicht mit diesem Robert Cohn zu vergleichen. Das Komische daran ist, daß er sehr nett ist. Ich mag ihn. Aber er ist eben einfach grauenhaft.»

«Er kann furchtbar nett sein.»

«Ich weiß, das ist ja gerade das Schlimmste daran.»

Ich lachte.

«Ja, du hast gut lachen», sagte Bill, «du bist nicht gestern mit ihm bis zwei Uhr nachts aufgewesen.»

«War es sehr schlimm?»

«Schrecklich. Was ist denn das überhaupt mit ihm und Brett? Hat sie denn je was mit ihm zu tun gehabt?»

Er hob sein Kinn hoch und zog es von einer Seite auf die andere.

«Natürlich. Sie war mit ihm in San Sebastián.»

«Verrückt! Warum hat sie denn das gemacht?»

«Sie wollte aus der Stadt raus und kann es nirgends allein aushalten. Sie sagt, sie hätte sich eingeredet, daß es ihm guttun würde.»

«Was für idiotisch dumme Sachen manche Menschen anstellen. Warum ist sie denn nicht mit einem aus ihrem Kreis gefahren? Oder mit dir? –» er sprach schnell darüber hinweg – «oder mit mir? Warum nicht mit mir?» Er besah sich sein Gesicht vorsichtig im Spiegel und schmierte einen großen Klecks Seifenschaum auf jeden

Backenknochen. «Ein ehrliches Gesicht. Ein Gesicht, dem jede Frau vertrauen könnte.»

«Sie kannte es ja noch nicht.»

«Hätte sie aber sollen. Alle Frauen sollten es sehen. Es ist ein Gesicht, das man auf jeder Filmleinwand im ganzen Land zeigen sollte. Jede Frau sollte ein Foto dieses Gesichts beim Verlassen des Traualtars bekommen. Alle Mütter sollten ihren Töchtern von diesem Gesicht erzählen. Mein Sohn», er richtete seinen Rasierapparat auf mich, «zieh nach Westen mit diesem Gesicht und bring dich und das Land gemeinsam auf den grünen Zweig.»

Er beugte sich über die Schüssel, spülte sein Gesicht mit kaltem Wasser ab, rieb es mit Alkohol ein und besah sich dann sorgfältig im Spiegel, indem er seine lange Unterlippe herabzog.

«Mein Gott», sagte er, «ist es nicht ein entsetzliches Gesicht?»

Er sah in den Spiegel.

«Und was diesen Robert Cohn anlangt», sagte Bill, «der ist absolut zum Kotzen, und er soll sich zum Teufel scheren. Ich bin heilfroh, daß er hierbleibt und nicht mit uns zum Angeln kommt.»

«Da hast du verdammt recht.»

«Wir fahren zum Forellenfischen. Wir fahren zum Forellenfischen im Irati, und jetzt beim Lunch wollen wir uns am Wein dieses Landes betrinken, und dann machen wir eine tolle Autobusfahrt.»

«Also komm, wir wollen ins *Iruña* gehen und schon immer 'n bißchen vorlegen», sagte ich.

4

Es war kochend heiß auf dem Platz, als wir nach dem Lunch mit unseren Handtaschen und dem Angelkasten herauskamen, um nach Burguete zu fahren. Auf dem Omnibus saß schon eine Menge Leute, und andere kletterten eine Leiter hinauf. Bill stieg ebenfalls hinauf, und Robert setzte sich neben Bill, um einen Platz für mich zu reservieren, und ich ging zum Hotel zurück, um ein paar Flaschen Wein zum Mitnehmen zu holen. Als ich wiederkam, war der Omnibus überfüllt. Männer und Frauen saßen oben auf dem Gepäck und die Frauen bewegten ihre Fächer in der Sonne. Es war wirklich heiß. Robert kletterte hinunter, und ich klemmte mich auf den reservierten Platz auf der einen, einzigen hölzernen Bank, die in der Mitte stand.

Robert Cohn stand im Schatten der Arkaden und wartete auf unsere Abfahrt. Ein Baske mit einem großen, ledernen Weinbeutel im Schoß lag quer oben auf dem Omnibus vor unseren Plätzen und lehnte sich gegen unsere Beine. Er bot mir und Bill seinen Weinbeutel an, und als ich ihn hochhob, um zu trinken, ahmte er den Ton einer Autohupe so verblüffend gut und plötzlich nach, daß ich etwas vom Wein verschüttete und alle Leute lachten. Er entschuldigte sich und nötigte mich nochmals. Er machte die Autohupe etwas später noch mal nach, und ich fiel wieder darauf rein. Er machte es fabelhaft, und die Basken fanden es fabelhaft. Der Mann, der neben Bill saß, sprach Spanisch mit ihm, und da Bill nicht verstand, was er wollte, bot er ihm eine Flasche von unserem Wein an. Der Mann winkte ab. Er sagte, es sei zu heiß, und er habe zum Lunch schon zuviel getrunken. Als Bill ihm die Flasche ein zweites Mal anbot, nahm er einen großen Schluck, und dann machte die Flasche auf unserem Teil des Omnibus die Runde. Jeder trank sehr höflich einen Schluck, und dann mußten wir sie wieder zukorken und wegstekken. Sie wollten alle, daß wir aus ihren ledernen Weinbeuteln tränken. Es waren Bauern, die in die Berge fuhren.

Endlich, nach einer ganzen Serie falschen Hupens, fuhr der Bus ab, und Robert Cohn winkte uns Lebewohl zu, und alle Basken winkten ihm Lebewohl zu. Sobald wir auf die Straße außerhalb der Stadt kamen, war es kühl. Es war angenehm, so hoch und nah unter den Bäumen entlangzufahren. Der Omnibus fuhr ziemlich schnell und machte einen angenehmen Luftzug, und als wir weiter- und den Berg hinunterfuhren, hatten wir durch die staubgepuderten Bäume hindurch eine hübsche Aussicht auf die Stadt, die sich über dem Felsenufer des Flusses erhob. Der Baske, der gegen unsere Knie lehnte, zeigte mit dem Hals meiner Weinflasche auf die Aussicht und blinzelte uns zu. Er nickte mit dem Kopf.

«Recht hübsch, was?»

«Diese Basken sind fabelhafte Leute», sagte Bill.

Der Baske, der gegen meine Knie lehnte, war so gebräunt wie Sattelleder. Er trug einen schwarzen Arbeitskittel wie alle anderen auch. Sein gebräunter Hals hatte Falten. Er drehte sich um und bot Bill seinen Weinbeutel an. Bill reichte ihm eine unserer Flaschen. Der Baske drohte ihm mit dem Zeigefinger und gab ihm die Flasche, nachdem er den Korken mit der Handfläche hineingeschlagen hatte, zurück. Er brachte uns den Weinbeutel näher.

«Arriba! Arriba!» sagte er. «Heben Sie ihn hoch.»

Bill hob den Weinbeutel und ließ den Weinstrahl in seinen Mund fließen, den Kopf nach hinten übergelehnt. Als er aufhörte und den Lederbeutel absetzte, liefen ihm ein paar Tropfen das Kinn herunter.

«Nein, nein», sagten verschiedene Basken, «nicht so.» Einer riß den Beutel seinem Eigentümer weg, der gerade selbst eine Vorführung veranstalten wollte. Es war ein junger Bursche, und er hielt den Beutel auf Armeslänge von sich entfernt, hob ihn ganz hoch und drückte den Lederbeutel so stark mit der Hand, daß der Wein in seinen Mund spritzte. Er hielt den Beutel weit von sich, und der Wein war wie ein gerader harter Weg, der in seinen Mund führte, und er schluckte langsam und regelmäßig.

«He», schrie der Besitzer des Beutels, «wem gehört der Wein?»

Der Trinker drohte mit seinem kleinen Finger und zwinkerte uns zu. Dann biß er den Strom kurz ab, hob den Weinbeutel mit einem Ruck in die Höhe und reichte ihn seinem Besitzer zurück. Er zwinkerte uns zu. Der Besitzer schüttelte traurig den Weinbeutel.

Wir kamen durch eine Stadt, und der Chauffeur hielt vor der Posada und lud noch allerlei Pakete auf. Dann fuhren wir weiter, und außerhalb der Stadt begann die Straße anzusteigen. Wir fuhren durch bewirtschaftetes Land mit felsigen Hügeln, die bis zu den Feldern hinunter reichten. Die Getreidefelder stiegen die Hügelhänge hinauf. Jetzt, wo wir höher kamen, blies ein Wind durchs Getreide. Die Straße war weiß und staubig, und der Staub erhob sich unter den Rädern und hing in der Luft hinter uns. Die Straße klomm die Hügel hinan und ließ die üppigen grünen Felder unter uns liegen. Man sah nur noch Flecken von Getreidefeldern auf den kahlen Hängen und auf beiden Seiten der Wasserläufe. Wir wichen scharf aus, um einer langen Reihe von sechs Maultieren Platz zu machen, die eines hinter dem andern gingen und einen mit Frachtgut hochbepackten Wagen zogen. Der Wagen und die Maultiere waren mit Staub bedeckt. Dicht dahinter kam wieder ein Wagen mit einer Kette Maultiere. Dieser war mit Bauholz beladen, und der *Qrriero*, der die Maultiere lenkte, lehnte sich zurück und zog die schweren, hölzernen Bremsen an, als wir vorbeifuhren. Hier oben war das Land ganz unfruchtbar, und die Berge waren felsig und aus fest zusammengebackter, vom Regen durchfurchter Tonerde.

Wir bogen um eine Kurve in eine Stadt ein, und auf beiden Seiten öffnete sich ein unerwartetes grünes Tal. Ein Fluß strömte durch die Mitte der Stadt, und Traubenfelder reichten bis an die Häuser.

Der Autobus hielt vor einer Posada, und viele Leute stiegen aus, und eine Menge Gepäck wurde vom Verdeck unter den großen Persennings losgebunden und heruntergehoben. Bill und ich stiegen aus und gingen in die Posada. Es war ein langes dunkles Zimmer mit Sätteln und Geschirren und Heugabeln aus hellem Holz, und ganze Bündel von Leinwandschuhen mit Hanfsohlen und Schinken und Speckschwarten und weißer Knoblauch und lange Würste hingen vom Dach.

Es war kühl und schummrig, und wir standen vor einem langen, hölzernen Schanktisch mit zwei Frauen dahinter, die einem Getränke servierten. Hinter ihnen waren Fächer mit Eßvorräten und Schnittwaren.

Wir tranken jeder einen Aguardiente und bezahlten zusammen 40 Centimos. Ich gab der Frau fünfzig, wegen des Trinkgeldes, aber sie gab mir eine Kupfermünze zurück, in der Meinung, ich hätte sie falsch verstanden.

Zwei von unseren Basken kamen herein und bestanden darauf, uns eine Runde zu spendieren. So bezahlten sie einmal für uns und wir einmal für sie, und dann schlugen sie uns auf den Rücken und spendierten noch einen. Dann wieder wir, und dann gingen wir hinaus in die Sonne und Hitze und kletterten wieder auf den Omnibus hinauf. Jetzt hatten alle reichlich Platz auf der Bank, und der Baske, der vorher auf dem Blechdach gelegen hatte, saß zwischen uns. Die Frau, die die Schnäpse verkauft hatte, kam heraus, wischte sich die Hände an der Schürze und sprach mit jemandem im Innern des Omnibus. Dann kam der Chauffeur heraus, schwenkte zwei flache, lederne Posttaschen, kletterte hinauf, und dann fuhren wir los, und alle winkten.

Die Straße verließ sofort das grüne Tal, wir fuhren wieder in die Berge. Bill und der Weinbeutelbaske unterhielten sich. Ein Mann lehnte sich von der anderen Seite herüber und fragte auf englisch: «Sind Sie Amerikaner?»

«Jawohl.»

«Ich war drüben», sagte er, «vor vierzig Jahren.»

Er war ein alter Mann mit weißen Bartstoppeln und genauso braun wie die anderen.

«Wie war es?»

«Was sagen Sie?»

«Wie war es in Amerika?»

«Oh, ich war in Kalifornien, es war sehr schön.»

«Warum sind Sie dort fortgegangen?»

«Was sagen Sie?»

«Warum sind Sie hierher zurückgekommen?»

«Ach, ich kam zurück, um zu heiraten. Ich wollte eigentlich wieder hin, aber meine Frau reist ungern. Wo kommen Sie her?»

«Kansas City.»

«Da war ich», sagte er. «Ich war in Chicago, St. Louis, Kansas City, Denver, Los Angeles und Salt Lake City.»

Er zählte sie sorgfältig auf.

«Wie lange waren Sie drüben?»

«Fünfzehn Jahre. Dann kam ich zurück und heiratete.»

«Trinken Sie einen Schluck?»

«Schön», sagte er, «das gibt's drüben bei Ihnen in Amerika nicht, nicht wahr?»

«Mehr als genug, wenn man dafür bezahlen kann.»

«Warum sind Sie herübergekommen?»

«Wir fahren zur Fiesta in Pamplona.»

«Mögen Sie die Stierkämpfe?»

«Aber ja. Sie nicht?»

«Ja», sagte er. «Ich denke schon.»

Dann kam nach einer kurzen Pause:

«Wohin fahren Sie jetzt?»

«Rauf nach Burguete zum Angeln.»

«Na», sagte er, «hoffentlich fischen Sie was.»

Er schüttelte mir die Hand und setzte sich wieder zurecht. Den anderen Basken hatte er sehr imponiert. Er lehnte sich bequem zurück und lächelte mir zu, als ich mich umwandte, um das Land zu betrachten. Aber die Anstrengung, amerikanisch zu sprechen, schien ihn ermüdet zu haben. Danach sagte er nichts mehr.

Der Omnibus kletterte ständig die Straße hinauf. Das Land war kahl, und Felsen reckten sich inmitten der Tonerde auf. Am Wegrand wuchs kein Gras. Wenn man zurückblickte, sah man, wie das Land sich unterhalb ausdehnte. Weit hinter uns lagen die Felder wie grüne und braune Vierecke auf den Hügelhängen. Die braunen Berge bildeten den Horizont. Sie waren seltsam geformt. Als wir höher hinaufkamen veränderte sich der Horizont ständig. Als sich der Autobus langsam die Straße hinaufschraubte, sah man andere Berge im Süden aufsteigen. Dann passierte der Weg den Kamm, wurde eben und führte in einen Wald. Es war ein Korkeichenwald, und die Sonne fiel in Flecken durch die Bäume, und weiter weg unter den Bäumen weidete Vieh. Wir fuhren durch den Wald, und die Straße führte hinaus an einer Erhöhung vorbei und vor uns dehnte sich eine wellige grüne Ebene aus, mit dunklen Bergen im Hintergrund. Sie waren ganz anders als die braunen, sonnengerösteten Berge, die hinter uns lagen. Diese waren bewaldet, und Wolken kamen von ihnen herunter. Die grüne Ebene streckte sich. Sie war von Zäunen durchzogen, und das Weiße der Straße war zwischen der doppelten Baumreihe, die die Ebene nach Norden hin kreuzte, deutlich zu sehen. Als wir an den Rand der Erhöhung kamen, sahen wir die roten Dächer und die weißen Häuser von Burguete in der Ebene vor uns aufgereiht, und ein Stück abseits, angelehnt an den ersten dunklen Berg, sah man das graue, metallgedeckte Dach des Klosters von Roncesvalles.

«Da ist Roncevaux», sagte ich.

«Wo?»

«Dahinten, wo die Berge anfangen.»

«Es ist kalt hier oben», sagte Bill.

«Es liegt hoch», sagte ich, «es werden zwölfhundert Meter sein.»

«Es ist furchtbar kalt», sagte Bill.

Der Omnibus kam langsam auf die ebene Straße, die nach Burguete hineinführte. Wir überquerten eine Wegscheide und dann eine Brücke, die über einen Fluß ging.

Die Häuser von Burguete lagen zu beiden Seiten der Straße. Es gab keine Seitenstraßen. Wir kamen an der Kirche und dem Schulhof vorbei, und der Omnibus hielt. Wir stiegen aus. Der Chauffeur reichte uns unsere Handtaschen und unseren Angelkasten herunter. Ein Gendarm mit dreieckigem Hut und ledernen gelben Streifen näherte sich uns.

«Was ist da drin?» Er zeigte auf den Angelkasten.

Ich öffnete ihn und zeigte es ihm. Er wollte unsere Angelkarten sehen; ich nahm sie heraus. Er besah sich das Datum, und dann winkte er uns zu.

«Stimmt alles?» fragte ich.

«Ja, natürlich.»

Wir folgten der Straße bis zum Gasthaus, an den weißgewaschenen Steinhäusern vorbei, vor denen ganze Familien saßen und uns anstarrten.

Die dicke Frau, der das Gasthaus gehörte, kam aus der Küche und schüttelte uns die Hand. Sie nahm ihre Brille von der Nase, wischte sie ab und setzte sie wieder auf. Im Gasthaus war es kalt, und der Wind fing an draußen zu blasen. Die Frau schickte ein Mädchen mit uns nach oben, um uns die Zimmer zu zeigen. Die Einrichtung bestand aus zwei Betten, einem Waschtisch, einem Kleiderschrank und einem großen, gerahmten Stich von Nuestra Señora de Roncesvalles. Der Wind stand auf den Fensterläden. Das Zimmer lag auf der Nordseite des Gasthauses. Wir wuschen uns, zogen Sweater an und gingen hinunter ins Eßzimmer. Es hatte einen Steinfußboden, eine niedrige Decke und Eichenpaneele. Die Fensterladen waren alle auf, und es war so kalt, daß man seinen eigenen Atem im Zimmer sah.

«Mein Gott», sagte Bill, «morgen darf es aber nicht so kalt sein. Ich denke gar nicht daran, bei solchem Wetter einen Fluß entlangzuwaten.»

In einer Ecke des Zimmers hinter den Tischen stand ein Klavier, und Bill fing an zu spielen.

«Ich muß mich irgendwie warm halten», sagte er.

Ich ging hinaus und suchte die Frau, um sie zu fragen, was das

Zimmer und die Pension kosten sollten. Sie tat die Hände unter die Schürze und sah an mir vorbei.

«Zwölf Peseten.»

«Warum? Soviel haben wir ja in Pamplona bezahlt.»

Sie sagte gar nichts, nahm nur ihre Brille von der Nase und wischte sie an ihrer Schürze ab.

«Das ist zuviel», sagte ich. «Wir haben ja in einem richtigen, großen Hotel nicht mehr bezahlt.»

«Wir haben ein Badezimmer eingerichtet.»

«Haben Sie nichts Billigeres?»

«Nicht im Sommer. Jetzt ist Hauptsaison.»

Wir waren die einzigen Leute im Gasthaus. Na, dachte ich, schließlich sind's nur ein paar Tage.

«Ist der Wein inbegriffen?»

«O ja.»

«Na», sagte ich, «also schön.»

Ich ging zu Bill zurück. Er blies mir seinen Atem entgegen, um zu zeigen, wie kalt es war, und spielte weiter. Ich saß an einem der Tische und betrachtete die Bilder an der Wand. Eines mit toten Kaninchen, eines mit toten Fasanen und ein Bild mit toten Enten. Die Bilder sahen alle dunkel und verräuchert aus. An der Wand stand ein Schrank mit Likörflaschen. Ich besah sie mir alle. Bill spielte immer noch.

«Was meinst du zu einem heißen Rumpunsch?» sagte er. «Dies hier hält mich auf die Dauer nicht warm.»

Ich ging hinaus und beschrieb der alten Frau, was ein Rumpunsch sei und wie man ihn mache. Nach ein paar Minuten brachte ein Mädchen einen steinernen, dampfenden Krug ins Zimmer. Bill kam vom Klavier her, und wir tranken den heißen Punsch und horchten auf den Wind.

«Na, zuviel Rum ist da nicht darin.»

Ich ging hinüber an den Schrank, holte die Rumflasche heraus und goß ein halbes Glas voll in den Krug.

«Direkt handeln», sagte Bill, «schlägt jede Gesetzgebung.»

Das Mädchen kam herein und deckte den Tisch zum Abendbrot.

«Es weht hier oben wie verteufelt», sagte Bill.

Das Mädchen brachte eine große, dampfende Schüssel mit Gemüsesuppe und Wein. Danach gab es gebackene Forellen, eine Art Zusammengekochtes und eine große Schüssel mit Walderdbeeren. Der Wein kostete uns nichts extra, und das Mädchen war zwar ein bißchen schüchtern, aber nett in der Art, wie sie ihn uns brachte. Einmal kam die alte Frau herein und zählte die leeren Flaschen.

Nach dem Abendbrot gingen wir in unser Zimmer und rauchten und lasen im Bett, um warm zu bleiben. Einmal wachte ich nachts auf und hörte den Wind heulen. Es war angenehm, warm im Bett zu liegen.

5

Als ich am nächsten Morgen erwachte, ging ich ans Fenster und sah hinaus. Es hatte sich aufgeklärt, und es waren keine Wolken mehr auf den Bergen. Draußen unter den Fenstern waren ein paar Karren und eine alte Postkutsche, deren hölzernes Dach durch das Wetter gespalten und geborsten war. Sie war wahrscheinlich aus der Zeit, da es noch keine Omnibusse gab, übriggeblieben. Eine Ziege hopste auf einen der Karren und von da auf das Dach der Postkutsche. Sie nickte mit dem Kopf heftig den anderen Ziegen zu und sprang herunter, als ich ihr zuwinkte.

Bill schlief noch, ich kleidete mich an, zog meine Schuhe draußen auf dem Korridor über und ging hinunter. Niemand rührte sich unten; ich entriegelte die Tür und trat hinaus. Es war kühl draußen in der frühen Morgenluft, und die Sonne hatte den Tau noch nicht aufgetrocknet, der, als der Wind sich legte, gefallen war. Ich suchte in dem Verschlag hinter dem Gasthaus herum und fand eine Art Hacke und ging dem Fluß zu, um zu sehen, ob es Würmer gab, die man als Köder benutzen konnte.

Der Fluß war klar und flach, sah mir aber nicht nach Forellen aus. An dem grasigen Ufer, wo es feucht war, stieß ich die Hacke in die Erde und löste einen Grasklumpen. Darunter waren Würmer. Als ich die Sode hochhob, verschwanden sie, und ich buddelte vorsichtig und fand eine ganze Masse. Ich grub in dem feuchten Boden und füllte zwei leere Tabaksschachteln mit Würmern, und dann schüttete ich Erde darauf. Die Ziegen sahen zu, wie ich grub.

Als ich in den Gasthof zurückkam, war die Frau unten in der Küche, und ich sagte ihr, sie solle uns Frühstück machen und unser Lunch zum Mitnehmen einpacken.

Bill war wach und saß auf der Kante seines Bettes.

«Ich hab dich vom Fenster aus gesehen», sagte er. «Wollte dich nicht stören. Was hast du denn gemacht? Dein Geld eingebuddelt?»

«Fauler Hund.»

«Fürs Allgemeinwohl gearbeitet? Großartig. Das solltest du von jetzt ab jeden Morgen tun.»

«Los», sagte ich, «steh auf.»

«Was? Aufstehen? Ich stehe nie auf.»

Er kletterte wieder ins Bett und zog die Decke bis zum Kinn.

«Versuch nur, mich zum Aufstehen zu bewegen.»

Ich suchte weiter unser Angelgerät zusammen und verstaute es in unseren Angelsack.

«Hast du kein Interesse daran?» fragte Bill.

«Ich geh runter frühstücken.»

«Frühstücken? Warum hast du denn nicht gleich frühstücken gesagt? Ich dachte, ich sollte nur so einfach zum Spaß aufstehen. Frühstücken? Wunderbar. Jetzt redest du vernünftig. Geh nur raus und buddel noch ein paar Würmer aus; ich komme gleich.»

«Geh zum Teufel.»

«Arbeite für die Allgemeinheit.» Bill stieg in sein Unterzeug. «Zeig Ironie und Mitleid.»

Ich wollte mit dem Angelgerät, den Netzen und dem Rutenkasten aus dem Zimmer.

«He! Komm mal her.»

Ich steckte meinen Kopf zur Tür herein.

«Willst du wirklich nicht ein bißchen Ironie und Mitleid zeigen?»

Ich faßte mich an die Stirn.

«Das ist keine Ironie.»

Als ich hinunterging, hörte ich Bill singen: «Ironie und Mitleid. Wenn ihr fühlt . . . gib ihnen Ironie, gib ihnen Mitleid. Gib ihnen Ironie. Wenn sie fühlen . . . Nur ein bißchen Ironie. Nur ein bißchen Mitleid . . .» Er sang, bis er herunterkam, nach der Melodie: «Die Glocken läuten für mich und für sie.» Ich las eine alte spanische Zeitung von voriger Woche.

«Was bedeutet denn nur Ironie und Mitleid?»

«Was? Weißt du wirklich nichts von Ironie und Mitleid?»

«Nein. Wer hat denn das aufgebracht?»

«Aber alle. In New York sind alle ganz verrückt damit. Genauso wie früher mit den Fratellinis.»

Das Mädchen kam mit unserem Kaffee und dem gebutterten Toast herein. Es war eigentlich mehr geröstetes Brot mit Butter.

«Frag sie, ob sie Marmelade hat», sagte Bill. «Sei ironisch mit ihr.»

«Haben Sie Marmelade?»

«Das ist doch nicht ironisch. Ich wünschte, ich könnte Spanisch.»

Der Kaffee war gut, und wir tranken ihn aus großen Schalen. Das Mädchen brachte einen Glasteller mit Himbeermarmelade herein.

«Danke.»

«He du, das ist nicht die richtige Art», sagte Bill. «Sag was Ironisches. Mach irgendein Wortspiel mit Primo de Rivera.»

«Ich könnte sie fragen, in was für eine Scheiße er im Rif hineingeraten ist.»

«Sehr schwach», sagte Bill. «Sehr schwach. Du kannst es nicht. Ganz einfach. Du verstehst eben nichts von Ironie. Du hast kein Mitleid. Sag etwas Bejammernswertes.»

«Robert Cohn.»

«Gar nicht schlecht. Ganz gut. Also weiter. Warum ist Cohn bejammernswert? Sei ironisch.»

Er nahm einen großen Schluck Kaffee.

«Verflucht. Es ist noch zu früh», sagte ich.

«Nichts mit dir los. Und du beanspruchst einen Ruf als Schriftsteller? Du bist nur ein Journalist. Ein heimatloser Journalist. Du müßtest schon ironisch aus dem Bett steigen. Du müßtest über und über voll Mitleid aufwachen.»

«Nur weiter», sagte ich. «Von wem hast du denn den ganzen Quatsch?»

«Aber liest du denn nichts? Sprichst du denn mit keinem Menschen? Weißt du, was du bist? Du bist ein Heimatloser. Warum lebst du nicht in New York? Dann würdest du das alles wissen. Was soll man mit dir machen? Soll ich jedes Jahr herüberkommen, um dich auf dem laufenden zu halten?»

«Trink noch ein bißchen Kaffee», sagte ich.

«Gut. Kaffee ist gut für uns. Gerade das Koffein darin. Koffein, hier sind wir. Koffein bringt einen Mann in den Sattel und eine Frau ins Grab. Weißt du, was dir fehlt? Du bist ein Heimatloser. Eine der schlimmsten Typen. Hast du das noch nicht gehört? Niemand, der sein Heimatland verlassen hat, hat je etwas Vernünftiges geschrieben. Nicht mal druckenswert für die Zeitungen.»

Er trank seinen Kaffee.

«Du bist ein Heimatloser. Du hast den Kontakt mit der Erde verloren. Du posierst. Trügerische europäische Normen haben dich ruiniert. Du trinkst dich zu Tode. Du bist vom Sex besessen. Du redest die ganze Zeit, statt zu arbeiten. Du bist ein Heimatloser, siehst du es ein? Du bummelst in Cafés herum.»

«Es klingt eigentlich ganz verlockend», sagte ich. «Und wann arbeite ich?»

«Du arbeitest ja niemals. Manche behaupten, daß du dich von Frauen aushalten läßt. Andere behaupten, du bist impotent.»

«Nein», sagte ich, «ich hatte nur einen Unfall.»

«Erwähn das nicht», sagte Bill. «Das ist was, worüber man nicht spricht. Daraus müßtest du eine Art Mysterium machen. So wie Henrys Rad.»

Er war gut aufgezogen gewesen; jetzt hielt er inne. Ich fürchtete, er würde glauben, daß er mich mit dem Witz über Impotenz gekränkt hätte. Ich wollte ihn wieder in Schwung bringen.

«War gar kein Rad», sagte ich. «Es war beim Reiten.»

«Ich hörte, es sei ein Dreirad gewesen.»

«Na», sagte ich, «ein Flugzeug ist wie eine Art Dreirad. Und der Freudenspender ebenfalls.»

«Aber man tritt doch nicht.»

«Nein», sagte ich, «man tritt nicht.»

«Na, wollen wir das nicht aus dem Spiel lassen?» sagte Bill.

«Schön. Ich stand nur für das Dreirad ein.»

«Ich halte ihn außerdem für einen guten Schriftsteller», sagte Bill. «Und du bist ein verteufelt netter Kerl. Hat dir schon mal jemand gesagt, daß du ein guter Kerl bist?»

«Ich bin kein guter Kerl.»

«Hör mal zu. Du bist ein furchtbar netter Kerl, und ich mag dich lieber als sonst irgendwen auf der Welt. Das konnte ich dir aber nicht in New York sagen. Da wäre ich mir wie ein Schwuler vorgekommen. Daraus ist der Bürgerkrieg entstanden. Abraham Lincoln war andersrum. Er liebte General Grant. Genau dieselbe Sache mit Jefferson Davis. Lincoln hat die Sklaven einfach wegen einer Wette befreit. Der Dred-Scott-Fall ist durch eine Anti-Saloon-Liga arrangiert worden. Geschlechtstrieb erklärt alles. Die Frau des Colonel und Judy O'Grady sind im Grunde Lesbierinnen.»

Er schwieg.

«Na, hast du noch nicht genug?»

«Schieß los», sagte ich.

«Ich weiß jetzt nichts weiter. Erzähle dir beim Lunch nachher mehr davon.»

«Alter Bill», sagte ich.

«Alter Schuft du.»

Wir packten den Lunch und die zwei Flaschen Wein in den Rucksack, und Bill nahm ihn über die Schulter. Ich trug den Rutenkasten und die Käscher über meinen Rücken gehängt. Wir gingen den Weg hinauf, dann über eine Wiese und fanden einen Pfad, der über die Felder und in den Wald auf dem ersten Berghang führte. Wir gingen den sandigen Weg entlang. Die Wiesen waren wellig und voll Gras, und das Gras war kurz, weil Schafe dort gegrast hatten. Das Vieh war oben im Gebirge. Wir hörten seine Glocken im Wald.

Der Weg überquerte den Fluß auf einem Balken. Der Balken war geglättet, und man hatte ein Bäumchen als Geländer darübergebogen. Der Grund der flachen Pfütze neben dem Fluß war von Kaulquappen bedeckt. Wir gingen ein steiles Ufer hinauf und über wellige Felder. Als wir zurücksahen, erblickten wir Burguete, seine weißen Häuser, roten Dächer und die weiße Straße, auf der ein Lastwagen fuhr und den Staub aufwirbelte.

Jenseits der Felder kreuzten wir noch einen rascher fließenden Strom. Eine sandige Straße ging bis zu einer Einbuchtung und jenseits in den Wald. Der Weg überquerte den Strom auf einem anderen Balken unterhalb der Einbuchtung und vereinigte sich mit der Straße und führte uns in den Wald.

Es war Buchenwald, und die Bäume waren sehr alt. Ihre Wurzeln bäumten sich über dem Boden, und ihre Äste waren verschlungen. Wir gingen auf dem Weg zwischen den dicken Stämmen der alten Buchen, und das Sonnenlicht schien durch die Blätter in hellen Flecken auf das Gras. Die Bäume waren groß, und das Laubwerk war dicht, und doch war es nicht düster. Es gab kein Unterholz, nur das glatte, sehr grüne, frische Gras und die grauen großen Bäume in regelmäßigem Abstand wie in einem Park.

«Das ist ein Ländchen», sagte Bill.

Der Weg führte einen Hügel hinauf, und wir kamen in dichte Wälder, und der Weg stieg dauernd. Manchmal senkte er sich, aber dann stieg er wieder steil an. Die ganze Zeit hörte man das Vieh im Wald. Endlich führte der Weg auf den Gipfel des Berges. Wir waren ganz oben auf dem Hochplateau. Es war das höchste bewaldete Gebirge, das man von Burguete aus sehen konnte. Walderdbeeren wuchsen in einer kleinen Lichtung zwischen den Bäumen auf der Sonnenseite des Grates.

Weiter oben kam der Weg aus dem Wald und wand sich am Grat der Berge entlang. Die Hügel vor uns waren unbewaldet und mit großen gelben Ginsterfeldern bedeckt. Weit weg sah man steile Felsenufer mit dunklen Bäumen und hervorspringendem grauem Gestein, das den Lauf des Irati bezeichnete.

«Wir müssen diesem Weg hier am Grat folgen, über diese Hügel, durch die Wälder der Berge dahinten hindurch, und dann runter ins Iratital», erklärte ich Bill.

«Das ist ja ein verdammt langer Marsch.»

«Ja, es ist zu weit, um dort zu fischen und dann am selben Tag bequem wieder zurückzulaufen.»

«Bequem. Das hör ich gern. Wir müssen verdammt laufen, um überhaupt hin und zurück zu kommen und zwischendurch ein bißchen Zeit zum Angeln zu haben.»

Es war ein weiter Weg, und das Land war schön, aber wir waren müde, als wir den steilen Weg entlanggingen, der aus den bewaldeten Hügeln ins Tal des Río de la Fábrica hinunterführte.

Der Weg führte aus dem Schatten der Wälder in die heiße Sonne. Vor uns lag ein Flußtal. Hinter dem Fluß war ein steiler Hügel. Auf dem Hügel war ein Feld mit Buchweizen. Unter ein paar Bäumen auf dem Hügelhang sahen wir ein weißes Haus. Es war sehr heiß, und wir rasteten unter einigen Bäumen neben einem Wehr, das das Wasser kreuzte.

Bill lehnte den Rucksack an einen der Bäume, und wir steckten die Ruten aneinander, setzten die Rollen auf, banden die Schwimmer an und machten uns zum Angeln fertig.

«Du bist sicher, daß es hier Forellen gibt?» fragte Bill.

«Massenhaft.»

«Ich werde mit einer Fliege fischen. Hast du McGintys?»

«Da sind welche drin.»

«Willst du mit Köder fischen?»

«Hm, ich werde hier am Wehr fischen.»

«Schön, na, dann nehme ich das Fliegenbuch.» Er befestigte eine Fliege. «Wo soll ich versuchen? Lieber flußauf- oder -abwärts?»

«Am besten abwärts. Aber aufwärts gibt's auch massenhaft.»

Bill ging das Ufer hinab.

«Nimm eine Würmerschachtel.»

«Nein, ich brauche keine. Wenn sie nicht auf Fliegen anbeißen, dann schnelle ich die Schnur nur einfach hin und her.»

Bill beobachtete unten den Fluß.

«Hör mal», rief er gegen den Lärm des Wehrs zu mir herauf. «Was meinst du dazu, wenn man den Wein in der Quelle oberhalb des Weges kalt stellen würde?»

«Schön», rief ich zurück. Bill winkte mit der Hand und ging stromabwärts. Ich fand die zwei Weinflaschen im Rucksack und trug sie den Weg hinauf, wo Quellwasser aus einer eisernen Röhre floß. Die Quelle war zugedeckt; ich hob das Brett hoch, und nachdem ich die Korken fest in die Flaschen hineingeschlagen hatte, stellte ich sie tief ins Wasser. Es war so kalt, daß meine Hand und mein Handgelenk ganz erstarrt waren. Ich tat das Holzbrett wieder zurück und hoffte, daß niemand den Wein finden würde.

Ich nahm meine Rute, die gegen einen Baum lehnte, die Würmerschachtel und den Käscher und ging hinauf ans Wehr. Man hatte es gebaut, damit das Wasser die Baumstämme nicht weitertreiben konnte. Die Schleuse war offen, und ich saß auf einem der viereckigen Baumstämme und beobachtete die glatte Wasserdecke, hinter der der Fluß in die Fälle stürzte. Am Ende des Wehrs war das Wasser weiß und tief. Als ich entlangköderte, schoß eine Forelle aus dem weißen Wasser auf in die Fälle und wurde hinabgetragen. Bevor ich zu Ende geködert hatte, sprang eine andere Forelle an dem Gefäll auf, machte denselben herrlichen Bogen und verschwand gleichfalls in dem herabdonnernden Wasser. Ich befestigte ein Gewicht von guter Größe und ließ es ins schäumende Wasser nah am Ende der Baumstämme des Wehrs gleiten.

Ich fühlte das Anbeißen der ersten Forelle überhaupt nicht. Erst als ich anzog, merkte ich, daß ich eine hatte, und brachte sie – sie kämpfte und bog die Rute beinahe entzwei – aus den kochenden Wassern am Fuß des Falls an Land und schwang sie aufs Wehr. Es war eine gute Forelle, und ich schlug sie mit dem Kopf gegen den Baumstamm, so daß sie im Todeskampf zitterte, und ließ sie dann in meinen Sack gleiten.

Während ich noch mit der ersten beschäftigt war, sprangen verschiedene Forellen am Gefäll hoch. Sobald ich neuen Köder befestigt hatte und wieder eintauchte, schnappte eine andere zu, und ich brachte sie auf die gleiche Art herein. In kurzem hatte ich sechs. Ich legte sie nebeneinander, die Köpfe alle in derselben Richtung, und besah sie. Sie hatten herrliche Färbungen und waren durch das kalte Wasser ganz fest und hart. Es war ein heißer Tag, darum schlitzte ich sie alle auf, nahm die Eingeweide heraus, Kiemen und alles, und schwenkte sie im Wasser hin und her. Ich nahm sie an Land, wusch sie in dem kalten, glatten Wasser oberhalb des Wehrs, dann pflückte ich Farnkräuter und packte sie alle in die Tasche, immer drei Forellen auf eine Lage Farn, und dann wieder eine Lage Farnkräuter, dann wieder drei Forellen, dann bedeckte ich sie mit Farn. Sie sahen hübsch zwischen den Farnen aus, und jetzt hatte die Tasche eine Ausbuchtung, und ich stellte sie in den Schatten der Bäume.

Es war sehr heiß auf dem Wehr, darum stellte ich meine Würmerschachtel neben die Tasche in den Schatten und nahm ein Buch aus dem Rucksack und machte es mir, bis Bill zum Lunch kommen würde, unter dem Baum zum Lesen bequem.

Es war etwas über Mittag, und es gab nicht viel Schatten, aber ich saß an den Stamm zweier Bäume gelehnt, die zusammengewachsen waren, und las. Das Buch war irgendwas von A. E. W. Mason, und ich las eine großartige Geschichte von einem Mann, der in den Alpen erfror, dann in eine Gletscherspalte gefallen und verschwunden war, und seine Braut sollte genau 24 Jahre warten, während ihr Geliebter auch wartete, und dann würde sein Körper auf der Moräne erscheinen, und sie warteten noch, als Bill kam.

«Hast du was?» fragte er. Er hielt seine Rute, seine Tasche und seinen Käscher alles in einer Hand und schwitzte. Ich hatte ihn nicht kommen hören, der Lärm des Wehrs war zu groß.

«Sechs, wieviel hast du?»

Bill setzte sich hin, öffnete seine Tasche und legte eine große Forelle aufs Gras. Er nahm noch drei heraus, jede ein bißchen größer als die vorhergehende, und legte sie nebeneinander in den Schatten des Baumes. Sein Gesicht hatte einen glücklichen Ausdruck und schwitzte.

«Wie sind deine?»

«Kleiner.»

«Zeig mal.»

«Sind verpackt.»

«Wie groß sind sie tatsächlich?»

«Alle ungefähr so groß wie deine kleinste.»

«Du machst dich nicht über mich lustig?»

«Leider nicht.»

«Hast sie alle mit Würmern gekriegt?»

«Ja.»

«Faules Aas.»

Bill steckte die Forellen in den Sack und schwenkte den offenen Sack um sich, als er dem Fluß zuging. Von den Hüften runter war er naß, und ich sah daran, daß er den Strom entlanggewatet war.

Ich ging den Weg hinauf und holte die beiden Flaschen Wein. Sie waren kalt. Die Feuchtigkeit perlte auf den Flaschen, als ich zu den Bäumen zurückging. Ich breitete unseren Lunch auf einer Zeitung aus und entkorkte eine der Flaschen und lehnte die andere gegen einen Baum. Bill kam heran, während er sich die Hände trocknete. Seine Tasche war durch das Farnkraut rundlich angeschwollen.

«Zeig mal die Flasche her», sagte er. Er zog den Korken heraus, setzte an und trank. «Huh, das tut den Augen weh.»

«Laß mich auch versuchen.»

Der Wein war eiskalt und schmeckte ein bißchen rostig.

«Gar kein so schlechter Wein», sagte Bill.

«Die Kälte macht ihn besser», sagte ich.

Wir packten die kleinen Lunchpakete aus.

«Huhn.»

«Hier sind hartgekochte Eier.»

«Siehst du Salz?»

«Zuerst die Eier», sagte Bill, «dann das Huhn. Selbst Bryan hätte das eingesehen.»

«Er ist tot. Ich las es gestern in der Zeitung.»

«Nein, nicht, wirklich?»

«Doch, Bryan ist tot.»

Bill legte das Ei, das er abschälte, hin.

«Meine Herren», sagte er und wickelte aus einer Zeitung ein Hühnerbein aus, «ich kehre die Reihenfolge um. Bryan zuliebe. Als Tribut an den großen Gleichmacher. Zuerst das Huhn und dann das Ei.»

«An welchem Tag wohl Gott das Huhn geschaffen haben mag?»

«Ach», sagte Bill und lutschte an dem Hühnerbein, «woher sollen wir das wissen? Wir sollen nicht fragen. Unser Bleiben auf Erden ist nur kurz. Laß uns genießen, glauben und danksagen.»

«Iß dein Ei.»

Bill gestikulierte mit dem Hühnerbein in der einen und der Weinflasche in der anderen Hand.

«Laß uns die Wohltaten genießen. Laß uns das Geflügel der Luft nutznießen. Laß uns das Produkt des Weinstockes nutznießen. Willst du ein bißchen nutznießen, Bruder?»

«Nach dir, Bruder.»

Bill nahm einen langen Schluck.

«Nieße ein bißchen nutz, Bruder.» Er reichte mir die Flasche. «Laß uns nicht zweifeln, Bruder. Laß uns nicht in die heiligen Mysterien des Hühnerstalls mit unreinen Händen eindringen. Laß uns gläubig hinnehmen und einfach sagen – ich will, daß du in meine Worte einstimmst – Was wollen wir sagen, Bruder?» Er hielt mir das Hühnerbein entgegen und fuhr fort: «Hör zu. Wir wollen sagen – und ich für mein Teil sage es mit Stolz, und ich will, Bruder, daß du es mit mir zusammen auf den Knien sagst. Hier in der freien großen Natur braucht sich kein Mensch, wenn er kniet, zu schämen. Erinnere dich daran, die Wälder waren Gottes erste Kirchen. Laß uns niederknien und sagen: ‹Iß das nicht, verehrte Dame – frei nach Mencken.›»

«Hier», sagte ich, «nutznieße ein wenig hiervon.»

Wir entkorkten die andere Flasche.

«Was ist los?» sagte ich. «Mochtest du denn Bryan nicht?»

«Ich liebte Bryan», sagte Bill. «Wir waren wie Geschwister.»

«Wo hast du ihn kennengelernt?»

«Er, Mencken und ich waren alle in Holy Cross.»

«Und Frankie Fritsch.»

«Das ist gelogen. Frankie Fritsch war in Fordham.»

«Na», sagte ich, «ich war mit Bischof Manning in Loyola.»

«Das ist gelogen», sagte Bill. «Ich selbst war mit Bischof Manning in Loyola.»

«Du bist besoffen», sagte ich.

«Vom Wein?»

«Warum nicht?»

«Es ist die Feuchtigkeit», sagte Bill. «Warum nimmt man diese verdammte Feuchtigkeit nicht weg?»

«Trink noch einen Schluck.»

«Ist das alles, was wir haben?»

«Nur die zwei Flaschen.»

«Weißt du, was du bist?» Bill sah die Flasche zärtlich an.

«Nein», sagte ich.

«Du bist im Solde der Anti-Saloon-Liga.»

«Ich war mit Wayne B. Wheeler in Notre-Dame.»

«Das ist gelogen», sagte Bill. «Ich war mit Wayne B. Wheeler im Austin Business College. Er war Klassenvorsitzender.»

«Na, dann soll's mit den Kneipen ein Ende haben.»

«Da hast du recht, alter Schulfreund», sagte Bill. «Fort mit den Kneipen, ich werde sie mitnehmen.»

«Du bist besoffen.»

«Vom Trinken?»

«Kann schon sein.»

«Willst du einen Abzug schlafen?»

«Schön.»

Wir lagen mit dem Kopf im Schatten und sahen in die Bäume hinauf.

«Schläfst du?»

«Nein», sagte Bill, «ich überlegte gerade.»

Ich schloß meine Augen. Es lag sich angenehm auf dem Boden.

«Hör mal», sagte Bill, «was ist eigentlich an dieser ganzen Brett-Geschichte?»

«Was meinst du?»

«Warst du mal in sie verliebt?»

«Natürlich.»

«Wie lange?»

«Mal ja und mal nicht, eine Ewigkeit.»

«Zum Teufel!» sagte Bill. «Tut mir leid, alter Knabe.»

«Schon gut», sagte ich. «Heut ist es mir ganz egal.»

«Wirklich?»

«Wirklich. Nur würde ich um alles in der Welt lieber nicht mehr davon reden.»

«Bist du böse, daß ich gefragt habe?»

«Warum denn?»

«Ich bin schläfrig», sagte Bill und legte eine Zeitung über sein Gesicht.

«Hör mal, Jake», sagte er. «Bist du wirklich ein Katholik?»

«Der Technik nach.»

«Was soll das heißen?»

«Ich weiß nicht.»

«Schön. Ich will jetzt schlafen», sagte er. «Halt mich nicht durch dein vieles Fragen wach.»

Ich schlief auch ein. Als ich aufwachte, packte Bill den Rucksack. Es war Spätnachmittag, der Baumschatten war jetzt lang und dehnte sich über das Wehr. Ich war vom Schlafen auf der Erde ganz steif.

«Was machst du denn? Wachst du auf?» fragte Bill. «Warum bist du nicht über Nacht geblieben?»

Ich streckte mich und rieb mir die Augen.

«Ich hab wunderbar geträumt», sagte Bill. «Ich weiß nicht mehr was, aber es war ein wunderbarer Traum.»

«Ich glaube, ich habe nichts geträumt.»

«Du solltest träumen», sagte Bill. «Alle unsere großen Geschäftsleute sind Träumer gewesen. Sieh dir Ford an. Sieh dir Präsident Coolidge an. Sieh dir Rockefeller an. Sieh dir Jo Davidson an.»

Ich nahm meine und Bills Angelruten auseinander und packte sie in den Rutenkasten. Ich steckte die Rollen in den Gerätesack. Bill hatte den Rucksack gepackt, und wir legten einen Forellensack hinein. Ich trug den andern.

«Na», sagte Bill, «haben wir alles?»

«Die Würmer.»

«Deine Würmer. Steck sie da rein.»

Er hatte den Sack auf dem Rücken, und ich steckte die Würmerschachtel in eine der Außentaschen.

«Hast du jetzt alles?»

Ich sah mich auf dem Gras unter den Ulmen um.

«Ja.»

Wir stiegen den Weg bergan, der in die Wälder führte. Es war ein langer Marsch zurück nach Burguete, und es war dunkel, als wir über die Felder hinunter auf die Landstraße kamen und auf der Landstraße zwischen den Häusern der Stadt mit ihren erleuchteten Fenstern bis zum Gasthof gingen.

Wir blieben fünf Tage lang in Burguete und waren mit unserer Angelei sehr zufrieden. Die Nächte waren kalt und die Tage heiß, und selbst in der größten Mittagsschwüle ging ein leichter Wind. Es war so heiß, daß das Entlangwaten eines kalten Flusses eine Annehmlichkeit war, und die Sonne trocknete einen, wenn man heraus kam und sich ans Ufer setzte. Wir fanden einen Fluß mit einer Ausbuchtung, die zum Schwimmen tief genug war. Abends spielten wir Bridge zu dritt mit einem Engländer, der Harris hieß, der von St. Jean Pied de Port herübergekommen und im Gasthof abgestiegen war, um hier zu angeln. Er war sehr nett und ging zweimal mit uns zum Irati. Von Robert Cohn hörten wir kein Wort, ebensowenig von Brett und Mike.

6

Eines Morgens ging ich hinunter zum Frühstück, und Harris, der Engländer, saß schon am Tisch. Er las die Zeitung durch seine Brille. Er sah auf und lächelte.

«Guten Morgen», sagte er. «Ein Brief für Sie. Ich war auf der Post, und sie gaben ihn mir mit meinem.»

Der Brief stand auf meinem Platz, gegen eine Kaffeetasse gelehnt. Harris las wieder seine Zeitung. Ich öffnete den Brief. Er war aus Pamplona nachgeschickt worden und war Sonntag, San Sebastián, datiert.

Lieber Jake,

wir sind Freitag hier angekommen, Brett ist im Zug zusammengebrochen, deshalb brachte ich sie für drei Tage hierher, damit sie sich in der Gesellschaft von ein paar guten alten Freunden ein bißchen erholt. Wir fahren Dienstag nach Pamplona, Hotel *Montoya*, und kommen dort, ich weiß nicht wann, an. Willst Du uns bitte eine Zeile mit dem Omnibus schicken, damit wir wissen, wie wir Euch am Mittwoch treffen können. Tut uns wahnsinnig leid, daß wir so spät kommen, aber Brett war wirklich erledigt und wird Dienstag wieder ganz in Ordnung sein, ist es eigentlich schon jetzt. Ich kenne sie ja so gut und gebe mir alle Mühe, auf sie aufzupassen, aber es ist nicht immer ganz leicht. Tausend Grüße Euch allen!

Michael

«Welchen Wochentag haben wir?» fragte ich Harris.

«Mittwoch, glaube ich. Ja, sicher, Mittwoch. Wunderbar, wie man hier oben in den Bergen vollkommen jedes Zeitgefühl verliert.»

«Ja. Wir sind beinahe eine Woche hier.»

«Ich hoffe, Sie denken noch nicht an die Abreise.»

«Doch. Wir müssen leider mit dem Nachmittagsbus weg.»

«Das ist ja eine Gemeinheit. Ich hatte gehofft, wir würden noch einmal alle zusammen zum Irati gehen.»

«Wir müssen nach Pamplona. Wir treffen dort Bekannte.»

«Pech für mich. Wir hatten eine so nette Zeit hier in Burguete.»

«Kommen Sie doch nach Pamplona. Wir können dort zusammen Bridge spielen, und die Fiesta wird sicher großartig.»

«Würd ich ja gern. Furchtbar nett von Ihnen, mich aufzufordern. Aber ich bleibe am besten hier. Ich habe nicht mehr so sehr viel Zeit zum Angeln.»

«Sie wollen die Großen aus dem Irati?»

«Ja, wissen Sie, und ob! Es gibt dort phantastische Forellen.»

«Ich würde es auch gern noch mal versuchen.»

«Ach ja, bleiben Sie doch noch einen Tag. Seien Sie nett.»

«Wir müssen wirklich in die Stadt zurück», sagte ich.

«Wie schade.»

Nach dem Frühstück saßen Bill und ich auf einer Bank vor dem Gasthaus, wärmten uns in der Sonne und besprachen die Angelegenheit. Ich sah ein Mädchen aus dem Innern der Stadt den Weg entlangkommen. Sie blieb vor uns stehen und nahm aus einer ledernen Tasche, die gegen ihren Rock baumelte, ein Telegramm.

«Por ustedes?»

Ich besah es. Die Adresse lautete: «Barnes, Burguete.»

«Ja. Ist für uns.»

Sie holte ein Buch heraus, in dem ich unterschrieb, dann gab ich ihr ein paar Kupfermünzen. Das Telegramm war auf spanisch.

«Vengo Jueves Cohn.»

Ich reichte es Bill.

«Was heißt Cohn?»

«Was für ein lausiges Telegramm!» sagte ich. «Für dasselbe Geld kann er auch zehn Worte depeschieren. Komme Donnerstag. Äußerst aufschlußreich, nicht?»

«Aufschlußreich genug für Cohn.»

«Na, wir fahren ja auf jeden Fall rein», sagte ich. «Es hat keinen Zweck, Brett und Mike hier raus- und dann wieder reinzuschaffen, bevor die Fiesta beginnt. Sollen wir antworten?»

«Können wir gerade so gut», sagte Bill. «Ist schließlich für uns kein Grund, uns pöbelhaft zu benehmen.»

Wir gingen zur Post und ließen uns ein Telegrammformular geben.

«Was sollen wir telegrafieren?» fragte Bill.

«‹Ankommen heute abend.› Das genügt.»

Wir bezahlten und gingen zum Wirtshaus zurück. Harris war da, und wir drei gingen nach Roncesvalles hinauf. Wir gingen durchs Kloster.

«Es ist ein außergewöhnliches Bauwerk», sagte Harris, als wir herauskamen. «Aber, wissen Sie, eigentlich liegen mir solche Sachen nicht.»

«Mir auch nicht», sagte Bill.

«Es ist außergewöhnlich», sagte Harris. «Ich bin froh, daß ich da war. Ich hatte es mir jeden Tag vorgenommen.»

«Aber doch nicht mit Angeln zu vergleichen, nicht?» fragte Bill. Er konnte Harris gut leiden.

«Das will ich meinen.»

Wir standen vor der alten Kapelle des Klosters.

«Ist da drüben nicht eine Kneipe?» fragte Harris. «Oder sollten mich meine Augen täuschen?»

«Es sieht wie eine Kneipe aus», sagte Bill.

«Mir sieht's auch nach einer Kneipe aus», sagte ich.

«Wissen Sie», sagte Harris, «lassen Sie uns nießnutzen.» Er hatte Nutznießen von Bill übernommen.

Wir tranken jeder eine Flasche Wein. Harris ließ uns nicht bezahlen. Er sprach ganz nett Spanisch, und der Wirt wollte darauf unser Geld nicht annehmen.

«Wissen Sie, Sie können sich gar nicht vorstellen, was es für mich bedeutet hat, daß Sie hier oben waren.»

«Wir hatten eine herrliche Zeit, Harris.»

Harris war ein bißchen beschwipst.

«Wirklich. Ihr könnt euch nicht denken, was es für mich war. Seit dem Krieg hab ich nicht viel Spaß gehabt.»

«Wir angeln bald wieder mal zusammen. Vergessen Sie es nicht, Harris.»

«Ja, aber wirklich, es war so nett.»

«Wie ist es mit noch einer Flasche?»

«Erstklassige Idee», sagte Harris.

«Dies ist meine Runde», sagte Bill, «oder wir trinken nicht.»

«Ich wünschte, Sie ließen mich bezahlen. Es macht mir soviel Vergnügen.»

«Dies hier wird aber mir Vergnügen machen», sagte Bill.

Der Wirt brachte die vierte Flasche herein. Wir behielten dieselben Gläser. Harris hob sein Glas.

«Wißt ihr, ich muß sagen, das nießnutzt sich gut.»

Bill schlug ihm auf den Rücken.

«Guter alter Harris.»

«Wißt ihr, eigentlich heiße ich gar nicht Harris. Eigentlich heiße ich Wilson-Harris. Alles ein Name. Mit einem Bindestrich, wißt ihr.»

«Guter alter Wilson-Harris», sagte Bill. «Wir nennen Sie aber Harris, weil wir Sie so gern mögen.»

«Wissen Sie, Barnes, Sie können sich nicht vorstellen, was das alles für mich bedeutet.»

«Los, nutznießen Sie noch ein Glas voll», sagte ich.

«Barnes, wirklich, Barnes, Sie können es sich nicht vorstellen. Das ist alles.»

«Trinken Sie aus, Harris.»

Wir gingen den Weg von Roncesvalles zurück und hatten Harris in die Mitte genommen. Wir aßen Lunch im Gasthof, und Harris begleitete uns zum Omnibus. Er gab uns seine Karte mit einer

Londoner Adresse und seiner Club- und Geschäftsadresse, und als wir einstiegen, reichte er jedem von uns einen Umschlag. Ich öffnete meinen und fand ein Dutzend Fliegen darin. Harris hatte sie selbst gebunden. Er band alle seine Fliegen selbst.

«Aber wissen Sie, Harris», fing ich an.

«Nein, nein», sagte er. Er kletterte vom Bus herunter. «Sind gar keine erstklassigen Fliegen. Ich dachte nur, wenn Sie sie mal beim Fischen benutzen, würden Sie sich gleichzeitig an die nette Zeit erinnern, die wir gemeinsam verlebt haben.»

Der Bus setzte sich in Bewegung. Harris stand vor dem Postamt. Er winkte. Als wir um die Ecke bogen, machte er kehrt und ging zum Wirtshaus zurück.

«Weißt du, dieser Harris war doch wirklich nett, nicht?» sagte Bill.

«Ich glaube, er hat es wirklich genossen.»

«Harris? Na, und ob.»

«Ich wünschte, er wäre mit nach Pamplona gekommen.»

«Er wollte aber lieber angeln.»

«Ja, und auf jeden Fall kann man auch nie vorhersagen, wie diese Engländer untereinander ausgekommen wären.»

«Wahrscheinlich nicht.»

Wir kamen spät nachmittags in Pamplona an, und der Bus hielt vor dem Hotel *Montoya*. Auf dem Platz wurden elektrische Drähte gespannt, um den Platz für die Fiesta zu beleuchten. Ein paar Kinder kamen angelaufen, als der Bus hielt, und ein Zollbeamter der Stadt ließ alle Leute vom Autobus herunterklettern und auf dem Trottoir ihre Bündel öffnen. Wir gingen ins Hotel und trafen Montoya auf der Treppe. Er schüttelte uns die Hände und lächelte auf seine verlegene Art und Weise.

«Ihre Freunde sind angekommen», sagte er.

«Mr. Campbell?»

«Ja. Mr. Cohn und Mr. Campbell und Lady Ashley.»

Er lächelte, als ob ich noch allerhand hören würde.

«Wann sind sie angekommen?»

«Gestern. Ich hab für Sie die Zimmer reserviert, die Sie vorher hatten.»

«Fein. Haben Sie Mr. Campbell das Zimmer nach der Plaza gegeben?»

«Ja, die Zimmer, die Sie gesehen hatten.»

«Und wo sind unsere Leutchen jetzt?»

«Ich glaube, sie sind zur Pelota gegangen.»

«Und was gibt's Neues über die Stiere?»

Montoya lächelte. «Heute abend», sagte er, «heute abend um

sieben Uhr bringen sie die Villarstiere, und morgen kommen die Miuras. Gehen Sie alle hin?»

«Aber natürlich. Die anderen haben noch nie eine *desencajonada* gesehen.»

Montoya legte mir die Hand auf die Schulter.

«Ich seh Sie dann da.»

Er lächelte wieder. Er lächelte, als ob Stierkampf unser beider ganz besonderes Geheimnis sei; ein tiefes und ziemlich unpassendes Geheimnis, um das wir beide wußten. Er lächelte immer, als ob unser Geheimnis ein bißchen schlüpfrig und für keinen Outsider passend sei, etwas, was wir beide aber verstanden. Es war ganz unzweckmäßig, es Fremden mitzuteilen, die es nicht verstehen würden.

«Ist Ihr Freund auch ein *aficionado*?» Montoya lächelte Bill an.

«Ja. Er ist extra aus New York gekommen, um die Kämpfe in San Firmin zu sehen.»

«So?» zweifelte Montoya höflich. «Aber er ist nicht so *aficionado* wie Sie.»

Er legte mir wieder verlegen seine Hand auf die Schulter.

«Doch», sagte ich, «er ist ein wahrer *aficionado*, wenn auch nicht so einer wie Sie.»

Afición bedeutet Leidenschaft. Ein *aficionado* ist einer, der sich leidenschaftlich für Stierkämpfe begeistert. Alle guten Stierkämpfer stiegen in Montoyas Hotel ab; das heißt, die mit *afición* stiegen dort ab. Die es als Gewerbe betrieben kamen vielleicht einmal, aber sie kamen nicht wieder. Die Guten kamen jedes Jahr. Ihre Fotografien hingen in Montoyas Zimmer. Die Fotografien waren entweder Juanito Montoya oder seiner Schwester gewidmet. Die Fotografien der Stierkämpfer, von denen Montoya wirklich etwas gehalten hatte, waren gerahmt. Die Fotografien von Stierkämpfern, die keine *afición* besessen hatten, hob Montoya in seiner Schreibtischschublade auf. Sie trugen häufig die schmeichelhaftesten Widmungen. Aber sie bedeuteten ihm nichts. Eines Tages nahm Montoya sie alle heraus und warf sie in den Papierkorb. Er wollte sie nicht um sich haben.

Wir unterhielten uns häufig über Stiere und Stierkämpfer. Ich stieg seit mehreren Jahren im *Montoya* ab. Wir unterhielten uns nie sehr lange miteinander. Es war wohl mehr das Vergnügen, zu entdecken, was jeder von uns fühlte. Es kamen Männer von weit her, und bevor sie Pamplona verließen, pflegten sie bei Montoya auf ein paar Minuten vorzusprechen und sich mit ihm über Stiere zu unterhalten.

Diese Männer waren *aficionados*. Wahre *aficionados* konnten immer Zimmer bekommen, selbst wenn das Hotel voll war. Montoya machte mich mit vielen von ihnen bekannt. Zuerst waren sie immer riesig höflich und sehr amüsiert über die Tatsache, daß ich Amerikaner war. Irgendwie nahm man als Selbstverständlichkeit an, daß ein Amerikaner keine *afición* besitzen konnte. Er konnte simulieren oder sie mit Erregung verwechseln, aber er konnte sie nicht wirklich haben. Wenn sie merkten, daß ich *afición* besaß und keine Stichworte und keine Querfragen mich entlarven konnten – eigentlich war es mehr wie ein kleines, mündliches Examen mit ein wenig defensiven und versteckten Fragestellungen –, gab es zum Schluß immer dasselbe verlegene Auf-die-Schulter-Klopfen oder ein *buen hombre*. Aber beinahe immer die gleiche Berührung. Es schien, als ob sie einen anfassen mußten, um auch wirklich sicherzugehen.

Montoya konnte einem Stierkämpfer alles verzeihen, der *afición* besaß. Er konnte Nervenkrisen, Angst, schlechte, unerklärliche Handlungen, alle Arten von Vergehen verzeihen. Einem, der *aficióon* besaß, konnte er alles vergeben. Er vergab mir sofort alle meine Freunde. Ohne daß er je etwas darüber gesagt hätte, waren sie einfach wie ein kleiner Schandfleck zwischen uns, vielleicht in der Art wie das Pferdeaufschlitzen beim Stierkampf.

Bill war hinaufgegangen, sobald wir angekommen waren, und ich fand ihn in seinem Zimmer mit Waschen und Umziehen beschäftigt.

«Na», sagte er, «viel Spanisch geredet?»

«Er hat mir erzählt, daß die Stiere heute abend eintreffen.»

«Komm, wir wollen die Bande suchen und dann hingehen.»

«Schön, wahrscheinlich sitzen sie im Café.»

«Hast du Billetts?»

«Ja. Fürs Ausladen.»

«Wie ist es denn?» Er zog seine Backe vor dem Spiegel hin und her, um zu sehen, ob noch unter dem Kinnbacken unrasierte Stellen seien.

«Recht interessant», sagte ich, «die Stiere werden einer nach dem andern ausgeladen, aus den Käfigen gelassen und in den Corrals werden sie von Ochsen in Empfang genommen, die sie vom Kämpfen abhalten, und die Stiere stürzen sich auf die Ochsen, und die Ochsen laufen rum wie die alten Jungfern und versuchen, sie zu beruhigen.»

«Schlitzen sie jemals die Ochsen auf?»

«Ja. Manchmal stürzen sie sich einfach auf sie und bringen sie um.»

«Können die Ochsen gar nichts dagegen tun?»

«Nein. Sie versuchen sich mit ihnen anzufreunden.»

«Wozu sind sie eigentlich darin?»

«Um die Stiere zu beruhigen und sie daran zu hindern, daß sie sich die Hörner an den Steinwänden abbrechen oder sich gegenseitig aufschlitzen.»

«Wie herrlich, wie herrlich, ein Ochse zu sein.»

Wir gingen die Treppe hinunter, zur Tür hinaus und über den Platz zum *Café Iruña*. Zwei einsam aussehende Billettschalter standen auf dem Platz. Die Fenster, auf denen *Sol, Sol y sombra* und *Sombra* stand, waren geschlossen. Sie wurden erst am Tag vor Beginn der Fiesta aufgemacht.

Jenseits des Platzes breiteten sich die weißen Korbstühle und Tische des *Iruña* unter den Arkaden bis zum Straßenrand aus. Ich sah mich nach Mike und Brett an den Tischen um. Da saßen sie. Brett und Mike und Robert Cohn. Brett trug eine Baskenmütze. Mike auch. Robert Cohn war barhaupt und trug seine Brille. Brett sah uns kommen und winkte. Um ihre Augen standen Fältchen, als wir uns dem Tisch näherten.

«Hallo, Kinder!» rief sie.

Brett war glücklich. Mike hatte eine besondere Art, eine Unmasse Gefühl in seinen Händedruck zu legen. Robert Cohn gab uns die Hand, weil wir wieder da waren.

«Wo, zum Teufel, wart ihr nur?» fragte ich.

«Ich hab sie hergebracht», sagte Cohn.

«Was für Quatsch», sagte Brett, «wir wären längst hier, wenn du nicht gekommen wärst.»

«Ihr wärt nie hier gelandet.»

«Was für Quatsch. Kinder, seid ihr braun! Sieh dir mal Bill an.»

«Wars Angeln gut?» fragte Mike. «Wir hätten euch so gern da getroffen.»

«Es war nicht schlecht. Wir haben euch vermißt.»

«Ich wollte gern nachkommen», sagte Cohn, «aber ich dachte, ich bringe sie lieber rauf.»

«Du uns bringen! Welcher Unsinn.»

«War es wirklich gut?» fragte Mike. «Habt ihr viel gekriegt?»

«An manchen Tagen jeder ein Dutzend. Wir waren oben mit einem Engländer zusammen.»

«Der Harris hieß», sagte Bill. «Kennst du ihn vielleicht, Mike? Er war auch im Krieg.»

«Glücklicher Kerl», sagte Mike. «Was waren das doch für herrliche Zeiten. Wie ich mich nach diesen schönen Tagen zurücksehne!»

«Sei nicht so dämlich.»

«Warst du im Krieg, Mike?» fragte Cohn.

«Und ob.»

«Er war ein ausgezeichneter Soldat», sagte Brett. «Erzähl ihnen doch, wie dein Pferd eines Tages Piccadilly runtergerast ist.»

«Ich denke gar nicht daran. Das hab ich schon viermal erzählt.»

«Aber mir noch nie», sagte Cohn.

«Ich erzähl die Geschichte nicht. Sie wirft ein ungünstiges Licht auf mich.»

«Erzähl ihnen doch dann von deinen Orden.»

«Kommt nicht in Frage. Diskreditiert mich auch.»

«Was ist denn das für eine Geschichte?»

«Brett kann es euch erzählen. Sie erzählt alle Geschichten, die mich diskreditieren.»

«Los. Erzähl, Brett.»

«Soll ich?»

«Ich werd's selbst erzählen.»

«Was für Orden hast du denn, Mike?»

«Ich hab gar keine Orden.»

«Du mußt doch welche haben.»

«Ich nehme an, daß ich die üblichen Orden besitze. Aber ich hab mich nie darum gekümmert. Eines Tages war ein großes, fabelhaftes Dinner, zu dem der Prince of Wales erwartet wurde, und auf den Einladungen stand: Orden anlegen. Natürlich hatte ich keine Orden, und ich ging zu meinem Schneider, und ihm imponierte die Einladung, und ich dachte, das Geschäft wird gemacht, und sprach zu ihm: ‹Sie müssen mich mit ein paar Orden dekorieren.› Er sagte: ‹Was für Orden, Sir?› Darauf ich: ‹Ganz gleich, irgendwelche, nur irgendwelche Orden.› Worauf er sagte: ‹Was haben Sie denn für Orden, Sir?› Und ich sagte: ‹Wie soll ich denn das wissen?› Hat er wirklich geglaubt, daß ich meine ganze Zeit damit vertrödle, dieses dämliche Blättchen zu lesen? ‹Geben Sie mir nur eine schöne Kollektion. Sie können sie selbst aussuchen.› Daraufhin besorgte er mir ein paar Orden, so Miniaturorden natürlich, gab mir das Etui, ich steckte es in die Tasche und vergaß es vollkommen. Na, ich ging zu dem Dinner, es war an dem Abend, als sie Henry Wilson erschossen hatten, und da kamen weder der Prinz noch der König zum Dinner, und niemand trug Orden, und all die Kerle da waren emsig damit beschäftigt, ihre Orden abzunehmen, weil kein Mensch Orden trug, und meine hatte ich die ganze Zeit über in der Tasche.»

Er hielt inne, und wir sollten lachen.

«Das ist alles?»

«Ja, alles. Vielleicht hab ich's nicht richtig erzählt.»

«Allerdings», sagte Brett, «aber das macht nichts.»

Wir lachten alle.

«Ach ja», sagte Mike, «jetzt weiß ich es wieder. Es war ein verdammt langweiliges Dinner, und ich konnte es nicht mehr aushalten und ging weg. Später fand ich dann das Etui in meiner Tasche. Was ist denn das hier? fragte ich mich. Orden? Verdammte Militärorden? Dann schnitt ich sie los – ihr wißt doch, man näht sie alle auf einen Streifen – und verschenkte sie. Gab jedem Mädchen einen. Als Andenken. Sie hielten mich für einen fabelhaft schneidigen Kerl. Seine Orden in einem Nachtlokal zu verschenken. Mordskerl.»

«Erzähl nur auch den Schluß», sagte Brett.

«Findet ihr das nicht komisch?» fragte Mike. Wir lachten alle. «Ich kann euch sagen, es war komisch. Auf jeden Fall schrieb mir mein Schneider, er brauche die Orden wieder. Schickte, um sie zu holen. Schrieb mir noch monatelang deswegen. Wahrscheinlich hatte sie irgendeiner zum Reinigen bei ihm gelassen. Und dieser blöde Militarist hatte sie wie einen Schatz gehütet.» Mike hielt inne. «Verdammtes Pech für den Schneider», sagte er.

«Ach nein, das ist nicht dein Ernst», sagte Bill. «Der Schneider muß glücklich gewesen sein.»

«Fabelhafter Schneider. Würde seinen Augen nicht trauen, wenn ich jetzt zu ihm käme», sagte Mike. «Ich bezahlte ihm jährlich 100 Pfund, nur um ihn friedlich zu stimmen und damit er mir keine Rechnungen schickte. War ein entsetzlicher Schlag für ihn, als ich Bankrott machte. Das war ziemlich bald nach der Geschichte mit den Orden. Gab seinen Briefen einen ziemlich verbitterten Unterton.»

«Wie hast du eigentlich Bankrott gemacht?» fragte Bill.

«Auf zwei Arten», sagte Mike. «Allmählich und dann plötzlich.»

«Was hat es beschleunigt?»

«Freunde», sagte Mike. «Ich hatte eine Menge Freunde. Falsche Freunde. Außerdem hatte ich Gläubiger. Vielleicht hatte ich mehr Gläubiger als irgendein Mensch in ganz England.»

«Erzähl ihnen doch die Sache vom Gericht», sagte Brett.

«Ich erinnere mich nicht mehr», sagte Mike, «war wohl ein bißchen angesäuselt.»

«Angesäuselt?» ereiferte sich Brett. «Du warst sternhagelvoll.»

«Ganz was Außergewöhnliches», sagte Mike. «Traf vor kurzem meinen früheren Partner. Lud mich zu einem Schnaps ein.»

«Erzähl ihnen doch von deinem Rechtsbeistand», sagte Brett.

«Ich denke gar nicht daran», sagte Mike. «Mein Rechtsbeistand war auch sternhagelvoll. Kinder, glaubt mir, dies ist ein mulmiges Gesprächsthema. Gehen wir jetzt zum Ausladen der Stiere oder nicht?»

Wir riefen den Kellner, bezahlten und gingen durch die Stadt. Ich ging mit Brett voran, aber Robert Cohn holte uns ein und ging auf Bretts freier Seite. Wir drei gingen am Ayuntamiento, dessen Balkons mit Fahnen geschmückt waren, bis zum Markt hinunter und die steile Straße, die auf die Brücke über die Arga führte, hinab. Viele Leute waren unterwegs, um die Stiere zu sehen. Wagen fuhren den Berg hinunter und über die Brücke, und die Kutscher, die Pferde und die Peitschen ragten über die Fußgänger auf der Straße hinaus. Jenseits der Brücke gingen wir einen Weg hinauf, der zu den Corrals führte. Wir kamen an einer Weinhandlung vorbei, die ein Schild im Fenster hatte: «Guter Wein 30 Centimos à Liter.»

«Da gehen wir hin, wenn Ebbe in der Kasse ist», sagte Brett.

Die Frau, die in der Tür der Weinhandlung stand, sah uns an, als wir vorbeigingen. Sie rief jemand im Haus, und drei Mädchen kamen ans Fenster und starrten heraus. Sie starrten Brett an.

Am Tor des Corrals nahmen zwei Männer den hineingehenden Leuten die Billetts ab. Wir gingen durch das Gitter. Drinnen standen Bäume und ein niedriges weißes Steinhaus. Am hintersten Ende sah man die Steinwand der Corrals mit Öffnungen, die wie Schießscharten um die ganzen Corrals herumliefen. Eine Leiter führte bis auf die Mauer, und die Leute kletterten die Leiter hinauf und verteilten sich auf den Mauern, die die beiden Corrals voneinander trennten. Als wir über das Gras gingen und uns der Leiter unter den Bäumen näherten, kamen wir an den großen graugestrichenen Käfigen, in denen die Stiere waren, vorbei. In jeder Reisekiste war ein Stier. Sie waren mit der Eisenbahn von einem Stiergestüt in Kastilien gekommen und waren von den flachen Wagen auf der Station abgeladen und hierhergebracht worden und sollten aus den Käfigen in die Corrals gelassen werden. Jeder Käfig trug den Namen und das Zeichen des Stierzüchters eingebrannt.

Wir kletterten hinauf und fanden einen Platz auf der Mauer, von dem aus man in den Corral sehen konnte. Die Steinwände waren geweißt, auf der Erde lag Stroh, und an den Wänden entlang standen hölzerne Futtertröge und Wassermulden.

«Seht mal dort», sagte ich.

Jenseits des Flusses erhob sich das Plateau der Stadt. Überall an den alten Mauern und Befestigungswällen entlang standen Menschen. Die drei Befestigungslinien waren drei schwarze Linien Menschen. Über den Wällen sah man viele Köpfe an den Fenstern. Am entferntesten Ende des Plateaus waren Jungen auf die Bäume geklettert.

«Die müssen sich doch viel versprechen», sagte Brett.

«Die wollen die Stiere sehen.»

Mike und Bill standen auf der anderen Mauer jenseits des Corralgrabens. Sie winkten uns zu. Leute, die spät gekommen waren, standen hinter uns und drängten gegen uns, wenn andere Leute sie stießen.

«Warum geht's denn nicht los?» fragte Robert Cohn.

Ein einzelnes Maultier wurde zu einem der Käfige gezerrt und zog ihn bis zum Tor in der Mauer des Corrals. Ein paar Männer schoben und hoben ihn dann mit Brechstangen in die richtige Lage zum Tor. Auf der Mauer des Corrals standen Männer, die darauf warteten, das Tor zum Corral und dann die Tür des Käfigs zu öffnen. Am äußersten Ende des Corrals trotteten zwei Ochsen mit schaukelnden Köpfen, ihre mageren Lenden schwingend, herein. Sie standen zusammen am äußersten Ende, die Köpfe gegen das Tor gerichtet, durch das der Stier hereinkommen mußte.

«Sehen nicht gerade glücklich aus», sagte Brett.

Die Männer auf der Mauer legten sich zurück und zogen das Tor des Corrals herauf. Dann zogen sie die Tür des Käfigs auf.

Ich beugte mich ein ganzes Stück vornüber, um in den Käfig hineinsehen zu können. Es war dunkel. Irgendwer klopfte mit einer eisernen Stange an den Käfig. Drinnen schien etwas zu explodieren. Der Stier, der mit seinen Hörnern einmal rechts und einmal links gegen das Holz stieß, machte einen Höllenlärm. Dann sah ich eine dunkle Schnauze und den Schatten eines Horns. Dann hörte man Trampeln auf dem Holz der hohlen Kiste, der Stier stürmte vor und hinaus in den Corral, rutschte mit seinen Vorderhufen im Stroh, als er stehenblieb, den Kopf in der Luft, der große Muskelberg im Nacken stark angeschwollen, alle Körpermuskeln erregt zitternd, als er zu der Menge auf den steinernen Mauern emporsah. Die zwei Ochsen zogen sich mit gesenktem Kopf an die Mauer zurück; ihre Augen beobachteten den Stier.

Der Stier sah sie und griff an. Ein Mann brüllte hinter einer Kiste hervor und schlug mit seinem Hut auf die Planken, so daß sich der Stier, bevor er die Ochsen erreichte, umwandte, zusammenriß und seinen Angriff auf die Stelle richtete, wo der Mann gewesen war, und ihn mit einem Halbdutzend schnellen, suchenden Stößen seines rechten Horns hinter den Planken zu erreichen suchte.

«Mein Gott, ist er nicht schön?» sagte Brett. Wir sahen direkt auf ihn herab.

«Sieh mal, wie der seine Hörner zu benutzen versteht», sagte ich. «Er hat einen Rechten und einen Linken wie ein Boxer.»

«Nein, wirklich?»

«Sieh nur hin.»

«Es geht zu schnell.»

«Wart nur. In einer Minute kommt ein neuer.»

Man hatte einen anderen Käfig an den Eingang gerückt. In der hintersten Ecke beschäftigte ein Mann von hinter einem Bretterschutz hervor den Stier, und während der Stier dem Tor den Rücken zukehrte, wurde das Gitter aufgezogen und ein zweiter Stier in den Corral hineingelassen.

Er griff direkt die Ochsen an, und zwei Männer rannten hinter den Planken schreiend hervor und gaben sich Mühe, seine Richtung zu ändern. Er veränderte seine Richtung nicht, und die Männer schrien: *«Hah! Hah! Toro!»* und schwenkten die Arme. Die zwei Ochsen wandten sich zur Seite, um den Stoß aufzufangen, und der Stier bohrte sich in einen der Ochsen.

«Sieh nicht hin», sagte ich zu Brett. Sie beobachtete es voller Spannung.

«Schön», sagte ich, «wenn es dir nichts ausmacht.»

«Ich hab's gesehen», sagte sie. «Ich habe gesehen, wie er vom rechten aufs linke Horn gewechselt hat.»

«Verdammt noch mal, alle Achtung.»

Der Ochse lag jetzt da, mit gestrecktem Hals und verdrehtem Kopf, so wie er hingestürzt war. Plötzlich ließ der Stier von ihm ab und machte Jagd auf den anderen Ochsen, der in der äußersten Ecke gestanden und mit pendelndem Kopf alles beobachtet hatte.

Der Ochse lief ungeschickt, und der Stier nahm ihn an, stieß ihn leicht in die Flanke, wandte sich dann ab und sah, während sein Muskelberg anschwoll, hinauf zu der Menge auf der Mauer. Der Ochse näherte sich ihm und tat so, als wolle er ihn beschnuppern. Der Stier stieß leicht zu, dann beschnupperte er den Ochsen, und dann trotteten sie gemeinsam hinüber zu dem anderen Stier.

Als der nächste Stier herauskam, standen alle drei, die beiden Stiere und der Ochse, Kopf an Kopf zusammen, die Hörner gegen den neuen gerichtet. In wenigen Minuten hatte der Ochse sich mit dem neuen Stier angefreundet, ihn beruhigt und ihn zu einem der Herde gemacht. Als die zwei letzten Stiere ausgeladen waren, war die ganze Herde beieinander.

Der Ochse, der durchbohrt worden war, war wieder auf den Beinen und lehnte sich gegen die Steinmauer. Keiner der Stiere ging in seine Nähe, und er machte keinen Versuch, sich der Herde anzuschließen.

Wir kletterten mit der Menschenmenge von der Mauer hinunter und warfen noch durch die Maueröffnungen einen letzten Blick auf die Stiere. Sie standen jetzt alle vollkommen ruhig mit gesenkten Köpfen da. Draußen nahmen wir einen Wagen und fuhren zum Café. Mike und Bill erschienen eine halbe Stunde später. Sie hatten unterwegs mehrfach feuchte Station gemacht.

Wir saßen im Café.

«Das ist ja eine außergewöhnliche Sache», sagte Brett.

«Ob die letzten ebensogut kämpfen werden wie die ersten?» fragte Robert Cohn. «Sie schienen sich sehr schnell zu beruhigen.»

«Sie kennen sich ja alle», sagte ich. «Sie sind nur gefährlich, wenn sie allein oder zu zweit oder dritt sind.»

«Wie meinst du gefährlich?» fragte Bill. «Mir sahen sie alle gefährlich aus.»

«Sie wollen nur töten, wenn sie allein sind. Natürlich, wenn du da reingehen würdest, würde sich vielleicht einer von der Herde loslösen und gefährlich werden.»

«Das ist mir zu kompliziert», sagte Bill. «Mike, lös mich nur nie von der Herde los.»

«Das muß ich sagen», sagte Mike, «das waren Stiere, nicht? Habt ihr die Hörner gesehen?»

«Und ob», sagte Brett. «Ich hatte keine Ahnung, wie sie aussehen.»

«Hast du gesehen, wie der den Ochsen aufgespießt hat?» fragte Mike. «Das war doch fabelhaft.»

«Hundeleben, ein Ochse zu sein», sagte Cohn.

«Das ist deine Meinung?» sagte Mike. «Ich hätte gedacht, das wär was für dich, Robert.»

«Was willst du damit sagen, Mike?»

«Sie haben ein so geruhsames Leben. Sie reden nie und lungern immer so herum.»

Wir waren alle verlegen. Bill lachte. Cohn ärgerte sich. Mike fuhr fort:

«Ich stelle mir vor, daß du absolut glücklich dabei wärst. Du brauchtest nie ein Wort zu reden. Los, Robert. Sag schon was. Sitz nicht nur so da.»

«Ich hab was gesagt, Mike. Besinnst du dich nicht? Über die Ochsen.»

«Ach, sprich noch ein bißchen mehr. Sag was Komisches. Merkst du denn nicht, daß wir uns alle amüsieren?»

«Nun, laß schon sein, Michael. Du bist betrunken», sagte Brett.

«Ich bin nicht betrunken. Ich mein's ganz ernsthaft. Wird Robert Cohn die ganze Zeit über wie ein Ochse Brett nachlaufen?»

«Sei still, Michael. Zeig ein bißchen von deinem guten Stall und deiner guten Erziehung.»

«Die ganze Erziehung soll der Teufel holen. Nebenbei sind eigentlich nur Stiere aus einem guten Stall. Sind die Stiere nicht herrlich? Magst du sie nicht, Bill? Warum sagst du denn nichts, Robert? Sitzt doch nicht alle da wie bei einem Begräbnis. Und wenn Brett schon mit dir geschlafen hat? Sie hat mit ganz anderen Leuten geschlafen als mit so einem wie du.»

«Halt den Mund», sagte Cohn. Er stand auf. «Halt den Mund, Mike.»

«Ach, steh nur nicht so auf und tu so, als ob du mir ein paar runterhauen wolltest. Das ist mir ganz egal. Sag mal, Robert, warum läufst du wirklich Brett wie ein armer, idiotischer Ochse nach? Merkst du denn nicht, daß du unerwünscht bist? Ich weiß, wenn man mich nicht haben will. Warum weißt du nicht, wenn man dich nicht haben will? Du bist nach San Sebastián gekommen, wo man dich nicht haben wollte, und du bist Brett wie ein dämlicher Ochse immer nachgelaufen. Hältst du das für richtig?»

«Halt den Mund, du bist betrunken.»

«Vielleicht bin ich betrunken? Warum bist du nicht betrunken? Warum betrinkst du dich nie, Robert? Du weißt ja, du hast dich in San Sebastián nicht amüsiert, weil keiner unserer Freunde dich zu irgendeiner Gesellschaft einladen wollte. Ich finde, man kann ihnen daraus kaum einen Vorwurf machen. Nicht wahr? Ich bat sie darum. Aber sie wollten nicht. Man kann ihnen daraus keinen Vorwurf machen. Nicht wahr? Antworte doch. Kannst du ihnen daraus einen Vorwurf machen?»

«Scher dich zum Teufel, Mike.»

«Ich kann ihnen daraus keinen Vorwurf machen. Kannst du ihnen daraus einen Vorwurf machen? Warum läufst du Brett die ganze Zeit über nach? Hast du denn gar keine Manieren? Hast du schon mal überlegt, wie mir dabei zumute ist?»

«Du bist gerade der Richtige, um über Manieren zu reden», sagte Brett. «Du hast ja so fabelhafte Manieren.»

«Komm, gehen wir, Robert», sagte Bill.

«Warum läufst du ihr immer nach?»

Bill stand auf und hakte Cohn unter.

«Bleibt hier», sagte Mike. «Robert Cohn wird uns eine Runde spendieren.»

Bill ging mit Cohn hinaus. Cohns Gesicht war wächsern. Mike redete weiter. Ich saß da und hörte eine Weile zu. Brett sah angeekelt aus.

«Weißt du, Michael, nun hör schon mit deinen verdammten Dämlichkeiten auf», unterbrach sie ihn. «Dabei will ich nicht sagen, daß er nicht recht hat», wandte sie sich an mich.

Mike verlor seinen erregten Ton. Wir waren jetzt unter uns: Freunde.

«Ich war gar nicht so schlimm besoffen, wie es klang», sagte er.

«Ich weiß», sagte Brett.

«Keiner von uns ist nüchtern», sagte ich.

«Ich hab kein Wort gesagt, das ich nicht gemeint hätte.»

«Aber es war so schlecht formuliert», lachte Brett.

«Aber er ist doch ein Idiot. Er kam nach San Sebastián, wo wir ihn wirklich nicht gebrauchen konnten. Er lief immer hinter Brett her und hat sie unentwegt angestiert. Das war zum Kotzen für mich.»

«Ja, er hat sich sehr schlecht aufgeführt», sagte Brett.

«Weißt du, Brett hat auch vorher Männergeschichten gehabt. Sie erzählt mir immer alles. Sie hat mir die Briefe von diesem Knaben Cohn zu lesen gegeben. Ich hab sie aber nicht gelesen.»

«Fabelhaft edel von dir.»

«Nein, Jake, hör mal zu. Brett ist schon mit allerhand Männern gereist. Aber es waren keine Juden, und sie haben einen nachher zufriedengelassen und sind ihr nicht nachgelaufen.»

«Verdammt nette Kerle», sagte Brett. «Das ist ja Quatsch, daß man darüber redet. Michael und ich, wir verstehen uns.»

«Sie hat mir Robert Cohns Briefe zum Lesen gegeben. Ich hab sie aber nicht gelesen.»

«Du liest doch überhaupt keine Briefe, mein Engel. Du liest ja nicht mal meine.»

«Ich kann keine Briefe lesen», sagte Mike. «Komisch, nicht?»

«Du liest überhaupt nichts.»

«Nein, das stimmt nicht. Ich lese schon. Ich lese, wenn ich zu Hause bin.»

«Nächstens wirst du schriftstellern», sagte Brett. «Also los, Michael. Damit mußt du dich abfinden. Die Sache mußt du jetzt durchhalten. Er ist nun mal hier. Verdirb uns nicht die Fiesta.»

«Schön, sag ihm, daß er sich benimmt.»

«Er wird sich schon benehmen, ich werd mit ihm sprechen.»

«Sag du's ihm doch, Jake. Entweder soll er sich benehmen oder machen, daß er wegkommt.»

«Ja», sagte ich, «wird höchst erfreulich für mich sein, ihm das zu sagen.»

«Weißt du, Brett, erzähl doch Jake, wie Robert dich nennt. Das ist einfach einzig, weißt du.»

«Nein, das kann ich nicht.»

«Los. Wir sind doch unter uns. Sind wir nicht gute Freunde, Jake?»

«Ich kann's ihm nicht erzählen. Es ist zu lächerlich.»

«Dann werd ich's ihm sagen.»

«Laß das, Michael, sei nicht so dumm.»

«Er nennt sie Circe», sagte Mike. «Er behauptet, daß sie Männer in Schweine verwandelt. Verdammt gut, nicht? Wünschte, ich wäre einer dieser Dichterjünglinge.»

«Weißt du, er ist ganz begabt», sagte Brett. «Er schreibt einen guten Brief.»

«Ich weiß», sagte ich. «Er hat mir aus San Sebastián geschrieben.»

«Das war noch gar nichts», sagte Brett. «Er kann höchst amüsante Briefe schreiben.»

«Sie hat von mir verlangt, daß ich schreibe. Sie schützte Krankheit vor.»

«Ging mir auch verflucht schlecht.»

«Also los», sagte ich. «Wir wollen reingehen und was essen.»

«Wie soll ich mich gegen Cohn benehmen?» fragte Mike.

«Tu so, als ob gar nichts gewesen ist.»

«Von mir aus», sagte Mike, «ich bin nicht verlegen.»

«Wenn er irgend etwas sagt, sagst du einfach, daß du besoffen warst.»

«Gut, und das Komische daran ist, ich glaube, ich war besoffen.»

«Also los», sagte Brett, «ist das Giftzeug bezahlt? Ich muß vorm Essen baden.»

Wir gingen über den Platz. Es war dunkel; rund um den Platz herum brannten die Lampen der Cafés unter den Arkaden. Wir gingen über den Kies unter den Bäumen ins Hotel.

Die anderen gingen hinauf, und ich blieb stehen, um mich mit Montoya zu unterhalten.

«Nun, wie haben Ihnen die Stiere gefallen?» fragte er.

«Gut. Schöne Stiere.»

«Sie gehen an», Montoya schüttelte seinen Kopf, «aber sie sind nicht übermäßig.»

«Was gefiel Ihnen nicht?»

«Ich weiß nicht. Ich hatte nur so das Gefühl, daß sie nicht so berühmt wären.»

«Ich weiß, was Sie meinen.»

«Sie sind schon *gut.*»

«O ja, schon.»

«Wie gefielen sie Ihren Freunden?»

«Ausgezeichnet.»

«Gut», sagte Montoya.

Ich ging hinauf. Bill war in seinem Zimmer, stand auf seinem Balkon und sah auf den Platz. Ich stand neben ihm. «Wo ist Cohn?»

«Oben in seinem Zimmer.»

«Wie geht's ihm denn?»

«Natürlich scheußlich. Mike war entsetzlich. Er ist furchtbar, wenn er besoffen ist.»

«Er war gar nicht so besoffen.»

«Verdammt noch mal, nein. Ich weiß ja, was er getrunken hat, bevor wir ins Café kamen.»

«Nachher wurde er sogar recht nüchtern.»

«Schön, aber er war schrecklich. Gott weiß, ich mag Cohn wahrhaftig nicht leiden, und ich finde, es war blödsinnig von ihm, nach San Sebastián zu fahren, aber kein Mensch hat das Recht, so zu reden wie Mike.»

«Wie findest du die Stiere?»

«Toll. Auch toll, wie sie sie rauslassen.»

«Morgen kommen die Muiras.»

«Wann geht die Fiesta los?»

«Übermorgen.»

«Wir müssen aufpassen, daß Mike sich nicht immer so betrinkt. Solche Szenen sind unerträglich.»

«Wir wollen uns mal lieber zum Essen zurechtmachen.»

«Ja. Wird eine angenehme Mahlzeit werden.»

«Wahrhaftig.»

Tatsache war, daß das Abendessen richtig nett verlief. Brett trug ein schwarzes, ärmelloses Abendkleid. Sie sah wunderschön aus. Mike tat so, als ob nichts passiert war. Ich mußte hinaufgehen und Robert Cohn holen. Er war reserviert und zurückhaltend, und sein Gesicht war noch steif und bleich, aber zum Schluß wurde er ganz vergnügt. Er konnte kein Auge von Brett wenden. Es schien ihn glücklich zu machen. Wahrscheinlich war es für ihn ein angenehmes Gefühl, daß sie so schön aussah und daß er mit ihr zusammen gewesen war und daß wir anderen es alle wußten. Das konnte ihm keiner nehmen. Bill war furchtbar komisch. Michael auch. Sie waren wahnsinnig komisch zusammen.

Es war so wie manches Essen im Krieg, an das ich mich erinnere. Viel Wein, eine ignorierte Spannung und das Gefühl von Dingen, die kommen würden und die man nicht verhindern konnte. Unter der Wirkung des Weins verlor ich mein Gefühl von Ekel und war glücklich.

Sie schienen eigentlich alle ganz reizende Menschen zu sein.

7

Ich weiß nicht mehr, um wieviel Uhr ich ins Bett kam. Ich erinnere mich, daß ich mich auskleidete, einen Bademantel überzog und auf den Balkon ging. Ich wußte, daß ich ziemlich betrunken war, und als ich ins Zimmer kam, drehte ich das Licht überm Bett an und fing an zu lesen. Ich las ein Buch von Turgenjew. Wahrscheinlich las ich dieselben zwei Seiten wieder und wieder. Es war eine Geschichte aus den *Aufzeichnungen eines Jägers.* Ich hatte sie früher schon gelesen, aber sie kam mir ganz unbekannt vor. Das Land erschien mir sehr vertraut, und der Druck in meinem Kopf schien nachzulassen. Ich war sehr betrunken und wollte meine Augen nicht zumachen, weil ich wußte, daß sich dann das Zimmer um mich drehen würde. Wenn ich weiterlas würde dieses Gefühl vorübergehen.

Ich hörte Brett und Robert Cohn die Treppe heraufkommen. Cohn sagte ihr vor der Tür gute Nacht und ging dann in sein Zimmer. Ich hörte, wie Brett ins Nebenzimmer trat. Mike war schon im Bett. Er war mit mir vor einer Stunde heraufgekommen. Er wachte auf, als sie kam, und sie unterhielten sich. Ich hörte sie lachen. Ich drehte das Licht aus und versuchte einzuschlafen. Ich brauchte nicht mehr zu lesen. Ich konnte die Augen schließen, ohne das Gefühl zu haben, daß sich alles drehe. Aber ich konnte nicht schlafen. Es gibt keinen Grund, die Dinge in der Dunkelheit anders anzusehen als bei Tageslicht. Verdammt noch mal, nein!

Ich hatte mir das einmal alles zurechtgelegt und hatte sechs Monate bei elektrischem Licht geschlafen. Das war eine Glanzidee gewesen. Zum Teufel mit den Weibern, auf jeden Fall. Zum Teufel mit dir, Brett Ashley!

Frauen konnten fabelhafte Freunde sein. Fabelhaft. Zuerst muß man mal in eine Frau verliebt sein, damit die Basis für eine Freundschaft hergestellt ist. Brett war mein Freund gewesen. Ich hatte mich nicht an ihre Stelle gedacht. Ich hatte etwas umsonst bekommen. Aber das schob nur die Unterbreitung der Rechnung hinaus. Die Rechnung kam immer. Das war eine der todsicheren Sachen, auf die man sich verlassen konnte.

Ich dachte, ich hätte für alles bezahlt. Nicht wie eine Frau zahlt und zahlt und zahlt. Ohne die Idee der Vergebung oder der Strafe. Nur Austausch der Werte. Man gab etwas auf und bekam etwas anderes dafür. Oder man arbeitete für etwas. Auf irgendeine Weise bezahlte man alles, was den geringsten Wert besaß. Ich erkaufte mir meinen Weg zu genügend Dingen, die mir Vergnügen machten, so daß ich mich nicht zu beklagen brauchte. Entweder bezahlte man mit einer Erkenntnis oder einer Erfahrung, oder indem man etwas riskierte oder mit Geld. Das Leben genießen, hieß, für alles einen Gegenwert erhalten und sich darüber klar sein, wenn man ihn besaß. Man konnte für sein Geld Entsprechendes bekommen. Die Welt war schon ein geeigneter Platz zum Einkaufen. Dies schien eine gute Philosophie zu sein. In fünf Jahren, dachte ich bei mir, wird sie mir genauso dumm vorkommen wie alle meine früheren Philosophien.

Aber vielleicht war es doch nicht wahr. Vielleicht lernte man doch zwischendurch etwas hinzu. Mir war es gleich, woraus es bestand. Ich wollte nur wissen, wie man sich das Leben in dieser Welt einrichten sollte. Schon möglich, daß, wenn man zu leben wußte, man auf den Sinn des Ganzen schließen konnte.

Ich wünschte jedoch, Mike hätte sich nicht so grauenhaft gegen Cohn benommen. Mike war ein entsetzlicher Säufer. Brett ein guter. Bill ein guter. Cohn war niemals betrunken. Mike wurde, nachdem er einen bestimmten Punkt überschritten hatte, unangenehm. Mir machte es Spaß, wenn er Cohn beleidigte. Mir wäre es aber doch lieber gewesen, wenn er es unterlassen hätte, denn nachher schämte ich mich über mich selbst. Das war Moral: Dinge, die einem nachher peinlich waren. Nein, das mußte eher Unmoral sein. Das war eine große Feststellung. Was für eine Unmenge Quatsch ich so bei Nacht zusammendenken konnte. Was für einen Unsinn, hörte ich Brett sagen. Was für einen Unsinn. Wenn man mit Engländern zusammen war, fing man an, sich im Denken englischer Ausdrücke zu bedienen. Die gesprochene englische Sprache – auf jeden Fall die der oberen Klassen – hatte anscheinend weniger Worte als die der Eskimos. Natürlich wußte ich nichts über Eskimos. Vielleicht ist Eskimo eine sehr schöne Sprache. Also sagen wir lieber cherokesisch. Ich wußte auch nichts über cherokesisch. Die Engländer gaben ihren Sätzen einen bestimmten Tonfall. So bedeutete ein Satz vielerlei. Trotzdem mochte ich sie gern. Ich mochte, wie sie sprachen. Zum Beispiel Harris. Andererseits gehörte Harris nicht zu den oberen Klassen.

Ich drehte das Licht wieder an und las. Ich las Turgenjew. Ich wußte, daß ich mich in meinem überreizten Zustand nach viel zuviel Alkohol auf das jetzt Gelesene in irgendeinem Augenblick mal besinnen und glauben würde, daß es mir alles selbst passiert sei. Das würde ich mein Lebtag nicht vergessen. Das war eine andere gute Sache, für die man bezahlte und die man dann besaß. Etwas vor Anbruch der Dämmerung schlief ich ein.

Die nächsten zwei Tage im Pamplona verliefen ruhig und ohne Krach. Die Stadt bereitete sich auf die Fiesta vor. Arbeiter errichteten Torpfosten, die die Seitenstraßen absperren sollten, wenn die Stiere aus den Umfriedungen heraus morgens auf ihrem Weg durch die Straßen in die Arena gelaufen kamen. Die Arbeiter gruben Löcher und paßten die Pfosten ein, und jeder Pfosten war für einen bestimmten Platz numeriert. Draußen auf dem Plateau jenseits der Stadt übten Angestellte der Arena Picadorpferde ein, indem sie sie steifbeinig auf dem harten, sonnengebackenen Feld hinter der Arena Galopp ritten. Das große Tor zur Arena stand offen; man machte das Amphitheater sauber. Die Arena wurde gewalzt und besprengt, und Tischler ersetzten schwache oder geborstene Planken der *barrera*. Wenn man am Rand des glattgewalzten Sandes stand, konnte man die alten Frauen beobachten, die die Logen fegten.

Der Zaun, der draußen von der letzten Straße der Stadt bis zum Eingang der Arena führte, war bereits fertig und bildete eine lange Einfriedung; die Menge würde hier am Morgen des ersten Tages der Stierkämpfe entlanglaufen und hinter ihnen die Stiere. Hinten in der Ebene, wo später der Pferde- und Viehmarkt stattfand, kampierten Zigeuner unter den Bäumen. Die Wein- und Aguardienteverkäufer stellten ihre Buden auf. Eine Bude machte für Anis del Toro Reklame. Die Stoffschilder hingen in der heißen Sonne gegen die hölzernen Balken. Auf dem großen Platz, dem Mittelpunkt der Stadt, sah man noch keine Veränderungen. Wir saßen in den weißen Korbstühlen auf der Terrasse des Cafés und beobachteten, wie die Omnibusse ankamen und die Bauern, die aus der Umgegend zum Markt kamen, ausluden, und wir beobachteten, wie die Omnibusse sich wieder füllten und mit den Bauern und ihren Satteltaschen, die mit den Dingen, die sie in der Stadt gekauft hatten, vollgestopft waren, wieder losfuhren. Die großen grauen Omnibusse waren bis auf die Tauben und den Mann mit dem Schlauch, der den kiesbestreuten Platz und die Straßen besprengte, das einzige, was den Platz belebte.

Am Abend war der *paseo*. Eine Stunde nach dem Essen gingen alle, all die gutaussehenden Mädchen, die Offiziere der Garnison und alle eleganten Leute der Stadt, in der Straße auf der einen Seite des Platzes auf und ab, während sich die Tische der Cafés mit dem Stammpublikum füllten, das immer nach Tisch dort zu sitzen pflegte.

Morgens saß ich meistens im Café und las die Madrider Zeitungen und ging dann entweder in der Stadt oder auf dem Land spazieren. Manchmal kam Bill mit. Manchmal schrieb er in seinem Zimmer. Robert Cohn verbrachte seine Vormittage mit spanischen Studien oder versuchte, sich beim Friseur rasieren zu lassen. Brett und Mike standen nie vormittags auf. Wir tranken alle einen Wermut im Café. Es war ein friedliches Leben, und keiner war betrunken. Ich ging ein paarmal zur Kirche, einmal mit Brett. Sie sagte, sie wolle meine Beichte mit anhören, ich sagte ihr aber, daß es nicht nur unmöglich, sondern auch viel weniger interessant sei, als es klänge, und außerdem wäre es in einer Sprache, die sie nicht verstände. Wir trafen Cohn, als wir aus der Kirche kamen, und obschon es klar war, daß er uns nachgekommen war, war er sehr angenehm und nett, und wir gingen zu dritt bis zum Zigeunerlager spazieren, und Brett ließ sich weissagen.

Es war ein schöner Morgen; über den Bergen standen große weiße

Wolken. In der Nacht hatte es ein bißchen geregnet, und auf dem Plateau war es frisch und kühl, und man hatte eine wunderbare Aussicht. Wir fühlten uns alle gesund und zufrieden, und ich hatte gegen Cohn freundschaftliche Gefühle. An so einem Tag konnte einen nichts aus dem Gleichgewicht bringen.

Dies war der letzte Tag vor der Fiesta.

8

Sonntag mittag, den 6. Juli, brach die Fiesta aus. Es gibt keinen anderen Ausdruck dafür. Den ganzen Tag über waren Leute vom Land in der Stadt eingetroffen, aber da sie sich in der Stadt verstreuten, bemerkte man sie nicht. Der Platz lag genauso ruhig wie an allen anderen Tagen in der heißen Sonne. Die Bauern saßen in den außerhalb liegenden Weinhandlungen. Dort tranken sie, um sich für die Fiesta vorzubereiten. Sie waren so frisch von den Ebenen und Bergen hereingekommen, daß es notwendig war, sich langsam an alle Werte zu gewöhnen. Sie konnten nicht von Anfang an die Preise in den Cafés bezahlen. Sie bekamen Entsprechendes für ihr Geld in den Weinhandlungen. Das Geld hatte für sie noch den Wert von soundso viel Arbeitsstunden oder soundsoviel Scheffeln verkauften Getreides. Am Ende der Fiesta war es ihnen dann ganz gleich, was sie bezahlten und wo sie kauften.

Heute, am ersten Tag der Fiesta von San Fermín, saßen sie in den Weinhandlungen in den engen Straßen vom frühen Morgen an. Als ich früh am Morgen die Gassen zur Messe in der Kathedrale entlangging, hörte ich sie bei offenen Türen in den Weinhandlungen singen. Sie heizten ein bißchen ein. Bei der Elf-Uhr-Messe waren viele Leute. San Fermín ist auch ein kirchlicher Festtag.

Ich ging den Berg von der Kathedrale hinunter und die Straße hinauf zum Café auf dem Platz. Es war gegen Mittag. Robert Cohn und Bill saßen an einem der Tische. Die Tische mit den Marmorplatten und die Rohrstühle waren verschwunden. Man hatte sie durch gußeiserne Tische und Klappstühle ersetzt. Das Café sah wie ein zum Gefecht bereites Kriegsschiff aus. Heute ließen einen die Kellner den ganzen Morgen über nicht in Ruhe lesen, ohne einen zu fragen, was man bestellen wollte. Kaum saß ich, kam ein Kellner heran.

«Was trinkt ihr?» fragte ich Bill und Robert.

«Sherry», sagte Cohn.

«Jerez», sagte ich zu dem Kellner.

Bevor der Kellner den Sherry gebracht hatte, stieg die Rakete, die den Beginn der Fiesta ankündigte, auf dem Platz in die Höhe. Sie zerplatzte, und ein grauer Rauchball hing hoch über dem Teatro Gayarre, drüben auf der anderen Seite des Platzes, in der Luft. Der Rauchball hing am Himmel wie ein explodiertes Schrapnell, und während ich hinaufsah, tröpfelte eine zweite Rakete Rauch in das strahlende Sonnenlicht. Ich sah das helle Aufflammen beim Zerplatzen und eine zweite kleine Rauchwolke erschien. Bis die zweite Rakete explodiert war, hatte sich in den Arkaden, die noch eine Minute vorher ganz leer gewesen waren, eine solche Menschenmenge angesammelt, daß der Kellner, der die Flasche hoch über seinem Kopf hielt, kaum durch das Gewühl zu unserem Tisch vordringen konnte. Von allen Seiten drängten die Leute auf den Platz, und man hörte die Pfeifen, Querpfeifen und Trommeln die Straße herunterkommen. Sie spielten die Riau-riau-Musik mit schrillenden Pfeifen und dröhnenden Trommeln, und hinter ihnen tanzten Männer und Jungens. Sobald die Pfeifenspieler aufhörten, hockten sich alle auf der Straße hin, und wenn die Rohrflöten und die Pfeifen gellten und die tiefen, trocken und hohl klingenden Trommeln den Takt wieder schlugen, sprangen alle tanzend in die Höhe. Man sah in dem Gewühl nur die Köpfe und Schultern der Tanzenden sich auf und ab bewegen.

Auf dem Platz spielte ein verkrüppelter Mann die Rohrpfeife, und ein Haufen Kinder lief ihm schreiend nach und zog ihn am Rock. Er kam über den Platz, die Kinder immer hinter ihm her, und pfiff sie an dem Café entlang und eine Seitenstraße hinunter. Wir sahen sein ausdrucksloses, pockennarbiges Gesicht, als er vorüberging, und dicht hinter ihm her schreiende und an seinem Rock zerrende Kinder.

«Das ist sicher der Dorftrottel», sagte Bill. «Mein Gott, sieh dir das an.»

Die Straße herunter kamen Tanzende. Die Straße war mit Tänzern angefüllt, nur Männer. Sie tanzten alle im Takt hinter ihren Pfeifenspielern und Trommlern her. Sie gehörten irgendeinem Verein an und trugen alle blaue Arbeitskittel und rote Taschentücher um den Hals und ein großes Banner zwischen zwei Stangen. Das Banner tanzte mit ihnen auf und ab, als sie, von der Menge umgeben, die Straße herunterkamen.

«Es lebe der Wein! Es leben die Fremden!» stand auf ihrem Banner.

«Wo sind die Fremden?» fragte Robert Cohn.

«Wir sind die Fremden», sagte Bill.

Die ganze Zeit über stiegen Raketen in die Luft. Die Tische der

Cafés waren jetzt alle besetzt. Der Platz leerte sich, und die Leute füllten die Cafés.

«Wo sind Brett und Mike?» fragte Bill.

«Ich geh und hol sie», sagte Cohn.

«Bring sie her.»

Die Fiesta hatte wirklich begonnen. Sie dauerte Tag und Nacht, sieben Tage lang. Man tanzte und trank unentwegt, und der Lärm nahm kein Ende. Das, was so passierte, konnte nur während einer Fiesta passieren. Schließlich wurde alles ganz unwirklich, und es schien, als ob nichts während der Fiesta irgendwelche Folgen haben könne. Es schien gänzlich unangebracht, während der Fiesta an Folgen zu denken. Die ganze Fiesta über hatte man das Gefühl, selbst wenn es ruhig war, daß man alles, was man sagen wollte, schreien müsse, damit die anderen es hörten. Und so war es mit allem, was man tat. Es war eine Fiesta, und sie dauerte sieben Tage lang.

Am Nachmittag war die große religiöse Prozession. San Fermín wurde von einer Kirche in die andere überführt. An der Prozession nahmen alle städtischen und kirchlichen Würdenträger teil. Wir konnten sie nicht sehen, weil das Gewühl zu groß war. Vor und hinter der formellen Prozession tanzten die Riau-riau-Tänzer. Eine Gruppe in gelben Hemden tanzte in der Menge auf und ab. Alles, was wir durch die dichtgedrängte Masse, die auch alle Bürgersteige und Kurven anfüllte, von der Prozession sehen konnten, waren die Riesen, die Indios aus dem Zigarrenladen, dreißig Fuß hoch, Mauren, ein König und eine Königin, die feierlich zum Riau-riau sich drehten und walzten.

Sie standen alle vor der Kapelle, in der San Fermín und die Würdenträger verschwunden waren, nachdem sie die Riesen und die Männer, die in ihnen getanzt hatten und jetzt neben den ausruhenden Rahmen standen, und die Zwerge, die mit ihren kolossalen Blasen sich in der Menge hin und her bewegten, als Schildwache zurückgelassen hatten. Wir wollten eben hineingehen, und es roch nach Weihrauch und Menschen, die in die Kirche gingen, aber Brett wurde in der Tür angehalten, weil sie keinen Hut aufhatte; also gingen wir wieder hinaus und die Straße entlang, die von der Kapelle in die Stadt zurückführte. An beiden Straßenrändern standen Leute, die sich ihren Platz hielten, um die Prozession zurückkommen zu sehen. Ein paar Tänzer bildeten einen Kreis um Brett und fingen an zu tanzen. Sie trugen große Kränze von weißem Knoblauch um den Hals. Sie packten mich und Bill an den Armen und stellten uns in den Kreis. Bill fing auch an zu tanzen. Alle sangen. Brett wollte auch tanzen, aber sie ließen es nicht zu. Sie brauchten sie als Götzenbild, um das sie herumtanzen konnten. Als die Weise mit einem schrillen Riau-riau geendet hatte, drängten sie uns in eine Kneipe.

Wir standen vor der Theke. Brett mußte sich auf ein Weinfaß setzen. In der Weinhandlung war es dunkel und voll mit singenden Männern, rauhstimmigem Gesang. Hinter der Theke wurde der Wein aus den Fässern abgezogen. Ich legte Geld für den Wein hin, aber einer der Männer nahm es auf und steckte es mir wieder in die Tasche.

«Ich möchte einen ledernen Weinbeutel haben», sagte Bill.

«Die Straße runter ist ein Laden», sagte ich. «Ich werd uns ein paar besorgen.»

Die Tänzer wollten mich nicht weglassen. Drei von ihnen saßen auf dem hohen Weinfaß neben Brett und zeigten ihr, wie man aus den Weinbeuteln trinken müsse. Sie hatten ihr einen Knoblauchkranz umgehängt. Einer bestand darauf, ihr aus einem Glas etwas zu trinken zu geben. Irgendeiner lehrte Bill einen Gassenhauer, sang ihn ihm ins Ohr und schlug den Takt auf Bills Rücken.

Ich erklärte ihnen, daß ich wiederkommen würde. Draußen sah ich mich nach dem Laden um, in dem lederne Weinbeutel gemacht wurden. Die Menge drängte sich auf den Bürgersteigen, und viele Geschäfte hatten die Läden vor, und ich konnte ihn nicht finden. Ich ging bis zur Kirche und suchte auf beiden Seiten der Straße. Dann fragte ich einen Mann, und er nahm mich beim Arm und führte mich hin. Die Läden waren zu, aber die Tür stand auf.

Drinnen roch es nach frischgegerbtem Leder und heißem Teer. Ein Mann schablonierte fertige Weinhäute. Sie hingen in Bündeln von der Decke. Er nahm eine herunter, blies sie auf, schraubte die Schnauze fest und sprang dann darauf.

«Sehen Sie. Es leckt nicht.»

«Ich möchte noch eine, eine große.»

Er nahm eine große von der Decke herunter, die wohl fünf Liter fassen konnte. Er blies sie auf; seine aufgeplusterten Backen standen über den Weinbeutel hervor; er stellte sich auf die *bota* und hielt sich an einem Stuhl fest.

«Was wollen Sie damit machen? Sie in Bayonne verkaufen?»

«Nein. Daraus trinken.»

Er klopfte mir auf die Schulter.

«Guter Mann, 8 Peseten für die zwei. Der niedrigste Preis.»

Der Mann, der die neuen schablonierte und sie auf einen Haufen warf, hielt inne.

«Stimmt», sagte er, «8 Peseten ist billig.»

Ich bezahlte, ging hinaus und die Straße zu der Weinhandlung zurück. Es war noch dunkler als vorher und sehr voll. Ich sah weder

Brett noch Bill, und jemand sagte, sie seien im Hinterzimmer. Am Schanktisch füllte das Mädchen meine beiden Weinbeutel. Einer hielt zwei Liter. Der andere faßte fünf Liter. Beide kosteten zum Füllen zusammen 3 Peseten und 60 Centimos. Jemand am Schanktisch, den ich nie vorher gesehen hatte, versuchte für meinen Wein zu bezahlen, aber schließlich bezahlte ich doch dafür. Der Mann, der durchaus bezahlten wollte, lud mich zu einem Drink ein. Er erlaubte nicht, daß ich mich revanchierte, sondern sagte, er würde sich den Mund mit einem Schluck aus dem neuen Weinbeutel ausspülen. Er kippte den großen Fünf-Liter-Beutel hoch und drückte ihn, so daß der Wein in seinen Schlund spritzte.

«Gut», sagte er und gab mir den Beutel zurück.

Im Hinterzimmer saßen Brett und Bill auf Weinfässern, von den Tänzern umringt. Alle hatten die Arme um die Schultern des Nachbarn geschlungen und alle sangen. Mike saß an einem Tisch mit einigen Männern in Hemdsärmeln und aß aus einer Schüssel Thunfisch, gehackte Zwiebeln und Essig. Sie tranken alle Wein und tunkten Essig und Öl mit Brot auf.

«Hallo, Jake. Hallo!» rief Mike. «Komm her. Du sollst meine Freunde kennenlernen. Wir essen gerade Horsd'œuvre.»

Er stellte mich den Leuten an seinem Tisch vor. Sie halfen Mike mit ihren Namen und ließen eine Gabel für mich kommen.

«Iß ihnen doch nicht ihr ganzes Essen weg, Mike», rief Brett von ihrem Weinfaß herüber.

«Ich will Ihnen nicht Ihr Essen wegessen», sagte ich, als mir jemand eine Gabel reichte.

«Essen Sie», sagte er, «wozu ist es denn da?»

Ich drehte die Schnauze des großen Weinbeutels auf und reichte ihn rum. Alle nahmen einen Schluck, indem sie den Beutel auf Armeslänge entfernt hielten.

Draußen hörte man trotz des Gesangs die Musik der vorbeiziehenden Prozession.

«Ist das nicht die Prozession?» fragte Mike.

«Nada», sagte jemand. «Ist nichts. Trinken Sie. Die Flasche hoch.»

«Wo hat man dich aufgetrieben?» fragte ich Mike.

«Irgendwer hat mich hergebracht», sagte Mike. «Sie sagten, du seist hier.»

«Wo ist Cohn?»

«Hat das Rennen aufgegeben», sagte Brett. «Sie haben ihn irgendwo hingebracht.»

«Wo ist er?»

«Ich weiß nicht.»

«Woher sollen wir's denn wissen?» sagte Bill. «Ich glaube, er ist tot.»

«Er ist nicht tot», sagte Mike. «Ich weiß, daß er nicht tot ist. Der Anis del Mono hat ihn ein bißchen außer Gefecht gesetzt.»

Als er Anis del Mono sagte, blickte einer der Männer an unserem Tisch hoch, zog eine Flasche aus seinem Kittel und reichte sie mir.

«Nein», sagte ich. «Nein, danke.»

«Doch, doch. *Arriba.* Hoch mit der Flasche.»

Ich nahm einen Schluck. Es schmeckte nach Lakritze und brannte. Ich fühlte, wie es meinen Magen wärmte.

«Zum Teufel, wo ist Cohn?»

«Ich weiß nicht», sagte Mike. «Ich werd mal fragen. Wo ist der besoffene Kamerad?» fragte er auf spanisch.

«Wollen Sie zu ihm?»

«Ja», sagte ich.

«Ich nicht», sagte Mike. «Dieser edle Herr.»

Der Anis del Mono-Mann wischte sich den Mund ab und stand auf.

«Kommen Sie.»

In einem hinteren Zimmer schlief Robert Cohn friedlich auf ein paar Weinfässern. Es war beinahe zu dunkel, um sein Gesicht zu erkennen. Man hatte ihn mit einem Mantel zugedeckt, und ein anderer Mantel lag zusammengefaltet unter seinem Kopf. Um seinen Hals und um seine Brust wand sich ein großer Knoblauchkranz.

«Lassen Sie ihn nur schlafen, es ist alles in Ordnung», flüsterte der Mann.

Zwei Stunden später erschien Cohn. Er kam ins Hinterzimmer und hatte noch den Knoblauchkranz um den Hals. Die Spanier erhoben ein Geschrei, als er hereinkam. Cohn rieb sich die Augen und grinste.

«Ich glaube, ich hab geschlafen», sagte er.

«Aber nein!» sagte Brett.

«Du warst nur gestorben», sagte Bill.

«Wollen wir nicht gehen und Abendbrot essen?» fragte Cohn.

«Willst du essen?»

«Ja, warum nicht? Ich hab Hunger.»

«Iß den Knoblauch, Robert», sagte Mike. «Wirklich, iß den Knoblauch.»

Cohn stand da. Nach dem Schlafen fühlte er sich wieder ganz wohl.

«Wir wollen wirklich essen gehen», sagte Brett. «Ich muß baden.»

«Also los», sagte Bill. «Wir wollen Brett ins Hotel überführen.»

Wir sagten einer Menge Leute adieu und schüttelten einer Menge

Leute die Hand und gingen hinaus. Draußen war es dunkel.

«Wieviel Uhr mag es sein?» fragte Cohn.

«Es ist Morgen», sagte Mike. «Du hast zwei Tage lang geschlafen.»

«Nein», sagte Cohn. «Wieviel Uhr ist es?»

«Es ist zehn.»

«Gott, haben wir getrunken.»

«Du meinst, was *wir* getrunken haben. Du hast doch geschlafen.»

Auf unserem Weg durch die dunklen Straßen zum Hotel sahen wir die Raketen auf dem Platz aufsteigen. Durch die Seitenstraßen sah man auf den mit Menschen angefüllten Platz, die in der Mitte alle tanzten.

Wir aßen eine Riesenmahlzeit im Hotel. Es war die erste Mahlzeit zu doppelten Preisen wegen der Fiesta, und es gab noch einige neue Gänge dazu. Nach dem Essen gingen wir durch die Stadt. Ich erinnere mich, daß ich beschloß, die ganze Nacht aufzubleiben, um die Stiere um sechs Uhr früh durch die Straßen kommen zu sehen, und dann war ich so müde, daß ich so gegen vier Uhr zu Bett ging. Die anderen blieben auf.

Mein eigenes Zimmer war verschlossen, und ich konnte den Schlüssel nirgends finden, darum ging ich die Treppe hinauf und schlief in einem der Betten in Cohns Zimmer. Die Fiesta nahm draußen in der Nacht ihren Fortgang, aber ich war zu schläfrig, um wach zu bleiben. Ich erwachte durch den Lärm einer explodierenden Rakete, die das Loslassen der Stiere aus den Corrals am Ende der Stadt anzeigte. Nun würden sie durch die Stadt jagen und in den Toril stürmen. Ich hatte fest geschlafen, und als ich erwachte, wußte ich, daß es zu spät war. Ich zog einen Mantel von Cohn an und ging hinaus auf den Balkon. Unten die enge Straße war leer. Alle Balkons waren mit Leuten überfüllt. Plötzlich kam ein Haufen Menschen die Straße herunter. Sie rannten alle, dicht gedrängt. Sie kamen vorbei und liefen die Straße zu nach dem Toril, und hinter ihnen kamen mehr Leute, die noch schneller liefen, und dann ein paar Nachzügler, die wirklich rannten. Hinter ihnen war ein kleiner, freier Zwischenraum, und dann galoppierten die Stiere heran, ihre Köpfe auf und ab werfend. Alles verschwand außer Sicht. Ein Mann fiel hin, rollte in den Rinnstein und lag unbeweglich da. Aber die Stiere liefen stracks weiter und bemerkten ihn nicht. Sie rannten alle zusammen.

Nachdem sie außer Sicht waren, hörte man ein großes Gebrüll aus dem Toril. Es dauerte an. Dann schließlich den Paff einer Rakete, der bedeutete, daß die Stiere durch die Menschenmenge hindurch in die Arena und die Corrals gelaufen waren. Ich ging ins Zimmer zurück und ins Bett. Ich hatte auf dem steinernen Balkon mit nackten Füßen gestanden. Ich wußte, daß die ganze Clique draußen in der Arena gewesen war. Als ich wieder im Bett lag, schlief ich sofort ein.

Cohn weckte mich, als er nach Hause kam. Er fing an sich auszuziehen und ging und machte das Fenster zu, weil die Leute von dem Balkon des gegenüberliegenden Hauses uns in die Fenster sahen.

«Hast du alles gesehen?» fragte ich.

«Ja. Wir waren alle da.»

«Jemand verletzt worden?»

«Einer der Stiere geriet ins Publikum in der Arena und hat sechs oder acht Leute in die Luft geschleudert.»

«Wie fand es Brett?»

«Es ging alles so schnell, daß es überhaupt niemand berührt hat.»

«Schade, daß ich nicht auf war.»

«Wir wußten gar nicht, wo du warst. Wir waren an deiner Tür, aber sie war verschlossen.»

«Wo wart ihr die Zeit über?»

«Wir haben getanzt.»

«Ich war zu müde», sagte ich.

«Himmel! Bin ich jetzt müde», sagte Cohn. «Hört dies denn überhaupt nicht auf?»

«Nicht vor einer Woche.»

Bill machte die Tür auf und streckte seinen Kopf herein.

«Wo warst du denn, Jake?»

«Ich habe sie vom Balkon aus vorbeikommen sehen. Wie war's?»

«Fabelhaft.»

«Wo gehst du hin?»

«Schlafen.»

Vor Mittag war keiner auf. Wir aßen an einem von den Tischen, die man unter die Arkaden gestellt hatte. Die Stadt war voller Leute. Wir mußten auf einen Tisch warten. Nach Tisch gingen wir hinüber ins *Iruña*. Es füllte sich, und als die Zeit der Stierkämpfe näher kam, wurde es voller, und die Tische waren dicht besetzt. In der Luft war ein dichtes, gedrängtes Summen, wie jeden Tag vor einem Stierkampf. Das Café machte zu keiner anderen Zeit dieses Geräusch, ganz gleich, wie überfüllt es auch sein mochte. Das Summen hielt an, und wir saßen da und waren ein Teil davon.

Ich hatte sechs Plätze für alle Kämpfe genommen. Drei davon waren *barreras*, erste Reihe, erster Ring, und drei *sobrepuertos*, Sitze mit hölzernen Lehnen auf halber Höhe des Amphitheaters. Mike fand, daß Brett das erste Mal lieber hoch oben sitzen sollte, und

Cohn wollte sich zu ihnen setzen. Bill und ich sollten auf den *barreras* sitzen, und ich gab dem Kellner das übriggebliebene Billett zum Verkaufen. Bill gab Cohn Ratschläge, wie er sich benehmen und wo er hinsehen sollte, damit ihm die Pferde nicht leid täten. Bill hatte eine ganze Saison Stierkämpfe hinter sich.

«Ich habe keine Angst, wie ich es überstehen werde», sagte Cohn, «ich habe nur Angst, daß es mich langweilen wird.»

«Glaubst du?»

«Sieh nicht die Pferde an, nachdem der Stier sie aufgeschlitzt hat», sagte ich zu Brett. «Sieh zu, wenn er angreift, und sieh zu, wie der Picador versucht, den Stier abzuwehren, aber dann sieh erst wieder hin, wenn das Pferd tot ist, falls es verwundet worden ist.»

«Mir ist ein bißchen schwummerig», sagte Brett. «Wer weiß, ob ich es aushalten kann.»

«Du wirst es schon aushalten. Dir wird nur der Teil mit den Pferden schrecklich sein, und sie sind ja bei jedem Stier nur ein paar Minuten drin. Sieh eben einfach nicht hin, wenn es schlimm wird.»

«Es wird schon gehen», sagte Mike. «Ich werd schon auf sie aufpassen.»

«Ich glaub nicht, daß du dich langweilen wirst», sagte Bill.

«Ich geh rüber zum Hotel und hol die Ferngläser und den Weinbeutel», sagte ich. «Ich treff euch gleich hier. Beschwipst euch nicht inzwischen.»

«Ich komm mit», sagte Bill. Brett lächelte uns zu.

Wir gingen unter den Arkaden entlang, um die Hitze auf dem Platz zu vermeiden.

«Dieser Cohn ist unerträglich», sagte Bill. «Seine jüdische Überlegenheit ist so stark, daß er glaubt, daß er nichts als Langeweile von dem Kampf haben wird.»

«Wir werden ihn mit den Ferngläsern beobachten», sagte ich.

«Zum Teufel mit ihm.»

«Da verbringt er eine Menge Zeit.»

«Sollte dableiben.»

Auf der Treppe im Hotel trafen wir Montoya.

«Kommen Sie», sagte Montoya. «Wollen Sie Pedro Romero kennenlernen?»

«Großartig», sagte Bill. «Wo ist er?»

Wir folgten Montoya die Treppe hinauf und einen Korridor entlang.

«Er wohnt in Zimmer acht», erklärte Montoya. «Er zieht sich zum Kampf um.»

Montoya klopfte an die Tür und öffnete sie. Es war ein düsteres Zimmer; durch das Fenster, das auf die enge Straße ging, fiel nur wenig Licht herein. Es hatte zwei Betten, die durch eine klösterliche Scheidewand getrennt waren. Das elektrische Licht brannte. Der Junge stand sehr gerade und ohne zu lächeln in seinem Stierkämpferanzug da. Seine Jacke hing über einer Stuhllehne. Sie waren gerade dabei, ihm die Schärpe umzuwinden. Sein schwarzes Haar glänzte unter dem elektrischen Licht. Er trug ein weißes Leinenhemd, und der Degenträger befestigte das Ende seiner Schärpe, stand auf und trat einen Schritt zurück. Pedro Romero nickte, er schien mit seinen Gedanken sehr weit weg und machte einen würdigen Eindruck, als er uns die Hand gab. Montoya sagte, daß wir leidenschaftliche *aficionados* seien und daß wir ihm Glück wünschen wollten. Romero hörte sehr ernst zu.

Dann wandte er sich zu mir. Er war der bestaussehende Junge, der mir je begegnet ist.

«Sie gehen zum Stierkampf», sagte er auf englisch.

«Sie können Englisch?» sagte ich und fühlte mich wie ein Idiot.

«Nein», sagte er und lächelte.

Einer der drei Männer, die bisher auf den Betten gesessen hatten, kam näher und fragte, ob wir Französisch sprächen. «Wollen Sie, daß ich es verdolmetsche? Wollen Sie Pedro Romero irgendwas fragen?»

Wir dankten ihm. Was sollte man ihn schon fragen? Der Junge war neunzehn Jahre alt, allein bis auf seinen Degenträger und die drei Anhänger, und der Stierkampf sollte in zwanzig Minuten losgehen. Wir wünschten ihm *mucha suerte*, schüttelten ihm die Hand und gingen hinaus. Er stand da, gerade und gutaussehend und ganz für sich allein, allein in dem Zimmer mit seinen Anhängern, als wir die Tür schlossen.

«Ein feiner Junge, nicht wahr?» fragte Montoya.

«Gut aussehender Kerl», sagte ich.

«Er sieht wie ein Torero aus», sagte Montoya. «Ganz der Typ.»

«Ein feiner Junge.»

«Wir wollen sehen, wie er in der Arena ist», sagte Montoya.

Wir fanden den großen, ledernen Weinbeutel an der Wand meines Zimmers gelehnt, nahmen ihn und die Feldstecher, schlossen die Tür ab und gingen hinunter.

Es war ein guter Stierkampf. Bill und ich regten uns sehr wegen Pedro Romero auf. Montoya saß ungefähr zehn Plätze von uns entfernt. Nachdem Romero den ersten Stier getötet hatte, fing ich Montoyas Blick auf, der mir zunickte. Das war einer! Schon lange hatte es keinen mehr gegeben. Von den anderen beiden Matadoren war der eine recht gut und der andere ging an. Aber mit Romero war gar kein Vergleich, obschon keiner seiner Stiere viel taugte.

Mehrere Male während des Stierkampfs sah ich mit dem Fernglas zu Mike, Brett und Cohn hinauf. Es schien alles in Ordnung. Brett sah wie sonst aus. Alle drei lehnten sich auf die Betonbrüstung vor ihnen.

«Gib mir das Fernglas», sagte Bill.

«Sieht Cohn gelangweilt aus?» fragte ich.

«Dieser Itzig.»

Außerhalb der Arena konnte man, nachdem der Stierkampf vorüber war, sich nicht bewegen. Wir konnten uns nicht durchdrängen, sondern mußten uns langsam in der Menge, die sich wie ein Gletscher der Stadt zuschob, fortbewegen. Wir fühlten unser Gleichgewicht gestört, das war immer so nach einem Stierkampf, und außerdem hatte man ein Gefühl froher Erregung, das immer auf einen guten Stierkampf folgt. Die Fiesta nahm ihren Lauf. Die Trommeln dröhnten, und die Pfeifenmusik schrillte, und überall war das Hin und Her der Menge durch Tanzende unterbrochen. Die Tänzer waren alle inmitten der Menge, so daß man nicht das komplizierte Spiel der Füße beobachten konnte. Alles, was man sehen konnte, waren die Köpfe und Schultern, die auf und ab wogten, auf und ab. Schließlich waren wir aus dem Gewühl heraus und gingen zum Café. Der Kellner reservierte Stühle für die anderen, und jeder von uns bestellte einen Absinth, und dann beobachteten wir die Menge und die Tänzer auf dem Platz.

«Was ist denn das für ein Tanz?» fragte Bill.

«Eine Art Jota.»

«Es ist nicht immer dasselbe. Sie tanzen zu jeder Melodie etwas anderes», sagte Bill.

«Sie tanzen fabelhaft.»

Direkt vor uns auf einem freien Stück Straße tanzten ein paar Jungens. Die Schritte waren sehr kompliziert, und ihre Gesichter hatten einen gesammelten und gespannten Ausdruck. Sie sahen alle zur Erde, während sie tanzten. Ihre Schuhe, deren Sohlen aus Tauen geflochten waren, klopften und spritzten auf dem Pflaster. Ihre Zehen, ihre Hacken, ihre Fußballen berührten den Boden. Plötzlich brach die Musik wild ab, die Vorführung war zu Ende, und sie tanzten alle weiter auf der Straße entlang.

«Da kommt der Adel», sagte Bill.

Sie kamen über den Damm.

«Hallo, Leute!» sagte ich.

«Hallo, Kinder!» sagte Brett. «Ihr habt uns Plätze reserviert? Wie nett von euch.»

«Wißt ihr», sagte Mike, «dieser Romero, oder wie er heißt, das ist eine Nummer. Hab ich recht?»

«Ja, ist er nicht schön?» sagte Brett. «Und seine grüne Hose.»
«Brett konnte sich an ihr gar nicht satt sehen.»
«Hör mal, morgen mußt du mir dein Fernglas borgen.»
«Wie ist es denn gewesen?»
«Glänzend. Einfach großartig. Wißt ihr, das ist ein Schauspiel.»
«Und das mit den Pferden?»
«Ich mußte die ganze Zeit über hinsehen.»
«Sie konnte die Augen nicht von ihnen losreißen», sagte Mike. «Sie ist ein außergewöhnliches Frauenzimmer.»
«Es ist schon ziemlich ekelhaft, was mit ihnen geschieht», sagte Brett. «Aber trotzdem konnte ich nicht wegsehen.»
«Nicht elend gefühlt?»
«Nein, hab mich gar nicht schlecht gefühlt.»
«Aber Robert Cohn», warf Mike ein. «Du warst ganz grün, Robert.»
«Das erste Pferd war gräßlich», sagte Cohn.
«Du hast dich also nicht gelangweilt?» fragte Bill.
Cohn lachte.
«Nein. Es war nicht langweilig. Ich hoffe, ihr nehmt's mir nicht weiter übel, daß ich das gesagt habe.»
«Alles gut und schön», sagte Bill, «solange du dich nicht gelangweilt hast.»
«Er sah nicht gelangweilt aus. Ich dachte, ihm würde schlecht werden.»
«So schlecht hab ich mich nicht gefühlt. Es war nur ein Augenblick.»
«Ich dachte, ihm würde schlecht werden. Du hast dich also nicht gelangweilt, Robert, nicht wahr?»
«Laß gut sein, Mike, ich hab doch gesagt, daß es mir leid tut, daß ich es gesagt habe.»
«Ihm war schlecht, wißt ihr. Er war absolut grün.»
«Also hör schon auf, Michael.»
«Du sollst dich nicht bei deinem ersten Stierkampf langweilen, Robert», sagte Mike. «Es kann direkt unangenehm werden.»
«Hör schon auf, Michael», sagte Brett.
«Er hat gesagt, Brett sei sadistisch», sagte Mike. «Brett ist keine Sadistin. Sie ist einfach ein herrliches, gesundes Frauenzimmer.»
«Bist du eine Sadistin, Brett?» fragte ich.
«Hoffentlich nicht.»
«Er hat gesagt, Brett sei sadistisch, einfach weil sie einen guten, gesunden Magen hat.»
«Wird nicht lange anhalten.»
Bill lenkte Mike von Cohn ab. Der Kellner brachte die Absinth-

gläser.

«Mochtest du es wirklich?» fragte Bill Cohn.

«Nein, ich kann nicht behaupten, daß es mir gefallen hat. Aber es ist ein wunderbares Schauspiel.»

«Herrje, was für ein Schauspiel!» sagte Brett.

«Mir wär's lieber, die Geschichte mit den Pferden fiele weg», sagte Cohn.

«Es ist ja unwichtig», sagte Bill. «Nach einer kurzen Zeit merkt man gar nicht mehr, daß es widerwärtig ist.»

«So im Anfang ist es ein bißchen toll», sagte Brett. «Das ist ein schrecklicher Augenblick, wenn sich der Stier direkt auf das Pferd stürzt.»

«Die Stiere waren gut», sagte Cohn.

«Sie waren ausgezeichnet», sagte Mike.

«Nächstes Mal will ich unten sitzen.» Brett trank aus ihrem Absinthglas.

«Sie will die Stierkämpfer in der Nähe sehen», sagte Mike.

«Sie sind schon was», sagte Brett. «Dieser Romerojunge ist ein richtiges Kind.»

«Er sieht verdammt gut aus», sagte ich. «Als wir bei ihm auf seinem Zimmer waren, ich muß sagen – ich habe nie einen besser aussehenden Burschen gesehen.»

«Für wie alt hältst du ihn?»

«Neunzehn oder zwanzig.»

«Sieh mal an.»

Der Stierkampf am zweiten Tag war viel besser als der am ersten. Brett saß zwischen Mike und mir an der *barrera*, und Bill und Cohn gingen nach oben. Romero machte das Ganze. Ich glaube, Brett sah überhaupt nur ihn. Den anderen, bis auf die ganz hartgesottenen Sachverständigen, ging es ebenso. Romero war alles. Es fochten außer ihm noch zwei Matadore, aber sie zählten nicht. Ich saß neben Brett und erklärte ihr, worum es sich handelte. Ich sagte ihr, sie solle den Stier und nicht das Pferd beobachten, wenn die Stiere die Picadores angriffen, und sah zu, daß sie beobachtete, wie der Picador die Spitze seiner Lanze placierte, damit das Ganze eine Sache mit einem Ziel wurde und nicht nur ein Schauspiel mit unerklärlichen Grausamkeiten blieb. Ich machte sie darauf aufmerksam, wie Romero mit seiner *capa* den Stier von einem gefallenen Pferd abzog und wie er ihn mit der *capa* hielt und ihn geschmeidig und anmutig herumdrehte, ohne dem Stier etwas zu tun. Sie sah, wie Romero jede schroffe Bewegung vermied und seine Stiere für das Ende aufsparte, wenn er sie nicht fertig und abgekämpft, sondern ermüdet haben wollte. Sie sah, wie nah Romero immer an dem Stier arbeitete, und ich zeigte ihr die Tricks, die die anderen Stierkämpfer benutzten, damit es aussah, als ob sie nah daran arbeiteten. Ihr wurde klar, warum sie die *capa*-Arbeit von Romero mochte und die der anderen nicht.

Bei Romero gab es keine Verzerrungen, es war immer alles gerade, rein und natürlich in der Linie. Die anderen wanden sich wie Korkenzieher, mit hochgehobenen Ellbogen, und lehnten sich an die Flanke des Stiers, wenn seine Hörner vorbei waren, damit es gefährlich aussehen sollte. Nachher merkte man schon, was Schwindel gewesen war, es gab einem ein unangenehmes Gefühl. Romeros Stierkampf gab allem innere Spannung, weil er die absolute Reinheit der Linie seiner Bewegungen bewahrte und immer ruhig und glatt die Hörner ganz dicht an sich vorbeiließ. Er brauchte die Nähe nicht zu betonen. Brett sah, daß das, was schön war, wenn es nahe am Stier geschah, weiter ab lächerlich wurde. Ich erzählte ihr, daß seit dem Tod von Joselito alle Stierkämpfer die Technik entwickelt hatten, Gefahr vorzutäuschen, um eine falsche Erregung zu verursachen, während der Stierkämpfer sich in Wirklichkeit in Sicherheit befand. Romero war alte Schule, er hielt seine reine Linie dadurch, daß er sich im höchsten Maß der Gefahr aussetzte, während er den Stier dadurch beherrschte, daß er ihm zu verstehen gab, daß er unerreichbar sei, während er ihn auf den Tod vorbereitete.

«Ich habe keine ungeschickte Bewegung an ihm gesehen», sagte Brett.

«Wirst du auch nicht, so lange er keine Angst hat», sagte ich.

«Der wird keine Angst haben», sagte Mike. «Er weiß zu verdammt viel.»

«Er wußte alles, als er anfing. Das kann keiner lernen, das ist bei ihm angeboren.»

«Und wie er aussieht», sagte Brett.

«Ich nehme an, du weißt, daß sie sich in diesen Stierkämpferburschen verliebt hat», sagte Mike.

«Würde mich gar nicht wundern.»

«Sei ein guter Kerl, Jake, und erzähl ihr nichts über ihn. Erzähl ihr, daß Stierkämpfer gewöhnlich ihre alten Mütter verprügeln.»

«Erzähl mir, daß sie Trunkenbolde sind.»

«Einfach schrecklich», sagte Mike. «Den ganzen Tag betrunken und verprügeln unentwegt ihre alten Mütter.»

«So sieht er aus», sagte Brett.

«Nicht wahr?» sagte ich.

Sie hatten die Maultiere an den toten Stier gebunden, und dann pfiff die Peitsche durch die Luft, die Männer liefen, und die Esel galoppierten mit gestreckten Beinen, und der Stier, dessen eines

Horn hochstand, den Kopf auf der Seite, fegte glatt über den Sand und durch das rote Tor hinaus.

«Der nächste ist der letzte.»

«Ach nein», sagte Brett. Sie lehnte sich über die *barrera*. Romero winkte seine Picadores auf ihre Plätze, dann stand er, seine *capa* gegen die Brust haltend, und sah durch die Arena dorthin, wo der Stier herauskommen mußte.

Nachdem es vorbei war, gingen wir hinaus und wurden in dem Gewühl eingequetscht.

«Diese Stierkämpfer haben's in sich», sagte Brett. «Ich fühl mich wie eine ausgepreßte Zitrone.»

«Kriegst gleich was zu trinken», sagte Mike.

Am nächsten Tag kämpfte Pedro Romero nicht. Es waren Miura-Stiere und ein sehr schlechter Stierkampf. Am Tag darauf war kein Stierkampf angesetzt. Aber Tag und Nacht nahm die Fiesta ihren Lauf.

9

Am Morgen regnete es. Von der See her stieg der Nebel über die Berge. Die Spitzen der Berge waren unsichtbar. Das Plateau war leblos und trübe, und die Bäume und Häuser sahen ganz anders aus als vorher. Ich ging vor die Stadt hinaus, um mir das Wetter anzusehen. Das schlechte Wetter kam vom Meer über das Gebirge.

Die Fahnen auf dem Platz hingen triefend von den weißen Pfosten, und die Banner waren durchnäßt und hingen feucht gegen die Fassaden der Häuser, und zwischen einem feinen Sprühregen fiel schwerer Regen herab und jagte alle unter die Arkaden und machte Wasserpfützen auf dem Platz und die Straßen naß und dunkel und verlassen; doch die Fiesta nahm ohne Pause ihren Fortgang. Nur unter Dach und Fach.

Die gedeckten Plätze der Arena waren von Leuten überfüllt, die vom Regen geschützt den Wettkampf der baskischen und navarresischen Tänzer und Sänger mitmachen wollten. Nachher tanzten die Val Carlos-Tänzer in ihren Kostümen im Regen die Straße hinunter, und die Trommeln klangen hohl und feucht, und die Anführer der Gruppen ritten auf ihren großen, schwerhufigen Gäulen vorneweg, und ihre Kostüme und die Satteldecken der Pferde troffen vom Regen. Die Menge war in den Cafés, und auch die Tänzer kamen herein und setzten sich hin, streckten ihre festgewickelten weißen Beine unter die Tische, schüttelten das Wasser von ihren mit Schellen geschmückten Kappen und breiteten ihre roten und lila Jacken zum Trocknen über ihre Stühle aus. Draußen goß es in Strömen.

Ich verließ die Menge und ging hinüber ins Hotel, um mich zum Essen zu rasieren. Ich rasierte mich gerade, als jemand an meine Tür klopfte. Ich rief: «Herein.»

Montoya kam herein.

«Wie geht es Ihnen?» fragte er.

«Glänzend», sagte ich.

«Heute gibt's keine Stiere.»

«Nein», sagte ich. «Nichts als Regen.»

«Wo sind denn Ihre Freunde?»

«Drüben im *Iruña.*»

Montoya lächelte sein befangenes Lächeln.

«Sagen Sie», fing er an, «kennen Sie eigentlich den amerikanischen Botschafter?»

«Ja», sagte ich. «Den amerikanischen Botschafter kennt doch jedes Kind.»

«Er ist in der Stadt.»

«Ja», sagte ich. «Wir sahen ihn.»

«Ich hab ihn auch gesehen», sagte Montoya. Er schwieg, und ich rasierte mich weiter.

«Setzen Sie sich doch. Ich laß was zu trinken kommen.»

«Nein, ich muß gehen.»

Ich rasierte mich zu Ende, steckte mein Gesicht dann in die Waschschüssel und wusch es mit kaltem Wasser. Montoya stand verlegen da und sah noch verlegener als sonst aus. Er wollte mir irgend etwas sagen.

«Sehen Sie», sagte er. «Ich hab eben eine Botschaft aus dem *Grand Hôtel* bekommen, daß sie Pedro Romero und Marcial Lalanda heute abend zum Mokka nach dem Diner erwarten.»

«Na», sagte ich. «Das kann ja Marcial nicht schaden.»

«Marcial ist den ganzen Tag über in San Sebastián. Er ist mit Marquez heute früh im Auto hingefahren. Ich glaube nicht, daß sie heute abend zurück sind.»

Montoya stand verlegen da. Er wollte, daß ich etwas sagte.

«Bestellen Sie es Romero nicht», sagte ich.

«Glauben Sie, daß das geht?»

«Aber natürlich.»

Montoya war sehr befriedigt.

«Ich wollte Sie fragen, weil Sie Amerikaner sind», sagte er.

«Das würde ich an Ihrer Stelle tun.»

«Sehen Sie», sagte Montoya, «die Leute nehmen so einen Jungen und wissen nicht, wie wertvoll er ist. Sie wissen nicht, was in ihm steckt. Jeder Fremde kann ihm schmeicheln. Sie fangen solche Sachen wie die im *Grand Hôtel* an, und in einem Jahr ist er erledigt.»

«Wie Algabeno», sagte ich.

«Ja, wie Algabeno.»

«Es ist eine feine Gesellschaft», sagte ich. «Jetzt ist eine Amerikanerin hier, die Stierkämpfer sammelt.»

«Ich weiß. Sie mögen nur die jungen.»

«Ja», sagte ich, «die alten werden dick.»

«Oder verrückt, wie Gallo.»

«Na», sagte ich, «es ist ja sehr einfach. Sie bestellen ihm die Einladung einfach nicht.»

«Er ist so ein feiner Junge», sagte Montoya. «Er sollte bei seinen Leuten bleiben. Er sollte sich nicht auf all das einlassen.»

«Wollen Sie nichts trinken?» fragte ich.

«Nein», sagte Montoya, «ich muß jetzt gehen.» Er ging.

Ich ging hinunter ins Freie und machte einen Spaziergang durch die Arkaden um den Platz herum. Es regnete immer noch. Ich sah ins *Iruña* hinein, aber meine Leutchen waren nicht da; dann ging ich weiter um den Platz herum und zum Hotel zurück. Sie aßen unten im Speisesaal zu Abend.

Sie hatten einen großen Vorsprung, und es war unmöglich, sie noch einzuholen. Bill kaufte Schuhglanz für Mike. Ein Stiefelputzer nach dem andern öffnete die Tür, die von der Straße hereinführte, und Bill ließ jeden hereinkommen und Mike bearbeiten.

«Dies ist das elfte Mal, daß meine Schuhe geputzt werden», sagte Mike. «Wahrhaftig, Bill ist ein Esel.»

Die Stiefelputzer hatten anscheinend die Kunde verbreitet. Schon wieder kam einer.

«Limpia botas?» sagte er zu Bill.

«Nein», sagte Bill. «Für diesen Señor hier.»

Der Stiefelputzer kniete neben dem, der gerade bei der Arbeit war, hin und fing mit Mikes freiem Schuh an, der in dem elektrischen Licht bereits strahlte und glänzte.

«Bill ist zum Brüllen», sagte Mike.

Ich trank Rotwein und war so weit hinter den anderen zurück, daß mir all dieser Schuhglanz ein bißchen unbehaglich war. Ich sah mich im Zimmer um. Am Nebentisch saß Pedro Romero. Er stand auf, als ich ihm zunickte, und bat mich an seinen Tisch, um mir einen seiner Freunde vorzustellen. Sein Tisch stand neben unserem, berührte ihn beinahe. Ich lernte den Freund kennen, einen Madrider Stierkampfkritiker, einen kleinen Mann mit einem verzerrten Gesicht. Ich sagte Romero, wie gut mir seine Arbeit gefallen habe, und er freute sich sehr darüber. Wir sprachen Spanisch, der Kritiker konnte auch ein bißchen Französisch. Ich langte auf unseren Tisch hinüber nach meiner Weinflasche, aber der Kritiker ergriff mich am Arm. Romero lachte.

«Sie müssen bei uns trinken», sagte er auf englisch.

Er war sehr schüchtern mit seinem Englisch, aber in Wirklichkeit war er stolz darauf, und als wir weitersprachen, benutzte er Worte, deren Bedeutung er nicht genau kannte, und befragte mich danach. Er wollte zu gern die genaue Übersetzung für *corrida de toros* wissen. Stierkampf erschien ihm verdächtig. Ich erklärte ihm, daß Stierkampf auf spanisch *lidia de toros* sei. Das spanische Wort *corrida* ist auf englisch das *running of bulls*, die französische Übersetzung lautet *course de taureaux*. Das flocht der Kritiker ein. Im Spanischen gibt es kein Wort für Stierkampf.

Pedro Romero erzählte, daß er ein wenig Englisch in Gibraltar erlernt habe. Er war in Ronda geboren. Das liegt nicht weit oberhalb von Gibraltar. Er hatte in Málaga in der Stierkämpferschule gelernt. Er war drei Jahre dort gewesen. Der Stierkampfkritiker zog ihn wegen seiner vielen Malageser Ausdrücke auf, die er ständig benutzte. Er sagte, er sei neunzehn Jahre alt. Sein älterer Bruder begleitete ihn als Banderillero, aber er wohnte nicht im selben Hotel. Er wohnte mit den anderen Leuten, die im Dienst von Romero standen, in einem kleineren Hotel. Er fragte mich, wie oft ich ihn in der Arena gesehen hatte. Ich sagte ihm, erst dreimal. Eigentlich nur zweimal, aber ich wollte keine langen Auseinandersetzungen, nachdem ich einmal den Irrtum begangen hatte.

«Wo haben Sie mich das andere Mal gesehen? In Madrid?»

«Ja», log ich ... Ich hatte die Berichte über sein zweimaliges Auftreten in den Stierkampfzeitungen gelesen, also konnte mir nicht viel mit Madrid passieren.

«Das erste oder das zweite Mal?»

«Das erste.»

«Ich war sehr schlecht», sagte er. «Das zweite Mal war ich besser. Erinnern Sie sich noch?» Er wandte sich an den Kritiker.

Er war gar nicht verlegen. Er sprach von seiner Arbeit wie von etwas, was ganz gesondert von seiner Person existierte. Es war nichts Eingebildetes oder Prahlerisches in seiner Art.

«Ich freue mich sehr, daß Ihnen meine Arbeit gefällt», sagte er. «Aber Sie haben noch nichts gesehen. Morgen will ich versuchen, Ihnen etwas zu zeigen, falls ich einen guten Stier bekomme.»

Als er dies sagte, lächelte er besorgt, daß ich oder der Stierkampfkritiker ihn für einen Aufschneider halten mochten.

«Ich bin sehr begierig darauf», sagte der Kritiker. «Ich würde mich gern überzeugen lassen.»

«Er macht sich nicht viel aus meiner Arbeit.» Romero wandte sich an mich. Er meinte es ernst.

Der Kritiker erklärte, daß er alles sehr gut gefunden hätte, es aber bisher unvollständig sei.

«Warten Sie nur bis morgen. Wenn ein Guter rauskommt!»

«Haben Sie die Stiere für morgen gesehen?» fragte mich der Kritiker.

«Ja, ich sah, wie sie ausgeladen wurden.»

Pedro Romero beugte sich vornüber.

«Was halten Sie von ihnen?»

«Sie sind gut», sagte ich. «Ungefähr 26 Arrobas. Sehr kurze Hörner. Haben Sie sie denn nicht gesehen?»

«O doch», sagte Romero.

«Werden nicht 26 Arrobas sehr schwer sein?» fragte der Kritiker.

«Nein», sagte Romero.

«Sie haben Bananen an Stelle von Hörnern», sagte der Kritiker.

«Sie nennen das Bananen?» fragte Romero. Er wandte sich an mich und lächelte. «Sie würden das doch nicht Bananen nennen?»

«Nein, sagte ich. «Sind schon ganz richtige Hörner.»

«Sie sind sehr kurz», sagte Pedro Romero. «Sehr, sehr kurz. Aber doch keine Bananen.»

«Hör mal, Jake», rief Brett vom Nebentisch, «du läßt uns ja schön im Stich.»

«Nur zeitweilig. Wir sprechen über Stiere», sagte ich.

«Hab dich man nicht so.»

«Sag ihm, daß die Stiere keine Hoden haben», schrie Mike. Er war betrunken.

Romero sah ihn fragend an.

«Besoffen», sagte ich. *«Borracho! Muy borracho!»*

«Du könntest uns mit deinen Freunden bekannt machen», sagte Brett. Sie hatte Pedro Romero keinen Moment aus den Augen gelassen. Ich fragte sie, ob sie ihren Kaffee mit uns trinken wollten. Sie standen beide auf. Romeros Gesicht war sehr braun. Er hatte sehr gute Manieren.

Ich stellte sie allen vor, und sie wollten sich hinsetzen, aber es war nicht genug Platz, darum zogen wir alle an den großen Tisch an der Wand hinüber, um unseren Kaffee dort zu trinken. Mike bestellte eine Flasche Fundador und Gläser für alle. Es wurde viel besoffenes Zeug geredet.

«Sag ihm, daß ich Schreiben verächtlich finde», sagte Bill. «Los, sag's ihm. Sag ihm, daß ich mich schäme, daß ich Schriftsteller bin.»

Pedro Romero saß neben Brett und hörte ihr zu.

«Los, sag's ihm schon», sagte Bill.

Romero sah lächelnd auf.

«Dieser Herr», sagte ich, «ist ein Schriftsteller.»

Romero schien das zu imponieren. «Der auch», sagte ich und zeigte auf Cohn.

«Er sieht wie Villalta aus», sagte Romero, indem er Bill ansah. «Raffael, sieht er nicht wie Villalta aus?»

«Ich seh's nicht», sagte der Kritiker.

«Aber wirklich», sagte Romero auf spanisch. «Er sieht Villalta sehr ähnlich. Und was macht der Betrunkene?»

«Nichts.»

«Trinkt er darum?»

«Nein. Er will diese Dame hier heiraten.»

«Sag ihm, daß die Stiere keine Hoden haben», brüllte Mike sehr betrunken vom anderen Ende des Tischs.

«Was sagt er?»

«Er ist betrunken.»

«Jake», rief Mike, «sag ihm, daß die Stiere keine Hoden haben.»

«Verstehen Sie?» fragte ich.

«Ja.»

Ich war überzeugt davon, daß er nichts verstanden hatte, also war alles in Ordnung.

«Sag ihm, daß Brett zusehen will, wenn er seine grüne Hose anzieht.»

«Halt den Mund, Mike.»

«Sag ihm, daß Brett wahnsinnig neugierig ist, wie er in diese grüne Hose reinkommt.»

«Halt den Mund.»

Währenddessen hatte Romero mit seinem Glas gespielt und sich mit Brett unterhalten. Brett sprach Französisch, und er sprach Spanisch und ein bißchen Englisch und lachte.

Bill füllte die Gläser.

«Sag ihm, daß Brett gerne –»

«Um Gottes willen, Mike, halt den Mund.»

Romero sah lächelnd auf. «Halt den Mund, das verstehe ich», sagte er.

In dem Moment kam Montoya ins Zimmer. Er wollte mir gerade zulächeln, aber da sah er Pedro Romero, mit einem großen Glas Cognac in der Hand, lachend zwischen mir und einer Frau mit nackten Schultern an einem Tisch mit lauter Betrunkenen sitzen. Er nickte nicht einmal.

Montoya ging aus dem Zimmer. Mike war aufgestanden und brachte einen Toast aus. «Laßt uns alle auf –» fing er gerade an. «Pedro Romero trinken», sagte ich. Alle standen auf. Romero nahm es sehr feierlich, und wir stießen an und tranken aus, und ich beschleunigte die ganze Sache, weil Mike sich Mühe gab, allen klarzumachen, daß das gar nicht das gewesen war, worauf er hatte trinken wollen. Aber auch dies ging gut vorüber, und Pedro Romero schüttelte jedem einzelnen die Hand, und er und der Kritiker gingen zusammen hinaus.

«Mein Gott, ist das ein Prachtkerl», sagte Brett. «Und wie gern ich zusehen würde, wenn er in seine Kleidung steigt. Er muß einen Schuhanzieher dazu benutzen.»

«Ich wollte es ihm gerade sagen», sagte Mike. «Aber Jake hat mich die ganze Zeit über unterbrochen. Warum unterbrichst du mich in einem fort? Glaubst du, daß du besser Spanisch sprichst als ich?»

«Hör schon auf, Mike! Kein Mensch hat dich unterbrochen.»

«Nein? Das möchte ich doch gern klargestellt haben.» Er wandte sich von mir ab. «Glaubst du, daß du das geringste taugst, Cohn? Glaubst du, daß du hier zu uns gehörst? Zu Leuten, die sich amüsieren wollen? Um Himmels willen, Cohn, mach nicht solchen Lärm.»

«Ach, Mike, laß es gut sein», sagte Cohn.

«Glaubst du, daß Brett dich hier gern sieht? Glaubst du, daß du was zum Vergnügen bei – Warum sagst du denn nichts?»

«Alles, was ich zu sagen habe, habe ich neulich gesagt, Mike.»

«Ich bin keiner von euch Literaturpinseln», sagte Mike, stand unsicher auf und lehnte sich gegen den Tisch. «Ich bin nicht gescheit. Aber ich weiß, wenn man mich nicht haben will. Warum merkst du nie, wenn man dich nicht will, Cohn? Geh weg, geh schon weg, um alles in der Welt – geh weg. Laß dein trauriges jüdisches Gesicht verschwinden. Hab ich nicht recht?»

Er sah uns an.

«Gewiß», sagte ich. «Kommt, wir wollen rüber ins *Iruña* gehen.»

«Nein. Findet ihr nicht, daß ich recht habe? Ich liebe diese Frau.»

«Ach, fang nicht wieder damit an. Laß schon gut sein, Michael», sagte Brett.

«Jake, findest du nicht, daß ich recht habe?»

Cohn saß noch immer am Tisch. Sein Gesicht hatte den gelben, bleichen Ausdruck angenommen wie immer, wenn er beleidigt wurde, aber irgendwie schien es ihm angenehm zu sein. Das Kindische, Trunken-Heroische daran. Er hatte eine Affäre mit einer adligen Dame gehabt.

«Jake», sagte Mike. Er weinte beinahe. «Du weißt, daß ich recht habe. Paß mal auf.» Er wandte sich wieder an Cohn. «Mach, daß du fortkommst. Mach, daß du fortkommst.»

«Aber ich denke gar nicht daran, Mike», sagte Cohn.

«Ich werde dir schon helfen.» Mike ging um den Tisch herum auf ihn los. Cohn stand auf und nahm seine Brille ab. Er stand abwartend da, mit bleichem Gesicht, seine Hände ziemlich tief haltend, stolz und aufrecht auf den Angriff wartend, bereit, sich für seine Herzensdame zu schlagen.

Ich packte Mike. «Komm rüber ins Café», sagte ich. «Du kannst ihn doch nicht hier im Hotel verprügeln.»

«Stimmt», sagte Mike. «Gute Idee.»

Wir gingen los. Ich sah zurück, sah, wie Mike die Stufen raufstolperte und wie Cohn sich seine Brille wieder aufsetzte. Bill saß am Tisch und schenkte sich noch ein Glas Fundador ein. Brett saß da und sah starr vor sich hin, ohne etwas zu sehen.

Draußen auf dem Platz regnete es nicht mehr und der Mond versuchte durch die Wolken zu dringen. Der Wind blies. Die Militärmusik spielte, und die Menge drängte sich auf dem entfernt liegenden Teil des Platzes, wo der Feuerwerksspezialist und sein Sohn sich mühten, feurige Ballons in die Luft steigen zu lassen. Einzelne Ballons stiegen schließlich ruckweise ganz schräg auf, wurden dann aber vom Wind erfaßt oder gegen die Häuser auf dem Platz getrieben. Manche fielen auch in die Menge. Das Magnesium flammte auf, und die Feuerwerkskörper explodierten und jagten in dem Gewühl hin und her. Jetzt tanzte niemand mehr auf dem Platz. Der Kies war zu naß.

Brett kam mit Bill heraus und auf uns zu. Wir standen in der Menge und sahen zu, wie Don Manuel Orquito, der Feuerwerkskönig, der auf einer kleinen Plattform hoch über den Köpfen der Menge stand, die Ballons sorgsam mit einem Stock in Bewegung setzte, um sie gut vom Stapel laufen zu lassen. Der Wind wehte sie alle herunter, und Don Manuel Orquitos Gesicht schwitzte im Licht seiner komplizierten Feuerwerkskörper, die in die Menge fielen und sprühend und krachend zwischen den Beinen der Leute losgingen und herumsprangen. Die Leute schrien bei jeder neuen Papierblase, die kenterte, Feuer fing und herabfiel.

«Die machen Don Manuel die Hölle heiß», sagte Bill.

«Woher weißt du, daß er Don Manuel heißt?» fragte Brett.

«Sein Name steht auf dem Programm: ‹Don Manuel Orquito, der *pirotecnico* von *esta ciudad.*›»

«Globos illuminados», sagte Mike. «Eine Sammlung von *globos illuminados*, laut Reklame.»

Der Wind wehte die Militärmusik hinweg.

«Wißt ihr, ich wünschte, einer würde richtig aufsteigen», sagte Brett. «Dieser Don Manuel-Mann kriegt die helle Wut.»

«Vielleicht hat er wochenlang gearbeitet, damit sie ‹Heil San Fermín› an den Himmel schreiben», sagte Bill.

«Globos illuminados», sagte Mike. «Ein ganzes Bündel verflixter *globos illuminados.*»

«Kommt weiter», sagte Brett. «Wir können hier nicht stehenbleiben.»

«Ihre Hoheit wünscht was zu trinken», sagte Mike.

«Du bist ein ganz Schlauer», sagte Brett.

Drinnen im Café war es sehr überfüllt und laut. Niemand bemerkte unser Erscheinen. Wir konnten keinen Tisch finden. Es war ein Höllenlärm.

«Wollen wir nicht lieber gehen?» sagte Bill.

Draußen unter den Arkaden war *paseo*. Ein paar Engländer und Amerikaner aus Biarritz saßen in ihren Sportanzügen verstreut an den Tischen. Ein paar Frauen starrten die Vorübergehenden durch ihre Lorgnons an. Wir hatten irgendwann eine Bekannte von Bill aus Biarritz aufgegabelt. Sie wohnte mit einer Freundin im *Grand Hôtel*. Die Freundin hatte Kopfweh und war zu Bett gegangen.

«Hier ist die Kneipe», sagte Mike. Es war die *Bar Milano*, eine kleine, wilde Bar, wo man auch essen konnte und wo in einem Hinterzimmer getanzt wurde. Wir setzten uns alle an einen Tisch und bestellten eine Flasche Fundador. Die Bar war nicht voll. Es war nichts los.

«Dies ist ein ödes Loch», sagte Bill.

«Es ist noch zu früh.»

«Wir wollen unsere Flasche mitnehmen und später wiederkommen», sagte Bill. «In einer solchen Nacht will ich meine Zeit nicht hier vertrödeln.»

«Ja, wir wollen gehen und die Engländer ansehen», sagte Mike. «Macht mir einen Heidenspaß, Engländer anzusehen.»

«Sie sind furchtbar», sagte Bill. «Wo sie nur alle herkommen?»

«Die kommen aus Biarritz», sagte Mike. «Sie kommen, um sich den letzten Tag der seltsamen kleinen spanischen Fiesta anzusehen.»

«Ich werd ihnen Feste zeigen», sagte Bill.

«Du bist ein außergewöhnlich hübsches Mädchen», wandte sich Mike an Bills Freundin. «Wann bist du angekommen?»

«Laß doch, Michael.»

«Ich finde aber, daß sie ein Prachtmädchen ist. Wo war ich nur? Wo hab ich die ganze Zeit meine Augen gehabt? Du bist ein reizendes Kind. Kennen wir uns schon von früher? Komm mit mir und Bill mit. Wir werden den Engländern feste Feste geben.»

«Ich werd's ihnen feste geben», sagte Bill. «Was, zum Teufel, suchen sie auf dieser Fiesta?»

«Gehen wir», sagte Mike. «Wir drei. Wir werden den Sauengländern feste Feste geben. Hoffentlich sind Sie keine Engländerin. Ich bin Schotte. Ich hasse die Engländer. Ich werd ihnen feste Feste zeigen. Los, Bill.»

Durch das Fenster sahen wir, wie sie alle drei Arm in Arm auf das Café zugingen. Auf dem Platz stiegen Raketen auf.

«Ich bleib hier», sagte Brett.

«Ich bleib bei dir», sagte Cohn.

«Nein», sagte Brett. «Um Gottes willen, geh weg. Siehst du denn nicht, daß Jake und ich etwas besprechen wollen?»

«Ich wußte es nicht», sagte Cohn. «Ich wollte gern hier sitzen bleiben, weil ich mich ein bißchen beschwipst fühle.»

«Schöner Grund, um mit anderen zusammensitzen zu wollen. Wenn du dich so fühlst, geh doch zu Bett. Geh doch zu Bett.»

«War ich grob genug zu ihm?» fragte Brett. Cohn war hinausgegangen. «Mein Gott, er ist mir so über.»

«Er trägt nicht viel zur Unterhaltung bei.»

«Er deprimiert mich.»

«Er hat sich sehr schlecht benommen.»

«Furchtbar schlecht. Er hatte die Möglichkeit, sich so gut zu benehmen.»

«Wahrscheinlich wartet er jetzt draußen vor der Tür.»

«Ja, das sähe ihm ähnlich. Weißt du, ich weiß, wie er sich fühlt. Er kann sich nicht denken, daß es nichts bedeutet.»

«Ich weiß.»

«Niemand sonst würde sich so schlecht benehmen. Ach, mir hängt die ganze Sache so zum Halse raus. Und Michael! Michael war auch entzückend.»

«Aber das war auch hart für Mike.»

«Ja, aber darum braucht er sich noch lange nicht wie ein Schwein aufzuführen.»

«Alle benehmen sich schlecht», sagte ich. «Man muß ihnen nur die Gelegenheit bieten.»

«Du würdest dich nicht schlecht benehmen.» Brett sah mich an.

«Ich würde genauso eselhaft sein wie Cohn», sagte ich.

«Liebling, wir wollen nicht so viel dummes Zeug reden.»

«Schön, reden wir, worüber du willst.»

«Sei doch nicht so. Du bist der einzige Mensch, den ich habe, und ich fühl mich heut abend so schrecklich.»

«Du hast doch Mike.»

«Ja, Mike, war er nicht reizend?»

«Na, es ist nicht zum Totlachen für Mike, immer Cohn dabeizuhaben und ihn mit dir zusammen zu sehen.»

«Aber ich weiß doch, Liebling. Bitte, mach mich nicht noch elender, als ich ohnehin schon bin.»

Brett war so nervös, wie ich sie noch nie gesehen hatte. Sie vermied mich anzusehen und stierte immer auf die Wand.

«Willst du spazierengehen?»

«Ja, komm.»

Ich korkte die Fundadorflasche zu und gab sie dem Barkellner zurück.

«Noch einen Schluck», sagte Brett. «Meine Nerven sind kaputt.»

Wir tranken beide noch ein Glas von dem sanften Amontillado-schnaps.

«Komm», sagte Brett.

Als wir aus der Tür traten, sah ich Cohn unter den Arkaden hervorkommen.

«Also da wär er wieder», sagte Brett.

«Er muß in deiner Nähe sein.»

«Armer Teufel.»

«Mir tut er nicht leid. Ich für meine Person hasse ihn.»

«Ich hasse ihn auch», bebte sie. «Ich hasse seine verdammte Leidensmiene.»

Wir gingen Arm in Arm durch die Seitenstraße, die von der Masse und den Lichtern des Platzes wegführte. Die Straße war naß und dunkel, und wir folgten ihr bis zu den Befestigungen am Rande der Stadt. Wir kamen an einigen Weinhandlungen vorbei, aus deren Türen Licht auf die schwarze, nasse Straße fiel und hin und wieder plötzliches Musikgetöse drang.

«Willst du reingehen?»

«Nein.»

Wir gingen durch das nasse Gras auf die steinernen Festungswälle. Ich breitete eine Zeitung auf dem Stein aus, und Brett setzte sich hin. Unten in der Ebene war es dunkel, und wir konnten die Berge sehen. Der Wind wehte hoch und fegte die Wolken über den Mond. Unter uns waren die dunklen Gräben der Befestigung. Hinter uns waren die Bäume und der Schatten der Kathedrale und die Silhouette der Stadt gegen den Mond.

«Fühl dich doch nicht so gräßlich», sagte ich.

«Ich fühle mich maßlos», sagte Brett. «Wir wollen nicht reden.»

Wir sahen über die Ebene. Die langen Baumreihen standen dunkel im Mondlicht. Auf dem Weg, der in die Berge hinaufführte, sah man die Lichter eines Wagens. Oben auf dem Berggipfel sahen wir die Lichter des Forts. Unter uns links war der Fluß. Er war durch den Regen angeschwollen und schwarz und glatt. Die Bäume am Ufer sahen dunkel aus.

Wir saßen und blickten hinab. Brett starrte gerade vor sich hin. Plötzlich zitterte sie.

«Es ist kalt.»
«Willst du zurückgehen?»
«Ja, durch den Park.»
Wir kletterten hinunter. Es bedeckte sich wieder. Im Park unter den Bäumen war es dunkel.
«Jake, liebst du mich noch?»
«Ja», sagte ich.
«Ich bin erledigt, ich kann nicht mehr», sagte Brett.
«Wieso?»
«Ich bin erledigt, ich kann nicht mehr. Ich bin verrückt nach diesem Romero. Ich glaube, ich bin in ihn verliebt.»
«Ich wär's nicht an deiner Stelle.»
«Ich kann's doch nicht ändern. Ich kann nicht mehr. Es zerbrennt mir alles innerlich.»
«Tu's nicht.»
«Ich kann nicht anders. Ich kann nicht dagegen an.»
«Du müßtest aber mal aufhören.»
«Wie kann ich denn? Ich kann die Dinge nicht anhalten. Fühl mal.» Ihre Hand zitterte. «So bin ich durch und durch.»
«Du solltest es nicht.»
«Ich kann nicht anders. Mit mir ist es sowieso aus und vorbei. Siehst du nicht den Unterschied?»
«Nein.»
«Ich muß was anstellen. Ich muß was tun, etwas, was ich wirklich gern möchte. Ich hab mein ganzes Selbstgefühl verloren.»
«Das brauchst du aber nicht zu machen.»
«Ach, Liebling, mach keine Schwierigkeiten. Was glaubst du denn, was es für mich heißt, diesen verdammten Juden ständig auszuhalten und dann noch das Benehmen von Mike?»
«Gewiß.»
«Ich kann mich nicht die ganze Zeit über betrinken.»
«Nein.»
«O Liebling, hilf mir doch. Bitte, steh mir bei und hilf mir.»
«Gewiß.»
«Ich sag ja nicht, daß es richtig ist. Aber es ist richtig für mich. Weiß Gott, ich hab mich nie so hurenhaft gefühlt wie heute.»
«Was soll ich denn tun?»
«Komm», sagte Brett, «wir wollen ihn suchen.»
Wir gingen zusammen den Kiesweg in dem dunklen Park unter den Bäumen entlang und dann unter den Bäumen hervor und durch das Tor auf die Straße, die in die Stadt führte.
Pedro Romero war im Café. Er saß mit den anderen Stierkämpfern und Stierkampfkritikern an einem Tisch. Sie rauchten Zigar-

ren. Als wir eintraten, sahen sie auf. Romero lächelte und verbeugte sich. Wir setzten uns an einen Tisch in der halben Tiefe des Zimmers.

«Fordere ihn doch auf, sich zu uns zu setzen und was zu trinken.»

«Jetzt nicht. Er wird schon kommen.»

«Ich kann ihn nicht ansehen.»

«Er ist ein erfreulicher Anblick», sagte ich.

«Ich hab immer das gemacht, was ich gewollt habe.»

«Ich weiß.»

«Ich fühl mich so hurenhaft.»

«Na», sagte ich.

«Mein Gott», sagte Brett. «Was man als Frau alles durchmachen muß.»

«Ja?»

«Ach, ich fühl mich so hurenhaft.»

Ich sah hinüber zu dem anderen Tisch. Pedro Romero lächelte. Er sagte etwas zu den Leuten an seinem Tisch, stand auf und kam zu uns herüber. Ich stand auf, und wir schüttelten einander die Hand.

«Was wollen Sie trinken?»

«Sie müssen was mit mir trinken», sagte er. Er setzte sich, Brett um Erlaubnis fragend, ohne etwas zu sagen. Er hatte sehr gute Manieren. Aber er rauchte seine Zigarre weiter. Sie stand ihm gut.

«Rauchen Sie gern Zigarren?» fragte ich.

«O ja. Ich rauche immer Zigarren.»

Er tat es seinem Ansehen zuliebe. Es ließ ihn älter erscheinen. Mir fiel seine Haut auf. Sie war rein und glatt und sehr braun. Auf dem Backenknochen hatte er eine dreieckige Narbe. Ich sah, wie er Brett beobachtete. Er fühlte, daß etwas zwischen ihnen beiden war. Er hatte es wohl gefühlt, als Brett ihm die Hand gab. Er war sehr vorsichtig. Ich glaube, er war seiner Sache sicher, aber er wollte keinen Fehler begehen.

«Kämpfen Sie morgen?» sagte ich.

«Ja», sagte er. «Algabeno ist heute in Madrid verwundet worden. Haben Sie schon gehört?»

«Nein», sagte ich, «schlimm?»

Er schüttelte den Kopf.

«Nichts weiter. Hier», er zeigte seine Hand. Brett ergriff sie und spreizte seine Finger auseinander.

«Ach», sagte er auf englisch. «Sie können wahrsagen?»

«Manchmal. Ist es Ihnen unangenehm?»

«Nein, ich mag's gern.» Er spreizte die Hand flach auf den Tisch. «Sagen Sie mir, daß ich tausend Jahre alt werde und ein Millionär dazu.»

Er war immer noch sehr höflich, aber er war jetzt selbstsicherer. «Sehen Sie viele Stiere in meiner Hand?»

Er lachte. Seine Hand war sehr fein und sein Handgelenk schmal.

«Tausende von Stieren», sagte Brett. Sie war jetzt nicht mehr nervös. Sie sah wunderschön aus.

«Gut», lachte Romero. «Jeder à 1000 Duros», sagte er zu mir auf spanisch. «Sagen Sie mir mehr.»

«Eine gute Hand», sagte Brett. «Ich glaube, er wird lange leben.»

«Sagen Sie es mir und nicht Ihrem Freund.»

«Ich sagte, Sie hätten ein langes Leben vor sich.»

«Ich weiß», sagte Romero, «ich werde überhaupt nicht sterben.»

«Unberufen», sagte ich und klopfte mit den Fingern gegen den Tisch. Romero sah es. Er schüttelte den Kopf.

«Nein. Lassen Sie das. Die Stiere sind meine besten Freunde.»

Ich übersetzte es Brett.

«Sie töten Ihre Freunde?» fragte sie.

«Immer», sagte er auf englisch und lachte. «Damit sie mich nicht töten.» Er sah sie über den Tisch hinweg an.

«Sie sprechen ja großartig Englisch.»

«Ja», sagte er, «manchmal ganz gut. Aber es darf niemand wissen. Das wäre entsetzlich, ein Englisch sprechender Torero.»

«Wieso?» fragte Brett.

«Es wäre furchtbar. Die Leute würden es nicht gern sehen. Noch nicht.»

«Aber warum nicht?»

«Sie würden es ungern sehen. Stierkämpfer sprechen nicht Englisch und sind nicht so.»

«Wie sind denn Stierkämpfer?»

Er lachte und zog seinen Hut über die Augen und änderte die Haltung seiner Zigarre und den Ausdruck seines Gesichts.

«So wie drüben am Tisch», sagte er. Ich warf einen Blick hinüber. Er hatte den Ausdruck von Nacional aufs Haar getroffen. Er lächelte, sein Gesicht war wieder wie sonst. «Nein, mein Englisch muß ich vergessen.»

«Noch nicht», sagte Brett.

«Nein?»

«Nein.»

«Also schön.»

Er lachte wieder.

«Ich möchte solch einen Hut haben», sagte Brett.

«Gut, ich besorg Ihnen einen.»

«Ja, tun Sie das.»

«Sicher, ich besorg Ihnen einen heute abend.»

Ich stand auf. Romero erhob sich auch.

«Bleiben Sie doch sitzen», sagte ich. «Ich will nur gehen und unsere Freunde suchen; ich bring sie dann her.»

Er sah mich an. Mit einem Blick, ob er richtig verstanden hätte. Er hatte richtig verstanden.

«Setzen Sie sich», sagte Brett zu ihm. «Sie müssen mir Spanisch beibringen.»

Er setzte sich und sah sie über den Tisch hinweg an. Ich ging hinaus. Die Leute mit den harten, durchdringenden Augen am Stierkämpfertisch beobachteten, wie ich ging. Es war nicht angenehm. Als ich zwanzig Minuten später ins Café zurückkam, waren Brett und Pedro verschwunden. Die Kaffeegläser und unsere drei leeren Cognacgläser standen noch auf dem Tisch. Ein Kellner kam mit einer Serviette, nahm die Gläser weg und wischte den Tisch ab.

10

Ich fand Bill und Mike und Edna vor der *Bar Milano*. Edna, so hieß das Mädchen.

«Man hat uns rausgeworfen», sagte Edna.

«Die Polizei», sagte Mike. «Sind ein paar Leute drin, die mich nicht leiden können.»

«Ich hab Sie vor vier Schlägereien bewahrt», sagte Edna. «Jetzt müssen Sie mir helfen.»

Bills Gesicht war rot.

«Komm wieder rein, Edna», sagte er. «Komm und tanz noch mal mit Mike.»

«Das ist doch dumm», sagte Edna, «es gibt nur wieder Skandal.»

«Verdammtes Schwein aus Biarritz», sagte Bill.

«Komm nur», sagte Mike, «schließlich ist es eine Kneipe. Sie können doch nicht die ganze Kneipe beschlagnahmen.»

«Guter alter Mike», sagte Bill, «diese verdammten englischen Schweine kommen her, beleidigen Mike und versuchen einem die ganze Fiesta zu verderben.»

«Sie sind zu beschissen», sagte Mike. «Ich hasse die Engländer.»

«Sie können Mike nicht beleidigen», sagte Bill. «Mike ist ein feiner Kerl. Sie sollen Mike nicht beleidigen. Das dulde ich nicht. Wer fragt danach, ob er ein gottverfluchter Bankrotteur ist?» Seine Stimme brach.

«Wer fragt danach?» sagte Mike. «Ich frage nicht danach. Jake fragt nicht danach. Fragen Sie danach?»

«Nein», sagte Edna. «Sind Sie denn ein Bankrotteur?»

«Natürlich bin ich das», sagte Mike. «Nicht wahr, Jake, du fragst doch nicht danach?»

Bill legte seinen Arm um Mikes Schulter.

«Himmel, ich wünschte, ich wäre ein Bankrotteur, dann würde ich's diesen Schweinehunden schon zeigen.»

«Es sind eben Engländer», sagte Mike. «Es ist ganz schnuppe, was Engländer sagen.»

«Die Drecksau», sagte Bill. «Ich werd sie rausschmeißen.»

«Bill», Edna sah mich an, «bitte, Bill, geh nicht noch mal rein, sie sind doch zu dämlich.»

«Das stimmt», sagte Mike. «Sie sind dämlich. Ich konnte nur nicht auf das Wort kommen.»

«Sie dürfen aber nicht solche Sachen über Mike sagen», sagte Bill.

«Kennst du sie?» fragte ich Mike.

«Nein. Hab sie nie gesehen. Sie sagen aber, daß sie mich kennen.»

«Ich laß es mir nicht gefallen», sagte Bill.

«Kommt. Wir wollen rüber ins *Suizo*», sagte ich.

«Es ist eine Horde von Ednas Freunden aus Biarritz», sagte Bill.

«Sie sind einfach dämlich», sagte Edna.

«Einer von ihnen ist Charley Blackman aus Chicago», sagte Bill.

«Ich war nie in Chicago», sagte Mike.

Edna fing an zu lachen und konnte einfach nicht wieder aufhören.

«Bringt mich von hier fort», sagte sie. «Ihr Bankrotteure.»

«Worum ging denn der ganze Skandal?» fragte ich Edna. Wir gingen über den Platz zum *Suizo*. Bill war weg.

«Ich weiß nicht, was passiert ist, aber einer ließ die Polizei kommen, damit Mike nicht in das hintere Zimmer ginge. Es waren ein paar Leute dabei, die Mike aus Cannes kannten. Was ist denn mit Mike los?»

«Vielleicht schuldet er ihnen Geld», sagte ich. «Das verbittert die Leute meistens.»

Vor den Billettschaltern auf dem Platz standen zwei Reihen Leute und warteten. Sie saßen auf Stühlen oder hockten in Decken und Zeitungen gewickelt auf der Erde. Sie warteten auf das Öffnen der Schalter am Morgen, um Billetts für den Stierkampf zu kaufen. Die Nacht klärte sich auf und der Mond schien. Einige Leute in den Reihen schliefen.

Wir hatten uns gerade im *Café Suizo* hingesetzt und Fundador bestellt, als Robert Cohn eintrat.

«Wo ist Brett?» fragte er.

«Ich weiß nicht.»

«Sie war doch mit dir zusammen.»
«Sie wird zu Bett gegangen sein.»
«Ist sie nicht.»
«Ich weiß nicht, wo sie ist.»
Sein Gesicht sah bei der Beleuchtung bleich aus. Er reckte sich.
«Sag mir, wo sie ist.»
«Setz dich», sagte ich. «Ich weiß nicht, wo sie ist.»
«Du weißt es verdammt wohl.»
«Halt die Fresse.»
«Sag mir, wo Brett ist.»
«*Dir* sag ich auch nicht so viel.»
«Du weißt, wo sie ist.»
«Wenn ich's wüßte, würde ich dir's nicht sagen.»
«Geh zum Teufel, Cohn», rief Mike vom Tisch her. «Brett ist mit dem Stierkämpferjungen abgezogen. Sie verbringen gerade ihre Flitterwochen.»
«Halt den Mund.»
«Ach, scher dich zum Teufel», sagte Mike schwach.
«Ist das wahr?» wandte sich Cohn an mich.
«Geh zum Teufel.»
«Sie war mit dir zusammen. Ist sie wirklich dort?»
«Geh zum Teufel.»
«Ich werd dich lehren –» er kam einen Schritt näher – «du verdammter Zuhälter.»
Ich schlug nach ihm, und er duckte sich. Ich sah sein gedducktes Gesicht seitlich im Licht. Er schlug nach mir, und ich saß auf der Erde. Als ich wieder auf die Füße wollte, versetzte er mir zwei Schläge. Ich flog rückwärts unter den Tisch. Ich versuchte aufzustehen und hatte das Gefühl, daß ich keine Beine mehr besaß. Ich dachte, ich müßte aufstehen und versuchen, ihm eine runterzuhauen. Mike half mir hoch.
Irgendwer goß mir eine Karaffe Wasser über den Kopf. Mike stützte mich, und ich saß plötzlich auf einem Stuhl. Mike zog an meinen Ohren.
«Weißt du, du warst einfach weg», sagte Mike.
«Und wo, zum Teufel, warst du?»
«Na, ich war hier.»
«Wolltest dich nicht einmischen?»
«Er hat Mike auch niedergeboxt», sagte Edna.
«Er hat mich nicht k. o. geschlagen», sagte Mike, «ich hab nur so dagelegen.»
«Passiert das jeden Abend bei euern Fiestas?» fragte Edna. «War das nicht Mr. Cohn?»

«Mir ist wieder ganz gut», sagte ich, «nur mein Kopf ist noch ein bißchen benommen.»

Mehrere Kellner und eine Masse Leute standen umher.

«Vaya», sagte Mike. «Macht, daß ihr fortkommt, los, los.»

Die Kellner drängten die Leute hinaus.

«Es war fabelhaft anzusehen», sagte Edna. «Er ist wohl ein Boxer?»

«Ja.»

«Schade, daß Bill nicht hier war», sagte Edna. «Ich hätte so gern auch Bill am Boden gesehen. Ich wollte Bill immer mal am Boden sehen. Er ist so groß.»

«Ich hoffte, daß er einen Kellner niederschlagen würde», sagte Mike, «und dann festgenommen würde. Ich sähe Mr. Robert Cohn gern im Gefängnis.»

«Nein», sagte ich.

«Aber nein», sagte Edna. «Das ist nicht Ihr Ernst.»

«Ich kann mir nicht helfen, ich würde es gern sehen», sagte Mike. «Ich bin keiner von den Kerlen, die sich gern k. o. schlagen lassen. Ich treib deshalb auch keinen Sport.»

Mike nahm einen Schluck.

«Ich bin niemals gern auf Jagd gegangen, wißt ihr. Es besteht ständig die Gefahr, daß so ein Pferd auf einen rauffällt. Wie geht's dir denn jetzt, Jake?»

«Gut.»

«Sie gefallen mir», sagte Edna zu Mike. «Sind Sie wirklich ein Bankrotteur?»

«Ich bin ein Riesenbankrotteur», sagte Mike. «Ich schulde allen Leuten Geld. Schulden Sie niemandem Geld?»

«Doch, tonnenweise.»

«Ich schulde allen Leuten Geld», sagte Mike. «Ich hab heut abend 100 Peseten von Montoya geborgt.»

«Zum Teufel, was fällt dir ein?» sagte ich.

«Ich werd's zurückzahlen», sagte Mike. «Ich zahl immer alles zurück.»

«Deswegen sind Sie wohl bankrott, ja?» sagte Edna.

Ich stand auf. Ich hörte sie nur wie aus weiter Ferne sprechen. Es schien alles wie ein schlechtes Theaterstück.

«Ich geh rüber ins Hotel», sagte ich. Dann hörte ich, wie sie über mich sprachen.

«Ist er denn wieder in Ordnung?» fragte Edna.

«Wir gehen lieber mit ihm mit.»

«Ich bin wieder ganz in Ordnung», sagte ich. «Bleibt nur. Ich treff euch später.»

Ich ging aus dem Café weg. Sie saßen am Tisch. Ich drehte mich nach ihnen und den leeren Tischen um. An einem Tisch saß ein Kellner, der sein Gesicht in die Hand stützte.

Als ich so über den Platz zum Hotel ging, sah alles neu und verändert aus. Ich hatte die Bäume nie vorher gesehen. Ich hatte auch die Fahnenpfosten und die Fassade des Theaters nie vorher gesehen. Es war alles verändert. Ich fühlte mich wie damals, als ich von einem Footballspiel auf dem Lande nach Hause kam. Ich trug eine Handtasche mit meinen Footballsachen und ging die Straße zum Bahnhof in die Stadt hinein, in der ich doch mein ganzes Leben gelebt hatte, und alles war neu. Der Rasen wurde geharkt, und man verbrannte Laub auf dem Weg, und ich blieb lange stehen und sah zu. Alles war seltsam. Dann ging ich weiter, und meine Füße schienen ewig weit weg von mir zu sein, und alles schien wie aus weiter Ferne zu kommen, und ich konnte meine Füße ganz weit weg von mir gehen hören. Ich hatte ziemlich zu Anfang des Spiels etwas gegen den Kopf bekommen. Es war genauso wie jetzt, als ich den Platz überquerte. Genauso war es auch, als ich die Stufen im Hotel hinaufging. Um die Treppe hinaufzugehen, brauchte ich eine Ewigkeit, und ich hatte das Gefühl, als ob ich meine Reisetasche schleppte. Im Zimmer war Licht. Bill kam mir auf dem Korridor entgegen.

«Hör mal», sagte er, «geh rauf und sieh dich mal nach Cohn um. Es scheint ihm sehr dreckig zu gehen, hat immerfort nach dir gefragt.»

«Zum Teufel mit ihm.»

«Na, geh mal und sieh dich nach ihm um.»

Ich hatte keine Lust, noch eine Treppe hinaufzuklettern.

«Warum siehst du mich denn so an?»

«Ich seh dich gar nicht an. Geh mal rauf und kümmere dich um Cohn. Er ist in einer schrecklichen Verfassung.»

«Du warst vor kurzer Zeit noch betrunken», sagte ich.

«Ich bin auch jetzt noch betrunken», sagte Bill. «Geh aber trotzdem rauf zu Cohn. Er braucht dich.»

«Gut», sagte ich. Es handelte sich eben nur um noch mehr Treppen. Ich ging die Treppe hinauf und trug immer noch meine eingebildete Reisetasche. Ich ging den Gang entlang bis zu Cohns Zimmer. Die Tür war zu und ich klopfte.

«Wer ist da?»

«Barnes.»

«Komm rein, Jake.»

Ich öffnete die Tür, ging hinein und stellte meine Reisetasche ab. Im Zimmer war kein Licht. Cohn lag in der Dunkelheit mit dem Gesicht nach unten auf dem Bett.

«Hallo, Jake.»

«Sag nicht Jake zu mir.»

Ich stand an der Tür. Genauso war ich auch damals nach Hause gekommen. Was ich jetzt brauchte war ein heißes Bad. Ein tiefes, heißes Bad, in dem man sich ausstrecken konnte.

«Wo ist das Badezimmer?» fragte ich.

Cohn weinte. Da lag er mit dem Gesicht im Bett vergraben und weinte. Er hatte ein weißes Polohemd an von der Sorte, die er in Princeton getragen hatte.

«Es tut mir leid, Jake. Bitte, verzeih mir.»

«Einen Dreck werd ich dir verzeihen.»

«Bitte, verzeih mir, Jake.»

Ich sagte nichts. Ich stand an der Tür.

«Ich war wahnsinnig. Du weißt doch, wie es war.»

«Ach, laß schon gut sein.»

«Ich konnte das mit Brett nicht mehr aushalten.»

«Du hast mich einen Zuhälter genannt.»

Es war mir alles egal. Ich brauchte ein heißes Bad, ich brauchte ein heißes Bad mit viel, viel Wasser.

«Ich weiß. Bitte, vergiß es. Ich war verrückt.»

«Also gut.»

Er weinte. Seine Stimme klang seltsam. Er lag in seinem weißen Hemd auf dem Bett in der Dunkelheit. Seinem Polohemd.

«Ich fahre morgen früh weg.»

Er weinte, ohne Geräusch.

«Ich konnte es einfach mit Brett nicht mehr ertragen. Es war die Hölle selbst, Jake. Einfach die Hölle. Als ich Brett hier traf, behandelte sie mich wie einen absolut Fremden. Ich konnte es einfach nicht aushalten. Wir lebten in San Sebastián zusammen. Du weißt es ja. Ich kann's nicht mehr aushalten.»

Er lag da auf seinem Bett.

«Na», sagte ich. «Ich will jetzt baden.»

«Du warst mein einziger Freund, und ich liebte Brett so.»

«Also», sagte ich. «Bis nachher.»

«Ich glaube, es hat alles keinen Zweck», sagte er. «Es hat nicht den geringsten Zweck.»

«Was?»

«Alles. Bitte, Jake, sag, daß du mir verzeihst.»

«Natürlich», sagte ich. «Es ist alles wieder in Ordnung.»

«Ich fühlte mich so grauenhaft. Ich bin durch eine solche Hölle gegangen, Jake. Jetzt ist alles weg und kaputt. Alles.»

«Also», sagte ich. «Bis nachher. Ich muß jetzt gehen.»

Er rollte herum, saß auf dem Bettrand und stand dann auf.

«Bis nachher, Jake», sagte er. «Gib mir die Hand, ja?»

«Natürlich. Warum nicht?»

Wir gaben einander die Hand. In der Dunkelheit konnte ich sein Gesicht nicht deutlich sehen.

«Also», sagte ich, «dann seh ich dich morgen.»

«Ich fahr morgen weg.»

«Ach ja», sagte ich.

Ich ging hinaus. Cohn stand in der Tür seines Zimmers.

«Wie fühlst du dich denn, Jake?» fragte er.

«Ach», sagte ich, «ganz gut.»

Ich konnte das Badezimmer nicht gleich finden. Ich fand es erst nach einer Weile. Es hatte eine tiefe, steinerne Badewanne. Ich drehte die Hähne auf, aber das Wasser lief nicht. Ich setzte mich auf den Rand der Badewanne. Als ich wieder aufstand, bemerkte ich, daß ich meine Schuhe ausgezogen hatte. Ich suchte sie, fand sie und trug sie nach unten. Ich fand mein Zimmer, ging hinein, zog mich aus und ging zu Bett.

Ich erwachte mit Kopfweh und hörte den Krach der Musikkapellen, die unten auf der Straße vorbeizogen. Ich erinnerte mich, daß ich Bills Freundin Edna versprochen hatte, sie mitzunehmen und ihr die Stiere in den Straßen auf dem Weg in den Toril zu zeigen. Ich zog mich an, ging hinunter und in den kalten, frühen Morgen hinaus. Viele Leute überquerten den Platz und eilten dem Toril zu. Drüben jenseits des Platzes standen die zwei Reihen Menschen vor den Billettschaltern immer noch an. Sie warteten immer noch auf die Billetts, die um sieben Uhr verkauft werden sollten. Ich eilte über die Straße ins Café. Der Kellner sagte mir, daß meine Freunde hiergewesen, aber schon wieder fort seien.

«Wieviel waren es?»

«Zwei Herren und eine Dame.»

Das war also in Ordnung. Bill und Mike waren mit Edna. Sie hatte gestern abend Angst gehabt, daß sie sie im Stich lassen könnten. Deshalb sollte ich sie auf jeden Fall mitnehmen. Ich trank meinen Kaffee und eilte mit den anderen Leuten zum Toril. Ich war jetzt nicht mehr benommen, hatte nur starkes Kopfweh. Alles sah scharf und klar aus, und die Stadt roch nach frühem Morgen.

Die Strecke zwischen der Stadt und dem Toril war schlammig. Den ganzen Zaun entlang, der zum Toril führte, stand eine dichte Menschenmasse, und die nach außen liegenden Balkons und der obere Teil des Torils, alles war schwarz von Leuten. Ich hörte die Rakete losgehen und wußte, daß ich nicht mehr zur Zeit in den Toril kommen konnte, um die Stiere kommen zu sehen, darum schob ich mich durch die Menge an den Zaun. Man stieß mich dicht an die Bretter. Zwischen den beiden Zäunen drängte die Polizei die Leute, die in den Toril trotteten, zurück. Dann rannten plötzlich Leute vorbei. Ein Betrunkener glitt aus und fiel hin. Zwei Polizisten ergriffen ihn und zerrten ihn schnell an den Zaun. Die Menge lief jetzt schnell. Die Menge stieß einen Schrei aus, und als ich meinen Kopf durch die Bretter zwängte, sah ich gerade, wie die Stiere aus der Straße herauskamen und in die lange Renngasse einbogen. Sie liefen schnell und holten Raum zwischen sich und der Menge auf. In dem Moment setzte sich ein anderer Betrunkener vom Zaun aus mit einer Bluse in der Hand in Bewegung. Er wollte *capa*-Arbeit an den Stieren vorführen. Die zwei Polizisten stürzten sich auf ihn, ergriffen ihn am Kragen, einer schlug ihn mit einem Knüppel, dann zogen sie ihn gegen den Zaun und standen platt gegen den Zaun gepreßt in dem Augenblick, als der letzte aus der Menge vorbeigelaufen war und die Stiere heranschossen. Vor den Stieren liefen so viele Leute her, daß die Masse sich staute und nur langsam durch das Tor in den Toril gelangen konnte, und als die Stiere alle zusammen schwer galoppierend, die Flanken mit Kot bespritzt, mit geschwungenen Hörnern vorbeikamen, schoß einer vor, faßte einen Mann aus der laufenden Menge im Rücken und hob ihn in die Luft. Beide Arme des Mannes hingen seitwärts herunter, sein Kopf fiel nach hinten, als das Horn sich in ihn bohrte und der Stier ihn hochhob und dann fallen ließ. Der Stier ergriff einen anderen Mann, der vor ihm lief, aber der Mann verschwand in der Menge, und die Menge drängte durch das Tor und in den Toril, immer die Stiere im Rücken. Die rote Tür des Torils schloß sich, die Menge auf den äußeren Balkonen des Torils drängte sich hinein, dann ertönte ein Schrei und noch ein Schrei.

Der durchbohrte Mann lag mit dem Gesicht in dem zertrampelten Schlamm. Leute kletterten über den Zaun, und ich konnte den Mann nicht mehr sehen, weil das Gewühl um ihn herum zu groß war. Aus dem Innern des Torils kamen die Schreie. Jeder Schrei bedeutete, daß ein Stier die Menge angegriffen hatte. Man konnte nach der Intensität des Schreis urteilen, wie schlimm das war, was drinnen passierte. Dann ging eine Rakete in die Höhe; die Ochsen hatten also die Stiere aus dem Toril in die Umfriedungen gebracht. Ich verließ den Zaun und begann meinen Heimweg zur Stadt.

Als ich wieder in der Stadt war, ging ich zurück ins Café, um noch einmal zu frühstücken, Kaffee und gebutterten Toast. Die Kellner fegten das Café aus und wischten die Tische ab. Einer kam herüber und nahm meine Bestellung entgegen.

«Ist etwas bei dem *encierro* passiert?»

«Ich habe nicht alles gesehen. Ein Mann ist schlimm *cogida.*»

«Wo?»

«Hier.» Ich legte meine Hand aufs Kreuz und die andere auf die Brust, wo das Horn durchgekommen sein mußte. Der Kellner nickte und fegte mit seinem Tuch die Brotkrümel vom Tisch.

«Schlimm *cogida*», sagte er. «Alles aus Sport. Alles aus Spaßvergnügen.»

Er ging weg und kam mit den langstieligen Kaffee- und Milchkannen zurück. Er schenkte mir Milch und Kaffee ein. Aus den langen Schnauzen flossen zwei Ströme in die große Tasse. Der Kellner nickte mit dem Kopf.

«Schlimm durch den Rücken *cogida*», sagte er. Er stellte die Kannen auf den Tisch und setzte sich auf einen Stuhl. «Eine große Hornwunde. Nur zum Vergnügen. Aus reiner Vergnügungssucht. Wie finden Sie das?»

«Ich weiß nicht.»

«Das ist es ja gerade. Nur zum Spaß. Spaß, verstehen Sie?»

«Sind Sie kein *aficionado*?»

«Ich? Was sind denn Stiere groß? Tiere. Brutale Tiere.» Er stand auf und legte die Hand auf sein Kreuz. «Grade ins Kreuz . . . eine *cornada* glatt durch den Rücken. Rein zum Spaß, verstehen Sie?»

Er schüttelte den Kopf und trug die Kannen weg. Zwei Männer kamen auf der Straße vorbei. Der Kellner rief sie an. Sie sahen ernst aus. Einer schüttelte den Kopf und rief: *«Muerto!»*

Der Kellner nickte. Die beiden Männer gingen weiter. Sie waren auf einem Botengang. Der Kellner kam herüber an meinen Tisch.

«Haben Sie gehört? *Muerto.* Tot. Er ist tot. Mit einem Horn mittendurch. Alles für einen Vormittagsspaß. *Es muy flamenco.*»

«Ja, schlimm.»

«Das ist nichts für mich», sagte der Kellner. «Das ist kein Spaß für mich.»

Im Laufe des Tages erfuhren wir, daß der getötete Mann Vicente Girones hieß und aus der Nähe von Tafalla stammte. Am nächsten Tag lasen wir in der Zeitung, daß er 28 Jahre alt war, ein Stück Land, eine Frau und zwei Kinder besaß. Auch nach seiner Verheiratung war er noch jedes Jahr zur Fiesta gekommen. Am nächsten Tag kam seine Frau aus Tafalla, um bei der Leiche zu wachen, und einen Tag darauf wurde in der Kapelle von San Fermín ein Trauergottesdienst abgehalten, und der Sarg wurde von einigen Mitgliedern des Tanz- und Trinkvereins von Tafalla zum Bahnhof getragen. Die Trommler marschierten an der Spitze, dann kamen die Pfeifenbläser mit Musik, und hinter den Männern, die den Sarg trugen, ging die Frau mit den zwei Kindern . . . Hinter ihnen marschierten alle Mitglieder der

Tanz- und Trinkvereine von Pamplona, Estella, Tafalla und Sanguesa, die über die Zeit des Begräbnisses hatten dableiben können. Der Sarg wurde in den Gepäckwagen des Zugs geladen, und die Witwe fuhr mit ihren zwei Kindern zusammen in einem offenen Wagen dritter Klasse. Der Zug setzte sich mit einem Ruck in Bewegung und lief dann glatt hinunter, um das Plateau herum, zwischen den Getreidefeldern hindurch, die im Winde hin und her schwankten, durch die Ebene, auf dem Weg nach Tafalla.

Der Stier, der Vicente Girones getötet hatte, hieß Bocanegra und war Nummer 118 aus dem Stiergestüt von Sanchez Taberno, und Pedro Romero tötete ihn am gleichen Nachmittag als dritten Stier. Man schnitt ihm nach dem Willen des Volkes ein Ohr ab und gab es Pedro Romero, der es wiederum Brett schenkte, die es in ein mir gehöriges Taschentuch einwickelte und beides, Ohr sowohl wie Taschentuch, mit einer Anzahl Muratti-Zigarettenstummel im hintersten Winkel des Nachttischs, der neben ihrem Bett im Hotel *Montoya* in Pamplona stand, liegenließ.

Im Hotel saß der Nachtportier drinnen auf einer Bank neben der Tür. Er hatte die ganze Nacht dort zugebracht und war sehr verschlafen. Er stand auf, als ich kam. Drei Kellnerinnen kamen zu gleicher Zeit mit mir. Sie hatten sich das morgendliche Schauspiel im Toril angesehen. Sie gingen lachend die Treppe hinauf. Ich folgte ihnen nach oben und ging in mein Zimmer. Ich zog meine Schuhe aus und legte mich auf mein Bett. Das Fenster nach dem Balkon war offen, und die Sonne fiel hell ins Zimmer. Ich fühlte mich gar nicht schläfrig. Es mußte ungefähr halb vier gewesen sein, als ich zu Bett gegangen war, und die Musik hatte mich um sechs geweckt. Mein Kinn tat mir auf beiden Seiten weh. Ich befühlte ihn mit Daumen und Zeigefinger. Dieser verdammte Cohn. Er sollte doch lieber losschlagen, wenn man ihn zum erstenmal beleidigte, und dann abziehen. Er war so sicher, daß Brett ihn liebte. Nein, er würde ausharren, und wahre Liebe würde alles besiegen. Jemand klopfte an meine Tür.

«Herein.»

Es waren Bill und Mike. Sie setzten sich auf mein Bett.

«Ein schöner *encierro*», sagte Bill. «Ein schöner *encierro.*»

«Hör mal, warst du denn nicht da?» fragte Mike. «Klingle doch nach Bier, Bill.»

«Was für ein Morgen!» sagte Bill. Er wischte sich sein Gesicht ab. «Mein Gott, was für ein Morgen. Und hier ist der gute alte Jake! Der alte Jake, der lebende *punching-ball.*»

«Was ist denn drinnen losgewesen?»

«Großer Gott», sagte Bill, «was ist denn eigentlich passiert, Mike?»

«Die Stiere kamen rein», sagte Mike. «Dicht vor ihnen war die Menge, und irgendein Kerl stolperte und riß ein paar mit sich.»

«Und die Stiere stürmten direkt über sie weg», sagte Bill.

«Ich hörte sie schreien.»

«Das war Edna», sagte Bill.

«Ein paar Kerle kamen und schwenkten ihre Hemden.»

«Ein Stier stürmte an der *barrera* entlang und riß alle zu Boden.»

«Man hat ungefähr zwanzig Leute ins Krankenhaus gebracht», sagte Mike.

«Was für ein Morgen», sagte Bill. «Die verdammte Polizei nahm unentwegt Leute fest, die mit Hilfe der Stiere Selbstmord begehen wollten.»

«Zum Schluß nahmen die Ochsen sie mit rein», sagte Mike.

«Es dauerte ungefähr eine Stunde.»

«In Wirklichkeit dauerte es eine Viertelstunde», widersprach Mike.

«Geh zum Teufel», sagte Bill. «Du warst doch im Krieg. Mir kam es wie zwei und eine halbe Stunde vor.»

«Wo bleibt denn unser Bier?» fragte Mike.

«Was habt ihr denn mit der reizenden Edna gemacht?»

«Wir haben sie eben nach Hause gebracht. Sie ist zu Bett gegangen.»

«Wie hat es ihr gefallen?»

«Glänzend. Wir haben ihr erzählt, daß es jeden Morgen so sei.»

«Hat ihr sehr imponiert», sagte Mike.

«Sie wollte, daß wir auch in die Arena runtergehen sollten», sagte Bill. «Sie ist für Bewegung und Leben.»

«Ich sagte ihr, das sei nicht fair gegen meine Gläubiger», sagte Mike.

«Was für ein Morgen», sagte Bill. «Und was für eine Nacht!»

«Was macht dein Kinnladen, Jake?» fragte Mike.

«Wund», sagte ich.

Bill lachte.

«Warum hast du ihm nicht eins mit einem Stuhl versetzt?»

«Du hast gut reden», sagte Mike. «Er hätte dich auch k. o. geschlagen. Ich hab überhaupt gar nicht gesehen, wie er mich geboxt hat. Ich sah ihn ganz ruhig dastehen, und dann saß ich ganz plötzlich auf der Straße und Jake lag unterm Tisch.»

«Wo ist er denn dann hingegangen?» fragte ich.

«Da ist sie», sagte Mike, «hier ist die schöne Dame mit dem Bier.»

Das Zimmermädchen stellte das Tablett mit den Bierflaschen und

Gläsern auf den Tisch.

«Bringen Sie noch drei Flaschen», sagte Mike.

«Wo ging Cohn hin, nachdem er mich vermöbelt hatte?» fragte ich Bill.

«Weißt du denn nichts davon?» Mike öffnete eine Bierflasche. Er goß das Bier in eines der Gläser und hielt dabei das Glas nahe an die Flasche.

«Wirklich nicht?» fragte Bill.

«Na, er ging rein und fand Brett und den kleinen Stierkämpfer im Zimmer des Stierkämpfers, und dann massakrierte er den armen dämlichen Stierkämpfer.»

«Nein.»

«Doch.»

«Was für eine Nacht!» sagte Bill.

«Er hat den armen, guten Stierkämpfer beinahe getötet. Dann wollte Cohn Brett dort rausbringen. Ich nehme an, daß er eine anständige Frau aus ihr machen wollte. Verdammt rührende Szene.»

Er nahm einen langen Schluck Bier.

«Er ist ein Esel.»

«Was passierte dann?»

«Brett hat's ihm gegeben. Sie hat ihm ihre Meinung gegeigt. Ich fand sie fabelhaft.»

«Na und ob», sagte Bill.

«Daraufhin brach Cohn zusammen und weinte und wollte dem Stierkämpferknaben die Hand schütteln. Er wollte auch Brett die Hand schütteln.»

«Ich weiß. Mir auch.»

«So? Na, sie haben sich auf nichts eingelassen. Der Stierkampfjüngling hat sich anscheinend sehr gut benommen. Er hat nicht viel gesagt, aber er ist immer wieder aufgestanden und immer wieder zu Boden geschlagen worden. Cohn konnte ihn nicht k. o. schlagen. Es muß furchtbar komisch gewesen sein.»

«Wo hast du denn das alles her?»

«Von Brett. Ich sah sie heute früh.»

«Was passierte denn zum Schluß?»

«Ich glaube, der Stierkampfjüngling saß auf dem Bett. Er war ungefähr fünfzehnmal am Boden gewesen, aber er wollte weiterkämpfen. Brett hielt ihn fest und wollte ihn nicht aufstehen lassen. Er war schwach, aber Brett konnte ihn nicht halten, und er stand doch auf. Dann sagte Cohn, daß er ihn nicht noch mal schlagen würde. Sagte, daß er das nicht tun könnte. Sagte, das wäre niederträchtig. Anscheinend ist dann der Stierkampfjüngling auf ihn zuge-

stolpert. Cohn hat sich gegen die Wand zurückgezogen.
‹Also Sie wollen mich nicht schlagen?›
‹Nein›, sagte Cohn. ‹Ich würde mich schämen.›
Darauf schlug ihm der Stierkampfjüngling, so hart er konnte, mit der Faust ins Gesicht und fiel dann zu Boden. Brett sagte, er konnte nicht aufstehen. Cohn wollte ihn aufheben und aufs Bett legen. Er sagte, wenn ihm Cohn helfen würde, würde er ihn totschlagen, und er würde ihn auf jeden Fall heute früh töten, wenn Cohn nicht inzwischen die Stadt verlassen hätte. Cohn weinte, und Brett hat ihn schön abfahren lassen, und er wollte ihnen die Hand schütteln. Das hab ich dir aber schon vorher erzählt.»
«Erzähl ihm den Rest», sagte Bill.
«Ich glaube, der Stierkampfjüngling saß auf der Erde. Er wartete auf neue Kräfte, um Cohn noch eine runterzuhauen. Brett wollte nichts vom Händeschütteln wissen und Cohn weinte und sagte ihr, wie sehr er sie liebe, und sie sagte ihm, er solle nicht so ein blödsinniger Esel sein. Dann beugte sich Cohn über den Stierkampfjüngling, um ihm die Hand zu reichen. Schwamm drüber, nichts nachtragen, weißt du? Alles vergeben. Und der Stierkampfjüngling schlug ihm nochmals ins Gesicht.»
«Der Junge hat's in sich», sagte Bill.
«Er hat Cohn ruiniert», sagte Mike. «Weißt du, ich glaube, Cohn wird nie wieder in seinem Leben die geringste Lust haben, sich mit Leuten herumzuschlagen.»
«Wann hast du Brett gesehen?»
«Heute früh. Sie kam herein, um was zu holen. Sie pflegt diesen Romerojungen.»
Er goß sich eine zweite Flasche Bier ein.
«Brett ist ziemlich erledigt, aber sie pflegt Leute leidenschaftlich gern. Auf diese Art sind wir auch zusammen auf und davon. Sie pflegte mich.»
«Ich weiß», sagte ich.
«Ich bin ziemlich betrunken», sagte Mike. «Ich werde ziemlich betrunken bleiben. Das ist alles furchtbar komisch, aber nicht besonders erfreulich. Jedenfalls nicht für mich.»
Er trank sein Bier aus.
«Wißt ihr, ich hab's Brett gegeben. Ich hab ihr gesagt, daß wenn sie sich mit Juden und Stierkämpfern und solcher Sorte Leute einläßt, sie nichts anderes als Unannehmlichkeiten erwarten könne.» Er beugte sich vornüber. «Hör mal, Jake, bist du böse, wenn ich dir da deine Flasche wegtrinke? Sie kann dir ja eine neue bringen.»
«Bitte», sagte ich. «Ich trink sie sowieso nicht.»
Mike begann die Flasche zu öffnen. «Würdest du sie mir wohl

aufmachen?»

Ich preßte den Metallverschluß in die Höhe und goß ihm ein.

«Weißt du», fuhr Mike fort, «Brett war großartig. Sie ist immer großartig. Ich hab ihr über Juden und Stierkämpfer ganz gehörig meine Meinung gesagt, und über all solche Leute, und wißt ihr, was sie geantwortet hat? ‹Ja, ich hab in der englischen Aristokratie ein so verdammt glückliches Leben geführt.›»

Er trank einen Schluck.

«Das war doch großartig. Weißt du, dieser Ashley, von dem sie den Titel hat, war bei der Marine. Der neunte Baron. Wenn er nach Hause kam, wollte er unter keiner Bedingung in einem richtigen Bett schlafen. Brett mußte immer mit ihm auf der Erde schlafen. Zum Schluß, wie er wirklich verdreht wurde, hat er ihr immer mit Erschießen gedroht. Schlief ständig mit einem geladenen Dienstrevolver. Brett nahm immer die Patronen heraus, wenn er eingeschlafen war. Sie hat kein absolut glückliches Leben geführt, Brett. Eine verdammte Schande, wo sie alles so genießt.»

Er stand auf. Seine Hand zitterte.

«Ich geh in mein Zimmer . . . Will versuchen, ob ich ein bißchen schlafen kann.»

Er lächelte.

«Man ist viel zu lange ohne Schlaf bei den Fiestas. Ich werde aber jetzt anfangen und mich ordentlich ausschlafen. Verdammt ungesunde Sache, zu wenig zu schlafen. Macht einen schrecklich nervös.»

«Also dann sieht man dich mittags im *Iruña*», sagte Bill.

Mike ging zur Tür hinaus. Wir hörten ihn nebenan.

Er klingelte, und das Zimmermädchen kam und klopfte an die Tür.

«Bringen Sie mir ein halbes Dutzend Flaschen Bier und eine Flasche Fundador», sagte Mike zu ihr.

«Sí, Señorito.»

«Ich geh zu Bett», sagte Bill. «Armer alter Mike. Ich hatte gestern abend seinetwegen einen Heidenkrach.»

«Wo? In dieser Milanospelunke?»

«Ja. Da saß ein Kerl, der Brett und Mike mal in Cannes ausgelöst hatte und der verdammt ekelhaft war.»

«Ich kenne die Geschichte.»

«Ich nicht. Niemand sollte das Recht haben, irgendwas über Mike zu sagen.»

«Das macht es ja gerade so schlimm.»

«Niemand sollte ein Recht dazu haben. Ich wünschte so, daß sie kein Recht dazu hätten. Ja, ich geh zu Bett.»

«Ist in der Arena jemand getötet worden?»
«Ich glaube nicht. Nur schwer verletzt.»
«Draußen auf der Rennstrecke ist ein Mann getötet worden.»
«So?» sagte Bill.

11

Mittags waren wir alle im Café. Es war überfüllt. Wir aßen Garnelen und tranken Bier. Die Stadt war überfüllt. Jede Straße war voll. Unausgesetzt kamen riesige Autobusse aus San Sebastián und Biarritz an und parkten um den Platz herum. Sie brachten Leute, die die Stierkämpfe sehen wollten. Wir sahen auch Gesellschafts-Tourenbusse ankommen. Einer war da mit 25 Engländerinnen. Sie saßen in dem großen weißen Wagen und sahen sich durch ihre Brillen die Fiesta an. Die Tänzer waren alle betrunken. Es war der letzte Tag der Fiesta.

Die Fiesta nahm ungestört und ohne Unterbrechung ihren Lauf. Die Autos und Busse bildeten kleine Inseln von Zuschauern. Wenn sich die Wagen entleert hatten, verschwanden die Zuschauer in der Menge. Man sah sie nicht wieder, außer etwa als seltsam aussehende Sportanzüge zwischen eng aneinandergedrängten Bauern in schwarzen Kitteln an irgendeinem Tisch. Die Fiesta verschluckte selbst die Engländer aus Biarritz, so daß man sie nur sah, wenn man dicht an ihrem Tisch vorbeikam. Die ganze Zeit über spielte die Musik auf der Straße. Die Trommeln dröhnten, und die Pfeifen gellten. In den Cafés sangen Männer, die sich entweder mit den Händen am Tisch festklammerten oder ihre Nachbarn umfaßt hielten, ihre rauhstimmigen Lieder.

«Da kommt Brett», sagte Bill.

Ich sah auf und sah, wie sie durch die Menge auf dem Platz mit hocherhobenem Kopf ging, ganz so, als ob die Fiesta ihr zu Ehren veranstaltet worden sei und sie sie hübsch und amüsant fände.

«Hallo, Jungs», sagte sie. «Donnerwetter, hab ich einen Durst.»

«Noch ein großes Bier», sagte Bill zum Kellner.

«Garnelen?»

«Ist Cohn fort?» fragte Brett.

«Ja», sagte Bill. «Er hat sich einen Wagen gemietet.»

Das Bier kam. Brett wollte den Bierkrug heben, aber ihre Hand zitterte. Sie sah es und lächelte. Sie beugte sich vornüber und nahm einen großen Schluck.

«Ausgezeichnetes Bier.»

«Sehr gut», sagte ich. Ich war wegen Mike nervös, ich glaubte nicht, daß er geschlafen hatte. Er mußte die ganze Zeit getrunken haben, aber er schien sich in der Gewalt zu haben.

«Ich hab gehört, daß Cohn dir weh getan hat, Jake», sagte Brett.

«Nein. Er hat mich k. o. geschlagen, das war alles.»

«Aber Pedro Romero hat er schlimm mitgespielt», sagte Brett. «Er hat ihm furchtbar weh getan.»

«Wie geht's ihm denn jetzt?»

«Nachmittags wird er wieder in Ordnung sein. Er will bis dahin in seinem Zimmer bleiben.»

«Sieht er böse aus?»

«Sehr. Er hat wirklich was abbekommen. Ich hab ihm gesagt, ich wollte nur mal rausgehen und euch Jungens einen Augenblick sprechen.»

«Wird er kämpfen können?»

«Aber wie. Wenn es euch recht ist, gehn wir zusammen.»

«Wie geht's denn deinem Freund?» fragte Mike. Er hatte all das, was Brett gesagt hatte, nicht gehört.

«Brett hat jetzt einen Stierkämpfer», sagte er. «Sie hatte einen Juden, der Cohn hieß, aber er erwies sich als zu unerfreulich.»

Brett stand auf.

«Ich werd mir nicht deinen Quatsch mit anhören, Michael», sagte sie.

«Wie geht's denn deinem Freund?»

«Glänzend», sagte Brett. «Beobachte ihn nur heute nachmittag.»

«Brett hat einen Stierkämpfer», sagte Mike. «Einen wunderschönen, beschissenen Stierkämpfer.»

«Würdest du wohl mit mir rübergehen, Jake? Ich möchte dich gern sprechen.»

«Erzähl ihm nur alles über deinen Stierkämpfer», sagte Mike. «Zum Teufel mit deinem Stierkämpfer!» Er kippte den Tisch um, so daß alle Biergläser und die Schüsseln mit den Garnelen mit großem Krach zu Boden fielen.

«Komm», sagte Brett. «Komm hier weg.»

Als wir über den gedrängt vollen Platz gingen, sagte ich zu ihr: «Wie ist es?»

«Ich werde ihn nach dem Mittagessen bis zum Kampf nicht sehen. Seine Leute kommen dann und ziehen ihn an. Er sagt, sie wären sehr böse auf mich.»

Brett strahlte. Sie war glücklich. Die Sonne schien; es war ein heller Tag.

«Ich fühl mich wie neugeboren», sagte Brett. «Du hast keine

Ahnung, Jake!»

«Irgendwas, was ich für dich tun kann?»

«Nein, geh nur mit mir nachher zum Kampf.»

«Sieht man dich zum Lunch?»

«Nein. Ich esse mit ihm.»

Wir standen unter den Arkaden am Eingang des Hotels. Tische wurden hinausgetragen und unter den Arkaden gedeckt.

«Wollen wir einen Spaziergang durch den Park machen?» fragte Brett. «Ich will jetzt noch nicht raufgehen. Ich denke, er wird schlafen.»

Wir gingen am Theater vorüber, an den Marktständen vorbei, verließen den Platz und bewegten uns mit der Menge zwischen den Buden. Wir kamen in eine Straße, die zum Paseo de Sarasate führte. Wir konnten dort die Menge auf und ab gehen sehen, lauter elegant angezogene Leute. Sie machten einen Rundgang im oberen Teil des Parks und kamen wieder zurück.

«Wir wollen nicht da hingehen», sagte Brett. «Gerade jetzt mag ich mich nicht anstieren lassen.»

Wir standen im Sonnenlicht. Es war heiß und angenehm nach all dem Regen und den Wolken, die vom Meer herübergekommen waren.

«Hoffentlich legt sich der Wind», sagte Brett. «Er ist sehr ungünstig für ihn.»

«Hoffentlich.»

«Er sagt, die Stiere wären gut.»

«Ja, sehr.»

«Ist das San Fermín?»

Brett sah nach der gelben Mauer der Kapelle.

«Ja, wo die Sache am Sonntag losging.»

«Wollen wir reingehen? Es ist dir doch recht. Ich möchte gern ein bißchen für ihn beten, oder so ähnlich.»

Wir gingen durch eine schwere, lederne Tür, die sich ganz leicht bewegte. Innen war es sehr dunkel. Viele Leute beteten. Man sah sie, sobald sich die Augen an das Zwielicht gewöhnt hatten. Wir knieten auf einer langen, hölzernen Bank. Nach einer Weile spürte ich, wie Brett neben mir steif wurde und sah, daß sie starr geradeaus blickte.

«Komm», flüsterte sie wie erstickt. «Wir wollen hier raus. Macht mich verdammt nervös.»

Draußen in der heißen Helligkeit der Straße sah Brett zu den Wipfeln der Bäume hinauf, die sich im Wind bewegten. Das Beten war nicht sehr erfolgreich gewesen.

«Ich weiß nicht, warum ich in der Kirche immer so nervös werde», sagte Brett. «Tut mir nicht gut.»

Wir gingen weiter.
«Ich eigne mich verdammt schlecht für jede religiöse Atmosphäre», sagte Brett. «Muß an meinem Gesicht liegen . . . Weißt du», sagte sie, «ich habe gar keine Angst um ihn. Ich bin einfach glücklich über ihn.»
«Gut.»
«Aber ich möchte doch, daß der Wind sich legt.»
«Wahrscheinlich legt er sich gegen fünf Uhr.»
«Wollen hoffen.»
«Du kannst ja beten.» Ich lachte.
«Hilft mir nie. Ich habe nie irgendwas bekommen, um das ich gebetet habe. Du?»
«O doch.»
«Ach Unsinn», sagte Brett. «Aber es kann schon sein, daß es bei manchen Leuten funktioniert. Du siehst eigentlich nicht furchtbar fromm aus, Jake.»
«Ich bin es aber.»
«Ach Unsinn», sagte Brett. «Fang nicht heute mit Bekehren an. Es wird sowieso schon schlimm genug werden.»
Es war das erste Mal, nachdem sie damals mit Cohn fortgefahren war, daß ich sie wieder in ihrer alten glücklichen, sorglosen Art sah. Wir standen wieder vor dem Hotel. Alle Tische waren jetzt gedeckt, und an manchen wurde sogar schon gegessen.
«Kümmere dich doch, bitte, um Mike», sagte Brett, «damit er sich nicht zu schlimm fühlt.»
«Ihre Freunde sind raufgegangen», sagte der deutsche Oberkellner in sehr schlechtem Englisch. Er horchte ständig herum. Brett wandte sich an ihn:
«Danke bestens. Haben Sie sonst noch was zu sagen?»
«Nein, gnä' Frau.»
«Schön», sagte Brett.
«Reservieren Sie einen Tisch für drei», sagte ich zu dem Deutschen. Er lächelte sein dreckiges kleines rosaweißes Lächeln.
«Ißt die Dame hier?»
«Nein», sagte Brett.
«Dann wird wohl ein Tisch für zwei genügen.»
«Sprich doch nicht mit ihm», sagte Brett. «Mike muß in einem schönen Zustand gewesen sein», sagte sie auf der Treppe. Wir kamen auf der Treppe an Montoya vorbei. Er verbeugte sich, lächelte aber nicht.
«Ich seh dich nachher im Café», sagte Brett. «Noch tausend Dank, Jake.»
Wir waren auf der Etage, in der unsere Zimmer lagen.

Sie ging den Korridor entlang und in Romeros Zimmer. Sie klopfte nicht an. Sie öffnete einfach die Tür, ging hinein und schloß sie hinter sich.

Ich stand vor Mikes Zimmertür und klopfte an. Es kam keine Antwort. Ich drückte auf die Klinke, die Tür ging auf. Drinnen im Zimmer war eine wilde Unordnung. Alle Handtaschen waren geöffnet und überall lagen Kleidungsstücke verstreut. Neben dem Tisch standen leere Flaschen. Mike lag auf dem Bett und sah wie seine eigene Totenmaske aus. Er öffnete die Augen und sah mich an.

«Hallo, Jake», sagte er langsam. «Ich schlafe gerade ein bißchen. Ich hab schon lange ein bißchen Schlaf gebraucht.»

«Ich werd dich zudecken.»

«Nein. Ich bin ganz warm . . . Geh noch nicht weg. Ich bin noch nicht eingeschlafen.»

«Wirst schon bald schlafen, Mike. Sorg dich nicht, alter Kerl.»

«Brett hat einen Stierkämpfer», sagte Mike. «Aber ihr Jude ist weg.»

Er wandte den Kopf und sah mich an.

«Verdammt angenehm, was?»

«Ja. Und jetzt schlaf, Mike, jetzt mußt du schlafen.»

«Ich will gerade, ich werde ein bißchen schlafen.»

Er schloß die Augen. Ich ging aus dem Zimmer und machte die Tür leise zu.

Bill war in meinem Zimmer und las die Zeitung.

«Warst du bei Mike?»

«Ja.»

«Komm, wir wollen essen gehen.»

«Ich esse nicht unten bei dem deutschen Oberkellner. Er war verdammt rotznäsig, als ich Mike die Treppe raufbrachte.»

«Zu uns war er auch pöbelhaft.»

«Wir wollen irgendwo in der Stadt essen.»

Wir gingen die Treppe hinunter. Auf der Treppe kamen wir an einem Mädchen mit einem zugedeckten Tablett vorbei.

«Das ist Bretts Lunch», sagte Bill.

«Und das von dem Jungen», sagte ich.

Draußen auf der Terrasse unter den Arkaden kam der deutsche Oberkellner auf uns zu. Seine roten Backen glänzten. Er tat höflich.

«Ich habe für die Herren einen Tisch reserviert», sagte er.

«Setz dich selbst dran», sagte Bill. Wir gingen hinaus und überquerten die Straße.

Wir aßen in einem Restaurant in einer Seitenstraße des Platzes. Dort aßen nur Männer. Es war voller Rauch und Trinken und Gesang. Das Essen und der Wein waren gut. Wir sprachen nicht viel.

Später gingen wir ins Café und sahen zu, wie die Fiesta ihren Höhepunkt erreichte. Brett kam bald nach dem Lunch. Sie sagte, sie hätte ins Zimmer hineingesehen, und Mike hätte geschlafen.

Als die Fiesta überkochte und alle sich nach der Arena aufmachten, gingen wir mit der Menge mit. Brett saß in der ersten Reihe zwischen Bill und mir. Direkt unter uns war der *callejón*, der Durchgang zwischen den Tribünen und dem roten Geländer, der *barrera*. Hinter uns füllten sich langsam die Tribünen aus Beton. Vor uns, jenseits des roten Geländers, dehnte sich der glattgerollte gelbe Sand. Er sah ein bißchen schwer aus vom Regen, aber in der Sonne war er trocken und glatt und fest. Die Degenträger und Arenadiener kamen den *callejón* herunter und trugen die strohgeflochtenen Körbe mit Kampf-*capas* und *muletas* auf ihren Schultern. Sie waren, blutbefleckt und fest zusammengefaltet, in den Körben verpackt. Die Degenträger öffneten die schweren, ledernen Degenbehälter, so daß man die rotumwickelten Gefäße des Degenbündels sehen konnte, als die ledernen Behälter gegen das Geländer lehnten. Sie entfalteten die dunkelgefleckten roten Flanells der *muletas* und befestigten Stäbe an ihnen, um den Stoff zu spannen und dem Matador eine Handhabe zu geben. Brett beobachtete alles. Sie ging vollkommen in den technischen Einzelheiten auf.

«Er hat auf allen *capas* und *muletas* seinen Namen», sagte sie. «Warum nennt man sie *muletas*?»

«Ich weiß nicht.»

«Ob sie je gewaschen werden?»

«Ich glaube nicht. Vielleicht würde es die Farbe verderben.»

«Das Blut muß sie ganz steif machen», sagte Bill.

«Komisch», sagte Brett. «Daß einem das Blut nichts ausmacht.»

Unten in dem engen Durchgang des *callejón* bereiteten die Degenträger alles vor. Alle Plätze waren besetzt. Oben waren alle Logen voll. Außer in der Loge des Präsidenten war kein einziger freier Platz. Wenn er kam begann der Kampf. Jenseits des Sandes, in dem hohen Torweg, der in die Corrals führte, standen die Stierkämpfer, ihre Arme in die *capas* eingerollt. Sie sprachen miteinander und warteten auf das Signal, um durch die Arena zu marschieren. Brett beobachtete sie durch den Fernstecher.

«Hier, willst du mal sehen?»

Ich sah durch das Glas und sah die drei Matadore. Romero stand in der Mitte, Belmonte links und Marcial rechts von ihm. Hinter ihnen standen ihre Leute in dem Torweg, und auf dem freien Stück des Corrals sah ich die Picadores. Romero trug einen schwarzen Anzug. Sein Dreispitz saß ihm tief im Gesicht. Ich konnte sein Gesicht unter seinem Hut nicht deutlich erkennen, aber es schien schlimm zugerichtet. Er sah geradeaus. Marcial rauchte behutsam eine Zigarette, die er in der Hand hielt. Belmonte sah geradeaus mit kränklichem gelbem Gesicht, seinen langen Wolfskiefer vorgestreckt. Er sah gar nichts. Weder er noch Romero schienen mit all den Leuten um sie herum das geringste zu tun zu haben. Sie waren ganz allein. Der Präsident kam herein; über uns auf der großen Tribüne klatschte man, und ich gab Brett den Fernstecher. Es gab Applaus. Die Musik setzte ein. Brett sah durch das Glas.

«Hier, nimm es», sagte sie.

Durch das Glas sah ich, wie Belmonte sich mit Romero unterhielt. Marcial reckte sich und ließ seine Zigarette fallen, und gerade vor sich hin sehend, die Köpfe zurückgeworfen, ihre freien Arme schwingend, kamen die drei Matadore herein. Hinter ihnen kam die ganze Prozession, sich weit auseinanderfaltend, alle im Schritt gehend, mit umgerollten *capas*, die freien Arme schwingend, und dahinter ritten die Picadores, die ihre Piken wie Lanzen hielten. Hinter dem allen kamen zwei Züge mit Maultieren und die Arenadiener. Die Matadore verneigten sich vor der Präsidentenloge, wobei sie ihre Hüte festhielten, und kamen dann hinüber an die *barrera*, wo wir saßen. Pedro Romero nahm seine schwere *capa* aus Goldbrokat ab und reichte sie seinem Degenträger über das Geländer. Er sagte etwas zu dem Degenträger. Dicht unter uns sahen wir Romeros geschwollene Lippen und blutunterlaufene Augen. Der Degenträger nahm die *capa*, sah zu Brett empor, kam zu uns heran und reichte uns die *capa*.

«Breite sie vor dir aus», sagte ich.

Brett beugte sich vornüber. Die *capa* war schwer und ganz glatt und steif, mit Gold durchwirkt. Der Degenträger sah zurück, schüttelte den Kopf und sagte etwas. Ein Mann neben mir beugte sich zu Brett hinüber und sagte:

«Er will nicht, daß Sie sie ausbreiten. Sie sollen sie zusammenfalten und auf Ihrem Schoß halten.»

Brett faltete die schwere *capa* zusammen.

Romero sah nicht zu uns empor. Er unterhielt sich mit Belmonte. Belmonte hatte seine Staats-*capa* zu irgendwelchen Freunden gesandt. Er sah zu ihnen hinüber und lächelte sein Wolfslächeln, das er nur mit dem Munde lächelte. Romero lehnte sich über die *barrera* und bat um den Wasserkrug. Der Degenträger brachte einen, und Romero goß Wasser über den Perkal seiner Kampf-*capa* und scharrte dann die untersten Falten mit seinen Schuhen im Sand hin und her.

«Wozu macht man das?» fragte Brett.

«Damit sie im Wind ein gewisses Gewicht besitzt.»

«Sein Gesicht sieht böse aus», sagte Bill.

«Er fühlt sich sehr schlecht», sagte Brett. «Er sollte im Bett sein.»

Der erste Stier war für Belmonte. Belmonte machte seine Sache sehr gut. Aber da er 30000 Peseten bekam und die Leute die ganze Nacht über angestanden hatten, um Billetts zu kaufen, um ihn zu sehen, verlangte die Menge von ihm, daß er besser als sehr gut sei. Belmontes Anziehungskraft beruhte auf seiner Naharbeit. Im Stierkampf spricht man von dem Gebiet des Stiers und dem Gebiet des Stierkämpfers. Solange ein Stierkämpfer auf seinem Gebiet bleibt, kann ihm verhältnismäßig wenig passieren. Jedesmal, wenn er das Gebiet des Stiers betritt, begibt er sich in große Gefahr. Belmonte arbeitete in seinen besten Tagen nur im Gebiet des Stiers. Auf diese Weise rief er das Gefühl einer kommenden Tragödie hervor. Die Leute gingen zur Corrida, um Belmonte zu sehen, um tragische Sensationen, ja vielleicht seinen Tod zu erleben. Vor fünfzehn Jahren schon sagte man, wenn man Belmonte sehen wolle, solle man sich beeilen; jetzt sei er noch am Leben. Seitdem hatte er mehr als tausend Stiere getötet. Als er sich zurückzog, wuchs eine Legende um seinen Kampfstil, und als er wieder in die Öffentlichkeit trat, war das Publikum enttäuscht, weil kein Sterblicher so nah am Stier arbeiten konnte, wie es Belmonte getan haben sollte, und er selbst natürlich auch nicht.

Außerdem stellte Belmonte Bedingungen und bestand darauf, daß seine Stiere weder zu groß waren noch zu gefährliche Hörner besaßen, also fiel das Element weg, das notwendig war, um die Sensation einer Tragödie hervorzurufen, und das Publikum, das dreimal soviel von Belmonte, der sich durch eine Fistel nicht auf der Höhe fühlte, erwartet hatte, als er je hatte geben können, fühlte sich bemogelt und betrogen, und Belmontes Kiefer trat vor Verachtung noch weiter hervor, und sein Gesicht wurde noch gelber, und er bewegte sich schwerfälliger, als seine Schmerzen zunahmen, und schließlich war die Menge aktiv gegen ihn, und er war vollkommen gleichgültig und voller Verachtung. Er hatte einen großen Nachmittag erwartet, und statt dessen war es ein Nachmittag voll Hohn und lauten Beleidigungen. Schließlich warf man ihm von allen Seiten Kissen und Brotstücke und Gemüse in die Arena, wo er seine größten Triumphe gefeiert hatte. Nur sein Kiefer trat weiter hervor. Manchmal lächelte er sein langkiefriges, lippenloses Lächeln, das seine Zähne entblößte, wenn man ihm ein besonders beleidigendes Schimpfwort zurief, und der Schmerz, den jede Bewegung hervorrief, wurde schlimmer und schlimmer, bis schließlich sein Gesicht wie Pergament aussah. Nachdem sein zweiter Stier tot war und man nicht mehr Brot und Kissen hinabwarf, nachdem er mit demselben

Wolfskieferlächeln und dem gleichen verächtlichen Ausdruck sich vor dem Präsidenten verneigt hatte, nachdem er seinen Degen über die *barrera* zum Abwischen gereicht hatte, damit man ihn wieder in das Futteral stecken konnte, ging er in den *callejón* und lehnte an der *barrera* unter uns, den Kopf in den Armen, ohne etwas zu hören oder zu sehen, ganz seinen Schmerzen ausgeliefert. Als er schließlich aufsah, bat er um einen Schluck Wasser. Er trank ein wenig, spülte seinen Mund aus, spuckte das Wasser aus, nahm seine *capa* und ging in die Arena zurück.

Weil das Publikum gegen Belmonte gewesen war, war es für Romero. Von dem Augenblick an, da er die *barrera* verließ und sich dem Stier näherte, applaudierte man ihm. Belmonte beobachtete Romero, beobachtete ihn, ohne sich den Anschein zu geben; Marcial beachtete er nicht. Von ihm wußte er alles. Er war noch einmal vor die Öffentlichkeit getreten, um sich mit Marcial zu messen, und hatte vorher gewußt, daß es ein gewonnenes Spiel sei. Er hatte erwartet, sich mit Marcial und all den anderen Größen der Décadence zu messen, und er hatte gewußt, daß die Aufrichtigkeit seiner Kampfesweise so von der falschen Ästhetik der Stierkämpfer dieser dekadenten Periode abstach, daß seine Gegenwart in der Arena allein schon genügen würde. Sein Wiederauftreten war durch Romero verdorben worden. Romero tat all das weich, ruhig und schön und ständig, was er sich nur noch in seltenen Augenblicken abringen konnte. Die Menge fühlte das; selbst die Leute aus Biarritz, selbst der amerikanische Botschafter sahen es endlich. Dies war ein Wettkampf, in dem Belmonte nicht mitmachen würde; das konnte für ihn nur mit einer schlimmen Hornverwundung oder mit dem Tod enden. Belmonte fühlte sich nicht mehr wohl genug dazu. Seine größten Augenblicke in der Arena waren vorbei. Er war seiner großen Augenblicke nicht mehr sicher. Es war nicht mehr dasselbe wie früher, und das Leben glühte nur noch manchmal lodernd auf. Er hatte noch ganz große Momente mit den Stieren, aber sie waren wertlos, da er sie bereits vorher dadurch entwertet hatte, daß er sich die Stiere nach ihrer Ungefährlichkeit aussuchte, wenn er aus seinem Auto stieg, sich über den Zaun beugte, sich die Herde auf der Ranch seines Freundes, des Stierzüchters, besah. So hatte er sich zwei leicht zu handhabende kleine Stiere mit kleinen Hörnern ausgesucht, und gerade als er durch die Schmerzen, die er stets hatte, die alte Größe wiederkommen fühlte, war sie bereits entwertet und vorverkauft und machte ihn nicht stolz und glücklich. Es war die Größe, aber der Kampf war für ihn nichts Großes, Wunderbares mehr.

Pedro Romero hatte die Größe. Er focht leidenschaftlich gern, und ich glaube, er liebte die Stiere, und ich glaube, er liebte Brett.

Sobald er die Lage bestimmen konnte, kämpfte er genau unter ihren Augen den ganzen Nachmittag und es gab ihm Kraft. Aber nicht einmal sah er zu ihr empor. Dadurch verstärkte er das Gefühl und tat es nicht nur für sie, sondern auch für sich. Dadurch, daß er nicht hinaufsah, um zu sehen, ob es ihr gefiel, tat er es innerlich ganz für sich, und trotzdem tat er es auch für sie. Aber er tat es für sie ganz ohne eigene Schwächung. Er wurde den ganzen Nachmittag hindurch besser und besser.

Sein erstes *quite* war direkt unter uns. Die drei Matadore nehmen den Stier einer nach dem andern, nach jedem Angriff, den er auf einen Picador macht. Belmonte kam zuerst daran. Marcial als zweiter. Dann kam Romero. Alle drei standen links vom Pferd. Der Picador, den Hut über die Augen gezogen, seine Pike scharf gegen den Stier richtend, gab dem Pferd die Sporen, und mit den Zügeln in der linken Hand drängte er das Pferd vorwärts dem Stier entgegen. Der Stier beobachtete. Es schien, als ob er das weiße Pferd beobachtete, aber in Wirklichkeit beobachtete er die dreieckige stählerne Spitze der Pike. Romero, der hinsah, bemerkte, wie der Stier den Kopf wandte. Er wollte nicht angreifen. Romero schwang seine *capa* so, daß die Augen des Stiers die Farbe sahen. Der Stier griff an, fand statt des Farbflecks ein weißes Pferd, und ein Mann beugte sich weit über das Pferd, stieß die Stahlspitze seiner langen Lanze aus Walnußholz in den Muskelberg der Schulter des Stiers und riß sein Pferd zur Seite, als er sich um die Pike drehte, verwundete ihn, indem er das Eisen tiefer in die Schulter des Stiers hineinstieß, und ließ ihn für Belmonte bluten.

Der Stier bestand unter dem Eisen nicht weiter auf seinem Plan. Er wollte gar nicht wirklich an das Pferd heran. Er drehte, und die Gruppe fiel auseinander, und Romero nahm ihn mit seiner *capa* hinweg. Er nahm ihn sanft und behutsam hinweg und hielt dann inne, stand unmittelbar vor dem Stier und bot ihm die *capa*. Der Schwanz des Stiers ging in die Höhe, und er griff an. Romero bewegte seine Arme kreisförmig über dem Stier mit geschlossenen Füßen. Die feuchte, sandbeschwerte *capa* öffnete sich weit und voll, wie ein Segel sich füllt, und Romero drehte sich damit genau vor dem Kopf des Stiers. Zum Schluß standen sie sich wieder gegenüber. Romero lächelte. Der Stier verlangte es noch einmal, und der Wind blies Romeros *capa* wieder auf, diesmal auf der anderen Seite. Jedesmal ließ er den Stier so dicht vorbeikommen, daß der Stier, der Mann und die *capa*, die sich mit Wind füllte und vor dem Stier drehte, eine scharfumrissene Gruppe bildeten. Alles war ganz langsam und kontrolliert. Es schien, als ob er den Stier in den Schlaf wiegen wollte. Er machte vier solche *veronicas* und endete mit einer halben *veronica*, mit dem Rücken gegen den Stier, und löste sich, als der Applaus einsetzte, von dem Stier, der seinen Rücken sich entfernen sah, eine Hand auf der Hüfte, die *capa* über dem Arm.

Bei seinen eigenen Stieren war er einfach vollkommen. Sein erster Stier sah nicht gut. Nach den ersten zwei Gängen mit der *capa* wußte Romero ganz genau, wie stark seine Sehkraft beeinträchtigt war. Er arbeitete dementsprechend. Es war kein glänzender Stierkampf. Es war nur vollkommener Stierkampf. Die Menge verlangte einen neuen Stier. Man machte einen Heidenkrach. Mit einem Stier, der den Köder nicht sehen konnte, war nichts Großartiges zu erwarten, aber der Präsident gab keinen Befehl zum Austausch.

«Warum tauscht man ihn nicht aus?» fragte Brett.

«Er ist bezahlt. Sie wollen ihr Geld nicht verlieren.»

«Es ist aber unfair gegen Romero.»

«Sieh mal, wie er einen Stier behandelt, der die Farbe nicht sehen kann.»

«So was seh ich ungern.»

Es war kein Vergnügen, zuzusehen, wenn man an der Person, die es machte, das geringste Interesse besaß. Da der Stier weder die Farben der *capa* noch den roten Stoff der *muleta* sehen konnte, mußte Romero ihn mit seinem eigenen Körper locken. Er mußte so nah kommen, daß der Stier seinen Körper sah und auf ihn losging, und dann mußte er den Angriff des Stiers mit der *muleta* abfangen und den Gang in der klassischen Manier beenden. Die Leute aus Biarritz mochten es nicht. Sie glaubten, Romero hätte Angst und machte aus diesem Grund jedesmal, wenn er den Stier von seinem Körper auf die *muleta* übernahm, einen kleinen Schritt zur Seite. Sie zogen Belmontes Nachahmung seiner selbst vor oder auch Marcials Nachahmung von Belmonte. Drei von ihnen saßen in der Reihe hinter uns.

«Wovor hat er eigentlich Angst? Der Stier ist so blind, daß er ja nur hinter dem Tuch her ist.»

«Er ist noch sehr jung. Er wird es schon noch lernen.»

«Aber ich fand ihn vorhin doch sehr gut bei der *capa*-Arbeit.»

«Vielleicht ist er jetzt einfach nervös.»

Mitten in der Arena führte Romero ganz allein immer dasselbe wieder durch. Er näherte sich dem Stier, bis dieser ihn ganz deutlich sah, bot ihm seinen Körper, bot ihn ihm noch ein bißchen näher. Der Stier beobachtete dumpf; dann kam er ihm so nahe, daß der Stier schon glaubte, ihn zu haben, bot sich ihm noch mal und dann, als er schließlich angriff, bot er ihm im Moment, bevor die Hörner des Stiers kamen, das rote Tuch mit dem kleinen, beinahe unsichtbaren Ruck, der das kritische Gefühl der Stierkampfsachverständigen aus Biarritz so beleidigt hatte.

«Jetzt wird er ihn töten», sagte ich zu Brett. «Der Stier ist noch bei Kräften; er ließ sich nicht ermüden.»

In der Mitte der Arena profilierte Romero vor dem Stier, zog den Degen aus den Falten der *muleta*, erhob sich auf den Zehen und visierte mit der Klinge. Der Stier griff gleichzeitig mit Romero an. Romeros linke Hand ließ die *muleta* über die Schnauze des Stiers fallen, um ihn zu blenden, seine linke Schulter trat zwischen die beiden Hörner, als der Degen hineinging, und für einen Augenblick waren er und der Stier eins, Romero ragte weit über den Stier hinweg, den rechten Arm hoch erhoben bis dort, wo der Griff des Degens dem Stier zwischen den Schultern steckte. Dann fiel die Figur auseinander. Es gab einen kleinen Stoß, als Romero sich loslöste, und dann stand er dem Stier gegenüber, eine Hand erhoben, das Hemd am Ärmel zerfetzt, das Weiße im Winde wehend, und am Boden der Stier, die rote Degenklinge fest zwischen den Schultern, den Kopf senkend, die Beine von sich gestreckt.

«Das ist das Ende», sagte Bill.

Romero war so nah, daß der Stier ihn sah. Er sprach zu ihm mit erhobener Hand. Der Stier riß sich zusammen, dann fiel sein Kopf nach vorn, und er rollte langsam zur Seite, dann ganz herum, und plötzlich streckte er alle viere in die Luft.

Man reichte Romero den Degen, und er ging, ihn mit der Schneide nach unten haltend, die *muleta* in der anderen Hand, hinüber zur Präsidentenloge, verbeugte sich, richtete sich auf und kam zur *barrera* und reichte seinen Degen und seine *muleta* hinüber.

«Ein schlechter Stier», sagte der Degenträger.

«Hat mich allerhand Schweiß gekostet», sagte Romero. Er wischte sich das Gesicht ab. Der Degenträger reichte ihm den Wasserkrug. Romero wischte sich den Mund ab. Es tat ihm weh, aus dem Wasserkrug zu trinken. Er sah nicht zu uns hinauf.

Marcial hatte seinen großen Tag. Man beklatschte ihn noch, als Romeros letzter Stier hereinkam. Es war der Stier, der morgens ausgebrochen und den Mann getötet hatte.

Bei seinem ersten Stier hatte man Romeros verletztem Gesicht alles angesehen. Alles, was er machte, spiegelte deutlich seine Schmerzen wider. Die Konzentration der ganzen schwierigen Arbeit mit dem schlecht sehenden Stier kam zum Ausdruck. Der Kampf mit Cohn hatte seinem Geist nichts angehabt, aber sein Gesicht war entstellt und sein Körper verletzt. All das war jetzt wie weggeblasen. Alles, was er mit diesem Stier machte, löschte es mehr und mehr aus. Es war ein großer Stier, ein guter Stier, und er hatte Hörner, und er war wendig und griff leicht und sicher an. Solche

Stiere hatte Romero gern.

Als er die Arbeit mit der *muleta* beendet hatte und zum Töten bereit war, verlangte die Menge, daß er damit fortfahre. Sie wollten noch nicht, daß der Stier getötet und das Ganze damit vorbei sei. Romero arbeitete weiter. Es war wie eine Unterrichtsstunde im Stierkampf. Er reihte einen Gang an den anderen, alle vollkommen, alle langsam, besonnen und abgerundet. Ohne Tricks und Vortäuschungen. Es gab keine plötzlichen Härten. Jeder einzelne Gang gab einem innerlich einen Stich, wenn er seinen Höhepunkt erreichte. Die Menge wollte überhaupt kein Ende.

Der Stier stand, um getötet zu werden, auf seinen vier Beinen im Quadrat, und Romero tötete ihn genau unter uns. Er tötete ihn nicht gezwungenerweise wie den letzten Stier, sondern nach freiem Gutdünken. Er profilierte vor dem Stier, zog den Degen aus den Falten der *muleta* und visierte mit der Klinge. Der Stier beobachtete ihn. Romero sprach mit dem Stier und berührte seinen Huf. Der Stier griff an, und Romero wartete mit tiefgehaltener *muleta* auf den Angriff, visierte mit der Klinge, die Füße fest zusammen. Dann, ohne einen Schritt vorwärts zu tun, war er plötzlich eins mit dem Stier; der Degen ging hoch zwischen den Schultern hinein, der Stier war der tiefgeschwungenen *muleta* gefolgt, die, als Romero nach links auswich, verschwand, und es war vorbei. Der Stier versuchte vorwärts zu gehen, seine Beine begannen sich zu strecken, er torkelte von einer Seite auf die andere, zögerte, ging dann in die Knie, und Romeros älterer Bruder lehnte sich hinter ihm vornüber und stieß ein kurzes Messer zwischen den Hörnern in den Nacken des Stiers. Das erste Mal verfehlte er die Stelle. Er stieß das Messer ein zweites Mal hinein, und der Stier fiel zuckend dann starr um. Romeros Bruder hielt in der einen Hand ein Horn des Stiers, in der anderen das Messer. Er sah zur Präsidentenloge hinauf. Überall schwenkte man Taschentücher. Der Präsident sah hinab aus seiner Loge und schwenkte sein Taschentuch. Der Bruder schnitt das eingekerbte schwarze Ohr des toten Stiers ab und kam damit hinüber zu Romero. Der Stier lag schwer und schwarz mit heraushängender Zunge im Sand. Von allen Seiten der Arena liefen Jungen hinzu und bildeten einen kleinen Kreis um ihn. Sie begannen um den Stier herumzutanzen.

Romero nahm das Ohr seinem Bruder ab und hielt es hoch gegen die Präsidentenloge. Der Präsident verbeugte sich, und Romero kam rennend, um der Menge zu entgehen, auf uns zu. Er lehnte sich an die *barrera* und gab Brett das Ohr. Er nickte und lächelte. Die Menge umtoste ihn. Brett reichte ihm die *capa*.

«Gefiel's dir?» rief Romero hinauf.

Brett sagte nichts. Sie sahen sich an und lächelten. Brett hielt das Ohr in der Hand.

«Mach dich nicht blutig», sagte Romero und grinste. Die Menge verlangte nach ihm. Mehrere Jungen schrien etwas zu Brett empor. Die Menge bestand aus den Jungen, den Tänzern und den Betrunkenen. Romero machte kehrt und versuchte, durch die Menge hindurchzukommen. Er war eingekeilt, und man versuchte, ihn hoch zu heben und auf die Schultern zu nehmen. Er kämpfte und wand sich und fing mitten zwischen ihnen an, dem Ausgang zuzurennen. Er wollte nicht von den Menschen auf den Schultern getragen werden. Aber sie hielten ihn und hoben ihn hoch. Es war unbequem, und seine Beine waren auseinandergespreizt, und sein Körper tat ihm sehr weh. Man hob ihn hoch, und alles strebte dem Ausgangstor zu. Er hielt die Hand auf der Schulter von irgend jemand. Er drehte sich nach uns, um Entschuldigung bittend, um. Die rennende Menge trug ihn aus dem Tor.

Wir gingen alle drei ins Hotel zurück. Brett ging hinauf. Bill und ich saßen in dem Eßzimmer im Erdgeschoß und aßen ein paar hartgekochte Eier und tranken mehrere Flaschen Bier. Belmonte kam im Straßenanzug mit seinem Manager und zwei anderen Männern herunter. Sie setzten sich an den Nebentisch und aßen. Belmonte aß sehr wenig. Sie fuhren mit dem Sieben-Uhr-Zug nach Barcelona. Belmonte trug ein blaugestreiftes Hemd und einen dunklen Anzug und aß weichgekochte Eier. Die anderen aßen eine große Mahlzeit. Belmonte sprach nicht. Er beantwortete nur die an ihn gerichteten Fragen.

Bill war von dem Stierkampf ermüdet. Ich auch. Für uns beide war ein Stierkampf eine ernsthafte, anstrengende Sache. Wir saßen und aßen unsere Eier, und ich beobachtete Belmonte und die Leute an seinem Tisch. Die Männer machten einen gerissenen, geschäftstüchtigen Eindruck.

«Komm rüber ins Café», sagte Bill. «Ich will einen Absinth trinken.»

Es war der letzte Tag der Fiesta. Draußen bewölkte es sich wieder. Der Platz war voller Menschen, und die Feuerwerker machten ihre Raketen für den Abend zurecht und bedeckten alles mit Buchenzweigen. Eine Menge Jungens guckten zu.

Wir kamen an Raketenständen mit langen Bambusstöcken vorbei. Außerhalb des Cafés war ein großer Menschenauflauf. Die Musik und der Tanz nahmen ihren Fortgang. Die Zwerge und Riesen kamen gerade vorbei.

«Wo ist Edna?» fragte Bill.

«Ich weiß nicht.»

Wir beobachteten den Anfang der letzten Fiestanacht. Der Absinth ließ alles schöner erscheinen. Ich trank ihn ohne Zucker aus dem tropfenden Glas, er schmeckte angenehm bitter.

«Mir tut die Sache mit Cohn leid», sagte Bill. «Es war furchtbar für ihn.»

«Zum Teufel mit Cohn!» sagte ich.

«Wo, glaubst du, daß er hin ist?»

«Nach Paris.»

«Was, glaubst du, daß er da anfängt?»

«Zum Teufel gehen.»

«Was wird er da machen?»

«Wahrscheinlich sich wieder mit seiner früheren Freundin aussöhnen.»

«Wer war seine frühere Freundin?»

«Sie hieß Frances.»

Wir tranken noch einen Absinth.

«Wann fährst du zurück?» fragte ich.

«Morgen.»

Nach kurzer Zeit sagte Bill: «Na, es war eine großartige Fiesta.»

«Ja», sagte ich. «Die ganze Zeit Hochbetrieb.»

«Man würde es nicht glauben. Es ist wie ein wunderbarer Alpdruck.»

«Wahrhaftig», sagte ich. «Ich würde alles für möglich halten, Alpdruck inbegriffen.»

«Was ist los? Fühlst du dich deprimiert?»

«Deprimiert bis dorthinaus.»

«Trink noch einen Absinth. Kellner! Noch einen Absinth für diesen Señor.»

«Ich fühl mich saumäßig», sagte ich.

«Trink dies», sagte Bill. «Aber trink langsam.»

Es begann dunkel zu werden. Die Fiesta ging immer weiter. Ich fühlte mich betrunken, aber ich fühlte mich nicht besser.

«Wie fühlst du dich?»

«Saumäßig.»

«Noch einen?»

«Es wird nichts helfen.»

«Versuch's. Man kann's nicht wissen. Vielleicht tut dir gerade dieser not. Kellner! Noch einen Absinth für diesen Señor.»

Ich goß das Wasser direkt hinein und rührte es um, anstatt es hineintropfen zu lassen. Bill tat ein Stückchen Eis hinein. Ich rührte das Eis in der braunen, unklaren Mischung mit einem Löffel um.

«Wie schmeckt's?»

«Glänzend.»

«Trink es nicht auf einmal runter. Dir wird sonst schlecht.»

Ich setzte das Glas hin. Ich hatte eigentlich gar nicht schnell hinuntertrinken wollen.

«Ich bin betrunken.»

«Sollst du auch sein.»

«Das hast du gewollt, ja?»

«Natürlich. Betrink dich. Du mußt über deine verdammte Niedergeschlagenheit wegkommen.»

«Na, betrunken wäre ich. Wenn du das beabsichtigt hast.»

«Setz dich.»

«Ich will aber nicht sitzen bleiben», sagte ich. «Ich will rüber ins Hotel.»

Ich war sehr betrunken. Ich war betrunkener, glaube ich, als ich je gewesen war. Im Hotel ging ich die Treppe hinauf. Bretts Tür stand offen. Ich streckte den Kopf hinein. Mike saß auf dem Bett. Er schwenkte eine Flasche.

«Jake», sagte er. «Komm rein, Jake.»

Ich trat ein und setzte mich. Das Zimmer drehte sich um mich, wenn ich nicht einen festen Punkt im Auge behielt.

«Weißt du, Brett ist mit dem Stierkampfjungen auf und davon.»

«Nein.»

«Doch. Sie hat dich gesucht, um dir adieu zu sagen. Sie haben den Sieben-Uhr-Zug genommen.»

«So?»

«Das war nicht klug von ihr», sagte Mike. «Hätte sie nicht tun sollen.»

«Nein.»

«Trinkst du was? Warte, ich klingle nach Bier.»

«Ich bin betrunken», sagte ich. «Ich geh rein und will mich hinlegen.»

«Bist du blau? Ich war selbst blau.»

«Ja», sagte ich. «Ich bin blau.»

«Na, dann Prost», sagte Mike. «Schlaf dich aus, alter Junge.»

Ich ging zur Tür hinaus in mein eigenes Zimmer und legte mich aufs Bett. Das Bett segelte hin und her; ich setzte mich aufrecht; damit es aufhörte, sah ich die Wand an. Draußen auf dem Platz nahm die Fiesta ihren Lauf. Es war mir völlig egal. Später kamen Bill und Mike in mein Zimmer und wollten mich zum Essen holen. Ich tat so, als ob ich schliefe.

«Er schläft. Wir wollen ihn in Ruhe lassen.»

«Er ist so blau wie ein Veilchen», sagte Mike. Sie gingen hinaus.

Ich stand auf und ging auf den Balkon und sah dem Tanz auf dem Platz zu. Die Welt drehte sich nicht mehr. Es war nur alles sehr klar und hell und neigte dazu, an den Rändern zu verschwimmen. Ich wusch mich und bürstete mein Haar. Ich erschien mir im Spiegel wie ein Fremder und ging hinunter ins Eßzimmer.

«Na, da ist er ja», sagte Bill. «Guter alter Jake! Ich wußte, du würdest uns nicht im Stich lassen.»

«Hallo, alter Trunkenbold», sagte Mike.

«Ich hatte Hunger und bin davon aufgewacht.»

«Hier, iß Suppe», sagte Bill.

Wir drei saßen um den Tisch herum, und es war so, als ob ungefähr sechs Leute fehlten.

Drittes Buch

I

Am nächsten Morgen war alles vorüber. Die Fiesta war zu Ende. Ich wachte gegen neun Uhr auf, nahm ein Bad, zog mich an und ging hinunter. Der Platz war leer, und man sah auch keinen Menschen auf der Straße. Ein paar Kinder sammelten die Raketenreste auf dem Platz auf. Die Cafés machten gerade auf, und die Kellner trugen die bequemen weißen Rohrstühle heraus und stellten sie im Schatten der Arkaden um die Tische mit den Marmorplatten. Die Straßen wurden gekehrt und mit einem Schlauch besprengt.

Ich setzte mich in einen der Rohrsessel und legte mich bequem zurück. Der Kellner nahm sich Zeit. Die weiße Papierreklame von dem Entladen der Stiere und die großen Fahrpläne von Sonderzügen klebten noch an den Säulen der Arkaden. Ein Kellner in einer blauen Schürze kam mit einem Eimer voll Wasser und einem Tuch heraus und fing an, die Anzeigen abzureißen, indem er das Papier in Streifen herunterriß und das Papier, das am Stein festklebte, abwusch und abrieb. Die Fiesta war vorbei.

Ich trank meinen Kaffee, und nach einer Weile erschien Bill. Ich beobachtete, wie er über den Platz ging. Er setzte sich hin und bestellte einen Kaffee.

«Na», sagte er, «das wäre nun alles vorbei.»

«Ja», sagte ich. «Wann fährst du?»

«Ich weiß nicht. Ich glaube, man sollte einen Wagen bestellen. Fährst du nicht auch nach Paris?»

«Nein. Ich kann noch eine Woche bleiben. Ich glaube, ich gehe nach San Sebastián.»

«Ich will zurück.»

«Was plant Mike?»

«Er will nach Saint-Jean de Luz.»

«Wir wollen einen Wagen bestellen und bis Bayonne alle zusammen fahren. Du kannst dann deinen Zug heute nacht da erreichen.»

«Schön. Dann wollen wir nach dem Lunch fahren.»

«Gut. Ich werde den Wagen bestellen.»

Wir aßen unser Lunch und bezahlten die Rechnung. Montoya ließ sich nicht blicken. Eines der Mädchen brachte die Rechnung. Der Wagen wartete draußen. Der Chauffeur türmte die Koffer auf dem Verdeck auf, band sie fest und stellte einige neben sich auf den Sitz. Wir stiegen ein. Der Wagen fuhr über den Platz, durch die

Seitenstraßen, draußen unter den Bäumen und den Berg hinunter und ließ Pamplona hinter sich. Die Fahrt erschien uns nicht sehr lang. Mike hatte eine Flasche Fundador mit. Ich trank nur ein paar Schluck. Wir kamen über die Berge und verließen Spanien und fuhren die weißen Landstraßen durch das üppig belaubte, feuchte grüne Baskenland und kamen schließlich nach Bayonne. Wir ließen Bills Gepäck an der Bahn, und er kaufte sich ein Billett nach Paris. Sein Zug fuhr 19 Uhr 10. Als wir aus der Station kamen, stand der Wagen davor.

«Was sollen wir mit dem Wagen machen?» fragte Bill.

«Zu dumm mit dem Wagen», sagte Mike. «Ach, wir wollen ihn behalten.»

«Schön», sagte Bill. «Wo wollen wir hinfahren?»

«Nach Biarritz, da was trinken.»

«Mike, der Verschwender», sagte Bill.

Wir fuhren nach Biarritz und ließen den Wagen vor einem sehr nach *Ritz* aussehenden Hotel halten. Wir gingen in die Bar, saßen auf hohen Schemeln und tranken Whisky-Soda.

«Dies bezahle ich», sagte Mike.

«Wir wollen würfeln.»

Wir würfelten mit Pokerwürfeln aus einem tiefen, ledernen Würfelbecher. Bill schied gleich aus. Mike verlor an mich und reichte dem Mixer eine Hundert-Francs-Note. Jeder Whisky kostete 12 Francs. Wir würfelten nochmals, und Mike verlor wieder. Jedesmal gab er dem Mixer ein gutes Trinkgeld. Im Zimmer neben der Bar spielte eine gute Jazzkapelle. Es war eine hübsche Bar. Wir würfelten wieder. Ich schied gleich mit vier Königen aus. Bill und Mike würfelten. Mike gewann mit vier Buben den ersten Schlag, Bill den zweiten. Beim Endschlag hatte Mike drei Könige und ließ sie stehen. Er reichte Bill den Würfelbecher. Bill schüttelte und ließ die Würfel rollen. Er warf drei Könige, ein As und eine Dame.

«Du hast verloren, Mike», sagte Bill. «Mike, alter Spieler.»

«Tut mir leid», sagte Mike. «Ich schaff's nicht.»

«Was ist denn los?»

«Ich hab kein Geld», sagte Mike. «Ich bin blank. Hab gerade noch 20 Francs. Hier nimm die 20 Francs.»

Bills Gesicht schien sich zu verändern.

«Ich hatte gerade genug, um Montoya zu bezahlen. Großes Glück, daß ich das konnte.»

«Ich werde dir auf einen Scheck Bargeld geben», sagte Bill.

«Das ist wahnsinnig nett von dir, aber ich kann keinen Scheck ausschreiben.»

«Woher willst du das Geld bekommen?»

«Ach, ich werde schon etwas bekommen. Ich habe noch Geld von zwei Wochen gut. In Saint-Jean in der Kneipe kann ich auf Pump leben.»

«Was machen wir mit dem Auto?» fragte Bill. «Willst du es behalten?»

«Es ist ganz egal. Es scheint mir alles ein bißchen idiotisch.»

«Kommt, trinken wir noch einen», sagte Mike.

«Glänzend. Diesen bezahle ich», sagte Bill. «Hat Brett eigentlich Geld?» wandte er sich an Mike.

«Kann ich mir kaum vorstellen. Das meiste, was Montoya von mir gesehen hat, hat sie aufgebracht.»

«Hat sie denn kein Geld bei sich?» fragte ich.

«Ich glaube nicht. Sie hat nie Geld. Sie kriegt jährlich fünfhundert Pfund und zahlt dreihundertfünfzig davon Zinsen an die Juden.»

«Ich nehme an, sie kriegen es an der Quelle», sagte Bill.

«Ja, es sind in Wirklichkeit keine Juden. Wir nennen sie nur so. Ich glaube, es sind Schotten.»

«Hat sie denn überhaupt nichts bei sich?» fragte ich.

«Ich glaube kaum. Sie gab mir alles, als sie wegfuhr.»

«Na», sagte Bill, «wir könnten genausogut noch einen trinken.»

«Glänzende Idee», sagte Mike. «Hat gar keinen Sinn, über Granddinge zu sprechen.»

«Nein», sagte Bill. Bill und ich würfelten für die nächsten zwei Runden. Bill verlor und bezahlte. Wir gingen zum Auto.

«Willst du irgendwohin fahren, Mike?» fragte Bill.

«Wollen wir eine kleine Tour machen? Es könnte meinen Kredit heben. Wir wollen ein bißchen rumfahren.»

«Fein. Ich möchte gern die Küste sehen. Wir wollen in der Richtung nach Hendaye fahren.»

«An der Küste habe ich keinen Kredit.»

«Das kann man nie vorher wissen», sagte Bill.

Wir fuhren die Küstenchaussee entlang. Man sah das Grün der bergigen Landzunge, die weißen, rotgedeckten Villen, Waldflecken, den sehr blauen Ozean bei Flut und das sich weit den Strand entlangkräuselnde Wasser. Wir fuhren durch Saint-Jean de Luz und durch Dörfer weiter strandabwärts. Hinter dem vorbeirollenden Land, durch das wir kamen, lagen die Berge, die wir, von Pamplona kommend, überquert hatten. Die Chaussee dehnte sich vor uns. Bill sah nach der Uhr. Es war Zeit für uns, umzukehren. Er klopfte an die Scheibe und sagte dem Chauffeur, er solle wenden. Der Chauffeur fuhr rückwärts ins Gras, um zu drehen. Hinter uns lagen die Wälder, darunter ein Stück Wiese und dann das Meer.

Vor dem Hotel in Saint-Jean, in dem Mike bleiben wollte, ließen wir anhalten, und er stieg aus. Der Chauffeur trug ihm sein Gepäck hinein. Mike stand neben dem Auto.

«Auf Wiedersehen, Jungens», sagte Mike. «Es war eine herrliche Fiesta.»

«Auf bald, Mike», sagte Bill.

«Ich seh dich bald.»

«Mach dir keine Sorgen um das Geld», sagte Mike. «Nicht wahr, Jake, du bezahlst das Auto? Ich schick dir dann meinen Teil.»

«Auf bald, Mike.»

«Auf bald, Jungens. Ihr wart verdammt nett.»

Wir schüttelten einander die Hände. Wir winkten Mike aus dem Auto zu. Er stand an der Straße und sah uns nach. Wir kamen gerade vor Abgang des Zuges nach Bayonne. Ein Träger holte Bills Koffer aus der Gepäckaufbewahrung. Ich ging bis zur Sperre mit ihm.

«Auf Wiedersehen, alter Kerl», sagte Bill.

«Auf Wiedersehen, mein Junge.»

«Es war großartig. Ich hab mich wunderbar amüsiert.»

«Sieht man dich in Paris?»

«Nein. Mein Schiff geht am siebzehnten. Auf Wiedersehen, alter Kerl.»

«Auf Wiedersehen, mein Junge.»

Er ging durch die Sperre an den Zug. Der Träger ging mit dem Gepäck voraus. Ich sah noch, wie der Zug sich in Bewegung setzte. Bill stand an einem der Fenster. Das Fenster verschwand, der Rest des Zuges verschwand – das Gleis war leer.

Ich ging zum Auto zurück. «Wieviel bekommen Sie?» fragte ich den Chauffeur.

Die Fahrt nach Bayonne sollte 150 Peseten kosten.

«200 Peseten.»

«Wieviel mehr macht es, wenn Sie mich auf dem Rückweg nach San Sebastián mitnehmen?»

«50 Peseten.»

«Das ist lächerlich.»

«Fünfunddreißig also.»

«Das lohnt sich nicht», sagte ich. «Fahren Sie mich nach dem Hotel *Panier Fleuri*.»

Im Hotel bezahlte ich den Chauffeur und gab ihm ein Trinkgeld. Der Wagen war mit Staub gepudert. Ich betastete den Angelkasten durch den Staub hindurch. Es schien, als ob dies das letzte sei, was mich mit Spanien und der Fiesta verband. Der Chauffeur setzte den Wagen in Gang und fuhr die Straße hinunter. Ich beobachtete ihn, wie er auf die Chaussee nach Spanien einbog. Ich ging ins Hotel, und man gab mir ein Zimmer. Es war dasselbe Zimmer, in dem ich damals geschlafen hatte, als ich mit Cohn und Bill hier in Bayonne gewesen war. Es schien eine Ewigkeit her zu sein. Ich wusch mich, zog ein frisches Hemd an und ging in die Stadt.

An einem Zeitungskiosk kaufte ich mir den *New York Herald* und setzte mich in ein Café, um ihn zu lesen. Es war seltsam, wieder in Frankreich zu sein. Man hatte so ein geruhsames Vorortsgefühl. Ich wünschte, ich wäre mit Bill nach Paris gefahren, nur daß Paris noch weiteres Fiesta feiern bedeutet hätte. Ich hatte eine Weile genug von Fiestas. In San Sebastián würde ich Ruhe haben. Die Saison beginnt ja dort erst im August. Ich konnte ein gutes Hotelzimmer bekommen und lesen und schwimmen. Es hatte einen herrlichen Strand. Auf der Strandpromenade standen wunderbare Bäume, und viele Kinder kamen mit ihren Kinderfrauen hin, bevor die Saison anfing. Am Abend, unter den Bäumen, hörte man die Militärmusik vom *Café Marinas.* Ich konnte im *Marinas* sitzen und zuhören.

«Wie ißt man drinnen?» fragte ich den Kellner. In dem Café war ein Restaurant.

«Gut, sehr gut. Das Essen ist ausgezeichnet.»

«Schön.»

Ich ging hinein und aß zu Abend. Für Frankreich war es eine große Mahlzeit, aber nach Spanien schien es ziemlich karg bemessen. Zur Gesellschaft trank ich eine Flasche Wein. Ein Château Margaux. Es war erfreulich, den Wein langsam zu trinken und ihn zu schmecken und allein zu trinken. Eine Flasche Wein war eine gute Gesellschaft. Danach trank ich Kaffee. Der Kellner empfahl mir einen baskischen Schnaps, der Izzarra hieß. Er brachte die Flasche und schenkte mir ein Likörglas voll ein. Er sagte, Izzarra sei aus Pyrenäenblumen gemacht. Den echten Pyrenäenblumen. Er sah wie Haaröl aus und roch wie italienischer Strega. Ich hieß ihn die Blumen der Pyrenäen entfernen und mir einen Vieux Marc bringen. Der Marc war gut. Ich trank nach dem Kaffee noch einen zweiten.

Der Kellner schien wegen der Blumen aus den Pyrenäen etwas eingeschnappt zu sein, darum gab ich ihm ein fürstliches Trinkgeld. Das machte ihn glücklich. Ich war froh, wieder in einem Land zu sein, wo es so leicht ist, Leute glücklich zu machen. Man weiß nie, ob ein spanischer Kellner «Danke!» sagen wird. Aber in Frankreich steht alles auf einer klaren finanziellen Grundlage. Es ist das Land, in dem sich am bequemsten leben läßt. Niemand kompliziert die Dinge dadurch, daß er aus irgendeinem dunklen Grund dein Freund war. Wenn man will, daß die Leute einen gern haben, muß man nur ein bißchen Geld ausgeben. Ich gab ein bißchen Geld aus, und der Kellner mochte mich gern. Er würdigte meine wertvollen Eigenschaften. Er würde mich gern wiedersehen. Ich würde bald mal wieder dort essen, und er würde sich freuen, mich wieder an einem seiner Tische zu haben. Es war ein aufrichtiges Gernhaben, denn es stand auf einer gesunden Basis. Ich war wieder zurück in Frankreich.

Am nächsten Morgen gab ich allen im Hotel wieder ein bißchen zu große Trinkgelder, um mir noch mehr Freunde zu erwerben, und nahm den Morgenzug nach San Sebastián. Auf der Bahn gab ich dem Träger nur so viel, wie ich für richtig hielt, denn ich glaubte nicht, daß ich ihn je wiedersehen würde. Ich wollte nur ein paar gute französische Freunde in Bayonne zurücklassen, die mich willkommen heißen würden, falls ich wieder zurückkommen sollte. Ich wußte: wenn sie sich meiner erinnerten, würden sie aufrichtige Freundschaft für mich empfinden.

In Irún mußte man umsteigen und die Pässe zeigen. Ich verließ Frankreich furchtbar ungern. Das Leben war so einfach in Frankreich. Ich fühlte, es war idiotisch von mir, wieder nach Spanien zu gehen. In Spanien war alles so unbestimmt. Ich fühlte mich wie ein Idiot, daß ich wieder einreiste, aber ich stand mit meinem Paß geduldig an, öffnete am Zoll mein Gepäck, kaufte ein Billett, ging durch die Sperre, kletterte in einen Zug und war nach vierzig Minuten und acht Tunnels in San Sebastián.

Selbst an einem heißen Tag bewahrt San Sebastián immer etwas Taufrisches. Die Bäume machen den Eindruck, als ob ihre Blätter nie ganz trocken seien, und die Straßen, als ob sie gerade besprengt worden wären. Selbst an den heißesten Tagen ist es auf manchen Straßen kühl und schattig. Ich ging in ein Hotel in der Stadt, in dem ich schon mal gewohnt hatte. Man gab mir ein Zimmer mit einem Balkon, von dem man über die Dächer der Stadt hinwegsah. Jenseits der Dächer lag ein grüner Berghang.

Ich packte mein Gepäck aus, stapelte meine Bücher auf dem Tisch neben meinem Bett auf, nahm mein Rasierzeug heraus, hängte ein paar Anzüge in den großen Schrank und machte ein Bündel für die Waschanstalt zurecht. Dann nahm ich eine Dusche im Badezimmer und ging hinunter zum Lunch. Spanien hatte keine Sommerzeit, darum war ich zu früh. Ich stellte meine Uhr zurück. Dadurch, daß ich nach San Sebastián gekommen war, hatte ich eine Stunde gewonnen.

Als ich in den Eßsaal ging, brachte mir der Portier einen polizeilichen Anmeldeschein. Ich füllte ihn aus und bat ihn um zwei Telegrammformulare, schrieb eines ans Hotel *Montoya* mit der Bitte, alle Post und Telegramme an meine hiesige Adresse nachzuschikken. Dann überschlug ich, wieviel Tage ich in San Sebastián sein würde, und schrieb eine Depesche ans Büro, in der ich bat, alle Post für mich aufzuheben und nur die Telegramme in den kommenden sechs Tagen mir nach San Sebastián nachzuschicken. Dann ging ich hinein und aß mein Lunch.

Nach dem Lunch ging ich in mein Zimmer, las noch ein bißchen und schlief ein. Als ich aufwachte war es halb fünf. Ich fand meinen Badeanzug, wickelte ihn mit einem Kamm zusammen in ein Handtuch, ging hinunter und die Straße hinauf, die zur Concha führt. Die Flut war im Abnehmen. Der Strand war fest und glatt und der Sand gelb. Ich ging in eine Badekabine, zog mich aus, zog meinen Badeanzug an und ging über den glatten Sand zum Meer. Der Sand war warm unter meinen nackten Füßen. Es waren eine ganze Menge Leute am Strand und im Wasser. Weit weg, jenseits, wo die bergigen Landzungen der Concha sich beinahe trafen, um den Hafen zu bilden, war eine weiße Linie von Wellenbrechern und das offene Meer. Obgleich die Flut abnahm, gab es ein paar langsam heranrollende Wellen. Sie sahen wie eine Ondulation im Wasser aus, sammelten Gewicht und brachen sich dann sanft auf dem warmen Sand. Ich watete hinaus. Das Wasser war kalt. Als eine Welle kam, tauchte ich, schwamm unter dem Wasser, kam wieder an die Oberfläche, und alles Frösteln war vorbei. Ich schwamm hinaus, zum Floß, zog mich hinauf und lag auf den heißen Planken. Ein Mädchen und ein Junge lagen am anderen Ende. Das Mädchen hatte die Schulterbänder ihres Badeanzugs geöffnet und ließ ihren Rücken bräunen. Der Junge lag mit dem Gesicht nach unten und unterhielt sich mit ihr. Sie lachte über die Dinge, die er sagte, und drehte ihren braunen Rücken in der Sonne. Ich lag in der Sonne auf dem Floß, bis ich trocken war. Dann probierte ich verschiedene Taucharten. Ich tauchte einmal tief und schwamm gegen den Grund. Ich schwamm mit offenen Augen, und es war grün und dunkel. Das Floß sah wie ein dunkler Schatten aus. Ich kam neben dem Floß an die Oberfläche, zog mich hinauf, tauchte noch einmal, so lange ich konnte, und schwamm dann an den Strand. Bis ich trocken war lag ich am Strand, dann ging ich in die Badekabine, zog meinen Anzug aus, goß mich mit frischem Wasser ab und rieb mich trocken.

Ich ging unter den Bäumen entlang um den Hafen herum zum Casino und dann eine der kühlen Straßen hinauf, zum *Café Marinas*. Im Café spielte ein Orchester, und ich setzte mich draußen auf die Terrasse und genoß die frische Kühle an dem heißen Tag und trank ein Glas Zitronensaft mit Eis und dann einen großen Whiskey-Soda. Ich saß lange Zeit vor dem *Marinas* und las und beobachtete die Leute und hörte der Musik zu.

Später, als es dunkel zu werden begann, ging ich um den Hafen herum und die Promenade entlang und schließlich zum Hotel zurück zum Essen. Ein Radrennen fand gerade statt, die Tour du Pays Basque, und die Fahrer übernachteten in San Sebastián. Im Eßsaal war an der einen Seite ein langer Tisch mit Radrennfahrern, die mit ihren Trainern und Managern zusammen aßen. Es waren lauter Franzosen und Belgier, die völlig mit ihrem Essen beschäftigt waren; sie amüsierten sich. Am oberen Teil des Tischs saßen zwei gutaussehende französische Mädchen, mit viel Rue-du-Faubourg-Montmartre-Schick. Ich konnte nicht herausfinden, zu wem sie gehörten. An dem langen Tisch sprach man nur Slang, und es gab viele Privatscherze und manche Witze, die nicht wiederholt wurden, wenn die Mädchen sie zu hören verlangten. Am nächsten Morgen um fünf Uhr schloß das Rennen mit der letzten Strecke, San Sebastián–Bilbao. Die Rennfahrer tranken viel Wein und waren von der Sonne braungebrannt. Sie nahmen die Rennen nicht ernst, außer die, die sie untereinander ausfuhren. Sie waren so oft untereinander um die Wette gefahren, daß es ziemlich gleichgültig war, wer siegte. Noch dazu in einem fremden Land. Die Geldfrage ließ sich arrangieren.

Der Mann, der mit zwei Minuten das Rennen führte, hatte Furunkel, die sehr schmerzhaft waren. Sein Nacken war sehr rot, und die blonden Haare waren von der Sonne gebleicht. Die anderen Radler verulkten ihn wegen seiner Furunkel. Er klopfte mit der Gabel auf den Tisch.

«Eines sage ich euch», sagte er, «meine Nase wird morgen so tief auf der Lenkstange liegen, daß nichts außer einem wunderbaren Lüftchen meine Furunkel berühren wird.»

Eines der Mädchen sah ihn über den Tisch an; er grinste und wurde rot. Von den Spaniern sagten sie, daß sie keine Ahnung vom Treten hätten.

Ich trank mit dem Teammanager einer großen Radfabrik auf der Terrasse meinen Kaffee. Er sagte, es sei ein sehr erfreuliches Rennen gewesen und des Zusehens wert, wenn Bottechia nicht in Pamplona aufgegeben hätte. Der Staub war schlimm gewesen, aber in Spanien waren die Chausseen besser als in Frankreich. Er sagte, Straßenrennen sei der einzig wahre Sport in der Welt. Ob ich je die Tour de France mitgemacht hätte? Nur in den Zeitungen. Die Tour de France war das größte Sportereignis der Welt. Er organisierte und folgte den Straßenrennen und hatte dadurch ganz Frankreich kennengelernt. Die wenigsten Leute kennen Frankreich. Das ganze Frühjahr, jeden Sommer, jeden Herbst verbrachte er auf der Landstraße mit den Straßenrennfahrern. Denken Sie nur an die Anzahl von Autos, die jetzt den Radfahrern von einer Stadt in die andere folgt. Es sei ein reiches Land und würde jedes Jahr sportlicher. Es würde das sportlichste Land der Welt werden. Dank der Straßenrennen und des Fußballs. Er kannte Frankreich: *La France sportive.* Er wußte was von Straßenrennen. Wir tranken einen Cognac. Schließlich war es gar nicht so schlecht, wieder nach Paris zurückzugehen. Es gibt nur ein «Paname». In der ganzen weiten Welt. Paris ist die sportlichste Stadt der Welt. Ob ich die «Chope de Nègre» kannte? Nein? Da konnte ich ihn hin und wieder treffen. Aber sicher würde ich das. Wir würden wieder einen *fine* zusammen trinken. Aber gewiß doch. Am nächsten Morgen würde man um Viertel vor sechs aufbrechen. Ob ich beim Aufbruch dabei sein würde? Gewiß, ich würde es versuchen. Sollte er mich wecken? Es sei sehr interessant. Ich würde es beim Portier ansagen. Er würde mich sehr gern wecken. Ich wollte ihm nicht so viel Mühe machen. Ich würde es beim Portier ansagen. Wir verabschiedeten uns bis zum nächsten Morgen.

Als ich am nächsten Morgen aufwachte, waren die Radfahrer und die ihnen folgenden Autos bereits drei Stunden unterwegs. Ich trank meinen Kaffee und las meine Zeitungen im Bett, zog mich dann an und nahm meinen Badeanzug mit an den Strand. Alles war frisch, kühl und feucht so früh am Morgen. Kinderfrauen in Uniform gingen mit ihren Schutzbefohlenen unter den Bäumen spazieren. Die spanischen Kinder waren sehr schön. Ein paar Stiefelputzer saßen zusammen unter einem Baum und unterhielten sich mit einem Soldaten. Der Soldat hatte nur einen Arm. Es war Flut, es wehte eine Brise, und der Strand war mit Schaum bedeckt.

Ich zog mich in einer der Badekabinen um, überquerte das schmale Stück Strand und ging ins Wasser. Ich schwamm hinaus und versuchte durch die Wellen hindurchzuschwimmen, mußte aber manchmal tauchen. Dann im ruhigen Wasser drehte ich mich um und trieb. Als ich so auf dem Rücken trieb, sah ich nur den Himmel und fühlte das Auf und Ab der Wellen. Ich schwamm an den Strand zurück und ließ mich von einer großen Welle mit nach unten gekehrtem Gesicht an Land tragen, dann drehte ich mich um und versuchte in der Brandung zu bleiben, ohne daß die Wellen sich über mir brachen. Es war ermüdend, in der Brandung zu schwimmen, und ich drehte wieder und schwamm hinaus zum Floß. Das Wasser war bewegt und kalt. Man hatte das Gefühl, daß man nicht untergehen konnte. Ich schwamm langsam, es kam mir durch die hohe Flut sehr lange vor, dann zog ich mich auf das Floß hinauf und saß tropfend auf den Brettern, die bereits anfingen in der Sonne zu glühen. Ich sah mich nach der Bucht, der alten Stadt, dem Casino, den Bäumen auf der Promenade und den großen Hotels mit ihren weißen Toren und ihren mit goldenen Lettern geschriebenen Namen um. Ganz rechts, beinah am Abschluß des Hafens, lag ein grüner Berg mit einem Schloß. Das Floß schaukelte mit der Bewegung des Wassers auf und ab. Auf der anderen Seite der Landenge, die bis ans offene Meer führte, lag eine zweite bergige Landzunge. Ich dachte, es müsse schön sein, über die Bucht zu schwimmen, aber ich hatte Angst, einen Krampf zu bekommen.

Ich saß in der Sonne und beobachtete die Badenden am Strand. Sie sahen winzig aus. Nach einer Weile stand ich auf, umklammerte mit meinen Zehen den Rand des Floßes, daß es durch mein Gewicht vornüberkippte, und tauchte gerade und tief, um durch das heller werdende Wasser wieder emporzutauchen, blies das Salzwasser aus und schwamm langsam und in gleichmäßigen Stößen zum Strand.

Nachdem ich mich angezogen und meine Badekabine bezahlt hatte, ging ich ins Hotel zurück. Die Radfahrer hatten mehrere Nummern von *L'Auto* dagelassen; ich sammelte sie im Lesezimmer auf, nahm sie mit und setzte mich in einen Liegestuhl in der Sonne, um über das französische Sportleben nachzulesen und auf dem laufenden zu bleiben. Als ich so dasaß, kam der Portier mit einem blauen Umschlag in der Hand heraus.

«Ein Telegramm für Sie, mein Herr.»

Ich stocherte mit meinem Finger unter den Kniff, um es zu öffnen, strich es glatt und las. Man hatte es mir von Paris nachgeschickt:

KANNST DU HOTEL MONTANA MADRID KOMMEN
BIN IN SCHWIERIGKEITEN BRETT

Ich gab dem Portier ein Trinkgeld und las es noch mal. Ein Postbote kam auf dem Fußgängersteg entlang. Er ging ins Hotel. Er hatte einen großen Schnurrbart und sah sehr militärisch aus. Er kam wieder aus dem Hotel heraus. Der Portier direkt hinter ihm.

«Hier ist noch ein Telegramm für Sie, mein Herr.»

«Danke», sagte ich.

Ich öffnete es, man hatte es von Pamplona nachgeschickt.

KANNST DU HOTEL MONTANA MADRID KOMMEN
BIN IN SCHWIERIGKEITEN BRETT

Der Portier stand da und wartete wahrscheinlich auf ein zweites Trinkgeld.

«Um wieviel Uhr geht ein Zug nach Madrid?»

«Um neun Uhr frühmorgens. Um elf geht ein langsamer Zug und der Südexpreß heute abend um zehn.»

«Besorgen Sie mir einen Schlafwagen im Südexpreß. Soll ich Ihnen gleich das Geld geben?»

«Ganz wie Sie wünschen», sagte er. «Ich lasse es auf die Rechnung setzen.»

«Sehr schön.»

Nun, das hieß, daß mir San Sebastián durch die Lappen ging. Ich nehme an, daß ich eigentlich so etwas erwartet hatte. Ich sah den Portier in der Tür stehen.

«Bitte bringen Sie mir ein Telegrammformular.»

Er brachte es. Ich nahm meine Füllfeder und druckte:

LADY ASHLEY HOTEL MONTANA MADRID
ANKOMME SÜDEXPRESS MORGEN LIEBEVOLLST JAKE

Das schien die passende Antwort. So machte man's also. Erst ein Mädchen mit einem Mann auf die Reise schicken. Ihr dann einen zweiten vorstellen, damit sie dann mit dem wegfährt. Jetzt hinfahren und sie zurückholen. Und das Telegramm mit liebevollst unterzeichnen. Stimmt alles. Ich ging zum Lunch.

In der Nacht im Südexpreß schlief ich nicht viel. Am Morgen aß ich im Speisewagen mein Frühstück und sah das felsige Fichtenland zwischen Ávila und dem Escorial. Durchs Fenster sah ich den Escorial grau, kalt und lang in der Sonne liegen; und es war mir verdammt einerlei. Ich sah Madrid über der Ebene heraufkommen, eine kompakte weiße Silhouette auf einer kleinen Felsenklippe, weit weg jenseits des von der Sonne ausgedörrten Landes abgesondert.

Der Nordbahnhof ist das Ende der Strecke. Alle Züge haben dort Endstation. Sie fahren nirgends weiter hin. Draußen standen in einer langen Reihe Wagen und Taxis und Hotelportiers. Das Ganze machte den Eindruck einer Landstadt. Ich nahm ein Taxi, und wir kletterten durch die Gärten an dem leeren Palast und der unfertigen Kirche am Rand der Klippe hinauf, bis wir oben in der heißen, modernen Stadt anlangten. Das Taxi fuhr eine glatte Straße zu der Puerta del Sol hinunter, dann durch den Verkehr und hinaus auf die Carrera San Jeronimo. Alle Geschäfte hatten die Markisen gegen die Hitze heruntergelassen. Vor den Fenstern auf der Sonnenseite der Straße waren Läden angebracht. Das Taxi hielt an der Bordschwelle. Ich sah das Schild HOTEL MONTANA in der zweiten Etage. Der Chauffeur trug meine Taschen hinein und stellte sie neben den Lift. Ich konnte den Fahrstuhl nicht in Gang bringen und ging zu Fuß. In der zweiten Etage war auf einer Kupferplatte HOTEL MONTANA eingraviert. Ich klingelte, und niemand erschien. Ich klingelte noch einmal, und ein Mädchen mit unfreundlichem Gesicht öffnete mir die Tür.

«Ist Lady Ashley hier?» fragte ich.

Sie sah mich dumm an.

«Wohnt hier eine Engländerin?»

Sie drehte sich um und rief jemand. Eine sehr dicke Frau erschien an der Tür. Sie hatte graue Haare, die, steif geölt, in Zacken um ihr Gesicht herumstanden. Sie war kurz angebunden und befehlshaberisch.

«*Muy buenos*», sagte ich. «Wohnt hier eine Engländerin? Ich möchte gern diese englische Dame sprechen.»

«*Muy buenos.* Ja, hier wohnt eine englische Frau. Natürlich können Sie sie sprechen, wenn sie Sie zu sprechen wünscht.»

«Sie will mich sprechen.»

«Die *chica* wird sie fragen.»

«Es ist sehr heiß.»

«Es ist im Sommer immer sehr heiß in Madrid.»

«Und wie kalt es im Winter ist.»

Ob ich persönlich auch im Hotel bleiben wollte?

Das könnte ich noch nicht sagen, aber ich würde hocherfreut sein, wenn man mein Gepäck von unten heraufbrächte, damit es nicht gestohlen würde. Nichts würde je im Hotel *Montana* gestohlen. In anderen *fondas* ja. Hier nicht. Nein! Das Personal dieses Etablissements sei sorgfältig ausgewählt! Ich freute mich, dies zu hören. Nichtsdestotrotz würde ich das Heraufbringen meiner Sachen begrüßen.

Das Mädchen kam und sagte, daß die englische Frau den englischen Mann sofort zu sprechen wünsche.

«Schön», sagte ich. «Sie sehen, es ist, wie ich sagte.»

«Anscheinend.»

Ich folgte dem Rücken des Mädchens einen langen dunklen Korridor entlang. Am Ende klopfte sie an eine Tür.

«Hallo», sagte Brett. «Jake, bist du es?»

«Ich bin's.»

«Herein, herein.»

Ich öffnete die Tür. Das Mädchen schloß sie hinter mir. Brett lag zu Bett. Sie war gerade beim Haarebürsten und hielt die Bürste in der Hand. Das Zimmer war in einer Unordnung, wie sie nur Menschen hervorbringen, die ihr Leben lang immer Dienstboten gehabt haben.

«Lieber», sagte Brett.

Ich ging auf ihr Bett zu und nahm sie in die Arme. Sie küßte mich, und während sie mich küßte, fühlte ich, wie sie an etwas ganz anderes dachte. Sie zitterte in meinen Armen. Sie fühlte sich sehr klein.

«Lieber, es war so schrecklich.»

«Was war denn?»

«Eigentlich gar nichts. Er ist seit gestern fort. Ich hab ihn weggeschickt.»

«Warum hast du ihn nicht dabehalten?»

«Ich weiß nicht. Aber das tut man einfach nicht. Ich glaub aber, ich habe ihm nicht weh getan.»

«Vielleicht warst du ihm verdammt heilsam.»

«Er darf mit niemandem zusammen leben. Das wußte ich gleich.»

«Nein?»

«Zum Teufel noch mal», sagte sie. «Wir wollen nicht mehr darüber reden. Niemals mehr darüber reden.»

«Schön.»

«Weißt du, es war ein Schlag für mich, daß er sich meinetwegen genierte. Weißt du, er hat sich eine ganze Weile meinetwegen geniert.»

«Nein.»

«O doch. Wahrscheinlich haben sie ihn mit mir im Café aufgezogen. Er wollte, daß ich meine Haare wieder wachsen ließe. Ich mit langen Haaren! Ich würde ja entsetzlich aussehen.»

«Komisch.»

«Er sagte, es würde mich weiblicher machen. Aber ich würde wie eine Vogelscheuche aussehen.»

«Und was ist passiert?»

«Ach, darüber hat er sich hinweggesetzt. Er hat sich nicht lange meinetwegen geniert.»

«Und was gab es für Schwierigkeiten?»

«Ich wußte nicht, ob ich ihn zum Gehen überreden konnte, und ich hatte keinen Sou, um fortzureisen und ihn zu verlassen. Weißt du, er wollte mir eine Menge Geld geben. Ich habe ihm aber gesagt, ich hätte es selbst haufenweise. Er wußte, daß es nicht wahr war, weißt du, aber ich konnte doch nicht Geld von ihm annehmen.»

«Nein.»

«Ach, wir wollen nicht mehr darüber reden. Manches war auch komisch, weißt du. Gib mir doch, bitte, eine Zigarette.»

Ich zündete eine Zigarette an.

«Sein Englisch hat er als Kellner in Gibraltar gelernt.»

«Ja.»

«Schließlich wollte er mich heiraten.»

«Wirklich?»

«Gewiß, und wo ich nicht mal Mike heiraten kann.»

«Vielleicht dachte er, er würde dadurch Lord Ashley.»

«Nein, so war er nicht. Er wollte mich wirklich heiraten. Dann könnte ich ihn nicht verlassen, meinte er. Er wollte sich vergewissern, daß ich ihn nie verlassen würde. Natürlich, nachdem ich weiblicher geworden war.»

«Na, und hat dich denn das Ganze nicht erfrischt?»

«Doch. Es geht mir wieder gut, und weißt du, ich brauch nicht mehr an den verdammten Cohn zu denken.»

«Gut.»

«Weißt du, ich wäre bei ihm geblieben, aber ich sah ein, daß es schlecht für ihn war. Wir haben uns verdammt gut vertragen.»

«Bis auf dein Äußeres.»

«Ach, daran hatte er sich gewöhnt.»

Sie löschte die Zigarette aus.

«Weißt du, ich bin vierunddreißig. Ich will nicht so ein Miststück sein, das Kinder zugrunde richtet.»

«Nein.»

«Weißt du, so eine will ich nicht sein. Weißt du, ich fühl mich eigentlich sehr gut. Ganz wiederhergestellt.»

«Schön.»

Sie sah zur Seite. Ich dachte, sie suche eine frische Zigarette. Dann sah ich, daß sie weinte. Ich fühlte, wie sie weinte. Sie bebte und schluchzte. Sie wollte nicht aufblicken. Ich nahm sie in die Arme.

«Wir wollen nie mehr darüber sprechen. Bitte, laß uns nie mehr darüber sprechen.»

«Liebe Brett.»

«Ich werd zu Mike zurückgehen.» Ich fühlte, als ich sie in den Armen hielt, wie sie weinte. «Er ist so verflucht nett und schrecklich, beides. Er ist ganz genauso wie ich.»

Sie sah nicht auf. Ich streichelte ihr Haar. Ich fühlte, wie sie bebte.

«Ich will nicht so ein Miststück sein», sagte sie. «Aber bitte, Jake, wir wollen doch nie darüber reden!»

Wir verließen das Hotele *Montana*. Die Frau, der das Hotel gehörte, ließ mich die Rechnung nicht bezahlen. Die Rechnung sei bezahlt.

«Na, dann laß es», sagte Brett. «Jetzt ist es ja egal.»

Wir fuhren in einem Taxi zum *Palace Hotel*, ließen unser Gepäck dort, bestellten Schlafwagen für den Südexpreß und gingen in die Hotelbar, um einen Cocktail zu trinken. Wir saßen auf hohen Schemeln an der Bar, während der Mixer in einem großen Nickelshaker die Martinis bereitete.

«Merkwürdig, was für ein wunderbares Gleichgewicht die Bar eines großen Hotels in einem erzeugt», sagte ich.

«Mixer und Jockeys sind doch überhaupt die einzigen Leute heutzutage, die Manieren haben.»

«Ganz gleich, wie ordinär ein Hotel ist, die Bar ist immer nett.»
«Es ist komisch.»
«Barmixer sind immer nette Leute.»
«Weißt du», sagte Brett, «es ist die reine Wahrheit. Er ist erst neunzehn. Ist es nicht erstaunlich?»
Wir stießen mit unseren Gläsern an, als sie nebeneinander auf der Theke standen. Eiskalt beschlagen. Draußen hinter den zugezogenen Gardinen war die Sommerhitze von Madrid.
«Ich habe gern eine Olive in meinem Martini», sagte ich zu dem Mixer.
«Gewiß, Sir. Hier, bitte.»
«Danke.»
«Ich hätte Sie fragen müssen.»
Der Mixer ging weit genug weg, um unsere Unterhaltung nicht mit anzuhören. Brett hatte von dem Martini genippt, als er vor ihr auf dem Holz stand. Dann nahm sie das Glas in die Höhe. Ihre Hand war nach dem ersten Schluck ruhig genug, um es zu halten.
«Er ist gut. Eine hübsche Bar, nicht wahr?»
«Bars sind überall nett.»
«Weißt du, ich hab's zuerst nicht geglaubt. Er ist 1905 geboren. Da war ich in Paris auf der Schule. Denk mal.»
«Was soll ich dabei denken.»
«Sei nicht so dumm. Würdest du diese Dame vielleicht zu einem zweiten Cocktail einladen?»
«Noch zwei Martinis.»
«So wie vorhin, Sir?»
«Sie waren ausgezeichnet», lächelte ihm Brett zu.
«Danke, Ma'am.»
«Also prost», sagte Brett.
«Prost.»
«Weißt du», sagte Brett. «Er kannte vor mir nur zwei Frauen. Sein einziges Interesse war Stierkampf.»
«Na, er hat ja noch Zeit.»
«Ich weiß nicht. Er glaubt, es sei meine Schuld gewesen. Nicht die Sache selbst.»
«Nun, das war es ja auch.»
«Ja, stimmt.»
«Ich denke, du wolltest nie mehr davon reden.»
«Ich kann doch nicht anders.»
«Es verblaßt, wenn du darüber sprichst.»
«Ich spreche ja auch nur so drum herum. Weißt du, Jake, ich fühl mich verdammt anständig.»
«Sollst du auch.»

«Weißt du, man fühlt sich irgendwie wohl, wenn man beschlossen hat, keine solche Hure zu sein.»

«Ja.»

«Das ist vielleicht das, was wir so an Stelle von Gott haben.»

«Manche Leute haben Gott», sagte ich, «eine ganze Menge.»

«Bei mir hat er nie gut funktioniert.»

«Wollen wir noch einen Martini trinken?»

Der Barmixer mixte noch zwei Martini und schenkte sie in zwei frische Gläser.

«Wo wollen wir lunchen?» fragte ich Brett. In der Bar war es kühl. Man konnte die Hitze durch das geschlossene Fenster spüren.

«Hier?» sagte Brett.

«Hier im Hotel ist es furchtbar schlecht. Kennen Sie ein Lokal, das *Botín* heißt?» fragte ich den Mixer.

«Ja, mein Herr. Soll ich Ihnen die Adresse geben?»

«Danke sehr.»

Wir saßen oben im ersten Stock bei *Botín*. Es ist eines der besten Restaurants der Welt.

Wir aßen junges gebratenes Spanferkel und tranken Rioja Alta. Brett aß nicht viel. Sie aß nie viel. Ich aß eine Riesenmahlzeit und trank drei Flaschen Rioja Alta.

«Wie geht's dir, Jake?» fragte Brett. «Mein Gott, hast du gegessen!»

«Mir geht's glänzend. Willst du was Süßes?»

«Himmel, nein.»

Brett rauchte.

«Du ißt gern, nicht wahr?» sagte sie.

«Ja», sagte ich. «Es gibt eine Menge Sachen, die ich gern tue.»

«Was tust du gern?»

«Ach», sagte ich, «eine Menge Sachen. Willst du nichts Süßes?»

«Hast du mich schon mal gefragt», sagte Brett.

«Ja, das stimmt. Komm, wir trinken noch eine Flasche Rioja Alta.»

«Er ist ausgezeichnet.»

«Du hast nicht viel davon getrunken», sagte ich.

«Doch. Du hast nur nicht aufgepaßt.»

«Wir wollen zwei Flaschen bestellen», sagte ich. Die Flaschen kamen. Ich goß mir ein bißchen ein, dann ein Glas voll für Brett und füllte dann mein Glas. Wir stießen an.

«Prost», sagte Brett. Ich trank mein Glas aus und schenkte wieder voll. Brett legte ihre Hand auf meinen Arm.

«Betrink dich nicht, Jake», sagte sie. «Es ist doch nicht nötig.»

«Woher weißt du?»

«Nicht», sagte sie. «Du wirst dich schon wieder okay fühlen.»

«Ich betrinke mich ja gar nicht», sagte ich. «Ich trinke nur ein bißchen Wein. Ich trinke gern Wein.»

«Betrink dich nicht», sagte sie. «Jake, bitte, betrink dich nicht.»

«Willst du spazierenfahren?» fragte ich. «Willst du eine kleine Spazierfahrt durch die Stadt machen?»

«Gut», sagte Brett. «Ich kenne Madrid noch gar nicht. Ich sollte mir Madrid ansehen.»

«Ich will dies nur austrinken», sagte ich.

Unten kam man durch den Eßsaal des Erdgeschosses direkt auf die Straße. Ein Kellner holte ein Auto. Es war heiß und hell. Die Straße hinauf lag ein kleiner Platz mit Rasen und Bäumen und einem Taxistand. Ein Taxi kam die Straße herunter, der Kellner hing draußen an einer Seite. Ich gab ihm ein Trinkgeld, sagte dem Chauffeur, wohin er fahren sollte, und setzte mich neben Brett. Der Chauffeur fuhr an, ich lehnte mich zurück. Brett rückte dicht an mich heran. Wir saßen eng aneinander. Ich legte meinen Arm um sie, und sie lehnte bequem und zufrieden gegen mich. Es war sehr heiß und hell, und die Häuser sahen stechend weiß aus. Wir kamen auf die Gran Vía.

«Ach, Jake», sagte Brett. «Wir hätten so glücklich zusammen sein können.»

Vor uns hielt ein berittener Schutzmann in Khaki, der den Verkehr regelte. Er hob seinen Stab. Das Auto stoppte plötzlich und warf Brett eng an mich.

«Ja», sagte ich. «Ganz schön, sich das auszumalen, nicht wahr.»

Von *Ernest Hemingway* liegen in der Reihe der rororo-Taschenbücher außerdem vor: «In unserer Zeit» (Nr. 278), «Die Sturmfluten des Frühlings» (Nr. 1716), «Männer ohne Frauen» (Nr. 279), «In einem andern Land» (Nr. 216), «Tod am Nachmittag» (Nr. 920), «Der Sieger geht leer aus» (Nr. 280), «Die grünen Hügel Afrikas» (Nr. 647), «Haben und Nichthaben» (Nr. 605), «Schnee auf dem Kilimandscharo» (Nr. 413), «Über den Fluß und in die Wälder» (Nr. 458), «Paris – ein Fest fürs Leben» (Nr. 1438), «49 Depeschen» (Nr. 1533), «Der Abend vor der Schlacht» (Nr. 5173), «Inseln im Strom» (Nr. 4080), «Die Nick Adams Stories» (Nr. 5091), «Sämtliche Gedichte» (Nr. 12306), «Gefährlicher Sommer» (Nr. 12457), «Der Garten Eden» (Nr. 12301), «Reportagen 1920–1924» (Nr. 12700), «Neues vom Festland. Stories» (Nr. 12562) und die zehnbändige Kassette «Gesammelte Werke» (Nr. 31011) sowie die «vollendete, enthüllende und tief mitempfindende Biographie» (The Times Literary Supplement) «Hemingway» von Kenneth S. Lynn (Nr. 13032), die «Appetit auf eine neue, erneuernde Hemingway-Lektüre macht» (FAZ); im Rowohlt Verlag überdies: «Die Stories» (1983), «Ausgewählte Briefe 1907–1961» (1984) und das Hemingway-Lesebuch «Noch einmal glückliche Tage» (1988). In der Reihe «rowohlts monographien» erschien als Band 73 eine Darstellung Ernest Hemingways mit Selbstzeugnissen und Bilddokumenten von Georges-Albert Astre, die eine ausführliche Bibliographie enthält.

Ernest Hemingway

Ernest Hemingway, 1899 in Oak Park, Illinois, geboren, setzte sich früh in den Kopf, Journalist und Schriftsteller zu werden. Als Korrespondent für den «Toronto Star» arbeitete er in Paris, wurde des «verdammten Zeitungszeugs» überdrüssig und begann, Kurzgeschichten zu schreiben. 1929 erschien «In einem andern Land» und wurde ein durchschlagender Erfolg. Hemingway reiste durch Spanien, unternahm Jagdexpeditionen nach Afrika, wurde Kriegsberichterstatter im Spanischen Bürgerkrieg. 1954 erhielt er den Nobelpreis für Literatur. Sein selbstgeschaffener Mythos vom «Papa», seine Krankheiten und Depressionen machten ihn schließlich unfähig zu schreiben. Am 2. Juli 1961 nahm er sich das Leben.

Von Ernest Hemingway sind u. a. lieferbar:

Gesammelte Werke *10 Bände in einer Kassette*
(rororo 31012)

Der Abend vor der Schlacht
Stories aus dem Spanischen Bürgerkrieg
(rororo 5173)

Der alte Mann und das Meer
(rororo 328)

Fiesta *Roman*
(rororo 5)

Der Garten Eden *Roman*
(rororo 12801)

Die grünen Hügel Afrikas
(rororo 647)

rororo Literatur

In einem andern Land *Roman*
(rororo 216)

Reportagen 1920 – 1924
(rororo 12700)

Schnee auf dem Kilimandscharo
6 stories
(rororo 413)

Im Rowohlt Verlag sind u. a. erschienen:

Lesebuch *Noch einmal glückliche Tage*
256 Seiten. Gebunden

Die Stories
500 Seiten. Gebunden

Sämtliche lieferbaren Titel von *Ernest Hemingway* finden Sie in der *Rowohlt Revue*. Jedes Vierteljahr neu. Kostenlos in Ihrer Buchhandlung.

3236/2

Paul Auster

Paul Auster, geboren 1947 in Newark / New Jersey, gilt in Amerika als eine der großen literarischen Entdeckungen der letzten Jahre. Er studierte Anglistik und vergleichende Literaturwissenschaft an der Columbia University und verbrachte danach einige Jahre in Paris. Heute lebt er in New York.

Die New-York-Trilogie *Roman*
Deutsch von J. A. Frank
(rororo 12548)
Die «New-York-Trilogie» machte Paul Auster mit einem Schlage berühmt. Zunächst wirkt sie wie eine klassische, spannungsgeladene Kriminalgeschichte, die den Leser raffiniert in ihren Bann zieht. Aber bald scheinen die vordergründig logischen Zusammenhänge nicht mehr zu stimmen. Die Rollen der Täter und Opfer, der Verfolger und Verfolgten verschieben sich auf rätselhafte Weise ...
«Eine literarische Sensation!»
Sunday Times

Mond über Manhattan *Roman*
Deutsch von Werner Schmitz
(rororo 13154)
«Paul Auster ist der vielleicht bedeutendste amerikanische Autor der letzten Jahre; seine literarischen Qualitäten suchen auch hierzulande ihresgleichen.»
Deutschlandfunk

Die Erfindung der Einsamkeit
Deutsch von Werner Schmitz
256 Seiten. Gebunden
Paul Auster erzählt in zwei aufrichtigen autobiographischen Texten von der Einsamkeit und dem Sterben seines ihm bis zu-letzt fremdgebliebenen Vaters.

Literatur

Die Musik des Zufalls *Roman*
Deutsch von Werner Schmitz
256 Seiten. Gebunden
Jim Nashe, ein Feuerwehrmann aus Boston, kündigt Job und Wohnung und begibt sich auf eine ziellose Reise, nachdem er unerwartet zweihunderttausend Dollar geerbt hat. Eines Tages liest er einen Anhalter auf: Jack ("Jackpot") Pozzi, einen bankrotten Zocker. Die beiden haben nichts zu verlieren und riskieren alles ...

Im Land der letzten Dinge
Roman
Deutsch von Werner Schmitz
(rororo 13043 und als gebundene Ausgabe)
«Ein ausgezeichnetes, höchst lesbares Buch. Paul Auster hat sowohl der modernen Literatur als auch unserer Sicht der Welt eine Dimension hinzugefügt.»
The Boston Globe

Paul Bowles

Paul Bowles' Romane gehören «zum Besten, was ein Amerikaner je geschrieben hat» (Gore Vidal)
Gerade zwanzig geworden, brannte **Paul Bowles** 1930 nach Paris durch. Gertrude Stein entdeckte den jungen Dichter und machte ihn mit Ezra Pound, Jean Cocteau und André Gide bekannt. In New York feierte Bowles exzentrisch seine frühen Erfolge als Schriftsteller, Drehbuchautor und Komponist. 1947 zog er sich nach Tanger zurück. Nach langjährigen Aufenthalten in Nordafrika, auf Ceylon und in Südamerika lebt er seit vielen Jahren wieder in Marokko. Die Flucht vor der Zivilisation wird das zentrale Motiv seiner Romane.

Allal *Stories aus Marokko*
(rororo 5975)
«... halluzinatorische Exkursionen in die mythische Welt arabischer Nomadenvölker, wo der zivilisierte Europäer oder Amerikaner in unheilvolle Verstrickungen gerät. Bowles schreibt jeweils aus der Optik seiner Figuren, läßt durch sie eine Handlung aufkommen. Seine Stories sind durch den Flair orientalischer Phantastik von einer Bildhaftigkeit, die die abendländische Phantasie zu entzünden vermag.» Basler Zeitung

Himmel über der Wüste *Roman*
(rororo 5789)
In seinem Hauptwerk schildert Bowles die Flucht eines amerikanischen Ehepaars vor der Leere ihres Daseins in die Wüste. Beide suchen einen Lebenssinn, im

rororo Literatur

letzten die Liebe. Aber sie finden nur Abenteuer, Hetzjagd, Öde und Tod. Bernardo Bertolucci verfilmte «Himmel über der Wüste» mit Debra Winger und John Malkovich in den Hauptrollen.
«Ein erstklassiger Abenteuerroman von einem wirklich erstklassigen Schriftsteller!» Tennessee Williams

Robert Briatte
Paul Bowles. *Ein Leben*
(rororo 12911)
Robert Briattes Biographie ist mehr als ein Lebenslauf, sie zeigt uns Paul Bowles in der faszinierenden Welt seiner Romane, als Chronist des Mythos Afrika.

3207/1

E. L. Doctorow

Edgar Lawrence Doctorow, 1931 in New York geboren, diente in den 50er Jahren als GI in Frankfurt. Er studierte amerikanische Literatur und Theaterwissenschaften und war später unter anderem als Lektor und Verleger tätig.

Ragtime *Roman*
(rororo 12719)
«Eines der wichtigsten und zugleich witzigsten Stücke amerikanischer Literatur der letzten Jahre; ein wahrer Butterberg erzählerischer Episoden aus der, wie Doctorow sie nennt, "Ära des Ragtime", mithin der Zeit, als in Amerika die Bilder laufen lernten, so zwischen Jahrhundertwende und Erstem Weltkrieg.»
Der Spiegel

Sterntaucher *Roman*
(rororo 13045)
«Der Autor erzählt in einprägsamen Bildern und einem ironisch kraftvollen Sprachgestus von der Gigantomanie des Kapitalismus, der Klassenzerrissenheit und von den schlauen Auswegen der Individuen, die sich ihren Anteil sichern.»
Mannheimer Morgen

Willkommen in Hard Times
Roman
(rororo 5872)
Ein literarischer Western, eine spannende Parabel über die Machtlosigkeit der Moral und die Faszination des Bösen, die die grundlegenden Fragen nach dem Ursprung der amerikanischen Kultur, nach den Wurzeln der Zivilisation und der Sterblichkeit des Menschen berührt.

3306/2

rororo Literatur

Das Leben der Dichter *Sechs Stories und eine Novelle*
(rororo 13202 und als gebundene Ausgabe)
Eine ironische Männergeschichte über den tastenden Neubeginn nach der Midlife-Crisis.

Im Rowohlt Verlag außerdem lieferbar:

Weltausstellung *Roman*
320 Seiten. Gebunden

Ein Gesamtverzeichnis aller lieferbaren Bücher und Taschenbücher finden Sie in der *Rowohlt Revue*. Jedes Vierteljahr neu. Kostenlos in Ihrer Buchhandlung.